YANGSZE CHOO

LA TIGRE DELLA NOTTE

Traduzione di
Alba Bariffi e Stefano Giorgianni

HarperCollins

ISBN 978-88-6905-642-0

Titolo originale dell'edizione in lingua inglese:
The Night Tiger
Flatiron Books

Traduzione di Alba Bariffi e Stefano Giorgianni

Prima edizione HarperCollins
settembre 2024

FSC
www.fsc.org
MISTO
Carta | A sostegno della
gestione forestale responsabile
FSC® C021883

Questo libro è per mio padre e mia madre,
che sono nati e cresciuti nella valle di Kinta.

1

KAMUNTING, MALESIA BRITANNICA, MAGGIO 1931

Il vecchio sta morendo. Ren lo vede dai respiri deboli, dalla faccia scavata con la pelle così tesa sugli zigomi. Eppure vuole le imposte aperte. Con un gesto irritato indica al ragazzo di muoversi e Ren, con la gola stretta come se avesse inghiottito un sasso, apre la finestra del primo piano.

Fuori c'è un mare di verde brillante: le cime ondeggianti degli alberi della giungla e un cielo azzurro come un sogno febbrile. L'accecante luce tropicale fa sussultare Ren. Si sposta per proteggere il maestro con la sua ombra, ma il vecchio lo ferma con un cenno. Il sole mette in risalto il tremore della sua mano, con il brutto moncone di un dito mancante. Ren ricorda che solo pochi mesi prima quella mano sapeva ancora calmare neonati e suturare ferite.

Il vecchio socchiude gli acquosi occhi azzurri, quegli incolori occhi stranieri che all'inizio avevano tanto spaventato Ren, e mormora qualcosa. Il ragazzo china la testa rasata per avvicinarsi.

«Ricordati.»

Lui annuisce.

«Dillo.» Il rauco sussurro è sempre più fioco.

«Quando sarà morto, troverò il dito che le manca» risponde Ren con una vocina limpida.

«E poi?»

Lui esita. «E lo seppellirò nella sua tomba.»

«Bene.» Il vecchio tira un respiro sibilante. «Devi riportarlo prima che i quarantanove giorni della mia anima siano finiti.»

Il ragazzo ha già svolto molti compiti simili con rapidità e competenza. Se la caverà, anche se ora le sue spalle strette sussultano.

«Non piangere, Ren.»

In momenti come questo, il ragazzo appare molto più giovane dei suoi anni. Al vecchio dispiace: vorrebbe poterlo fare da solo, ma è esausto. Non può che voltare la faccia verso il muro.

2

IPOH, MALESIA BRITANNICA, MERCOLEDÌ 3 GIUGNO

Il quarantaquattro per i cinesi è un numero sfortunato. Per loro, il suono è lo stesso delle parole "morte sicura", e di conseguenza il quattro e tutte le sue occorrenze devono essere evitati. Quel malaugurato pomeriggio di giugno, lavoravo in segreto alla sala da ballo Fiore di Maggio di Ipoh proprio da quarantaquattro giorni.

Quel lavoro era un segreto perché nessuna ragazza rispettabile dovrebbe danzare con gli sconosciuti, anche se il nostro ruolo nominalmente era quello di "istruttrici". E forse lo eravamo, per la maggior parte dei nostri clienti: impiegati e studenti nervosi che compravano rotoli di biglietti per imparare il foxtrot e il valzer o il *ronggeng*, l'affascinante ballo malese. Gli altri avventori erano *buaya*, coccodrilli, come li chiamavamo. Avevano sorrisi a trentadue denti e mani vagabonde che venivano inibite solo da un forte pizzicotto.

Non avrei mai guadagnato molti soldi se avessi continuato a tenerli alla larga a quel modo, ma speravo di non dover restare a lungo. Lo facevo per pagare un debito di quaranta dollari malesi che mia madre aveva contratto con un tasso d'interesse rovinoso. Il mio lavoro di apprendista sarta non era sufficiente a ripagare quella somma e non era possibile che quella sciocca di mia madre, poverina, la trovasse da sola; non aveva fortuna nel gioco d'azzardo.

Se soltanto avesse lasciato fare i calcoli a me, le cose sarebbero potute andare meglio, dato che di solito sono brava con i numeri. Ma lo dico senza particolare orgoglio. È un'abilità che non mi è stata molto utile. Se fossi un maschio, la faccenda sarebbe diversa; ma il divertimento che avevo scoperto a sette anni nel calcolo delle probabilità non è stato d'aiuto a mia madre, che allora era appena rimasta vedova. Nel triste vuoto della scomparsa di mio padre, passavo ore a scribacchiare cifre su pezzi di carta. Erano pieni di ordine e buonsenso, differenziandosi così dal caos che aveva invaso la casa. Nonostante tutto mia madre conservava il suo dolce sorriso vago, quello che la faceva sembrare la dea della misericordia, anche quando probabilmente si stava preoccupando di cosa avremmo mangiato a cena. Le volevo un bene dell'anima, ma ne dirò qualcosa in seguito.

La prima cosa che mi aveva detto di fare la tenutaria della sala da ballo, quando mi aveva assunta, era stata di tagliarmi i capelli. Io li facevo crescere da anni, dopo le prese in giro del mio fratellastro Shin sul mio aspetto mascolino. Quelle due lunghe trecce legate ordinatamente con dei nastri, come in tutti gli anni che avevo passato alla Anglo-Chinese School, erano un dolce simbolo di femminilità. Ero convinta che potessero nascondere molti difetti, compresa la poco femminile capacità di calcolare tassi d'interesse al volo.

«No» disse la signora. «Così non puoi lavorare per me.»

«Ma ci sono altre ragazze con i capelli lunghi» feci notare.

«Sì, ma tu no.»

Mi mandò da una donna inquietante che mi tagliò le trecce. Mi caddero in grembo, pesanti e quasi vive. Se Shin avesse potuto vedermi, sarebbe morto dalle risate. Chinai il capo mentre lei sforbiciava, sentendo la nuca esposta a una spaventosa vulnerabilità. Davanti la donna mi fece la frangetta, e quando alzai gli occhi sorrise.

«Tu bella» disse. «Uguale a Louise Brooks.»

E chi era poi Louise Brooks? A quanto pareva, una diva del muto che era stata eccezionalmente popolare qualche anno prima. Arrossii. Era difficile abituarsi alla nuova moda secondo cui le maschiette piatte come me, all'improvviso, andavano per la maggiore. Certo, essendo in Malesia e agli estremi confini dell'impero, eravamo molto arretrati rispetto alle novità. Le signore inglesi che venivano in Oriente si lamentavano di essere indietro di sei, dodici mesi rispetto alla moda di Londra. Non poteva sorprendere, quindi, che la mania del ballo da sala e dei capelli corti arrivasse a Ipoh quando impazzava ovunque già da un bel po'. Mi toccai la nuca rasata con il timore di sembrare più che mai un ragazzo.

La tenutaria, spostando sbrigativamente la sua mole, disse: «Avrai bisogno di un nome. Preferibilmente inglese. Ti chiameremo Louise».

Dunque era nei panni di Louise che quel pomeriggio del 3 giugno stavo ballando il tango. Nonostante l'incertezza del mercato azionario, la nostra animata città di Ipoh era elettrizzata dalla corsa alla costruzione di nuovi edifici, grazie alla ricchezza derivata dalle esportazioni di gomma e stagno. Stava piovendo con scrosci insolitamente intensi per essere metà pomeriggio. Il cielo diventò color ferro e dovemmo accendere la luce, con grande disappunto della direzione. La pioggia tamburellava forte sul tetto di latta e il direttore dell'orchestra, un piccolo goanese dai baffi sottili, fece del suo meglio per coprire il rumore.

La moda dei balli occidentali aveva fatto spuntare sale da ballo pubbliche ai margini di ogni città. Alcune erano grandiose, come il Celestial Hotel di recente costruzione, altre invece non erano che grandi capanni esposti alla brezza tropicale. Le ballerine di professione come me venivano tenute in un recinto, quasi fossimo polli o pecore. Il recinto era costituito da una serie di posti a sedere separati da un nastro. Lì sedevano alcune ragazze graziose, ognuna con una rosetta di carta numerata appuntata al petto. I buttafuori controllavano che nessuno si avvicinasse a noi senza avere il biglietto, ma questo non impediva che qualche uomo ci provasse.

Ero rimasta sorpresa che qualcuno mi invitasse a ballare il tango. Non l'avevo imparato per bene alla scuola di danza della signorina Lim, dove, per consolarmi di essere stata costretta dal mio patrigno a lasciare la scuola, mi avevano mandato a prendere lezioni di valzer e, cosa più audace, di foxtrot. Il tango, invece, non veniva insegnato. Era troppo osé, anche se avevamo visto tutti Rodolfo Valentino danzarlo in bianco e nero.

Quando avevo esordito al Fiore di Maggio, la mia amica Hui mi aveva consigliato di impararlo. «Hai l'aria di una ragazza moderna» aveva detto. «Te lo chiederanno senz'altro.»

Cara Hui. Era stata lei a insegnarmelo e aveva fatto del suo meglio, anche se insieme barcollavamo come ubriache.

«Be', poi magari non te lo chiederà nessuno» aveva aggiunto, dopo che un'improvvisa sbandata ci aveva quasi atterrato.

Naturalmente si sbagliava. Imparai in fretta che, di solito, l'uomo che chiedeva il tango era un *buaya*, e il tizio di quel malaugurato quarantaquattresimo giorno non fece eccezione.

Era un rappresentante di commercio, disse. Specializzato in articoli per scuole e uffici. Mi venne subito in mente l'acuto odore di cartone dei miei quaderni. Adoravo la scuola, ma ormai per me quella porta si era chiusa. Tutto ciò che restava erano le chiacchiere oziose e i piedi pesanti di quel venditore impegnato a raccontare che il ramo cancelleria era un lavoro sicuro, anche se lui poteva fare di meglio, ne era certo.

«Hai una bella pelle.» Il suo fiato sapeva di riso e pollo alla hainanese, con l'aglio. Non sapendo cosa rispondere, mi concentrai sui miei poveri piedi calpestati. Era una situazione senza speranza, poiché il rappresentante sembrava pensare che il tango consistesse nell'assumere di colpo pose drammatiche.

«Una volta vendevo cosmetici.» Eccolo di nuovo troppo vicino. «So un mucchio di cose sulla pelle delle donne.»

Inclinandomi all'indietro aumentai la distanza fra noi. Mentre giravamo, tirò così forte che barcollai contro di lui. Sospettai che l'avesse fatto apposta, ma la sua mano fece un movimento involontario verso la tasca, come per paura che ne cadesse qualcosa.

«Lo sai» disse sorridendo, «che ci sono modi per mantenere giovane e bella una donna per sempre? Con gli aghi.»

«Aghi?» domandai curiosa, nonostante pensassi che come discorso per conquistarmi fosse davvero pessimo.

«Nella provincia di Giava Occidentale ci sono donne che si infilano sottili aghi d'oro nella faccia. Completamente, finché non si vedono più. È una stregoneria per prevenire l'invecchiamento. Ho conosciuto una bellissima vedova che aveva seppellito cinque mariti; di lei si diceva che avesse venti aghi nella faccia. Ma mi ha spiegato che dopo la morte vanno tolti.»

«Perché?»

«Quando muori, il corpo dev'essere reso di nuovo integro. Ogni cosa aggiunta va tolta e ogni cosa che manca va rimessa a posto; altrimenti l'anima non riposa in pace.» Divertito dalla mia sorpresa, proseguì descrivendo nel dettaglio il resto del suo viaggio. Certe persone non facevano che parlare, mentre altre ballavano in silenzio con i palmi sudati. Nel complesso preferivo i chiacchieroni, perché erano presi dal loro mondo e non curiosavano nel mio.

Se la mia famiglia avesse scoperto che lavoravo in quel posto, sarebbe stato un disastro. Mi venivano i brividi a pensare alla rabbia del mio patrigno e alle lacrime di mia madre, che sarebbe stata costretta a confessargli i debiti contratti giocando a mahjong. Poi c'era Shin, il mio fratellastro. Era nato il mio stesso giorno e la gente ci chiedeva se fossimo gemelli. Era sempre stato il mio alleato, almeno in passato. Ma Shin adesso era partito: aveva vinto un posto per studiare medicina al King Edward VII Medical College di Singapore, dove persone del luogo venivano formate per rimediare alla mancanza di dottori in Malesia. Io ero orgogliosa di Shin, che era sempre stato intelligente, ma anche un po' invidiosa, perché fra i due ero io ad avere i voti più alti a scuola. Eppure i "se" e i "ma" non servivano a niente. Shin non rispondeva più alle mie lettere.

Il rappresentante continuava a parlare. «Credi nella fortuna?»

«Cosa c'è da credere?» Tentai di reprimere una smorfia mentre mi calpestava pesantemente un piede.

«Dovresti, perché a me sta per toccare una *grande* fortuna.» Con un sorrisone mi trascinò in maniera troppo brusca in un altro giro. Con la coda dell'occhio notai che la tenutaria ci guardava male. Stavamo dando spettacolo in pista, barcollando qua e là a quel modo, e per gli affari era una pessima cosa.

Stringendo i denti mi sforzai di mantenere l'equilibrio, mentre l'uomo azzardava un casquè pericolosamente basso. Vacillammo senza la minima dignità, agitando le braccia e afferrandoci i vestiti. La sua mano si chiuse sulle mie natiche mentre gli occhi mi sbirciavano nella scollatura. Gli diedi una gomitata; nel frattempo l'altra mia mano si impigliava nella sua tasca. Ritraendola, mi ritrovai fra le dita qualcosa di piccolo e leggero. Un cilindro sottile, liscio al tatto. Esitai, ancora senza fiato. Dovevo rimetterlo a posto; se lui avesse visto che l'avevo preso, avrebbe potuto accusarmi di essere una borseggiatrice. Alcuni uomini godevano a piantare grane del genere; dava loro potere sulle ragazze.

Il rappresentante sorrise spudorato. «Come ti chiami?»

Agitata, gli dissi il mio nome vero, Ji Lin, invece di Louise. Di male in peggio. In quell'istante la musica terminò e l'uomo mi lasciò andare di colpo. Teneva gli occhi fissi dietro la mia spalla come se avesse visto qualcuno che conosceva, e con un movimento frettoloso si allontanò.

Quasi per compensare il tango, l'orchestra si lanciò in *Yes Sir, That's My Baby!* Le coppie si precipitarono in pista mentre io tornavo al mio posto. L'oggetto che avevo in mano sembrava bruciare come un marchio a fuoco. Di sicuro quell'uomo sarebbe tornato; aveva ancora un rotolo di biglietti. Aspettando un po' avrei potuto restituire ciò che avevo preso, fingendo che gli fosse caduto sul pavimento.

Dalle finestre aperte entrava l'odore della pioggia. Preoccupata, alzai il nastro che divideva le sedie delle ballerine dalla pista e sedetti lisciandomi la gonna.

Fu allora che aprii la mano. Come avevo intuito toccandolo, era un cilindro di vetro sottile. Un contenitore da laboratorio lungo forse due pollici scarsi, con un coperchio a vite di metallo. Dentro si mosse qualcosa di leggero. Soffocai un grido.

Erano le due falangi superiori, seccate, di un dito amputato.

3

BATU GAJAH, MERCOLEDÌ 3 GIUGNO

Quando il treno entra sferragliando a Batu Gajah, Ren è in piedi con la faccia premuta contro il finestrino. Quella prosperosa cittadina, sede del governo britannico nello stato del Perak, ha un nome particolare: *batu* significa “pietra” e *gajah* “elefante”. Alcuni dicono che derivi da una coppia di elefanti che una volta attraversò il fiume Kinta. Irritata da quel gesto, la divinità Sang Kelembai li trasformò in due massi sporgenti dall’acqua. Ren si chiede cosa avessero fatto nel fiume, quei due poveri elefanti, per essere tramutati in pietra.

Non aveva mai viaggiato in treno prima, anche se era andato molte volte alla stazione di Taiping a prendere il vecchio dottore. Nella carrozza di terza classe i finestrini sono aperti nonostante le particelle di fuliggine, alcune grosse come un’unghia, portate dal vento quando la locomotiva a vapore imbocca una curva. Ren sente nell’aria il sapore dell’umidità pesante del monsone. Preme una mano sulla borsa da viaggio. Dentro c’è la preziosa lettera. Se piovesse, l’inchiostro potrebbe sbavarsi. Il pensiero che la grafia accurata e tremolante del vecchio dottore possa scolorirsi lo attraversa con una pugnalata di nostalgia.

Ogni miglio percorso dal treno sferragliante lo porta sempre più lontano dalla villetta cadente e disordinata del dottor

MacFarlane, che è stata la sua casa negli ultimi tre anni. Ora se n'è andato. La stanzetta della servitù dove alloggiava Ren, accanto a zietta Kwan, è vuota. Quel mattino Ren ha spazzato il pavimento per l'ultima volta e ha legato ordinatamente i vecchi giornali che verrà a prendere l'uomo del *karang guni*, il robivecchi. Mentre chiudeva la porta dalla vernice verde scrostata, ha visto il grosso ragno che divideva la camera con lui ricostruire in silenzio la sua tela nell'angolo del soffitto.

Le lacrime gli riempiono gli occhi a tradimento. Ma Ren ha un compito da portare a termine; non è il momento di piangere. Con la morte del dottor MacFarlane, i quarantanove giorni dell'anima hanno cominciato a scorrere. E quella città dal nome strano non è il primo posto in cui ha vissuto senza suo fratello Yi. Ren ripensa agli elefanti di pietra. Erano gemelli come lui e Yi? A volte Ren avverte un formicolio, come il fremere delle vibrisse dei gatti, quasi che Yi fosse ancora con lui. Un balenio di quella strana sensibilità gemellare che li univa, avvisandolo di eventi futuri. Ma quando si guarda dietro la spalla, non c'è nessuno.

La stazione di Batu Gajah è un lungo edificio dal tetto obliquo che sta accanto alla linea ferroviaria come un serpente addormentato. In tutta la Malesia gli inglesi hanno costruito stazioni simili che seguono linee ordinate e conosciute. I centri urbani si somigliano tutti, con bianchi palazzi governativi ed erbosi *padang*, spazi verdi pubblici che ricordano quelli delle cittadine inglesi.

Alla biglietteria, il capostazione malese è così gentile da tracciare a matita una cartina per Ren. Ha bei baffi e pantaloni inamidati con la piega affilatissima. «È abbastanza lontano. Sei sicuro che nessuno verrà a prenderti?»

Ren scuote il capo. «Posso andare a piedi.»

Un po' più in là c'è un agglomerato di case cinesi addossate l'una all'altra, con il tipico piano superiore sporgente e piccole rivendite di articoli diversi al pianterreno. Quella strada porta in città. Ren invece prende a destra, passando davanti alla Government English School. Lancia un'occhiata piena di desiderio all'edificio di legno dalle linee bianche e aggraziate, immaginando altri ragazzi della sua età che studiano in sale dagli alti soffitti o fanno sport sul prato verde, e continua ostinatamente a camminare.

La salita porta verso Changkat, dove vivono gli europei. Non c'è tempo di ammirare le tante ville costruite in stile coloniale britannico. La sua destinazione è dall'altra parte di Changkat, ai margini delle piantagioni di caffè e caucciù.

La pioggia colpisce in modo furioso la terra rossa. Ren inizia a correre affannosamente stringendo fra le braccia la borsa da viaggio. Ha quasi raggiunto un grande albero di *angsana* quando sente il rumore di un camion il cui motore gratta nel macinare la salita. Il guidatore grida dal finestrino: «Sali!».

Senza fiato, Ren sale in cabina. Il suo salvatore è un uomo grasso con una verruca sulla guancia.

«Grazie, zio» dice Ren, usando l'appellativo di cortesia con cui in cinese ci si rivolge ai più anziani. L'uomo sorride. L'acqua gocciola dai pantaloni di Ren sul pavimento.

«Il capostazione mi ha detto che stavi andando da questa parte. Vai a casa del dottore giovane?»

«È giovane?»

«Non quanto te. Quanti anni hai?»

Ren valuta di dirgli la verità. Tra loro parlano cantonese, e l'uomo sembra gentile. Ma la cautela non gli consente di abbassare la guardia.

«Quasi tredici.»

«Piccolo per la tua età.»

Ren annuisce. In realtà ha undici anni. Non lo sapeva neanche il dottor MacFarlane. Quand'era entrato in casa del vecchio dottore, Ren si era aggiunto un anno, come facevano molti cinesi.

«Hai trovato lavoro lì?»

Ren abbraccia la borsa da viaggio. «Una consegna.»

O un ritiro.

«Quel dottore abita più lontano degli altri stranieri» dice l'uomo. «Io non ci andrei a piedi la sera. È pericoloso.»

«Perché?»

«Di recente molti cani sono stati divorati, portati via anche se erano incatenati a una casa. Sono rimasti solo i collari e le teste.»

A Ren si stringe il cuore. Sente un ronzio nelle orecchie. È possibile che sia ricominciata così presto? «È stata una tigre?»

«Più probabilmente un leopardo. Gli stranieri dicono che gli daranno la caccia. Comunque non dovresti andare in giro quando è buio.»

Si fermano in fondo a un lungo viale curvo, oltre il prato all'inglese di una grande e bassa villa bianca. Il guidatore suona due volte il clacson e, dopo un lungo intervallo, un cinese magrissimo esce nella veranda asciugandosi le mani su un grembiule bianco. Ren scende dal camion ringraziando il guidatore nel frastuono della pioggia.

L'uomo gli dice: «Abbi cura di te».

Ren prende coraggio e dal viale fa una corsa folle per arrivare al riparo. La pioggia scrosciante lo inzuppa e alla porta esita un attimo, preoccupato per l'acqua che si deposita sulle ampie tavole di tek. Nella stanza sul davanti della casa c'è un inglese che scrive una lettera. È seduto a un tavolo, ma quando Ren viene annunciato si alza con uno sguardo interrogativo. È più magro e più giovane del dottor MacFarlane. È difficile sondare la sua espressione dietro i riflessi gemelli degli occhiali.

Ren appoggia la consunta borsa da viaggio ed estrae la lettera, presentandola cortesemente con due mani. Il nuovo dottore apre con precisione la busta con un tagliacarte d'argento. Il dottor MacFarlane le lettere le apriva con il pollice e il moncone del dito mozzo. Ren abbassa gli occhi. Non è giusto paragonarli.

Ora che ha consegnato la lettera, sente una gran debolezza

nelle gambe. Le istruzioni che ha memorizzato gli sembrano confuse; la stanza si inclina intorno a lui.

William Acton esamina il foglio di carta che ha ricevuto. Viene da Kamunting, quel piccolo villaggio vicino a Taiping. La grafia è appuntita e tremolante, la scrittura di un uomo malato.

Caro Acton,
mi perdonerai se ti scrivo con poche cerimonie. Ho aspettato troppo e riesco a stento a tenere la penna in mano. Non avendo parenti che valga la pena ricordare, ti mando un lascito: una delle mie scoperte più interessanti, cui spero darai una buona casa. Ti raccomando sinceramente il mio domestico cinese, Ren. Per quanto giovane, è ben addestrato e degno di fiducia. Sarà solo per qualche anno, finché non raggiunge la maggiore età. Penso che vi troverete ben assortiti.
Il tuo eccetera eccetera,

dott. John MacFarlane

William legge due volte la lettera prima di alzare gli occhi. Il ragazzino è in piedi davanti a lui con l'acqua che gli gocciola tra i capelli cortissimi e lungo il collo magro.

«Ti chiami Ren?»

Lui annuisce.

«Lavoravi per il dottor MacFarlane?»

Un altro silenzioso cenno di assenso.

William lo osserva. «Bene, adesso lavori per me.»

Mentre esamina il giovane viso preoccupato del ragazzo, si chiede se siano gocce di pioggia o lacrime a scorrergli sulle guance.

4

IPOH, VENERDÌ 5 GIUGNO

Da quando avevo preso quell'orribile souvenir dalla tasca del rappresentante, non ero in grado di pensare ad altro. Il dito raggrinzito infestava i miei pensieri anche se l'avevo nascosto in una scatola di cartone nello spogliatoio della sala da ballo. Non volevo averlo nelle vicinanze, e men che meno portarlo con me al laboratorio di sartoria dove alloggiavo.

La signora Tham, la sarta minuta dal viso a becco che mi aveva preso come apprendista, era amica di un'amica di mia madre, un esile legame di cui ero grata. Se non ci fosse stato, il mio patrigno non mi avrebbe mai permesso di uscire di casa. Tuttavia la signora Tham poneva una condizione implicita: avere libero accesso alle mie cose in qualsiasi momento. Era un prezzo fastidioso ma in fondo modico da pagare per la libertà. Perciò non dicevo niente anche quando trovavo i piccoli indicatori che disponevo – un filo nella chiusura di un cassetto, un libro aperto a una certa pagina – invariabilmente spostati. Mi aveva dato la chiave della mia camera, ma non serviva a molto, dato che evidentemente lei ne aveva un'altra. Lasciare in quella stanza un dito mummificato sarebbe stato come gettare una lucertola in pasto a un corvo.

Così la boccetta rimase nello spogliatoio del Fiore di Maggio, mentre io vivevo nel costante timore che una donna delle pulizie la trovasse. Pensai di consegnarla alla direzione, fingendo di averla trovata a terra. Diverse volte presi addirittura in mano quella cosa orrenda e imboccai il corridoio, ma per qualche motivo facevo sempre marcia indietro. Più aspettavo, più la cosa sarebbe sembrata sospetta. Mi tornava in mente lo sguardo della tenutaria mentre ballavo quel tango; avrebbe potuto pensare che fossi una borseggiatrice e avessi avuto un ripensamento. O forse era il dito stesso ad avere una magia oscura per cui era difficile sbarazzarsene. Un'ombra di un azzurro acquoso che rendeva il contenitore più freddo del dovuto.

A Hui ovviamente l'avevo detto. La sua graziosa faccia paffuta si era increspata. «Bleah! Come fai a toccarlo?»

Tecnicamente stavo toccando solo la boccetta di vetro, ma la mia amica aveva ragione: era inquietante. La pelle si era annerita e raggrinzita al punto che il dito sembrava un ramoscello rinsecchito. Soltanto la giuntura ricurva e l'unghia ingiallita, inconfondibili, fornivano un segno di riconoscimento. Sul tappo di metallo c'era un'etichetta con un numero: 168, una combinazione fortunata, perché in cantonese suonava come "fortuna illimitata".

Hui aveva chiesto: «Lo butterai via?».

«Non lo so. Potrebbe tornare a cercarlo.»

Fino ad allora il rappresentante non si era fatto vivo, ma sapeva il mio vero nome. Ji Lin era la pronuncia cantonese; in mandarino sarebbe stato Zhi Lian. Il *Ji* del mio nome non veniva usato di frequente per le femmine. Era il carattere che indicava *Zhi*, la saggezza, una delle cinque virtù confuciane. Le altre erano benevolenza, giustizia, ordine e fedeltà. I cinesi amano particolarmente mettere le cose in serie, e le cinque virtù sono la somma delle qualità che rendono un uomo perfetto. Perciò era un po' strano che una ragazza come me avesse il nome della saggezza. Se avessi ricevuto un nome femminile e delicato come Giada Preziosa o Giglio Fragrante, le cose sarebbero potute andare in maniera diversa.

«Che nome particolare per una bambina.»

Avevo dieci anni ed ero magra magra, con gli occhi grandi. La pronuba del luogo, una signora anziana, era venuta a trovare mia madre ormai vedova.

«Gliel'ha dato il padre.» Mia madre fece un sorriso nervoso.

«Immagino che vi aspettaste un maschio» disse la pronuba. «Bene, ho buone notizie per te. Potresti ancora averne uno.»

Erano tre anni che mio padre era morto di polmonite. Tre anni in cui ci era mancata la sua quieta presenza, e tre anni difficili per mia madre. La sua corporatura fragile era più adatta a riposare su una sdraio che a occuparsi del cucito e del bucato di altre persone. La pelle le si screpolava sulle belle mani, ora ruvide e arrossate. In precedenza mia madre aveva respinto ogni proposta di matrimonio combinato, ma quel giorno sembrava particolarmente scoraggiata. Il tempo era molto caldo e afoso. La buganvillea viola, appena fuori, tremolava nel calore.

«Questo signore è di Falim, un mercante di stagno» spiegò la pronuba. «Vedovo con un figlio. Non è un ragazzino, ma in fondo neppure tu.»

Mia madre si pizzicò un filo invisibile sul vestito, poi fece un lieve cenno di assenso. La pronuba parve compiaciuta.

La valle di Kinta, dove vivevamo, aveva le riserve di stagno più ricche del mondo e nei dintorni c'erano decine di miniere grandi e piccole. I mercanti di stagno guadagnavano bene e quell'uomo avrebbe potuto far venire una moglie dalla Cina, ma aveva sentito dire che mia madre era molto bella. C'erano altre candidate, ovviamente, e migliori. Donne che non si erano mai sposate. Ma valeva la pena provare. Chinandomi per ascoltare, sperai intensamente che quell'uomo scegliesse una delle altre; però avevo una sensazione infausta.

Shin e io, destinati a diventare fratellastri, ci conoscemmo quando suo padre venne a trovare mia madre. Fu un incontro molto diretto. Nessuno si prese la briga di fingere che ci fosse un pretesto romantico. Portarono delle tortine soffici avvolte nella carta di una panetteria locale. Per anni, in seguito, non fui in grado di mandare giù quei dolcetti al vapore senza che mi andassero di traverso.

Il padre di Shin era un uomo dall'aria severa, ma appena vide mia madre la sua espressione si ammorbidì. Si raccontava che anche la sua defunta moglie fosse stata una bellezza. Apprezzava le donne attraenti ma, ovviamente, non frequentava prostitute, aveva assicurato la pronuba a mia madre. Era molto serio, economicamente solido, non giocava e non fumava. Osservando di nascosto il suo viso, pensai che sembrava duro e privo di umorismo.

«E questa è Ji Lin» disse mia madre spingendomi avanti. Imbarazzata nel vestito da festa, che ormai mi stava piccolo lasciando scoperte le ginocchia nodose, abbassai timidamente la testa.

«Mio figlio si chiama Shin» replicò l'uomo. «Scritto con il carattere *xin*. Questi due sono già come fratello e sorella.»

La pronuba apparve compiaciuta. «Che coincidenza! Sono due delle virtù confuciane. Fareste bene ad avere altri tre figli per completare la serie.»

Risero tutti, persino mia madre, che sorrideva nervosa mostrando i suoi bei denti. Io no. Però era vero. Avendo *Zhi*, la saggezza, nel mio nome e *Xin*, la fedeltà, in quello di Shin, facevamo parte di una serie, ma il fatto che fosse incompleta era un po' stonato.

Lanciai un'occhiata a Shin per vedere se lo trovasse divertente. Aveva occhi acuti e luminosi sotto le sopracciglia folte, e quando vide che lo guardavo le aggrottò.

Non mi piaci neppure tu, pensai, colta dalla preoccupazione per mia madre. Non era mai stata forte, e avere altri tre figli sarebbe stata dura per lei. Ma io non avevo alcuna voce in capitolo: nel giro di un mese le trattative matrimoniali furono concluse e ci trasferimmo nella casa-bottega del mio nuovo patrigno, a Falim.

Falim era un villaggio alla periferia di Ipoh, poco più di qualche viottolo di case cinesi i cui corpi lunghi e stretti si stringevano l'uno all'altro con un muro in comune. Quella del mio patrigno era sulla via principale, Lahat Road. Era buia e fresca, con due cortili aperti a spezzare la sua lunghezza serpeggiante. Al piano superiore, la grande camera da letto anteriore era destinata ai novelli sposi e io avrei avuto, per la prima volta in vita mia, una stanza tutta per me sul retro, accanto a quella di Shin. Un corridoio senza finestre correva a fianco delle due camerette, disposte l'una accanto all'altra per il lungo come carrozze ferroviarie. La luce entrava nell'atrio solo se le nostre porte erano aperte.

Durante l'affrettato corteggiamento e il matrimonio, Shin mi aveva a stento rivolto la parola, ma si era comportato correttamente. Avevamo la stessa età; si scoprì addirittura che eravamo nati lo stesso giorno, io cinque ore prima di lui. Per giunta anche il cognome del patrigno era Lee, quindi non ci fu alcun cambiamento di nome. La pronuba era soddisfatta di sé, mentre a me pareva che fosse un orribile scherzo del destino infilarmi a forza in una nuova famiglia dove non mi sarebbe più appartenuto neppure il mio compleanno. Shin accolse mia madre in modo cortese ma freddo e, quanto a me, mi evitò. Ero convinta che non avesse simpatia per noi.

In privato avevo pregato mia madre di ripensarci, ma lei aveva risposto, accarezzandomi i capelli: «Per noi è meglio così». E poi sembrava che, stranamente, il mio patrigno avesse cominciato a piacerle. Quando il suo sguardo ammirato si posava su di lei, le guance le diventavano rosa. Lui ci aveva dato in dono del denaro per comprare un semplice corredo da matrimonio, e mia madre aveva reagito con un'eccitazione insolita. «Vestito nuovo... per te e per me!» aveva esclamato allargando le banconote a ventaglio sul nostro consunto copriletto di cotone.

Quella prima notte nella casa nuova, ero spaventata. Era molto più grande del minuscolo alloggio di legno – una sola stanza, con un angolo cottura dal pavimento di terra battuta situato a un livello leggermente più basso – in cui avevo vissuto con mia madre. Quella casa era insieme sede di lavoro e residenza, e il pianterreno adibito agli affari appariva come uno spazio vasto e cavernoso. Il mio patrigno era un intermediario che vendeva minerali di stagno a grandi fonderie come la Straits Trading Company, acquistandoli dai piccoli minatori che estraevano la ghiaia con le pompe e dalle donne che tramite il lavaggio con il *dulang*, un grande piatto, la recuperavano in corsi d'acqua e vecchie miniere.

Era un negozio silenzioso e buio. E fiorente, sebbene il mio patrigno fosse avaro di parole e di denaro. Non veniva mai nessuno a meno che non dovesse vendere stagno, e il locale era sbarrato da grate di ferro per prevenire il furto del materiale accumulato. Il primo giorno, quando il pesante portone doppio si chiuse sbattendo alle nostre spalle, sentii un tuffo al cuore.

Quando fu ora di dormire mia madre mi diede un bacio e mi disse di andare. Aveva un'aria imbarazzata, e allora mi resi davvero conto che da quel momento non avremmo più dormito nella stessa stanza. Non avrei più potuto trascinare il mio materassino accanto al suo o cercare rifugio fra le sue braccia. Lei ormai apparteneva al mio patrigno, che ci guardava in silenzio.

Diedi un'occhiata alla scala di legno che si apriva sull'oscurità del piano superiore. Non avevo mai dormito in un edificio a due piani, ma Shin salì rapidamente. Mi affrettai a seguirlo.

«Buonanotte» gli dissi. Sapevo che era capace di parlare, se voleva. Proprio quel mattino, mentre portavamo in casa le nostre ultime cose, lo avevo visto ridere e correre con i suoi amici in strada. Shin mi guardò. Pensai che, se quella fosse stata casa mia e ci fosse venuta ad abitare una sconosciuta con una figlia, anch'io mi sarei arrabbiata, ma lui aveva un'espressione curiosa, quasi impietosita.

«Adesso per te è troppo tardi» disse. «Comunque, buonanotte.»

Ora, mentre esaminavo la boccetta che avevo tolto di tasca al rappresentante, mi chiesi cosa ne avrebbe pensato Shin.

«E se non fosse neppure umano?» dissi a Hui, che si stava rammendando la gonna.

«Come un dito di scimmia, intendi?» Hui arricciò il naso. Chiaramente quell'idea le risultava altrettanto ripugnante.

«Dovrebbe essere grossa... un gibbone o forse persino un orango.»

«Un dottore te lo saprebbe dire.» Hui tagliò il filo con i denti. «Ma non so come potresti trovarne uno cui farlo vedere.»

Invece io sapevo a chi chiedere. A una persona che studiava anatomia, anche se era solo uno studente di medicina al secondo anno. Una persona che aveva dimostrato, nel corso del tempo, di saper tenere un segreto.

Shin sarebbe arrivato da Singapore la settimana seguente. Era quasi un anno che non tornava a casa, e anche allora ci era rimasto poco. Durante le ultime vacanze aveva lavorato come inserviente in un ospedale di Singapore per guadagnare qualcosa. Le lettere che mi mandava, mai frequenti, si erano rarefatte al punto che avevo smesso di aspettarle. E poi forse era meglio non sapere nulla dei suoi amici o delle lezioni che frequentava. Ero così invidiosa che a volte sentivo la bocca invasa da un sapore amaro. Eppure avrei dovuto essere contenta per lui. Era riuscito ad andarsene.

Da quando avevo smesso di andare a scuola, la mia vita era un totale spreco di tempo. Il programma di fare tirocinio come insegnante era fallito quando il mio patrigno aveva scoperto che i nuovi maestri potevano essere inviati in qualsiasi villaggio della Malesia. Era fuori questione, aveva detto, per una ragazza non sposata. Fare l'infermiera era ancora più sconveniente. Avrei dovuto lavare degli sconosciuti e occuparmi dei loro fluidi corporei. In ogni caso, non avevo i soldi. Il mio patrigno ricordò con freddezza che mi era stato permesso di continuare la scuola, a sue spese, molto più a lungo di altre ragazze. La sua opinione era che avrei dovuto stare dignitosamente a casa, svolgendo un po' di lavoro d'ufficio per lui, finché non mi fossi sposata; solo malvolentieri aveva permesso che cominciassi l'apprendistato da sarta.

Si udì bussare alla porta dello spogliatoio.

«Avanti!» cantilenò Hui.

Era uno dei portieri, il più giovane. Spinse l'uscio con aria imbarazzata. Lo spogliatoio era territorio delle ballerine, anche se al momento c'eravamo solo io e Hui.

«Sai quel rappresentante di cui mi chiedevi l'altro giorno?»

Mi misi subito in allerta. «È ritornato?»

Gli occhi del ragazzo cercarono di evitare gli abiti appoggiati sugli schienali delle sedie, le tracce di cipria rovesciata sul mobile da toilette.

«È lui?» Tese un quotidiano piegato sulla pagina dei necrologi. *Chan Yew Cheung, ventotto anni. Mancato improvvisamente il 4 giugno. Marito amatissimo.* C'era una fotografia sgranata, evidentemente un ritratto in posa. Aveva i capelli lisciati all'indietro e un'espressione seria, senza il sogghigno sbruffone, ma era la stessa persona.

Mi premetti la mano sulla bocca. Intanto che io mi sentivo oppressa dal pensiero del dito rubato, quell'uomo era già freddo e rigido in qualche obitorio.

«Lo conoscevi bene?» domandò il portiere.

Scossi la testa.

Il necrologio era breve, ma la parola "improvvisamente" aveva un'aria infausta. Dunque le previsioni del rappresentante su un colpo di fortuna si erano rivelate sbagliate, perché a quanto pareva era morto il giorno dopo il nostro incontro.

Con un brivido appoggiai sul tavolo la boccetta, avvolta nel mio fazzoletto. Sembrava più pesante di prima.

«Non pensi che sia stregoneria, vero?» disse Hui.

«Certo che no.» Ma non potei fare a meno di ricordare una statuetta buddhista che avevo visto da bambina. Era un oggettino d'avorio non più grande di quel dito. Il monaco che ce l'aveva mostrata aveva detto che una volta un ladro l'aveva rubata ma, per quanto avesse cercato di venderla o gettarla via, se l'era ritrovata sempre addosso finché, distrutto dal senso di colpa, l'aveva restituita al tempio. C'erano anche altre storie tradizionali come quella del *toyol*, un bambino fantasma fatto con l'osso di un neonato assassinato. Veniva tenuto da uno stregone e usato per rubare, sbrigare faccende e persino per commettere delitti. Dopo averlo invocato, era quasi impossibile sbarazzarsene se non con una corretta sepoltura.

Studiai con attenzione il giornale. Il funerale si sarebbe celebrato quel fine settimana nella vicina località di Papan, poco lontano da casa mia a Falim. Io dovevo andare a trovare i miei; forse sarei riuscita a restituire il dito. Per esempio a darlo alla sua famiglia o lasciarlo cadere nella bara in modo che venisse sepolto con lui, anche se non sapevo come fare. Ciò di cui ero sicura, comunque, era che non volevo tenerlo.

5

BATU GAJAH, MERCOLEDÌ 3 GIUGNO

La persona che manda avanti la casa del nuovo dottore è un taciturno cuoco cinese di nome Ah Long. È lui a prendere in carico Ren, gocciolante com'è, e a fargli da guida nelle viscere della casa fino agli alloggi della servitù, sul retro. Gli edifici sono separati da una passerella coperta, ma piove così forte che gli spruzzi li bagnano fino alle ginocchia.

Per Ren è difficile giudicare l'età degli adulti, ma Ah Long gli sembra vecchio. È un uomo forte e magro dalle braccia nodose. Porge a Ren un ruvido strofinaccio di cotone. «Asciugati» dice in cantonese. «Puoi occupare questa stanza.»

La camera è piccola, larga non più di otto piedi, con una stretta finestra ad alette di vetro. Nella scarsa luce azzurrata, Ren distingue un lettino. In tutta la casa regna un silenzio spettrale e lui si chiede dove sia il resto della servitù.

Ah Long gli chiede se ha fame. «Devo preparare la cena al padrone. Quando sei pronto, vieni in cucina.»

In quel momento ci sono il lampo accecante di un fulmine e il rombo di un tuono. Nella villa la luce elettrica vacilla e si spegne. Ah Long, seccato, schiocca la lingua con aria di disapprovazione e corre via.

Da solo nel buio sempre più fitto, Ren disfa il suo magro bagaglio e si siede sul lettino. Il materasso sottile si infossa. Un dito – due sole falangi – è così piccolo che potrebbe essere nascosto ovunque in quella grande casa. Mentre fa i conti, lo stomaco gli si annoda per l'ansia. Il tempo passa; la morte del dottor MacFarlane è stata tre settimane prima, e a lui rimangono solo venticinque giorni per trovare il dito. Ma Ren è così stanco, così esausto dopo il lungo viaggio con la borsa pesante, che chiude gli occhi e cade in un sonno senza sogni.

Il mattino seguente, Ah Long prepara a William la colazione con un uovo sodo e due fette di pane tostato ormai secco appena spalmate di burro, benché in dispensa ci siano almeno tre barattoli di Golden Churn. Quel burro viene dall'Australia tramite i negozi Cold Storage. È di un bel colore giallo e a temperatura ambiente è morbido. Ah Long il burro non lo mangia, ma lo raziona anche al padrone.

«Così» spiega a Ren in cucina, «non c'è bisogno di comprarne tanto.»

Ah Long somiglia al suo pane tostato, ruvido e con il cuore duro. Ma è anche onesto, e se è frugale con il cibo di William, è altrettanto severo con le proprie porzioni. A casa del vecchio dottore si mangiavano spesse fette di pane bianco hainanese, abbrustolito sui carboni ardenti e spalmato di burro e *kaya*, una crema caramellata fatta con uova, zucchero e latte di cocco. Ren riesce solo a pensare che questo nuovo dottore, William Acton, fa una colazione dall'aria triste.

Quando giudica che sia il momento opportuno, Ah Long sporge la faccia dentro la porta della sala da pranzo.

«C'è il ragazzo, *tuan*» annuncia, prima di sparire di nuovo nella sua tana.

Ren, obbediente, entra nella stanza. I suoi vestiti sono semplici ma puliti: camicia bianca e calzoncini cachi. A casa del vecchio dottore non aveva una divisa da domestico, anche se adesso la vorrebbe, per sembrare più grande.

«Ti chiami Ren?»

«Sì, *tuan.*»

«Solo Ren?» William sembra trovare la cosa un po' strana.

In effetti ha ragione. La maggior parte dei cinesi si presenta dando prima il cognome, ma Ren non sa bene cosa dire. Non ha né un cognome né un ricordo dei suoi genitori. Lui e suo fratello Yi sono stati salvati ancora piccoli da un casamento in fiamme dove dormivano famiglie di lavoratori itineranti. Non si sapeva bene di chi fossero figli, soltanto che erano chiaramente gemelli.

La direttrice dell'orfanotrofio ha dato loro i nomi di due virtù confuciane: *Ren*, la benevolenza, e *Yi*, la giustizia. A Ren è sempre parso strano che si fosse fermata lì. C'erano altre tre virtù: *Li*, l'ordine, *Zhi*, la saggezza, e *Xin*, la fedeltà, eppure nessun altro bambino dell'orfanotrofio aveva ricevuto gli altri tre nomi.

«Che tipo di lavoro facevi per il dottor MacFarlane?»

Ren si aspettava questa domanda, ma adesso è sopraffatto dalla timidezza. Forse sono gli occhi di questo nuovo dottore che gli cuciono le parole in bocca impedendo loro di uscire. Guarda il pavimento, poi si obbliga ad alzare gli occhi. Il dottor MacFarlane gli ha insegnato che agli stranieri piace essere guardati negli occhi. Ren ha bisogno di quel lavoro.

«Tutto quello che voleva il dottore.»

Parla con rispetto e chiarezza, come piaceva al vecchio dottore, ed elenca i mestieri che è abituato a fare: pulire, cucinare, stirare, badare agli animali che teneva il dottor MacFarlane. Ren non sa bene se confessare che sa leggere e scrivere abbastanza bene. Osservando ansiosamente la faccia di William, tenta di sondare il suo umore. Ma il nuovo dottore sembra sereno.

«È stato il dottor MacFarlane a insegnarti l'inglese?»

«Sì, *tuan.*»

«Lo parli molto bene. Mi sembra addirittura di sentire lui.» L'espressione del viso di William si intenerisce. «Per quanto tempo sei stato a casa sua?»

«Tre anni, *tuan.*»

«E quanti anni hai?»

«Tredici, *tuan*.»

Dopo quella bugia Ren trattiene il respiro. La maggior parte degli stranieri ha difficoltà a capire l'età della gente del posto. Il dottor MacFarlane ci scherzava tutto il tempo. La fronte di William si aggrotta come se stesse facendo un calcolo veloce. Infine dice: «Se sai stirare, ci sono delle camicie».

Congedato, Ren si dirige con sollievo alla porta.

«Un'altra cosa. Aiutavi mai il dottor MacFarlane in ambulatorio?»

Ren si blocca e poi annuisce.

William torna al suo giornale, senza accorgersi che il ragazzo ora lo guarda con un'aria spaventata.

Sorpreso che Ah Long non sia ad aspettarlo fuori dalla porta, Ren trova da solo la strada per tornare in cucina. Nella sua esperienza, i domestici sono invariabilmente sospettosi verso i nuovi arrivati. Durante i primi giorni a casa del dottor MacFarlane, la governante lo aveva seguito di stanza in stanza finché era stata sicura che lui non rubasse.

«Non si sa mai» aveva detto molto dopo, quando Ren era ormai diventato un elemento indispensabile della casa. «Non tutti sono beneducati come te.»

Kwan-*yi*, ovvero zietta Kwan, come la chiamava Ren, era una robusta donna di mezza età con un bel caratterino. Era lei che mandava avanti la disordinata casa del dottor MacFarlane con pugno di ferro, lei che aveva insegnato a Ren a cuocere il riso su una stufa a carbone senza bruciare il fondo della pentola, nonché a prendere, macellare e spennare un pollo in mezz'ora. Se solo fosse rimasta, tutto avrebbe potuto essere diverso. Ma zietta Kwan era andata via sei mesi prima della morte del dottore. Sua figlia stava per avere un bambino e lei si era trasferita a sud, a Kuala Lumpur, per aiutarla.

Il dottor MacFarlane aveva detto che avrebbe trovato una sostituta, ma i mesi erano passati e il vecchio si era lasciato distrarre da altre questioni. Ne aveva già dato segno prima che zietta Kwan andasse via, e questo l'aveva messa a disagio al momento della partenza. Ren, cercando di non piangere, all'improvviso l'aveva abbracciata forte. La donna gli aveva messo in mano un pezzo di carta sporco. «Devi avere cura di te» aveva detto, preoccupata.

Ren andava soggetto a incidenti. Una volta un ramo d'albero era crollato mancandolo di pochi pollici. Un'altra volta, un carro tirato da buoi l'aveva quasi schiacciato contro un muro. C'erano stati altri pericoli scampati per miracolo, tanto che la gente sosteneva che fosse lui ad attirare la sfortuna.

«Vieni a trovarmi» aveva detto zietta Kwan stringendolo a sé. E adesso Ren si chiede se non avrebbe dovuto farlo. Ma deve molto al vecchio dottore, e ci sono delle promesse che deve mantenere.

Nella cucina ariosa, Ah Long sta sezionando un pollo con aria corrucciata. Ren, stando a una rispettosa distanza, si arrischia a dire: «Il padrone mi ha chiesto di stirargli le camicie».

«La biancheria non è ancora tornata dal *dhobi*. Prima lava i piatti» risponde Ah Long.

Ren, rapido e preciso, comincia a sfregare le pentole nel profondo lavello all'esterno, con una spazzola di cocco e un morbido sapone marrone fatto in casa. Quando i piatti sono puliti, Ah Long esamina il suo lavoro. «Il padrone è uscito, ma tornerà per pranzo. Puoi spazzare i pavimenti.» Ren vorrebbe chiedere se ci sono altri domestici, ma l'espressione della faccia di Ah Long lo frena.

La casa è sorprendentemente spoglia. Le larghe tavole di tek sono lisciate dall'uso e le finestre senza vetri, con le loro tornite sbarre di legno, danno sul verde intenso della giungla circostante. Ci sono pochi mobili a parte le poltrone di rattan e la sala da pranzo, che sembrano essere lì da sempre. Non ci sono quadri alle pareti, neppure gli insulsi acquerelli che piacciono tanto alle signore inglesi.

Il dottor MacFarlane era un uomo disordinato i cui interessi si riversavano in ogni parte della sua casa. Ren si domanda come sia possibile che i due fossero amici. Ripensa alla richiesta fatta in punto di morte dal vecchio dottore, contando di nuovo i giorni. L'avvertimento dell'autista del camion a proposito dei cani divorati lo preoccupa. Sperava di trovare il dito in fretta, magari in un armadietto di campioni anatomici. Sarebbe stata la soluzione migliore. Ma il dottor MacFarlane non era neppure sicuro che fosse lì.

«Potrebbe non averlo più» aveva detto con voce roca. «Magari l'ha dato via. O l'ha distrutto.»

«Perché non glielo chiede?» aveva domandato Ren. «Il dito è suo.»

«No! Meglio che lui non sappia niente.» Il vecchio aveva afferrato il polso di Ren. «Bisogna prenderlo o rubarlo.»

Ren sta spazzando il pavimento con gesti precisi quando Ah Long viene a dirgli di fare anche lo studio del padrone. Socchiusa la porta, Ren si blocca. Alla luce fioca delle imposte semiaperte vede occhi vitrei e una bocca spalancata, fissata per sempre in un ruggito. Il ragazzo si dice che è soltanto una pelle di tigre. I tristi resti di una battuta di caccia dimenticata da tempo.

«Il padrone va a caccia?»

«Lui? È solo un collezionista» borbotta Ah Long. «Fossi in te non la toccherei.»

«Perché no?» Ren è turbato e affascinato dalla pelle di tigre. Nonostante l'oltraggio di stare sul pavimento, con la pelliccia qua e là consumata, i torvi occhi di vetro gli intimano di non avvicinarsi. Gli occhi di tigre sono ricercati per la parte dura al centro, montata in oro per farne anelli e ritenuta un amuleto prezioso, come i denti, le vibrisse e gli artigli. Un fegato di tigre essiccato e ridotto in polvere vale due volte il suo peso in oro, come medicina. Si prendono persino gli ossi, per bollirli fino a farne gelatina.

«*Aiya!* Quella tigre era una mangiauomini. Ha ucciso due

uomini e una donna giù a Seremban, prima che le sparassero. Vedi i fori delle pallottole sul fianco?»

«Come ha fatto lui ad avere la pelle?»

«La conserva per un amico che gli ha detto che era *keramat*. *Cheh!* Come se fosse mai possibile sparare a una tigre *keramat*.»

Ren comprende fin troppo bene il significato di quelle parole. Un animale *keramat* è una bestia sacra, una creatura con la facoltà di andare e venire come un fantasma, calpestando le canne da zucchero o assaltando impunemente il bestiame. Si distingue sempre per qualche peculiarità, come una zanna mancante o una rara colorazione albina. Ma il tratto più comune è una zampa atrofizzata o storpia.

Quand'era ancora all'orfanotrofio, una volta Ren aveva visto le orme dell'elefante Gajah Keramat. Era una bestia famosa, un maschio solitario che da Teluk Intan si era spinto fino al confine thailandese. I proiettili venivano deviati magicamente dalla pelle screziata di Gajah Keramat, che aveva la capacità soprannaturale di presentire un'imboscata. Quel mattino i raggi roventi del sole tingevano di rosso sangue la strada sterrata, illuminando gli uomini accalcati intorno alle orme che conducevano fuori da un canale, al di là della strada e poi dentro la giungla secondaria. Ren si era fermato a osservare la situazione.

«*Tentulah*, è Gajah Keramat.» C'era stato un sibilo di assenso.

Insinuandosi in prima fila, Ren aveva visto che la zampa anteriore sinistra dell'elefante aveva lasciato un'impronta curiosa nell'umida terra rossa, come se fosse rattrappita.

In seguito, quando era entrato in casa del dottor MacFarlane, gli aveva raccontato quell'episodio. Il vecchio dottore ne era rimasto affascinato, arrivando a prenderne nota in uno dei suoi taccuini, vergando parole sulla pagina con la sua calligrafia accurata. Allora Ren non sapeva quanto fosse profondo il suo interesse per gli animali *keramat*.

Adesso che osserva la pelle di tigre sul pavimento, un brivido gli sale su per la schiena. È forse questo il legame tra il dottore vecchio e quello nuovo? E la morte sta giungendo ora su zampe felpate oppure è arrivata in anticipo, come un'ombra liberata dal suo proprietario? Ren spera, con tutto se stesso, che si tratti solo di una coincidenza.

6

FALIM, SABATO 6 GIUGNO

Una delle condizioni poste da mia madre per la mia permanenza alla sartoria della signora Tham era che tornassi spesso a Falim. Ogni volta le portavo qualche cosa di buono per compensare il fatto che non avevo nessuna nostalgia di casa. Quel giorno erano dei *rambutan*, quei frutti dalla buccia rossa e pelosa che aperti rivelano un dolce interno bianco. Li vendevano vicino alla fermata dell'autobus e ne avevo comprati un po', avvolti in un pacchetto di carta da giornale. Quando mi ritrovai sull'autobus me ne pentii, dato che i *rambutan* brulicavano di formiche.

Una volta Falim era un posto pieno di orti, ma ormai la periferia di Ipoh si faceva ogni anno più vicina. Il magnate dello stagno Foo Nyit Tse aveva già costruito un nuovo complesso residenziale, oltre a una grandiosa villa in Lahat Road che era la meraviglia del quartiere. La dimora del mio patrigno si trovava in una fila di strette case-bottega il cui piano superiore sporgeva a formare un *kaki lima*, un passaggio coperto e ombroso profondo circa cinque piedi. Sebbene la facciata fosse larga poco più di diciotto piedi, la lunghezza dell'edificio era sorprendente: Shin e io un giorno l'avevamo misurata, erano almeno cento piedi.

Al mio arrivo, la ragazza che il mio patrigno aveva assunto per sostituirmi in ufficio stava prendendo appunti sul registro.

«Sei appena arrivata?» Ah Kum, un anno più di me, era una chiacchierona gioviale con una voglia a forma di lacrima sotto l'occhio sinistro. Secondo alcuni quel particolare segno significava che non avrebbe avuto fortuna nel matrimonio, ma lei non sembrava darci peso. In ogni caso le ero molto grata. Se non avesse iniziato a lavorare lì, non avrei mai potuto andare via.

«Ne vuoi?» Mollai il mio pacchetto di *rambutan* sul bancone.

Ah Kum aprì un frutto con un movimento circolare. «È tornato anche tuo fratello.»

Non ne sapevo nulla. Shin doveva rientrare la settimana seguente. «Quand'è arrivato?»

«Ieri. Adesso è fuori. Perché non mi hai detto che era così bello?»

Alzai gli occhi al cielo. Shin e le sue ammiratrici... Di certo non erano al corrente della sua vera personalità, come spesso gli avevo spiegato. Ma Ah Kum aveva iniziato a lavorare lì solo dopo che Shin era partito per Singapore; come faceva a saperlo, povera ragazza?

«Se ti sembra così fantastico, puoi prendertelo!» dissi schivando una sua manata. Le nostre risate furono interrotte da un passo al piano di sopra. Subito serie, ci guardammo.

«Lui è in casa?»

Lei scosse il capo. «È tua madre.»

Mi addentrai nel magazzino, inspirando l'oscuro, ben noto odore di terra e metalli che veniva dai minerali stoccati. Di sopra, finestre munite di persiane si aprivano sui cortili lasciando entrare aria e luce negli alloggi della famiglia. L'ampia stanza in cui entrai veniva usata come salotto privato, lontano dai traffici del negozio. Sommariamente arredata con poltrone di rattan, un tavolino quadrato per il mahjong e qualche grande fotografia seppiata dei genitori del mio patrigno, non era molto cambiata da quando mia madre e io eravamo arrivate, dieci anni prima. Un lungo buffet di palissandro era coperto di coccarde e trofei scolastici. I primi erano equamente divisi tra Shin e me, mentre i più recenti, dopo che il mio patrigno aveva deciso che io avevo studiato abbastanza, erano tutti di Shin.

Mia madre era seduta accanto alla finestra a guardare i piccioni che passeggiavano e borbottavano sul davanzale.

«Mamma» dissi piano.

Negli ultimi anni era diventata molto magra, ma aveva sempre un profilo incantevole; mi colpì il contorno delicato degli zigomi sotto la pelle.

«Credevo che non venissi prima della prossima settimana.» Sembrava contenta di vedermi. Su questo potevo sempre contare; a volte pensavo che avrei fatto qualunque cosa per il sorriso di mia madre.

«Oh, me n'è venuta voglia. Ho portato dei *rambutan.*» Non menzionai il fatto di avere con me un dito mummificato, né il mio piano di intrufolarmi l'indomani al funerale di uno sconosciuto.

«Brava, brava.» Mi diede qualche pacca sulla mano.

Guardandomi nervosamente intorno, le passai una busta. Le labbra di mia madre tremarono mentre contava il denaro. «Quanti! Come hai fatto a trovare tanti soldi?»

«La settimana scorsa ho fatto un vestito per una signora.» Non ero brava a raccontare bugie, perciò stavo attenta a fare affermazioni brevi.

«Non posso accettarli.»

«Ma devi!»

Erano passati due mesi da quando avevo scoperto i debiti di mia madre, anche se avevo già avuto sospetti notando la sua preoccupazione e i piccoli lussi cui rinunciava. Ai pasti mangiava meno e, soprattutto, non si trovava più a giocare con le amiche. Perché la colpa era tutta del mahjong.

Sotto le mie domande era crollata. Mi aveva sconvolto vederla piangere come una bambina, premendosi le mani sulla bocca mentre le lacrime le scendevano in silenzio sulle guance. Una delle sue amiche le aveva raccomandato una signora che prestava denaro ufficiosamente. Era molto discreta e non lo avrebbe mai riferito al mio patrigno.

«Perché non me l'hai detto prima?» l'avevo sgridata con rabbia. «Che razza di interesse è il trentacinque per cento?»

Il mio patrigno avrebbe potuto saldare il debito. Con il suo lavoro guadagnava bene; ma sapevamo entrambe cosa sarebbe successo se lo avesse scoperto. E così, poco per volta, avevamo cominciato a mettere da parte dei soldi. Lei era molto più lenta di me. Il mio patrigno esaminava i conti di casa ogni settimana, quindi mia madre doveva fare economia senza che lui se ne accorgesse. Ma da quando avevo iniziato a lavorare al Fiore di Maggio, ero stata in grado di restituire una parte del capitale. Mia madre tentava sempre di rifiutare, però alla fine sapevo che avrebbe accettato: doveva farlo.

Nascose il denaro nella punta delle sue scarpette del matrimonio. Il mio patrigno non avrebbe mai guardato lì, per quanto gli piacessero i bei vestiti. Mia madre avrebbe voluto vendere dei gioielli, ma spesso lui chiedeva espressamente che ne indossasse alcuni e non altri, e sarebbe stato difficile spiegarne la sparizione. L'attenzione che quell'uomo prestava agli abiti includeva anche me, e da adolescente ero sempre stata ben vestita. Le mie amiche dicevano che ero fortunata ad avere un patrigno così generoso, ma io sapevo che dipendeva solo dalla sua vanità. Lui era un collezionista e noi un bene da sfoggiare.

Non avevo mai detto a Shin cosa pensavo di suo padre. Non ce n'era bisogno.

Quando mia madre e io eravamo andate a stare con loro, mi ero meravigliata di quanto il mio patrigno fosse severo con Shin. Sembrava pretendere obbedienza assoluta. In casa il mio fratellastro parlava appena, a meno che non gli si rivolgesse la parola; era solo un'ombra del ragazzino che arrivai a conoscere fuori dalle mura domestiche. In effetti rimasi piuttosto sorpresa di quanto Shin fosse popolare. Ogni giorno arrivavano torme di bambini che volevano giocare con lui. Dato che erano tutti maschi, non si prendeva la briga di presentarmeli e correva via con loro. Quell'espressione birichina ed eccitata non gliela vedevo mai in casa, e presto scoprii il perché.

Un pomeriggio, Shin era uscito mentre io dovevo rimanere in casa a togliere le radici a un enorme mucchio di germogli di soia grossi e croccanti. A me non piacevano ma al patrigno sì, e così spesso mia madre li faceva saltati con il pesce salato.

Mentre continuavo cupa il mio lavoro, il mio patrigno tornò a casa. Attraversò in silenzio la cucina e poi controllò il cortile, mentre le narici gli si sbiancavano per la rabbia. Shin aveva dimenticato di mettere nei sacchi e di pesare i mucchi di minerale che si stavano asciugando. Quando infine rincasò, suo padre lo portò sul retro per picchiarlo con la canna, un colpo per ogni mucchio che aveva dimenticato.

La canna era lunga quattro piedi e spessa quanto un pollice; niente a che vedere con la debole verga di rattan con cui ogni tanto mi puniva mia madre. Afferrato Shin per il colletto, il mio patrigno tese il braccio all'indietro il più possibile. Ci fu un sibilo, poi un colpo esplosivo che risuonò in tutto il cortile. Le ginocchia di Shin cedettero. Un grido strozzato gli uscì dalla gola. Io cercavo di dirmi che se l'era meritato, ma al secondo colpo stavo piangendo.

«Basta!» gridai. «Ha chiesto scusa! Non lo farà mai più!»

Il mio patrigno mi guardò incredulo. Per un attimo ebbi il terrore che prendesse a vergate anche me; invece diede un'occhiata alla sua nuova moglie, che era apparsa pallidissima alle mie spalle, e lentamente mise giù la canna. Non disse una parola e tornò in magazzino.

Quella notte Shin piangeva e io non riuscivo a sopportarlo. Premetti la bocca sulla parete di legno che ci divideva.

«Ti fa male?»

Lui non rispose, ma i singhiozzi si intensificarono.

«Mi dispiace» dissi.

«Non è colpa tua» rispose infine lui.

«Hai bisogno di un unguento?» In camera avevo del balsamo di tigre, il rimedio universale cinese che dovrebbe contenere ossi di tigre bolliti. Ha fama di curare qualsiasi cosa, dalle punture di zanzara all'artrite.

Ci fu un silenzio. «Va bene.»

Scivolai fuori nel corridoio buio. Sebbene sapessi che il mio patrigno e mia madre erano a distanza di sicurezza nella loro camera dall'altra parte della casa, dovetti farmi coraggio prima di aprire la porta della cameretta di Shin. Era una copia a specchio della mia, con il letto sul lato opposto. Lui era a letto, seduto. Al chiarore della luna appariva molto piccolo e fragile, benché fossimo più o meno grandi uguali. Svitai il coperchio del balsamo di tigre e, zitta, lo aiutai a spalmarlo sulle vesciche delle gambe. Quando ebbi finito, mi afferrò per la manica.

«Non andare via.»

«Va bene, solo un minuto.» Se mi avessero scoperto sarebbe stato un guaio, ma mi stesi accanto a lui. Shin si accoccolò come un animaletto e io, senza pensarci, gli accarezzai i capelli. Pensai che avrebbe protestato, invece disse solo: «A volte mia madre si sedeva qui con me».

«Cosa le è successo?»

«È morta. L'anno scorso.»

Solo un anno, pensai. Mio padre, il mio vero padre, era morto da tre. Se mia madre avesse posseduto una casa grande come quella, non sarebbe stata obbligata a risposarsi, mi dissi. Immaginai noi due sole che insieme coltivavamo orchidee in vaso nel cortile o preparavamo il *nian gao*, il dolce di riso glutinoso per l'anno nuovo, come facevamo prima. Saremmo state benissimo per conto nostro.

«Da grande non mi sposerò mai» dissi.

Pensai che mi avrebbe preso in giro. Dopotutto, le ragazze erano tenute a sposarsi. Ma Shin considerò seriamente la cosa. «Allora non mi sposerò neanch'io.»

«A te andrà tutto bene comunque. Avrai il negozio.» Il mio patrigno ci teneva che Shin proseguisse la sua attività. Sebbene lui fosse uno dei mercanti di stagno più piccoli, altri nel suo ramo avevano avuto un gran successo e si potevano fare soldi nei reinvestimenti.

«Puoi prenderlo tu. Io me ne vado prima che posso.»

Sbuffai. «Non lo voglio. Sarò io ad andarmene.»

Lui cominciò a ridere e nascose la testa sotto il cuscino per soffocare il rumore. Mentre lo faceva ne uscì un pezzetto di carta spiegazzato. Vi era tracciato un unico carattere cinese: 貘.

«Che cos'è?» All'incerta luce della luna era difficile distinguerlo bene. «È un animale?»

Shin fece per afferrarlo. «Me l'ha scritto mia madre» disse. «È il carattere del *mo*: sai, il tapiro.»

Avevo visto alcune illustrazioni del tapiro: aveva un naso come una striminzita proboscide e dei segni bianchi e neri, quasi che il muso fosse stato intinto nell'inchiostro e il posteriore pesantemente infarinato come gli gnocchi di riso. Pareva fosse molto grande, lungo quasi sei piedi, ma difficile da distinguere nella giungla.

«La calligrafia di tua madre era bellissima.» Mia madre era analfabeta, motivo per cui ci aveva sempre tenuto a mandarmi a scuola e anche a farmi prendere lezioni di calligrafia cinese con il pennello, nei fine settimana.

«Veniva dal Nord della Cina. Quel foglio è per me. Per quando faccio i brutti sogni. *Mo* è un mangiatore di sogni, non lo sai?»

«Intendi il tapiro vero, della giungla?» Mi domandavo che tipo di storie raccontasse la madre di Shin. La mia famiglia viveva in Malesia da generazioni; sebbene parlassimo ancora cinese, ci eravamo anche adattati alla vita sotto il dominio britannico.

«No, il mangiasogni è un animale fantasma. Se hai gli incubi, puoi chiamarlo tre volte a mangiare i brutti sogni. Ma bisogna stare attenti. Se lo chiami troppo spesso, divorerà anche le tue speranze e le tue ambizioni.»

Restammo in silenzio mentre assimilavo quel racconto.

Avrei voluto chiedere a Shin se l'incantesimo del mangiasogni funzionava davvero e se lui l'aveva mai visto, ma intanto si era addormentato, così ritornai piano piano nel mio letto.

Quando le persone che non conoscevano la nostra storia venivano a sapere che Shin e io eravamo nati lo stesso giorno, davano per scontato che fossimo gemelli benché non ci somigliassimo. Mia madre gli si era affezionata e ci accarezzava la testa con tenerezza.

«È bello che adesso hai un fratello, Ji Lin.»

«Ma lui non mi vuole chiamare *Ah Jie*» facevo notare io, offesa. Era mio diritto essere chiamata "sorella maggiore", sebbene lo fossi solo per cinque ore di differenza. Shin invece ignorava bellamente la cosa, chiamandomi con il mio nome proprio e facendomi la linguaccia.

In un certo senso sarebbe stato meglio se si fosse comportato ancora così; invece negli ultimi due anni il mio fratellastro era diventato stranamente distaccato. Era inevitabile, forse, anche se mi feriva. Ma io ero troppo orgogliosa per stargli intorno come le altre ragazze, e troppo infelice, dopo essere stata obbligata a lasciare la scuola prima dell'ultimo anno, per trovare il tempo di preoccuparmi di quel suo cambiamento. In ogni caso, però, ero convinta di poter ancora fare affidamento su Shin come alleato disposto a custodire i miei segreti. E a identificare dita mozzate. O almeno lo speravo.

Quella sera la cena fu un momento silenzioso, nonostante il lusso di un intero pollo al vapore condito con olio di sesamo. Troneggiava, tagliato a bocconcini da mani esperte, su un grande vassoio. Ma nessuno di noi l'aveva toccato; costituiva un muto rimprovero come il posto vuoto di Shin. Mia madre chiese timidamente sue notizie.

«Ha detto che stasera usciva.» Il mio patrigno mangiava a grossi bocconi masticando metodicamente.

«Avrei dovuto dirgli che oggi intendevo uccidere un pollo.»

Mia madre lanciò uno sguardo preoccupato al vassoio, come se Shin potesse materializzarsi da lì.

Io soffocai uno sbuffo d'impazienza. «Quanto si ferma?» domandai.

«Lavora mezza giornata all'ospedale di Batu Gajah, quindi starà qui tutta l'estate.» Mia madre sembrava compiaciuta. Non che in Malesia ci fosse una vera e propria estate; dopotutto eravamo ai Tropici, nonostante avessimo adottato il vocabolario delle vacanze estive dato che eravamo una colonia. Ma non dissi ad alta voce nulla di tutto questo; durante i pasti era sempre bene parlare il meno possibile.

«Ma dormirà qui?» Batu Gajah era lontana più di dieci miglia. E non riuscivo a immaginare Shin ansioso di trascorrere molto tempo sotto lo stesso tetto con suo padre.

«L'ospedale ha degli alloggi per il personale. Shin ha detto che sarà più comodo.» Mia madre lanciò una rapida occhiata al marito, che continuava a masticare in silenzio. Era di buonumore, si capiva. Dal momento in cui Shin aveva vinto una borsa di studio per la facoltà di medicina, era esageratamente fiero di lui. Ricevere tanti complimenti per l'intelligenza del figlio doveva avergli dato alla testa.

Era strano che Shin andasse in un ospedale come quello di Batu Gajah, quando avrebbe potuto facilmente trovare un posto da inserviente al Singapore General Hospital come aveva fatto durante le vacanze di Natale. Io a Singapore non ci ero mai stata, ma avevo fantasticato guardando le cartoline della cattedrale di St. Andrew e del famoso Raffles Hotel, con il suo Long Bar dove le signore non dovevano andare.

Mia madre rivolse un altro sguardo ansioso al pollo intatto. «Con chi usciva stasera Shin?»

«Con Ming e un altro amico, Robert, ha detto.» Il mio patrigno si servì finalmente del pollo e con un sospiro mia madre lo imitò, mettendomene un po' nel piatto.

Abbassai gli occhi, imbarazzata. Ming era il figlio dell'orologiaio e il migliore amico di Shin. Di un anno più grande di noi, era serio e maturo e portava occhiali dalla sottile montatura metallica. Ero innamorata di lui fin da quando avevo dodici anni: una cotta goffa e inguaribile che speravo nessuno avesse notato, per quanto lo sguardo solidale di mia madre apparisse un po' troppo perspicace. Ming a scuola andava bene e tutti si aspettavano che continuasse a studiare; invece all'improvviso aveva rilevato l'attività del padre. E qualche mese prima avevo sentito dire che si era fidanzato con una ragazza di Tapah.

Buon per lui, pensai infilzando il pollo con le bacchette. Ming era una persona sincera; conoscevo la sua fidanzata e sembrava una brava ragazza, tranquilla e non appariscente. Il fatto era che Ming, nonostante fosse sempre stato gentile, non si era mai interessato a me. Lo sapevo molto bene e avevo rinunciato a lui. Eppure sentirlo nominare mi riempiva di una tristezza cupa e crepuscolare.

I debiti di mia madre, il matrimonio di Ming e l'assenza di un futuro erano pesi freddi sospesi a un filo di sfortuna. E questo senza contare il dito mummificato sottovetro, infilato sul fondo del mio cesto da viaggio.

Il mio patrigno andava sempre a letto presto. Anche mia madre aveva adottato quest'abitudine, e in breve si ritirarono di sopra in camera loro. Lavai i piatti e misi il cibo rimasto nella credenza con la zanzariera per proteggerlo da lucertole e scarafaggi. Ogni gamba della credenza stava su un piattino pieno d'acqua, così le formiche non potevano arrampicarsi. Infine presi gli avanzi e li portai nel vicolo sul retro per i gatti randagi. Faceva più fresco, anche se i muri degli edifici irradiavano ancora il calore della giornata. Il cielo notturno era spruzzato di stelle e un crepitio di musica aleggiava nell'aria. Da qualche parte, qualcuno ascoltava la radio. Era un foxtrot, un ballo che ormai sapevo danzare a occhi chiusi, e lo feci canticchiando sottovoce.

La musica terminò in uno scroscio di applausi. Sbigottita, mi voltai.

«Da quando sei capace di ballare?»

Era solo un'ombra nel buio del vicolo, appoggiato al muro, ma lo avrei riconosciuto ovunque.

«Da quanto sei lì?» domandai indignata.

«Abbastanza.» Staccandosi dal muro la sua sagoma indistinta apparve più alta, le sue spalle più ampie di prima. Non distinguevo l'espressione del suo viso e mi sentii improvvisamente timida. Non vedevo Shin da quasi un anno.

«Perché non sei rimasto a Singapore?» chiesi.

«Ah, allora non volevi che tornassi?» Stava ridendo, e io provai un moto di sollievo. Era il vecchio Shin, il mio amico d'infanzia.

«Chi potrebbe volerlo? Ah, forse Ah Kum.»

«Intendi la ragazza nuova in negozio?» Scosse il capo. «Il mio cuore appartiene alla professione medica.»

La finestra dei vicini si chiuse con un colpo. Stavamo facendo troppo rumore nel vicolo. Tornai verso il ventaglio di luce che si diffondeva dalla porta della cucina.

«Ti sei tagliata i capelli» disse Shin, sorpreso.

La mano mi corse alla nuca rasata. *Adesso cominciano le battute*, pensai rassegnata. Ma, sorprendentemente, Shin non aggiunse nient'altro. Si sedette al tavolo guardandomi mentre mi affannavo a passare lo straccio su un piano di lavoro già pulito. Il lume della lampada a olio era ormai basso e la cucina era piena di ombre. Gli rivolsi una serie di rapide domande su come fosse Singapore.

«Ma tu che cosa combini?» chiese lui. «Ci sarà qualche povera donna con un vestito cucito al contrario.»

Gli buttai addosso lo straccio. «Guarda che sono bravissima a cucire. Ho molto talento, secondo la signora Beaky Tham.»

«Beaky* è il suo vero nome?»

«No, ma dovrebbe. Sembra un piccolo corvo, e quando sono fuori si diverte ad andare in camera mia e aprire tutti i cassetti.»

* *Beaky* significa "simile a un becco". [*N.d.T.*]

«Mi dispiace» disse ridendo Shin. Ma poi assunse davvero un'espressione dispiaciuta.

«Perché?»

«Perché dovresti esserci tu alla facoltà di medicina.»

«Non avrei mai potuto andarci.» Mi voltai dall'altra parte. Era ancora un tasto dolente. Ero stata io a pensare per prima di fare il medico, o al limite l'infermiera. Qualsiasi cosa pur di guarire i lividi sulle braccia di mia madre, le distorsioni che si faceva misteriosamente. «Ho sentito che stasera hai visto Ming.»

«E Robert.» Robert Chiu era amico di Ming. Suo padre era un avvocato che aveva studiato in Inghilterra. Tutti i suoi figli avevano nomi inglesi – Robert, Emily, Mary, Eunice – e nella loro grande casa piena di domestici avevano un pianoforte e un grammofono. Robert e Shin non erano mai andati molto d'accordo. Mi chiedevo perché si fossero trovati tutti e tre.

«Ming mi ha chiesto di te... Vuoi venire a pranzo con noi domani?» chiese Shin. Era pietà quella che gli leggevo negli occhi? Io non volevo compassione.

«Devo andare a un funerale.»

«Di chi?»

Mi arrabbiai con me stessa per non aver trovato una scusa. «Solo un conoscente.»

Shin si accigliò ma non fece altre domande. Alla luce della lampada gli angoli dei suoi zigomi erano sempre uguali eppure più marcati, più maturi.

«Ho bisogno del tuo aiuto» dissi. In fondo era un momento buono quanto un altro per mostrargli il dito, senza l'interferenza di mia madre o di suo padre. «È una domanda di anatomia. Posso farti vedere una cosa?»

Sollevò le sopracciglia. «Non credi che dovresti chiedere a qualcun altro?»

«È un segreto. Non posso coinvolgere altre persone.»

Shin arrossì, o magari era soltanto un effetto della luce bassa. «Forse dovresti chiedere a un'infermiera. Io non sono proprio qualificato e sarebbe meglio che ti visitasse una donna.»

Alzai gli occhi al cielo. «Io non c'entro, scemo.»

«Be', come facevo a saperlo?» Shin si strofinò la faccia, sempre più rosso.

«Aspetta qui. È in camera mia.»

Mi affrettai a salire, con passo leggero per evitare le assi scricchiolanti, e scivolai lungo il corridoio fino alla mia camera, sul retro della casa. I raggi della luna inondavano le finestre come acqua chiara. In quella stanza non era cambiato niente, nemmeno la posizione del letto, ancora addossato alla parete che separava la camera di Shin dalla mia.

Quando avevo quattordici anni il mio patrigno aveva preso in considerazione di spostare Shin al piano di sotto, scambiando la sua camera con l'ufficio, ma sarebbe stato troppo scomodo. Temeva che Shin e io sgattaiolassimo l'uno nella stanza dell'altra, il che era ridicolo. Shin non era mai venuto in camera mia. Se volevamo chiacchierare di nascosto, uscivamo piano in corridoio o ci mettevamo seduti sul pavimento nella sua stanza, ma la mia camera era solo mia. Era l'unica concessione al fatto che ero una ragazza.

Ficcato un braccio nel cesto di rattan che usavo come bagaglio, ne estrassi la boccetta di vetro, avvolta in un fazzoletto perché non mi piaceva affatto guardarla.

Tornata da basso, la appoggiai accanto alla lampada a olio. «Dimmi che ne pensi.»

Shin svolse il fazzoletto slegando il nodo con le sue dita agili. Quando vide il dito, si bloccò. «Dove l'hai preso?»

Guardando le sopracciglia scure di Shin così aggrottate, mi resi conto che non potevo assolutamente dirgli che l'avevo sfilato dalla tasca di uno sconosciuto mentre lavoravo in una sala da ballo. Per quanto cercassi di rivalutare la signorilità un po' fané del Fiore di Maggio e l'onestà delle ragazze, suonava malissimo. Peggio ancora, così avrei svelato i debiti di gioco di mia madre.

«L'ho trovato. Era caduto di tasca a una persona.»

Shin rigirò il contenitore stringendo le palpebre.

«Allora?» Mi tormentai le mani sotto il tavolo.

«Direi che si tratta delle falangi distale e intermedia di un dito. Forse un mignolo, dalle dimensioni.»

«Potrebbe essere di un orango?»

«Le proporzioni mi sembrano umane. E poi, guarda l'unghia. Non pare tagliata?»

Lo avevo notato anch'io. «Perché sembra mummificato?»

«Si è asciugato, perciò forse è successo in maniera naturale, come con la carne secca.»

«Non parlare di cibo» dissi cupa.

«Ma esattamente dove l'hai preso?»

«Te l'ho detto, l'ho trovato.» Scostando la sedia per alzarmi, aggiunsi in fretta: «Non preoccuparti, lo restituirò. Grazie per aver dato un'occhiata. Buonanotte».

Mentre risalivo le scale, mi sentii seguita dal suo sguardo opaco.

7

BATU GAJAH, VENERDÌ 5 GIUGNO

Fin dal suo arrivo Ren ha appreso due cose importanti sul suo nuovo padrone. Per prima cosa, Ah Long lo informa che William è un chirurgo e pertanto bisogna rivolgersi a lui chiamandolo signor o *tuan* Acton, non dottor.

«Ma perché?» chiede Ren.

«Non ne ho idea. È una cosa inglese.» Ah Long sta sgusciando dei gamberi di fiume giganti. «Ma bisogna chiamarlo così.»

La seconda cosa che ha appreso è che il suo nuovo datore di lavoro preferisce un ambiente ordinato, lontanissimo dalla casa vivace e caotica che Ren ha lasciato a Kamunting. Spesso il dottor MacFarlane lasciava sandwich sbocconcellati e bucce di banana nel caos di carte della sua scrivania. Questo nuovo dottore, William Acton, depone ordinatamente le posate sul bordo del piatto. La superficie lucida della scrivania è interrotta solo dall'arcipelago di calamaio, carta assorbente e penna.

Ren ha già memorizzato la posizione esatta di ciascun oggetto e lo rimette esattamente a posto ogni volta che spolvera. Forse è tempo sprecato, dato che non sa quanto rimarrà lì. Finché il suo compito non sarà portato a termine... ma di cosa avverrà dopo aver ritrovato il dito e averlo restituito alla tomba, Ren non ha alcuna idea. Il dottor MacFarlane non ha dato altre istruzioni. Un'ondata di nostalgia lo colpisce così intensamente da fargli spuntare le lacrime agli occhi, che vergogna. Ren si dice che è troppo grande per piangere. Sono passati ventisei giorni dalla morte del suo vecchio padrone, e il panico lo assale. Però non è morto nessun altro. A meno di non contare i cani.

Il giorno prima, Ah Long ha detto che un vicino, due case più in là, ha perso un terrier con pedigree: una creatura litigiosa e chiassosa che valeva più di un mese di stipendio. Ne è rimasto solo un ciuffo di pelo attaccato a una tozza coda bianca. «Leopardo» ha grugnito Ah Long. Ren lo spera. Non tigre.

Guarda la distesa di erba ben tagliata e il viale di ghiaia fuori dalla finestra. La villa bianca è costruita su un leggero rilievo e il prato la lambisce come una piscina d'erba. La giungla preme da ogni lato, tenuta a bada da due giardinieri indiani. Accanto sfilano frotte di scimmie e nel sottobosco raspano polli selvatici, gallinacei della giungla. Ren, affascinato, li guarda dalla cucina aperta dove pela le verdure e sciacqua il riso.

Yi, articola in silenzio, *ti piacerebbe questo posto*. Scorgendo il proprio riflesso in un vassoio d'acciaio che sta lucidando, annuisce. È dura, anche dopo tre anni, stare senza suo fratello.

La cosa più brutta della morte è dimenticare l'immagine della persona cara. È la rapina finale, l'ultimo tradimento. Eppure dimenticare la faccia di Yi è impossibile, perché è anche la faccia di Ren. Nell'aver perso il gemello, è l'unica consolazione.

Quando erano arrivati all'orfanotrofio, nessuno sapeva chi dei due fosse nato prima. Era stata la direttrice a decidere che fosse Ren e perciò gli aveva dato quel nome, visto che *Ren* è la maggiore delle virtù confuciane. È la virtù propria del cuore umano: la benevolenza che distingue l'uomo dall'animale. L'uomo perfetto, secondo Confucio, dovrebbe essere disposto a morire per preservarla. Ren pensa che se ne avesse avuto la possibilità, avrebbe preferito morire per salvare Yi.

Fa un sogno ricorrente: si trova su una banchina della ferrovia, proprio come quella di Taiping dove accompagnava il dottor MacFarlane quando partiva per i suoi viaggi, solo che questa volta sul treno c'è Yi, che si sporge dal finestrino agitando le braccia magre. Se sorride si vede il buco dell'incisivo che non è ancora ricresciuto. È esattamente uguale a quando è morto. Ren vorrebbe correre dietro alla faccia sorridente di Yi, ma ha i piedi inspiegabilmente incollati alla banchina. È obbligato a guardare il treno che prende velocità, le ruote che girano sempre più rapide mentre Yi si fa sempre più piccolo, fino a sparire, e Ren si sveglia madido di sudore o di lacrime.

Eppure è un bel sogno. Ren è contento di rivedere suo fratello, e anche Yi. Lo si vede nei suoi gesti, nello sguardo luminoso. A volte parla muovendo la bocca mentre gesticola, ma non si sente alcun suono. A Ren sembra strano che sia sempre Yi quello che parte per un viaggio, quando invece è Ren che diventa grande e lo lascia indietro.

Lava il pavimento mettendoci energia, risciacquando spesso lo straccio e cambiando l'acqua del secchio come gli ha insegnato zietta Kwan. Ogni passaggio lascia un segno a forma di foglia che fa crescere l'area di pavimento lustro, come una lucida pianta che si allarghi sulle ampie assi di tek.

«Bravo» fa irruzione la voce di Ah Long.

Sorpreso, Ren alza gli occhi. Ah Long ha la soprannaturale capacità di materializzarsi in ogni angolo della casa, il che ha reso difficile a Ren la ricerca del dito. È come un vecchio gatto sospettoso che strizza gli occhi al sole.

«Ci sono ragazzi più grandi di te che non lavorano così bene» dice Ah Long. «Ne avevamo uno, qualche mese fa, che a ventitré anni non sapeva stirare una camicia. Voleva portare una divisa e servire cocktail alle feste.»

Il dottor MacFarlane dava di rado ricevimenti formali. Ma aveva fama di essere un collezionista di reperti naturalistici, e non era insolito trovare una fila di cacciatori del luogo che attendevano con pazienza il suo ritorno, con le prede che sbucavano da un sacco o che ringhiavano legate a una corda.

«È sposato, il padrone?» chiede Ren. Sa che molti stranieri lasciano moglie e figli a casa, in Inghilterra o in Scozia. Il clima tropicale è considerato poco salubre per i bambini europei.

Ah Long tira su con il naso. «No. Ma sarebbe meglio che lo fosse.»

«Perché?» Ren freme per poter approfittare del buonumore di Ah Long. Normalmente è difficile tirargli fuori più di qualche parola.

«Così la smetterebbe di divertirsi. *Aiya*, come se non ci accorgessimo di quel che combina!»

Ren ha la vaga idea che si tratti di questioni da adulti. Cose come matrimonio o non-matrimonio, e rapporti fra uomini e donne che sono troppo difficili da comprendere. Ma se William non ha moglie o famiglia che possano interferire, aumentano le probabilità che Ren recuperi il dito. Il fatto di non averlo ancora trovato, nonostante due giorni di circospetta ricerca, lo preoccupa.

La donna ferita viene portata appena prima di mezzogiorno. Ren sente delle grida, un pianto angosciato e poi il deciso rifiuto di Ah Long.

«*Tak boleh! Tuan tak ada di sini!*»

Ren corre fuori. C'è una carriola appoggiata sul viale e dentro c'è una giovane donna singalese. Ha un taglio profondo dietro il polpaccio sinistro. Il sari è intriso di spruzzi di sangue scuro.

Ah Long sta cercando di convincere i parenti a portarla all'ospedale di Batu Gajah, perché *tuan* Acton non è a casa, ma loro insistono che è troppo lontano. Ren sa che Ah Long, profondamente superstizioso, teme che la ragazza muoia in casa, e si slancia in avanti.

«Portatela dentro!»

«Sei matto?» grida Ah Long.

Ignorandolo, Ren dice agli uomini di trasportarla nella veranda mentre lui corre nello studio. Il dottore ha una borsa per le emergenze dietro la scrivania, oltre a un cassetto pieno di attrezzatura per il pronto soccorso.

«Ho bisogno di una bacinella di acqua bollita» dice ad Ah Long.

«E se muore qui?»

Ren lo ignora mentre si lava accuratamente le mani con il sapone, obbligandosi a contare adagio fino a quindici. Poi esamina il laccio emostatico improvvisato, una striscia di stoffa attorcigliata stretta intorno alla gamba. La donna è svenuta, cosa di cui è grato. Lava la gamba alla meglio con l'acqua bollita, poi lega un altro laccio al di sopra del primo. Gli gira un po' la testa; in bocca ha un sapore amaro. Con gli occhi della mente vede ancora le mani squadrate del dottor MacFarlane che ripetono i vari passi. Un bastone nel nodo, su cui fare leva per stringere se necessario. Poi taglia via il laccio originario.

«Cosa fai? Se togli quello, morirà dissanguata!»

«È troppo stretto e troppo vicino alla ferita. Perderebbe la gamba.» Ren serra i denti, sperando che il nuovo laccio tenga. Intorno a lui tutti brontolano, ma nessuno prende in mano la situazione. Ren tasta le pulsazioni alla caviglia. C'è ancora un po' di sanguinamento. Ruotando il bastone nel nodo, aumenta gradualmente la pressione fino a fermarlo.

La donna ricomincia a muoversi, geme mentre la tengono ferma e Ren cosparge la ferita di acqua ossigenata con una siringa. Non ha altro sottomano, e sente che gli altri, alla vista di bolle e schiuma sulla carne viva, si voltano dall'altra parte. Il sangue gli fa girare la testa. *Respira*, si dice. *Se non respiri, svieni.*

Finalmente è fatta. La medicazione che applica si inzuppa subito, ma è meglio della vista dell'osso.

«Adesso dovete portarla in ospedale» dice sovrastando il chiacchiericcio pieno di sollievo. «Ha bisogno di punti.»

La rimettono nella carriola e lui si preoccupa di come resisterà al viaggio. Se avesse della morfina gliene darebbe un quarto di granulo, anche se non è il suo compito. Il vecchio dottore lo diffidava sempre dal toccarla, chiudendo a chiave l'armadietto dei medicinali, ma Ren l'ha visto diverse volte mentre la somministrava.

Comincia a riordinare il materiale, ma ha le gambe deboli; le mani gli tremano incontrollabilmente. Non ha neppure chiesto il nome della donna o la causa della ferita, anche se ha la vaga impressione che qualcuno abbia raccontato com'è andata. Lui era ossessionato dal fermare il sangue.

Sta andando a prendere l'acqua per lavare la veranda quando Ah Long gli dice: «Lascia stare. Vai a cambiarti». Allora si rende conto che la sua nuova divisa da domestico è macchiata di sangue.

«Metti a mollo i vestiti in acqua fredda» ordina Ah Long. «Se non viene via, dovrai comprarti un altro completo con i tuoi soldi.» Ha in faccia un'espressione curiosa, insieme acida e piena di riluttante rispetto.

Ren si lava nel piccolo bagno esterno dietro gli alloggi dei domestici, prendendo l'acqua da un grande vaso di terracotta con un mestolo e versandosela sul corpo. Se chiude gli occhi vede ancora il sangue che cola sulle tavole di legno. Come il sangue di Yi, pensa, che filtrava fra le sue dita quando aveva appoggiato le mani sul petto del fratello, nel tentativo di bloccare il flusso. Ma era stato inutile. Il corpo di Yi era diventato freddo, gli occhi si erano girati all'indietro. Il piccolo torace aveva esalato con un rantolo l'ultimo respiro.

Quando Ren torna nel fabbricato principale, Ah Long sta preparando il pranzo per i domestici. Si è scoperto che in effetti ce ne sono altri: una donna che aiuta a fare il bucato, l'autista malese Harun e due giardinieri tamil. Ma lui e Ah Long sono gli unici che vivono nell'alloggio di servizio dietro la casa.

Dato che William è in ospedale, Ah Long ha improvvisato dei semplici noodles in brodo. Sopra ha aggiunto pollo a pezzetti e verdure bollite, con un condimento di olio e scalogno soffritto. Ren nota che Ah Long gli ha dato una porzione più grande del solito, con più carne. Mangiano in silenzio. Quando hanno finito Ah Long dice: «Non avresti dovuto farlo. Se muore dopo che l'hai curata, ti porterà disgrazia».

«Si arrabbierà il padrone?» Ren pensa alle bende che ha usato, alla bottiglietta di acqua ossigenata mezza vuota. Farà bollire la siringa di vetro; per fortuna non ha usato un ago. Al dottor MacFarlane non ha mai dovuto chiedere il permesso.

«Non gli piace che si tocchino le sue cose.»

Ren tace. Ma cosa gli è venuto in mente? E non ha nemmeno portato a termine il compito che gli ha assegnato il vecchio dottore. Con un senso di panico calcola il tempo trascorso dalla morte del dottor MacFarlane. Rimangono solo ventitré giorni.

«Cosa succede durante i quarantanove giorni dopo la morte di una persona?» chiede ad Ah Long.

Il cuoco, immaginando che Ren sia ancora preoccupato per la giovane singalese, dice: «Non morirà. O almeno lo spero».

«Ma in quel caso cosa succede?»

«*Aiya*, l'anima resta a vagare. Va a guardare persone e posti che conosce. Poi, se è soddisfatta, se ne va.»

«E se non è soddisfatta?»

«Allora non passa dall'altra parte. È così che avvengono le infestazioni da fantasmi.»

Ren spalanca gli occhi e Ah Long dice: «Non preoccuparti, sono solo superstizioni».

«E uno spirito vagante può trasformarsi in un animale?»

«*Hah?* No. Ci sono delle storie, ma non sono vere.»

Ah Long accantona l'idea con tale decisione che Ren ne è un po' confortato. Alla luce del sole, non c'è niente di cui preoccuparsi. Quel mattino ha salvato una vita. Quanto peso ha questo?

8

FALIM, DOMENICA 7 GIUGNO

Nonostante il mal di testa, appena affondai nel mio lettino caddi in un sonno profondo. Così profondo da farmi sentire come intontita da un farmaco, mentre galleggiavo piacevolmente nell'acqua fresca lungo un fiume di sogni.

Le rive dai colori vivaci mi passavano accanto pigre in immagini che balenavano minuscole e nitide come se guardassi in un telescopio dalla parte sbagliata. Boschetti di bambù e cespugli, miscanto illuminato dal sole. Era il tipo di paesaggio con piccole figure che si osserva da un treno, e proprio mentre mi veniva in mente questa idea vidi una locomotiva. Si era fermata, emettendo una nuvola di vapore, a una stazioncina.

Stranamente i binari cominciavano sott'acqua; la ferrovia sommersa partiva dal fondo di sabbia bianca e risaliva la sponda. Sul treno non c'era nessuno a parte un bambino sugli otto anni. Sorrideva e salutava dal finestrino, mostrando un buco dove gli mancava un incisivo. Lo salutai anch'io. Poi ripresi a muovermi galleggiando, portata via dalla corrente finché non mi svegliai nell'alba grigia.

Dalle imposte di legno filtrava una luce fioca e il mal di testa che mi aveva infastidito la sera prima era scomparso. Dalla camera di Shin non proveniva alcun suono, mentre dai deboli rumori al pianterreno capii che mia madre si era alzata. Mi vestii in fretta.

«Te lo sei fatto tu quel vestito?» chiese quando corsi da basso.

Ero stata indecisa su cosa indossare per il funerale del rappresentante; qualcosa di formale, ma non tanto elegante da far sì che la mia famiglia si chiedesse dove andavo. L'unico abito adatto che avevo era un semplice *cheongsam* grigio fatto da me durante l'apprendistato. Quel modello cinese tradizionale è difficile da confezionare. Avevo commesso un errore nel cucire il colletto alto, che non stava proprio piatto, ma nel complesso era decente. Però sapevo già cosa avrebbe detto mia madre.

«Quella stoffa è molto seria... Una ragazza come te dovrebbe scegliere colori vivaci.»

Mia madre amava gli abiti e aveva un gusto squisito. Nelle occasioni speciali vestiva con grande cura, tirando fuori le scarpe buone che teneva in una scatola di cartone sopra l'armadio. In effetti l'idea stessa del mio apprendistato come sarta era sua, benché fosse stata approvata anche dal mio patrigno. Di certo io non vedevo alcun senso nel vestirsi bene per compiacere lui, che ci voleva eleganti solo perché gli facessimo fare bella figura. *La nostra famiglia è come una bella scatola di cioccolatini*, pensai. Involucri colorati al di fuori e oscurità appiccicosa dentro.

«Stavo andando al mercato, ma sei vestita così bene che non posso invitarti» disse mia madre.

«Certo che vengo.» Andare al mercato umido mi era sempre piaciuto. Ci si poteva comprare quasi qualsiasi cosa: mucchi di peperoncini rossi e verdi, quaglie e pulcini vivi, verdi baccelli di semi di loto che sembravano teste di annaffiatoi. C'erano mezzene di maiale, uova d'anatra sotto sale e cesti di lucidi pesci di fiume. Si poteva anche mangiare lì, alle bancarelle che servivano ciotole di noodles e frittelle croccanti.

Mentre mia madre era impegnata a fare la spesa, io avanzai tra i banchi affollati cercando dei fiori. Fiori bianchi, per i cinesi il colore dei funerali e della morte. Me li feci avvolgere in carta da giornale per nasconderli. In un posto come Falim era difficile mantenere un segreto, e chiunque mi vedesse in giro con un mazzo di crisantemi avrebbe subito indovinato che si trattava di un omaggio funebre.

Mentre tornavo a casa per prima, carica dei vari acquisti di mia madre, sentii il suono argentino di un campanello. Era Ming. Non lo vedevo da un po' ma era sempre lui, magro, con gli occhiali, appena smontato da una pesante bicicletta nera.

«Ji Lin!» Pareva contento. «Ieri sera ho visto tuo fratello.»

Mi ero tanto immalinconita per il fidanzamento di Ming da arrivare a evitarlo; e ora eccolo lì, che si puliva gli occhiali con il fazzoletto nella sua solita maniera distratta. Il mio cuore fece una piccola capriola.

«Ho sentito» dissi. «Siete usciti a cena anche se mia madre aveva ucciso un pollo per Shin.»

Ming sorrise. «Non sapevamo che tu fossi di ritorno. E nemmeno del pollo, altrimenti sarei venuto ad aiutare a mangiarlo.» Prese il mio cesto della spesa e lo appese al manubrio della bici con i suoi modi tranquilli. Non lo avevo mai visto perdere la calma come faceva il mio patrigno. Se si era accorto della cotta che avevo per lui, Ming era sempre stato troppo cortese per dire qualcosa. Ero contenta che fossimo ancora amici, pensai mentre mi aiutava a portare il cesto in casa. Shin era intento a parlare con Ah Kum, che era passata nonostante fosse il suo giorno libero. Ridacchiando timidamente ci disse che aveva portato un po' di sottaceti fatti in casa, ma dai suoi sguardi era evidente che era venuta solo per Shin. Dovetti ammirare la rapidità con cui aveva deciso di fare la sua mossa.

Ma Ah Kum aveva ragione: Shin era molto bello. In famiglia davamo per scontato il suo aspetto, e a volte dimenticavo quanto fosse avvenente. Aveva ereditato gli zigomi alti e il naso dalla madre, che era dell'estremo Nord della Cina. O almeno così dicevano tutti, perché non avevo mai visto una sua foto. *Beato lui*, pensai con invidia, come mi era capitato spesso di fare durante la nostra infanzia. Era nato maschio e aveva ottenuto una borsa di studio per i corsi di medicina. La bellezza era solo la ciliegina sulla torta. Eppure non sembrava contento. Anzi, quando Ming e io entrammo con le nostre facce colorite e sorridenti, apparve chiaramente irritato.

«Sei in anticipo» disse a Ming. «Credevo ci trovassimo per pranzo.»

«Ho incontrato Ji Lin al mercato, e ho pensato di accompagnarla a casa.»

«Non ha bisogno di una balia» ribatté sbrigativo Shin.

Lo guardai male, ma lui mi ignorò. Ming mi rivolse il suo sorriso gentile mentre mi aiutava a togliere il melone dal cesto. Gli mancava il primo bottone della camicia, ma lui, con la sua aria di dignità un po' scanzonata, non sembrava esserne consapevole. Se Ming si fosse innamorato di me, invece che di una ragazza di Tapah, sarei stata lieta di accomodargli quel bottone.

Salii di sopra a prepararmi. Era meglio che ripartissi prima che mia madre tornasse e mi obbligasse a fermarmi a pranzo.

«Non vieni con noi?» Ming apparve sorpreso vedendomi riattraversare il negozio. Avevo infilato nel mio cesto il mazzo di crisantemi avvolto nel giornale. Ne sbucava un unico fiore niveo, e Shin lo guardò con attenzione. Tuttavia non disse niente mentre io salutavo. Sotto i fiori, il dito mozzo pesava nel cesto come una colpa. Mi sentivo obbligata a restituirlo. E quale posto migliore di un funerale?

Secondo il necrologio, le esequie del rappresentante si sarebbero tenute nella vicina cittadina di Papan. Il sole infieriva dal cielo privo di nuvole; la mia unica consolazione era il gigantesco albero della pioggia che ombreggiava la fermata dell'autobus. Mi ero incipriata la faccia con un po' di polvere di riso e mi ero messa un tocco di rossetto, ma temevo che si sarebbe sciolto ben presto.

Il bus arrivò con un rombo sferragliante. Aveva la struttura di un camion, con le fiancate circondate da una ringhiera di legno, ed era sempre un po' difficile salire indossando un abito intero, in particolare l'aderente *cheongsam*. Montai per ultima per evitare di mostrare le gambe a chi mi stava dietro. Comunque mi trovai in difficoltà, maledicendo gli spacchi modesti che non mi consentivano di fare lunghi passi. Con mio orrore, qualcuno mi diede una mano da dietro. Era la mano di un uomo, o almeno così sembrava, che con eccessiva familiarità mi si insinuava in fondo alla schiena e mi spingeva dentro l'autobus. Mi girai bruscamente e lo schiaffeggiai.

Era Shin.

«Ma perché?» disse seccato.

«Nessuno ha chiesto il tuo aiuto. Cosa ci fai qui?»

L'autista suonò il clacson e io mi sedetti in fretta sulla panchina di legno. Shin si issò sul mezzo e si infilò accanto a me. Il bus ripartì con uno scossone.

Fissai con severità il mio fratellastro. «E il tuo pranzo con Ming?»

Ignorando la domanda, Shin guardò di proposito il cesto di rattan che tenevo in grembo. «È lì dentro?»

Sapevo che parlava del dito, ma non risposi. Che sfacciataggine, dopo essere stato così scortese un momento prima!

«Mi hai dato un bel ceffone.»

«Come facevo a sapere che eri tu?»

Avevo reagito senza pensare, una lezione imparata ballando con gli sconosciuti. Un po' dispiaciuta, scrutai la sua faccia per vedere se gli avessi lasciato il segno.

«Allora, vuoi dirmi qualcosa di quel dito?»

Non c'era motivo di oppormi, visto che chiaramente Shin aveva intenzione di seguirmi, quindi gli fornii una versione censurata dei fatti, secondo cui il rappresentante era passato dal mio (non meglio identificato) posto di lavoro, aveva perso la boccetta con il dito e il giorno dopo era morto.

«Tutto qui» conclusi. «Adesso vuoi andartene a casa? È antipatico piantare in asso Ming.»

«Non l'ho lasciato solo. O sei preoccupata che Ah Kum gli faccia delle avance?»

«È fidanzato!» scattai io. «E poi Ah Kum è interessata a te, non a Ming.»

Lui voltò la testa guardando fuori dal finestrino. Mi sentii un po' in colpa. Shin, a modo suo, si stava preoccupando per me.

«Amici come prima?» chiesi dopo un attimo tendendo la mano. Shin era capace di stare in silenzio per giorni, ma io non ero mai riuscita a tenergli il broncio. Se non avessimo fatto la pace, in quella casa non avrei avuto nessuno con cui parlare. Non mi guardò, ma tese la mano destra e strinse la mia, con fin troppo vigore, per dimostrare che tra noi andava tutto bene.

L'autobus ci lasciò sulla strada principale di Papan e se ne andò rombando in una nuvola di polvere. Mi venne una tosse violenta. La cipria che mi ero messa ormai era inutile: ero coperta di polvere bianca. Le labbra di Shin si incurvarono ma, per fortuna, non rise. Dovemmo chiedere in giro per trovare l'indirizzo, dato che Papan aveva diverse strade costeggiate da casette.

«Casa Chan è da quella parte» ci disse una vecchia signora. Osservò il mio *cheongsam* grigio e il mazzo di fiori bianchi. «Venivate per il funerale?»

«Sì» risposi.

«Troppo tardi. Era ieri.» Vedendo la mia faccia abbattuta aggiunse: «Il giornale ha sbagliato a scrivere la data, ma i familiari l'avevano saputo in anticipo. Non eravate al corrente?».

«Vorremmo comunque fare le condoglianze.» Shin sorrise alla vecchia signora, che cedette e ci fornì indicazioni dettagliate. Evitando le sue domande, ci avviammo rapidamente.

La casa era una piccola costruzione di legno a un solo piano, con davanti un giardinetto e un albero di guava cui era legato un magrissimo cane giallo. Si vedevano ancora i segni del funerale che vi si era svolto, anche se non c'erano più le due grandi lanterne di carta bianca con il nome del defunto, di solito appese ai lati della porta. Cenere e brandelli di carta colorata svolazzavano in giro, resti delle offerte funerarie bruciate durante la cerimonia. Mi chiesi se per propiziare la vita del rappresentante nell'aldilà avessero bruciato, come simboli di prosperità, ballerine e riso all'aglio, ma provai rimorso per quei pensieri irriverenti. Quando ci avvicinammo, il cane si slanciò contro di noi abbaiando all'impazzata. L'albero tremò e io guardai nervosamente la corda che tratteneva l'animale.

«Permesso!» chiamai.

Una donna di una certa età uscì di casa zittendo il cane. Ci scrutò con aria interrogativa. «Poveri noi, gliel'ho detto ad Ah Yoke che sul giornale avevano sbagliato la data... Siete venuti per vederla?»

Non avevo idea di chi fosse Ah Yoke, ma feci cenno di sì. Ci togliemmo le scarpe mentre la donna ci faceva entrare nel soggiorno della casetta, dominato da un altare di famiglia bardato di bastoncini d'incenso e offerte funebri. Vi appoggiai il mazzo di crisantemi bianchi. Ci inchinammo per rendere omaggio al defunto davanti allo stesso ritratto pubblicato sul giornale, dove il rappresentante aveva lo sguardo fisso, l'aria rigida e formale. Chan Yew Cheung aveva ventotto anni, cui erano stati aggiunti, com'era usanza, tre anni per aumentare la durata della sua vita. Un anno della terra, un anno del cielo e uno dell'uomo. Intristita, pensai che, anche con quegli anni presi a prestito, la sua esistenza non era stata molto lunga.

Appoggiando due tazze di tè, la donna disse: «Io sono la zia. Eravate amici di Yew Cheung? È proprio un brutto colpo. È sempre stato così forte... Non avrei mai pensato di vivere più di lui». La sua faccia si contrasse ed ebbi paura che scoppiasse a piangere. Mi sentivo sempre più a disagio.

«Che cosa gli è successo?» domandò Shin.

«È andato a trovare un amico a Batu Gajah, ma si è fatto tardi e non è tornato a casa. Ah Yoke era arrabbiata. Sapete com'è lei a volte. Il mattino dopo è stato trovato da un passante. Dev'essere scivolato cadendo in un canale di scolo. Hanno detto che si è rotto l'osso del collo.»

«Mi dispiace tanto» dissi. Ed era vero. Il rappresentante non mi era molto simpatico, ma sedendo nella casa dove aveva vissuto, su una poltrona di rattan che forse aveva usato, sentivo calarmi addosso un'ombra fredda.

«In realtà non conoscevo bene il signor Chan» spiegai. «Era cliente del nostro negozio e ha dimenticato lì una cosa. Poi ho letto che era mancato, e ho pensato di venire a restituirla.»

«In questo caso è meglio che parliate con sua moglie.» La signora si alzò e aprì la tenda di perle di legno che dava sul retro della casa. «Ah Yoke!» chiamò. «Questa signorina ha una cosa che apparteneva a Yew Cheung.»

Ci fu un lungo silenzio. Shin e io ci agitammo un po' sulla poltrona, a disagio. La zia aveva appena cominciato a dire: «È sconvolta, come potete immaginare...» quando una donna si precipitò nella stanza con i capelli spettinati e la faccia gonfia per il pianto. Si gettò su di me.

«Sgualdrina» strillò. «Come osi venire qui?»

Stupefatta, riuscii appena a bloccarla con le braccia mentre lei istericamente mi schiaffeggiava e graffiava. Shin saltò in piedi e la trascinò via da me. La donna si abbandonò sul pavimento e cominciò a gridare. Era un suono orribile, come di un maiale al macello.

La zia disse: «Ah Yoke, ma che cos'hai? Scusate tanto! È così da ieri. Ti ha fatto male?».

Turbata, mi portai la mano al collo. Ah Yoke era sempre per terra. Le sue urla si erano spente in un piagnucolio. «Dammelo» disse. «Ridammelo.»

«Ma cosa vuole?» chiesi esterrefatta.

«Ah Yoke» disse la zia, «ti sbagli. Questa signorina lavora in un negozio. Non è una delle ragazze di Yew Cheung.» Lanciandomi una rapida occhiata disse: «Non è vero?».

Scossi la testa. «L'ho incontrato solo una volta.»

«Vedi?» La zia stava accarezzando la testa di Ah Yoke. «Non lo conosceva. E poi guarda, oggi è venuta con il suo ragazzo.»

Ah Yoke continuò a singhiozzare e agitarsi sul pavimento, aprendo e chiudendo i pugni. Il suo corpo si contorceva in modo innaturale, con mosse da serpente. Non sembrava più umana. A me girava la testa; se non fosse stato per Shin, sarei caduta in ginocchio.

«È meglio che andiate» disse piano la zia. «Yew Cheung era mio nipote, ma non era un santo. Gli piaceva divertirsi. E ieri, sapete, sono venute delle ragazze... Entraîneuse e prostitute. Volevano dare un ultimo saluto, ma non sarebbero dovute venire. Temo che ti abbia presa per una di quelle.»

Arrossii per la vergogna. Neppure fare la ballerina "in affitto" era una cosa di cui andare molto fiera. Ma prendendo quella boccetta mi ero messa nei guai da sola, e da sola dovevo togliermene. Tirato fuori il recipiente, lo appoggiai sul pavimento.

«Lo riconosci questo?» chiesi ad Ah Yoke.

Lei si mise lentamente a sedere con i lunghi capelli neri sparsi sulla faccia come alghe di fiume. «Era suo» disse con voce piatta.

«È questo che cercavi?»

Scuotendo la testa, la donna riprese a piangere, senza fare alcun tentativo di asciugare le lacrime che le scorrevano sul viso pallido e gonfio. Continuare a guardarla sembrava indecente, tanto il suo viso era nudo ed esposto. Mi alzai, ma lei mi afferrò l'orlo del vestito.

«Non ti ha dato nient'altro? Un ciondolo d'oro?»

«No.»

Stranamente, questo parve rincuorarla. «La settimana scorsa ha comprato un ciondolo per un'altra donna. Volevo notizie di quello. Non di questo.» Indicò il dito con un movimento del capo. Non l'aveva neanche toccato. Aveva gli occhi gonfi, le palpebre arrossate e dolenti. «Era il suo portafortuna. Da quando lo teneva con sé, le vendite erano molto aumentate.»

«Ce l'aveva da tanto?» chiese Shin.

La donna lo fissò quasi accorgendosi solo allora della sua presenza. «Tre... forse quattro mesi. L'ha avuto da un'amica. Anzi, credo l'abbia rubato.» Ah Yoke fece una smorfia, come se avesse un cattivo sapore in bocca.

«Vorrei restituirtelo» dissi. In quella ordinata casetta di legno, tra mobili normalissimi e oggetti di uso quotidiano – un centrino fatto all'uncinetto sul tavolo, un coperchio di foglie di palma per tenere le mosche lontane dal cibo –, il dito rinsecchito sembrava ancora più macabro e fuori posto. Diedi un'occhiata alla zia e mi accorsi che non era sorpresa. L'aveva già visto, pensai.

Ah Yoke scosse freneticamente la testa. «Non lasciarmelo qui!» Temetti che ricominciasse a urlare.

La zia ci accompagnò in fretta alla porta. «È meglio che andiate.»

«E il dito?»

La donna lo rimise con decisione dentro il mio cesto. «Fanne ciò che vuoi. O riportalo a chi gliel'aveva dato.»

«E chi è stato?» domandò Shin.

«Mi ha detto che era stata un'infermiera dell'ospedale di Batu Gajah» spiegò sottovoce la zia. Shin aguzzò le orecchie. «È tutto quello che so. Adesso andate, per favore.»

Tornammo in silenzio alla fermata dell'autobus. Era passato mezzogiorno, e il riverbero della luce sulla strada era così forte che avrei voluto coprirmi gli occhi. Mi sentivo il viso indolenzito nel punto dove Ah Yoke mi aveva aggredito. Shin si fermò sotto un ampio albero.

«Aspetta qui.» Attraversò la strada in direzione di un negozietto e tornò con una tazza smaltata piena d'acqua e un flacone di tintura di iodio. Mi inclinò il viso per esaminarlo. Chiusi gli occhi. Le sue dita erano fresche e agili.

«Ti rimarranno un occhio nero e dei graffi spettacolari.»

Feci una smorfia. Mentre Ah Yoke si agitava, con un gomito doveva avermi colpito all'occhio. «Immagino che mi stia bene, per averti schiaffeggiato sul bus.»

Shin non rise, continuando a studiare la mia faccia.

Mi scostai. «Non fissarmi» dissi. «È molto grave?»

«Bisogna disinfettare i graffi.»

Obbediente, restai ferma mentre lui risciacquava il suo fazzoletto e mi puliva il viso. Come avrei fatto a spiegare questo alla signora Tham? Per non parlare del lavoro al Fiore di Maggio. Se non ci fossi andata, non sarei riuscita a fare il pagamento successivo per mia madre; e se si fosse presentato a casa un esattore dell'usuraia, il mio patrigno ci avrebbe spellate vive entrambe. Cominciai a fare calcoli frenetici. A cinque centesimi per ballo, sarei riuscita a compensare la perdita?

«Smettila di pensare così accanitamente» disse Shin. «Ti consumerai il cervello.»

Aprii gli occhi, indignata. «Come osi! Se ero io che a scuola ti battevo in tutti gli esami!»

Per tutta risposta, strofinò più forte.

«Mi stai togliendo tutta la cipria» mi lamentai.

«Il trucco non migliorerà mai una persona come te, se è questo che ti preoccupa.»

Applicò sui graffi la tintura di iodio, che bruciava. O forse era il mio orgoglio.

«Sono già abbastanza benvoluta, ti ringrazio.» Pensai ad alcuni clienti regolari del Fiore di Maggio, quelli che perlomeno facevano un tentativo credibile di ballare. Il signor Wong, l'ottico di Tiger Lane che amava solo i valzer; il vecchio signor Khoo, il quale diceva che era stato il suo dottore a consigliargli di fare moto; Nirman Singh, il sikh alto e magro che secondo me andava ancora a scuola, sebbene lui lo negasse con veemenza. Per quella settimana avrebbero trovato altre ragazze con cui ballare. E magari con loro sarebbero stati meglio.

«E allora di cosa ti preoccupi?» Shin risciacquò il fazzoletto con l'acqua rimasta.

Scossi il capo, riluttante a coinvolgerlo ancora di più. «Devo tornare al lavoro.»

«Non ripassi da casa?»

«Farei solo preoccupare mia madre, presentandomi in questo stato.» E avrei suscitato domande scomode in tutta Falim, con la sua rete di pettegolezzi. Chiunque era a conoscenza del brutto carattere del mio patrigno.

Shin riportò la tazza al negozio e riprendemmo il bus in direzione opposta, senza più parlare. Avevamo troppe persone intorno, in ogni caso, per commentare i fatti bizzarri di quella mattina. Imbarazzata dai graffi in faccia, tenni gli occhi abbassati. Shin scese a Falim, ma non prima di essersi messo in tasca la boccetta con il dito seccato.

«A questo ci penso io» disse anticipando le mie obiezioni, e saltò giù.

Mi sentii invadere da un senso di disagio; mi vennero i brividi quando una donna grassoccia si infilò sul sedile vicino a me tenendo in mano un pollo vivo. Era un gallo bianco dagli occhi rossi, con le pupille come puntini rabbiosi. Ai funerali cinesi, alla fine della cerimonia, un gallo bianco veniva liberato nel cimitero. Naturalmente poteva darsi che quella signora se lo portasse a casa per cena, ma la vista di quell'uccello sul sedile appena liberato da Shin mi riempì di sgomento. Come se la fredda, liquida ombra che mi perseguitava fosse passata sopra Shin.

9

BATU GAJAH, VENERDÌ 5 GIUGNO

Nei giorni di pioggia il nuovo dottore, William Acton, si mette a scrivere lettere. Sono tutte per la sua fidanzata, Iris, benché lui sappia che non ne ha letta neanche una.

Cara Iris, penso a te ogni giorno. La pioggia si esaurisce e un sole debole fa capolino. William appoggia la penna.

Nei giorni in cui non piove, al mattino presto va a fare lunghe passeggiate portando un binocolo, in apparenza per osservare gli uccelli. William esita prima di prendere la familiare deviazione che passa per la piantagione di caucciù confinante. Si vede in segreto con una donna del posto, moglie di un bracciante della piantagione. Si chiama Ambika, è una tamil dalla pelle liscia e scura e dai lunghi capelli ondulati che sanno di olio di cocco. Sul seno sinistro ha una cicatrice in rilievo – una cheloide – a forma di farfalla. Quante volte vi ha premuto le labbra? Lui la trova una cosa bellissima, anche se Ambika la nasconde.

William la paga sempre, eppure pensa di piacerle. Perlomeno la donna ha un sorriso cordiale, sebbene non rifiuti mai i suoi soldi. Acton crede che i loro incontri siano un segreto, e forse lo sono per la comunità degli europei, e persino per il marito di lei, che beve troppo.

Però c'è almeno un'altra persona che ne è al corrente. Un ex paziente di William operato di appendicectomia, un rappresentante di commercio cinese. È stata pura sfortuna che abbia sorpreso Ambika e William insieme, qualche settimana prima, quando l'automobile gli si è rotta vicino alla piantagione di caucciù, costringendolo ad attraversare la tenuta in cerca di aiuto. I due si sono separati appena si sono accorti dell'intruso, e il rappresentante non ha detto niente, ma ha guardato William in un certo modo. Quella è stata la cosa peggiore, la consapevolezza negli occhi di quell'uomo. Perché, a differenza di altra gente del posto, sa come si chiama William e dove lavora. Le chiacchiere sono negative per William, soprattutto dopo quello che è successo in Inghilterra. Per peggiorare le cose, Ambika di recente ha chiesto più soldi. Davanti all'esitazione di William ha fatto uno sguardo malevolo, un'espressione che non gli aveva mai mostrato prima.

Attraversando la piantagione il dottore ammira gli ordinati filari di alberi snelli importati dal Sudamerica. Ogni albero ha sulla corteccia dei tagli sottili e una ciotolina in cui cola la linfa di lattice. Prima dell'alba gli addetti fanno il loro giro, svuotando ogni ciotola in un secchio. Ambika è una di loro, ma è suo marito che porta i secchi al centro di lavorazione, il che rende quell'orario propizio agli incontri. Guardando l'orologio, William affretta il passo.

Ma la ben nota capanna dal tetto di lamiera ondulata è vuota. Ed era così anche quando ci è passato qualche giorno prima. Dove sarà andata? Senza nessuno a cui chiedere, William non ha altra scelta che continuare il tragitto verso il suo posto di lavoro, l'ospedale distrettuale di Batu Gajah, dove il personale crede che a volte lui faccia quella lunga passeggiata per fare moto.

Nel suo studio, William si sente fuori fase. Estrae la lettera che ha cominciato quel mattino.

Cara Iris,
ho ereditato un nuovo domestico. È un ragazzino di nome Ren, e non gli darei più di dieci anni se non mi avessero assicurato che ne ha quasi tredici. Mi è arrivato dal povero MacFarlane. Fatico a credere che non ci sia più...
Mi ricordo ancora quando siamo andati insieme a Korinchi alla ricerca degli harimau jadian, *le finte tigri, come le chiamano gli indigeni. Un po' come il licantropo europeo, un uomo che, quando arriva il plenilunio, rivolta la propria pelle e diventa un animale. Poi esce dal villaggio e va a uccidere nella foresta. Ma per gli indigeni di qui, il mostro non è un uomo, bensì un animale che, quando vuole, indossa una pelle umana e viene dalla giungla nel villaggio per cacciare esseri umani. È quasi esattamente l'opposto, e in un certo senso è più angosciante.*
La Malesia, con il suo misto di malesi, cinesi e indiani, è piena di spiriti: un mondo speculare, governato da regole inquietanti. Si mormora che quando noi colonizzatori siamo arrivati in queste zone, gli indigeni considerassero anche noi come uomini-bestia, per quanto nessuno me l'abbia mai detto in faccia.

William si gratta il naso.

Fra tutte le cose che MacFarlane mi ha fatto avere nel corso degli anni, questo ragazzo dev'essere fra le più strane. Dopotutto, un ragazzo non è un animale da compagnia. Lui sembra grato di avere questo lavoro e ha riordinato il mio studio in modo ossessivo, aprendo ogni armadio...

Bussano alla porta. È ora di fare il giro dei reparti, e dopo è previsto un intervento di laparocele.

Più tardi, quando nel pomeriggio rientra nel suo studio, William ha la sorpresa di trovarvi una visitatrice. È seduta sul bordo della scrivania e fa dondolare un piede calzato da un sandalo. Lydia Thomson, figlia di un coltivatore di caucciù, è solo una conoscente, ma secondo lui vorrebbe modificare il loro rapporto.

Le carte sulla scrivania sono in disordine, o per come si è seduta o perché si è messa a curiosare. William, stanco per le ore passate in piedi in sala operatoria, ha difficoltà a cambiare la sua espressione da irritata a gradevolmente neutra.

«Cosa posso fare per te, Lydia?» dice scostando una sedia per farla accomodare.

Si danno del tu, come quasi tutti gli stranieri di questa piccola città. Batu Gajah – anzi, tutta la Malesia coloniale – è piena di europei fuggiti dall'altra parte del mondo per qualche ragione personale. Molti si sentono soli; chiaramente Lydia è una di loro. I pettegolezzi dicono che sia venuta in cerca di marito. Non è troppo vecchia, forse venticinque o ventisei anni, ma sta entrando nell'età pericolosa. Comunque è una delle bellezze del posto, e spesso fa la volontaria in ospedale.

«Ti sei dimenticato gli appunti della riunione» dice ora.

Sono entrambi in una commissione locale per la lotta al beriberi, la misteriosa malattia che colpisce i manovali cinesi delle miniere di stagno facendo gonfiare gli arti e causando congestione cardiaca, e invece è meno diffusa, come ha fatto notare Lydia, fra i lavoratori malesi o tamil. Si è appassionata alla formazione della gente del posto, nel tentativo di convincerla a mangiare meno riso bianco. «La causa è la carenza di vitamina B» ha spiegato con enfasi all'ultima riunione. William, guardando i visi stoici dei lavoratori, si è chiesto se Lydia capisca quanto per loro il riso bianco sia un simbolo di benessere. Dopo, un cinese di una certa età l'ha salutato e gli ha detto: «Sua moglie ha molto a cuore la cosa».

«Non è mia moglie» ha risposto William con un sorriso.

«Allora dovrebbe farla sua. Una donna così buona...»

È un equivoco frequente, dato che si sono trovati spesso fianco a fianco. Ha fatto da cavaliere a Lydia a un'asta di beneficenza. L'ha accompagnata a casa in macchina dopo un paio di cene, anche se dovrebbe stare attento a non flirtare troppo con lei. È una sua debolezza; le vecchie abitudini sono dure a morire. Adesso, trovandola nel suo studio, si domanda cosa penserebbe Iris di tutto questo.

«Non ne ho bisogno.» La sta trattando con troppa familiarità, se ne rende conto solo ora.

«Oh, nessun disturbo! Sono passata a prendere la medicina di mio padre» dice lei.

«E come sta?»

«Molto meglio, grazie.»

William è troppo coscienzioso per non spiegare a Lydia che il banale intervento alla cistifellea che ha praticato al padre sarebbe probabilmente andato bene in ogni caso, ma la ragazza continua a sorridere, qualunque cosa lui dica. La signora delle pulizie entra con due tazze di tè su un vassoio, con un biscotto *digestive* su ogni piattino. Reprimendo un sospiro, William porge una tazza a Lydia.

«Sei stato molto impegnato oggi?» chiede vivacemente lei.

«Non tanto. Ma mi sono trovato davanti un mistero.»

«Di cosa si tratta?»

«Pare che stamattina una paziente sia andata a casa mia e sia stata medicata da un infermiere. Ma io non ne tengo uno a casa.»

«Oh.» Lydia si acciglia.

William è rimasto sorpreso quando ha trovato in corsia la giovane, un'attraente ragazza singalese, durante il giro del pomeriggio. Gli ha spiegato lei, in un precario misto di malese e inglese, che quella mattina era stata portata a casa sua e qualcuno l'aveva medicata. No, non ricordava chi; era svenuta. Una persona con una divisa bianca. Lo zio, che l'aveva accompagnata, poteva saperlo, ma era già andato a casa. William le ha esaminato la ferita, causata da un pesante *cangkul* di ferro, una zappa, che l'aveva colpita al polpaccio. Era profonda e doveva aver sanguinato molto. Se non fosse stata tamponata, avrebbe potuto portare alla morte.

La voce di Lydia lo richiama al presente. «E hai risolto il mistero?»

«No, non sono ancora tornato a casa.»

Non ha niente contro di lei. In effetti si è dimostrata sia diligente sia pratica, attivandosi perché il latte in polvere venisse distribuito ai bambini del posto. Ma, per qualche ragione, la sua presenza lo fa sentire in colpa. Forse sono i suoi colori. Ha gli stessi capelli chiari, la stessa bella pelle di Iris, anche se gli occhi di Iris sono grigi e quelli di Lydia di un azzurro luminoso e febbrile.

«Però stamattina ti ho visto camminare nella piantagione. Sembrava che cercassi qualcuno.»

Il sangue gli sale alla gola come un incandescente marchio di vergogna. Ma Lydia non può aver visto niente; non quella mattina. Spera che finisca il tè e se ne vada, ma lei dice: «Ho sentito che hai un domestico nuovo, un ragazzo che lavorava dal dottor MacFarlane». Vedendo che ha suscitato il suo interesse, Lydia continua. «Pare che il vecchio dottore lo abbia preso in casa perché era considerato maledetto dalla gente.»

«Maledetto?»

«Qualche superstizione. E dopo ci sono stati tutti quei morti a Kamunting.»

«Quali morti?»

«Nell'ultimo anno, almeno tre persone sono state uccise dalle tigri. Ma c'è chi dice che sia stato sempre lo stesso animale.»

«Una tigre mangiauomini.» William si appoggia allo schienale della sedia. Non capisce bene se Lydia sia davvero interessata a lui oppure se consideri una sfida conquistarlo. A volte la sua civetteria sembra quasi premeditata.

«Raccontano che sia una tigre fantasma, che non può essere uccisa dalle pallottole e scompare come uno spirito. Le vittime erano tutte donne giovani, con i capelli lunghi.» Sotto lo sguardo severo di William, le appaiono sulle guance due macchie di colore, un rossore inatteso, quasi infantile. «Penserai che sono una sciocca» dice. «Comunque sono tutte superstizioni.»

«I fantasmi non esistono, Lydia.» *E io dovrei saperlo*, pensa tra sé.

Il mattino seguente è sabato, e William chiama Ren nel suo studio. Nervoso, Ren porta il vassoio di metà mattina con una tazza da tè di porcellana e un piatto di biscotti *marie*.

«Ren» dice William. «Potresti mettermi a posto queste cose?»

Ren vede con terrore che il materiale del pronto soccorso che ha usato il giorno prima è sparso sulla scrivania. Rotoli di bende, flaconi di tintura di iodio, Chlorodyne e altri medicinali, una confusione di strumenti metallici. La bottiglietta mezza vuota di acqua ossigenata sta da una parte, quasi in segno di rimprovero. Rapidamente Ren arrotola le bende e dispone i flaconi a seconda dell'uso, come gli ha insegnato il dottor MacFarlane. Veleni ed emetici nello scomparto interno, per ridurre la possibilità di incidenti. In un altro vanno bisturi e forbici che necessitano di sterilizzazioni frequenti. Gli spessi aghi cavi sono già in una provetta di alcol. Gli trema la mano mentre prende la siringa di vetro che ha fatto bollire ieri.

Quando ha quasi finito, William gli dice: «Vedo che sai quello che fai».

Ren alza gli occhi ma, come al solito, la faccia del dottore è imperscrutabile. Però non sembra arrabbiato.

«Sei stato tu a medicare quella ragazza, ieri mattina?»

«Sì, *tuan*.»

«Hai fatto un ottimo lavoro. Penso che recupererà l'uso della gamba.»

Ren si agita un po', a disagio.

«Aveva già un laccio emostatico?»

«Sì, ma era troppo stretto e vicino alla ferita.»

«Allora cos'hai fatto?»

Ren descrive i suoi gesti, dimentico del nervosismo di prima, mentre William ascolta attentamente. È una sensazione strana, che non provava da quando è morto il vecchio dottore.

«La prossima volta» dice William, «devi avvisarmi se curi

qualcuno. E sarà meglio che tu lo faccia con la mia supervisione. Sai leggere?»

Ren annuisce.

William alza un sopracciglio. «Davvero? Domani è domenica. Se vuoi usare la tua mezza giornata di riposo per ripassare le nozioni di base, nel pomeriggio io sono libero.»

Dopo aver parlato con il ragazzo, William esce e si appoggia al parapetto di legno della veranda. Alcuni rami tremano al passaggio di una frotta di scimmie le cui grida trapassano il silenzio mattutino. Un lampo bianco e nero segnala un bucero che si alza in volo. William si mette al collo il binocolo e scende i gradini, attraversa il prato all'inglese di cui il giardiniere è tanto fiero e si addentra nel sottobosco. Ripensa alla lettera di MacFarlane, alla scrittura tremula con cui annunciava che il ragazzo era interessante, e si chiede cos'altro ci sia da scoprire a proposito di Ren.

Anche se avrebbe potuto trovare un alloggio più vicino al quartiere europeo di Changkat, a William la posizione isolata della villa non dispiace. Non lontano dalla casa c'è una vecchia pista degli elefanti, anche se lui non ne ha mai visto uno. La sera prima è piovuto e l'argilla rossa è morbida sotto i suoi passi.

William si ferma di colpo. Nel fango c'è un'impronta di tigre. Non ne ha mai vista una tanto vicina alla casa. È così fresca che un filo d'erba calpestato è ancora verde. Le tigri sono rare vicino all'abitato, benché ce ne siano ancora molte nel profondo della giungla. Un cacciatore esperto saprebbe probabilmente stimare l'età e lo stato di salute dell'animale, ma dalle dimensioni e dalla forma squadrata dell'orma, William suppone sia un maschio.

Un tecnico delle ferrovie degli stati federati malesi una volta gli ha raccontato come una tigre si fosse portata via uno dei suoi uomini migliori. I manovali dormivano in una baracca da dodici, con i materassini sul pavimento. La porta veniva lasciata aperta per far entrare l'aria. Quell'uomo in particolare, forte e ben messo per essere un indigeno, dormiva al centro della fila. Al mattino era scomparso. Furono scoperte delle impronte di tigre e, seguendole per un quarto di miglio, si arrivò a trovare la testa dell'uomo, il braccio sinistro e le gambe. Il torso e le interiora erano stati divorati. Durante la notte la tigre era entrata in silenzio, scavalcando gli uomini addormentati, e aveva scelto l'esemplare migliore.

William non ha un cane che possa avvisarlo della vicinanza di altri animali, e adesso gli dispiace. In casa ha un vecchio fucile Purdey, ma è scarico. Dovrà avvisare Ah Long e il ragazzo di non allontanarsi dalla casa la sera. Voltatosi, vede Ah Long sulla veranda.

«*Tuan!*» grida il cuoco. «Ospedale!»

William è il medico in servizio di reperibilità per il fine settimana. Risale di corsa i gradini. «Cosa c'è?»

Ah Long parla male il malese e ancora peggio l'inglese. In futuro sarà meglio che sia il ragazzo a prendere i messaggi, ma per adesso è Ah Long il latore di una notizia che persino lui sa esprimere chiaramente. «È morta una persona.»

Con la coda dell'occhio William vede Ren che lo fissa, pallidissimo. Ha l'aria terrorizzata.

Harun è fuori servizio, perciò William guida personalmente l'auto. L'incidente è avvenuto nella stessa piantagione che ha attraversato a piedi venerdì mattina; il messaggio era breve e diceva solo che era stato trovato un corpo. La maggior parte dei decessi in zona è causata dalla malaria o dalla tubercolosi, sebbene siano comuni anche morsi di serpente e incidenti vari.

Il direttore della tenuta è il padre di Lydia, Henry Thomson. Al suo arrivo, William vede un piccolo assembramento di persone. La figura magra di Thomson staziona vicino all'alta sagoma di un ufficiale di polizia sikh accompagnato da un agente malese. L'ufficiale si presenta come capitano Jagjit Singh, ispettore della polizia degli stati federati malesi. Il suo inglese è ottimo e William indovina che, come molti ufficiali di polizia della Malesia, è stato trasferito dall'esercito indiano per rimediare alla carenza di ufficiali locali.

«Il corpo è stato rinvenuto dopo mezzogiorno» dice. «Sembra l'attacco di un animale, ma non si può escludere l'omicidio. Non siamo riusciti a trovare il dottor Rawlings, e vorrei stabilire la causa della morte prima di spostarlo.»

Adesso si sono mossi per dirigersi all'interno della piantagione. Confuso dagli alberi tutti uguali, William si domanda se sia mai stato in quella parte della tenuta.

«Chi l'ha trovato?» chiede.

«Uno dei lavoranti.»

Thomson è rimasto in silenzio, con il viso preoccupato intento a guardare le foglie secche su cui camminano, ma ora dice: «Non sono sicuro che facesse parte delle mie squadre. Dovremo fare l'appello».

«Cosa le fa pensare che possa essere omicidio?» domanda William.

Il capitano Singh esita a rispondere. «È difficile dirlo. Non è rimasto molto.»

Arrivando sul posto, un avvallamento coperto di vegetazione, vedono la figura accosciata di un agente malese lasciato di guardia. L'uomo si alza rapido, con aria sollevata. Thomson non si avvicina. «Non ho bisogno di rivedere il corpo» dichiara.

William avanza. Un braccio magro sporge da sotto un cespuglio. Ha un pallore grigiastro; vi striscia sopra una fila di formiche. Sporgendosi sul cespuglio, William scosta i bassi rami elastici come frustini.

«È stato spostato qualcosa?» chiede da sopra la spalla.

«No.»

William fissa quella che una volta era una donna. Le braccia tese sono ancora attaccate al torso. Parte di una camicetta verde copre una spalla. Sotto il cotone sottile, la cassa toracica straziata mostra le estremità delle ossa spezzate e un'oscura cavità sanguinolenta. La pelle che inizia a staccarsi dai bordi delle ferite ha un aspetto gommoso. Dal bacino in giù, non c'è nulla.

«Dov'è la testa?» dice William, cercando di reprimere la nausea. Il corpo emana un puzzo di carogna orribilmente dolciastro, e il luccichio delle larve. La loro dimensione, e il fatto che in quel clima tropicale ci vogliono da otto a venti ore perché escano dalle uova, colloca l'orario della morte tra giovedì notte e venerdì mattina.

«Non l'abbiamo ancora trovata.» Il capitano Singh sta bene attento a tenersi sopravvento. «Stiamo cercando, in un raggio di un quarto di miglio.»

William si costringe a guardare di nuovo il corpo, ma si è già fatto un'idea. «È stato un animale. Quei buchi profondi sul torso sembrano segni di zanne. Le vertebre cervicali sono state tranciate. Ci sono segni anche sulle spalle. Probabilmente l'ha afferrata per la gola e per prima cosa l'ha soffocata.»

«Cosa pensa allora: leopardo o tigre?»

In Malesia i leopardi sono molto più comuni delle tigri, in misura almeno di dieci a uno. William conosce diversi residenti i cui cani sono stati divorati dai leopardi.

«Tigre, forse. Lo spazio fra i denti sembra un po' ampio per un leopardo. E poi ci vuole una certa forza per spezzare il collo. Dovrà chiedere a Rawlings... Immagino che farà lui l'autopsia.»

Rawlings, l'anatomopatologo dell'ospedale, svolge anche la funzione di coroner, colui che peserà e misurerà i tristi segreti di quel cadavere. William prende dalla tasca un fazzoletto e se lo tiene sulla bocca. La pressione allevia la nausea.

«Niente tracce» dice il capitano Singh.

William guarda il terreno, fittamente ricoperto di foglie secche. In assenza di terriccio fresco, sarà difficile trovare delle orme.

«Credo che sia stata uccisa altrove» afferma. «Non c'è abbastanza sangue... Forse questa parte del corpo è stata accantonata per un secondo pasto.»

Le tigri, lo sa, tornano ripetutamente alla carogna di una preda, anche quando la carne è andata a male. Può essere difficile rinvenire altre parti del corpo, dato che gli spostamenti di una tigre possono coprire parecchie miglia. I suoi pensieri corrono alle impronte fresche vicino a casa sua.

«Farò venire un battitore e dei cani» dice il capitano Singh. «Però c'è qualcosa di strano. Le tigri tendono a puntare prima sul corpo, non sugli arti. Qui però il torso è in gran parte intatto.» Come molti sikh, il capitano è un uomo alto e robusto, reso ancora più imponente dal turbante bianco. I suoi acuti occhi color ambra sono fissi sul cadavere.

William dà un'ultima occhiata e si irrigidisce. Sul seno sinistro la pelle grigiastra è rimasta intatta e lì, inconfondibile, c'è una cheloide a forma di farfalla. Conosce intimamente quel segno particolare, ha pagato per passarvi sopra le dita, e ormai neppure il fazzoletto premuto disperatamente sul viso può salvarlo.

Salta fuori dai cespugli e vomita a fianco di un albero.

10

IPOH, DOMENICA 7 GIUGNO

Tornai alla sartoria con la faccia graffiata e un incipiente occhio nero. Avevo sperato di entrare senza farmi notare, ma sentendo il rumore della mia chiave la signora Tham venne ad aprire la porta.

«Ji Lin! Cosa ti è successo alla faccia? Sei finita in una rissa? Sei stata da un dottore?»

Le dissi che ero caduta scivolando. Non era una gran giustificazione e aspettai, trattenendo il respiro, che ricominciasse l'interrogatorio, ma sorprendentemente non lo fece. Osservandomi disse: «Sei andata dai tuoi a Falim, vero?».

«Sì.»

«Hai visto il tuo patrigno?»

Un'espressione pietosa le attraversò il viso e capii che anche lei aveva sentito le voci sul carattere iracondo di quell'uomo. Mi venne da ridacchiare in modo isterico. Per una volta, lui era l'ultimo a cui dare la colpa di tutto quello che era accaduto quel fine settimana. E poi la verità era che a me non aveva mai torto un capello. Non ce n'era bisogno.

Fin dall'inizio avevo capito che non doveva abbassarsi a punire una bambina. Quello era compito di mia madre, e al minimo segnale di scontento bastava che lui le rivolgesse uno sguardo perché lei si mordesse le labbra e mi rimproverasse piano. I primi tempi non avevo capito quale fosse il prezzo. Cantare ad alta voce o fischiettare era un crimine. Così come rispondergli. Il risultato era che mia madre usciva da una discussione con lui tenendosi cautamente un polso, pallidissima. I lividi che aveva sulle braccia dipendevano dalle dita che l'avevano stretta fino a farle male. Non erano mai punizioni spettacolari come quelle riservate a Shin, e mia madre non ne parlava mai. Ma entrambe avevamo imparato a temere la ruga verticale che appariva sulla fronte del mio patrigno, esattamente al centro, e le narici che si allargavano sbiancandosi.

Suppongo si possa dire che lui pensava di fare una cosa giusta, perché i ragazzi dovevano essere tenuti in riga con la frusta e le mogli dovevano stare al loro posto. Io non lo sapevo e, sinceramente, non mi ero mai impegnata a capire il mio patrigno. Sapevo solo che lo odiavo.

Scrutandomi nello specchietto rimasi sgomenta. Avevo lo zigomo sinistro gonfio e diversi lunghi graffi in faccia. E, come previsto, mi stava venendo un bell'occhio nero. Abbattuta, mi misi a rifare a mente i conti. A cinque centesimi per ogni ballo, di cui a me ne venivano tre, quel mese mi mancavano ancora settantacinque centesimi per il debito di mia madre. Ma non potevo certo lavorare alla sala da ballo in quello stato, nonostante il nodo di ansia che avevo nello stomaco. Invece di farmi vedere così conciata, era meglio chiedere a Hui di riferire che mercoledì non ci sarei stata, perciò l'indomani, dopo il lavoro, andai a trovarla.

A volte Hui la sera lavorava in un altro posto, ma ero quasi sicura che l'avrei trovata a casa. Non abitava molto lontano, e quello era il motivo per cui avevamo fatto amicizia. Hui aveva portato un abito alla sartoria della signora Tham, e io avevo avuto l'incarico di modificarlo. Era un bel vestito da sera turchese, di un tessuto leggero che sembrava spuma di mare. Le avevo chiesto in quale occasione doveva indossarlo.

«A un tè danzante. Ci sei mai stata?» disse.

Non mi era mai capitato, benché avessi preso lezioni di ballo.

«Penso che saresti brava» mi aveva detto lei, e fra una chiacchiera e l'altra avevo commesso l'errore di accorciare troppo l'orlo per i criteri conservatori della signora Tham. Ridendo, Hui disse che non importava e che più corto era, meglio era. In seguito capii perché, ma a quel punto eravamo già buone amiche.

Hui abitava in Panglima Lane, la via più stretta di Ipoh, fitta di case addossate le une alle altre, con la biancheria stesa che ondeggiava come bandiere al vento. Trent'anni prima era nota per i bordelli, il gioco d'azzardo e le fumerie d'oppio, ma adesso vi erano quasi solo case private. Il nome cantonese significava "via della seconda concubina". Avevo pensato spesso che sarebbe stata un posto pessimo per un appuntamento galante, dato che le case erano così vicine. Dai piani superiori si vedeva direttamente in casa dei dirimpettai.

«Hui!» chiamai al mio arrivo.

«Di sopra.» Il suo padrone di casa, un vecchio che sembrava un vampiro per l'abitudine di masticare noci di betel, che macchiavano la bocca di rosso, indicò con un gesto la stanza che dava sulla strada. Trovai Hui prona sul letto a sfogliare un giornale. Indossava una sottile sottoveste di cotone e il viso struccato luccicava di crema.

Quando vide la mia faccia spalancò gli occhi. «Con chi hai fatto a botte?»

«Come fai a saperlo?» Appoggiai sul tavolo due porzioni di *nasi lemak*, riso al cocco con pollo al curry e salsa piccante, avvolto in un pacchetto di foglie di banano. La camera di Hui era più grande della mia dalla signora Tham; vi erano sparse riviste, boccettini di belletto e cipria.

«Quei graffi... ne ho viste di risse fra ragazze. Cos'è successo?»

Le spiegai i fatti del giorno precedente mentre cominciavamo a mangiare.

«Allora è stata la vedova» commentò aprendo con golosità il pacchetto di *nasi lemak*.

Sospirai. «Sai, non posso biasimarla... è veramente sconvolta.»

«Te l'avevo detto di non andare! Spero non fossi da sola.»

«È venuto anche mio fratello.»

«Non sapevo avessi un fratello! Ti somiglia? Perché in tal caso, voglio conoscerlo.» Hui adorava il mio corto taglio di capelli alla moda e mi aiutava a mettere la brillantina che contribuiva alla sua forma liscia.

«Non ci somigliamo per niente. È figlio del mio patrigno, quindi in realtà non siamo parenti.»

«Ah» disse lei arricciando il naso. Hui sapeva qualcosa del patrigno, anche se cercavo di non parlare molto di questioni familiari. «È orribile anche lui?»

«No, anzi, pare sia molto ambito, almeno tra le ragazze di Falim.» Alzai gli occhi al cielo e lei ebbe un attacco di ridarella.

«Comunque, senti» proseguì, «volevo dirti che in ogni caso è meglio se per un po' non vieni al lavoro. Domenica c'era un uomo che chiedeva di te. Con il tuo vero nome, non Louise.»

Mi sentii sprofondare. L'unico cliente cui l'avevo inavvertitamente rivelato era il rappresentante. «Che aspetto aveva?»

«Un cinese, normale. Io gli ho detto che non c'era nessuno con quel nome.»

L'avrei abbracciata. «E poi?»

«Se n'è andato. Magari stava cercando quel dito. L'hai lasciato dalla vedova?»

«Non l'ha voluto.» Ripensando a quella scena nella casetta di legno, con Ah Yoke che si contorceva e singhiozzava sul pavimento come un serpente dal volto di donna, provai un profondo disagio.

«Allora chi ce l'ha?»

«Mio fratello.» Chissà poi cosa pensava di farne Shin!

Hui sospirò. Dalla finestra entrava l'aria tiepida della sera con i suoni dei campanelli delle biciclette e dei tacchi dei passanti. «Ma dove si trovano uomini così affidabili? Io sono stufa marcia di quelli che conosco.»

Non ci avevo mai pensato sotto quella prospettiva, ma probabilmente aveva ragione. «Da piccoli eravamo molto uniti, adesso meno. È diventato un donnaiolo.»

Hui fece una risata acuta. «Di sicuro non può essere un così cattivo soggetto.»

Dovetti sorridere anch'io. «Nei prossimi mesi lavorerà a Batu Gajah.»

«Batu Gajah?» Hui sventolò il giornale che stava leggendo prima. «Hai sentito di questa storia? Sabato hanno trovato un cadavere. C'è in giro una tigre mangiauomini.»

Era un articolo breve, un paio di paragrafi inseriti di corsa. *Cadavere trovato in piantagione di caucciù a Batu Gajah. Torso femminile senza testa scoperto da lavoratore della tenuta.*

Una tigre. Di tanto in tanto i giornali riportavano cronache raccapriccianti di persone strangolate da pitoni, portate via da coccodrilli o calpestate da elefanti. Ma le tigri erano un'altra faccenda. Quando ci si avventurava nella giungla c'erano degli incantesimi da pronunciare per placare la tigre, chiamata con il titolo onorifico di *datuk*. Di una tigre che divorava troppi uomini si diceva che fosse in grado di prendere la forma di un uomo e camminare fra noi.

Non c'entrava niente con Shin o con me, eppure avvertii di nuovo il tocco freddo di quell'ombra, quella che ondeggiava negli acquatici abissi delle mie paure, come se fosse in cerca di qualcosa.

All'arrivo del venerdì mi era rimasto solo l'occhio nero, ormai di una sfumatura giallo-verdastra. Per fortuna non era più gonfio, e decisi che, con l'applicazione di un trucco adeguato, sarei stata in grado di fare il mio turno pomeridiano alla sala da ballo. E poi avevo davvero bisogno di quei soldi. I numeri continuavano a scorrere su e giù nella mia mente in inchiostro rosso – un ammanco orribile. Saltare un pagamento poteva avere come conseguenza l'invio di un brutto promemoria a casa del mio patrigno da parte dell'usuraia. Mi convinsi che il rischio di essere perseguitata per via del dito era minimo; chiunque fosse l'uomo che mi aveva cercata, speravo che ormai avesse lasciato perdere il Fiore di Maggio.

Fu un pomeriggio lento. Fuori il sole martellava cocente, e nella fresca oscurità della sala le bevande ghiacciate andavano forte. Aspettai per un paio di balli, chiacchierando con le altre ragazze. Al venerdì Hui non c'era, ma avevo stretto amicizia con Rose e Pearl. Rose era vedova e di Pearl, sebbene lei non dicesse niente, sospettavo che fosse fuggita dal marito. Ovviamente non erano i loro veri nomi. Se avessi potuto scegliere, avrei preferito farmi chiamare May o Lily, qualcosa di grazioso e leggero, a differenza del mio serio nome cinese, ma ormai mi era toccato Louise. I clienti stessi mi riconoscevano in base al taglio di capelli. «Voglio quella che sembra Louise Brooks» dicevano indicandomi, e io mi alzavo sorridendo come se fosse il mio compleanno.

Era il cinquantatreesimo giorno che impersonavo Louise. In cantonese, il numero cinquantatré è omofono della frase "non può vivere". Un altro giorno con un numero sfortunato, nove giorni dopo il mio ballo con il disgraziato rappresentante Chan Yew Cheung. Rose aveva appena finito di raccontarci che era rimasta alzata tutta la notte perché la sua bambina aveva una brutta tosse, quando all'improvviso esclamò: «Ah, è tornato!».

Un cliente ci stava osservando. Aveva una faccia stretta dal mento storto, come se la testa gli fosse rimasta presa in una morsa. Immaginando che fosse l'uomo da cui mi aveva messo in guardia Hui, mi alzai allarmata, ma lui fu troppo rapido per me.

«Posso avere questo ballo?»

Esitai, ma avevo addosso l'occhio di falco della tenutaria. Non avevo motivo di rifiutare, sebbene il mio stomaco si torcesse per lo sgomento. Sorprendentemente, si rivelò un bravo ballerino. Facemmo un paio di volte il giro della pista; stavo cominciando a pensare che i miei sospetti fossero infondati, quando lui disse: «Tu devi essere Ji Lin».

«Posso esserlo, se lo desideri.» Feci un sorriso forzato. «Ma temo che il mio nome sia Louise.»

«Sto cercando una ragazza che la settimana scorsa deve aver trovato qui sulla pista una cosa che mi appartiene. Una reliquia di famiglia.»

Per un attimo fui tentata di confessare tutto. Avevo già assolto il mio obbligo verso la famiglia del rappresentante. Però il dito non lo avevo più; se Shin l'avesse distrutto, quell'uomo avrebbe potuto infuriarsi. Temporeggiando, chiesi: «Di cosa si tratta?».

«È il dito di un antenato cinese, è nella nostra famiglia da generazioni. La settimana scorsa l'ho dato a un amico, che mi ha detto di averlo perso qui.»

«Un dito?» Tentai di apparire sorpresa, addirittura inorridita. Lui mi osservava con attenzione. Mi domandai se stesse mentendo. Secondo la moglie del rappresentante, suo marito era entrato in possesso del dito tre mesi prima. «Potrei chiedere alle altre.»

«Fammi sapere» disse fissandomi intensamente. «Puoi lasciarmi un messaggio qui.» Scarabocchiò l'indirizzo di un caffè di Leech Street insieme a un nome: Y.K. Wong.

«Se lo trovi, ti darò una ricompensa. Ha un valore sentimentale.» Sfoderò un sorriso dai denti aguzzi.

Dopo ballò con diverse altre ragazze, le quali in seguito mi confermarono che aveva rivolto anche a loro le stesse domande: se si chiamavano Ji Lin e se avevano trovato qualcosa sulla pista da ballo, pur senza nominare dita mozzate. Mi tornò in mente com'era venuto diretto verso di me appena entrato, e un brivido mi corse giù per il collo.

«Sono sorpresa che tu sia venuta, oggi» disse Rose sventagliandosi con vigore durante un intervallo, mentre l'orchestra beveva acqua di seltz e si tergeva la fronte. Nonostante la cipria, la mia collega aveva il viso lucido quasi quanto il parquet della pista, e io ero sicura di non essere da meno.

«Ho bisogno di soldi.»

«Se è così» disse lei, «vuoi rimediare qualche extra?»

Scossi il capo. «Niente chiamate.»

Una "chiamata" era quando un cliente prendeva appuntamento con una ragazza al di fuori della sala da ballo, formalmente per portarla a fare spese o a pranzo. Era remunerativo, ma ogni cosa ha il suo prezzo. Io fin dall'inizio avevo spiegato alla tenutaria che non l'avrei fatto. L'episodio con il signor Y.K. Wong, se quello era davvero il suo nome, mi aveva ricordato quanto mi sentissi vulnerabile con uno sconosciuto, e non eravamo nemmeno rimasti soli; stavamo ballando in piena vista davanti a decine di persone.

«Non è una chiamata. Ho un cliente che mi ha chiesto se potevo trovare qualche ragazza per ballare a una festa privata. Niente di losco, ha promesso.»

«Non esiste una festa privata senza niente di losco.»

Rose sorrise. «Che vecchia nonna che sei! Anche a me non ispirava troppo, quindi gli ho spiegato che dovevamo chiedere il permesso alla tenutaria della sala, così per tenerlo a bada. Ma quando sono andata a chiederglielo, lei ha detto di sì!»

«Davvero?» Questo avevo difficoltà a crederlo.

«Be', lei ci ricava una bella commissione, e ha detto che ci farà accompagnare da uno dei portieri e affitterà un'auto. Vogliono quattro o cinque ragazze, perché ci saranno molti scapoli che vogliono ballare. È a Batu Gajah.»

Esitai. «Proprio in città?» In quel caso, non avrei potuto andare. Avrei rischiato di incontrare Shin e svelargli così il mio equivoco secondo lavoro.

«No, in una residenza privata di Changkat.»

Avevo sentito parlare di Changkat, un'ottima zona residenziale che stava sopra Batu Gajah. «Significa che ci saranno degli stranieri?»

«Ti dà fastidio?»

Al Fiore di Maggio la maggior parte dei clienti era del posto, anche se qualche europeo arrivava sempre. Non tanti come all'elegante Celestial Hotel, ma ce n'erano alcuni ogni pomeriggio. Perlopiù si trattava di coloni delle piantagioni oppure di funzionari pubblici, militari e poliziotti. Anch'io avevo ballato con qualcuno di loro, benché, a dire la verità, mi rendessero nervosa.

Questo però spiegava il consenso della tenutaria, oltre alla promessa di un accompagnatore e di un'auto a nolo.

«Verrà anche Hui, e la paga è doppia.»

Dunque sarebbe bastata a coprire i miei mancati introiti. E se Hui, sempre così accorta nel badare a se stessa, era disposta ad andare, sarei andata anch'io.

Finito di lavorare, il sole arancione era basso sull'orizzonte. Pearl e Rose facevano anche il turno serale, quindi ero sola quando uscii dalla porta posteriore del Fiore di Maggio. Non sapevo come facessero a restare in piedi per tante ore, ma avrebbero continuato a ballare fin dopo mezzanotte.

Pearl aveva un figlio e Rose due bambine piccole. Chissà se i bambini aspettavano il loro ritorno, guardando la lampada a olio spegnersi nel buio. Se mia madre non si fosse risposata, quello avrebbe potuto essere anche il mio destino, per quanto non riuscissi a immaginarla lavorare in una sala da ballo. Era troppo riservata, troppo ingenua. Persino adesso era riuscita ad accumulare debiti semplicemente giocando a mahjong. Mi chiesi per la centesima volta se avesse davvero perso tutte quelle partite o se fosse stata imbrogliata.

Una volta saldato il suo debito, mi sarei messa a risparmiare per fare un corso da maestra. Non importava cosa ne pensasse il mio patrigno. Ero sicura che alla fine avrebbe preferito non avermi più fra i piedi piuttosto che ritrovarsi una zitella in casa. Infatti avevo detto che non mi sarei sposata, anche se mia madre aveva iniziato a indirizzarmi verso le pronube. La promessa che avevo fatto a Shin tanto tempo prima, quando eravamo bambini intenti a parlottare nella sua camera, per me era ancora valida. Non capivo cosa potesse fare per me il matrimonio, soprattutto se il ragazzo che mi piaceva intendeva sposare un'altra.

Ormai era inutile coltivare speranze su Ming, anche se nei miei momenti peggiori sognavo che venisse lasciato dalla fidanzata. O magari che si rendesse conto all'improvviso di aver commesso un terribile errore e chiedesse la mia mano. Lo immaginavo arrivare sulla strada polverosa con la sua pesante bicicletta nera e i capelli ribelli tutti in piedi. "Ji Lin" avrebbe detto, con quell'aria imbarazzata ma seria da topo di biblioteca, "devo parlarti." Io l'avrei raggiunto di corsa – no, scendendo decorosamente le scale – e l'avrei ascoltato con il batticuore. Ma a questo punto il sogno si esauriva, per quanto riuscissi a immaginare un mucchio di belle cose da far pronunciare a Ming. Non sarebbe mai successo, e basta. Non mi aveva mai guardato come l'avevo visto guardare la fidanzata.

Il Fiore di Maggio era alla periferia di Ipoh, abbastanza lontano da casa della signora Tham. Dato che avevo appena perso l'autobus decisi, nonostante l'incombente oscurità, di fare un pezzo di strada a piedi. Era ora di cena; si sentiva odore di pesce fritto, e il suono stridulo di una radio che trasmetteva l'opera cinese. Attraversando evitai per poco una bicicletta che mi superò veloce. Con la coda dell'occhio vidi un uomo che attraversava dietro di me, sebbene la luce fosse troppo fioca per distinguerne la faccia.

Hui e le altre ragazze mi avevano avvisato che ogni tanto qualche cliente le aspettava fuori. Pearl aveva raccontato che una volta un uomo l'aveva seguita fino a casa e sua madre lo aveva minacciato con un coltello.

«E lui se n'è andato?» avevo chiesto.

«Lo ha cacciato gridando che mio marito era un macellaio di maiali!»

Allora ci avevamo riso su, ma in quel momento desiderai ardentemente di avere io stessa qualche parente macellaio. Chiunque fosse a seguirmi, lo faceva a distanza di sicurezza. Quando acceleravo il passo, lo faceva anche lui. Quando mi fermavo, si nascondeva dietro un pilastro. Mi infilai sotto una *chik*, una veneziana di bambù, entrando in un negozio di articoli vari con gli scaffali pieni di vasi di dolciumi, di wok di ghisa e zoccoli di legno. Era quasi l'ora di chiusura, come mi disse il negoziante, un anziano in canottiera bianca.

«Per favore» dissi, «ha un'uscita posteriore? C'è un uomo che mi segue.»

Dovevo avere un'aria spaventata, perché l'uomo annuì. «Passa di là, dopo la cucina.»

Mi affrettai ad attraversare la lunga casa-bottega, scusandomi con la famiglia che sedeva raccolta intorno a zuppa di pesce e tofu saltato. L'uscita posteriore conduceva in uno stretto vicolo fra i negozi. La cosa più saggia ovviamente sarebbe stata andare via il più in fretta possibile, ma era un'occasione troppo ghiotta per rinunciare. In silenzio sbirciai dietro l'angolo.

Il mio inseguitore fissava l'ingresso del negozio. Adesso stavano chiudendo le imposte e chiaramente lui non capiva come mai non fossi ancora uscita. Lo riconobbi subito. Come temevo, era il giovane con la faccia stretta che mi aveva chiesto del dito: Y.K. Wong. Sentii una tensione nelle spalle. In un modo o nell'altro, era meglio che evitassi di tornare al Fiore di Maggio per un po'.

Raggiunta la strada polverosa alle mie spalle, fermai un triciò, lasciando il mio inseguitore ancora in un'infruttuosa attesa davanti al negozio. Speravo che ci restasse per un bel po'. Ascoltando il cigolio dei pedali e le ruote che mormoravano nell'oscurità vellutata, chiusi gli occhi e desiderai con tutta me stessa di poter andare via da lì, mollare tutto e ricominciare da capo altrove.

Con mia sorpresa, quando arrivai a casa la signora Tham mi stava aspettando. Sembrava insieme eccitata e un po' seccata, un'espressione che riconobbi con scoramento.

«Dove sei stata?» chiese.

«Non è tardi.» Non più del mio solito orario del venerdì.

«Una delle regole di questa casa» disse con la sua faccia da uccellino accesa dall'indignazione, «è "niente visite maschili". Non so proprio cosa ti sia venuto in mente, Ji Lin, di dire a un uomo che venisse ad aspettarti qui!»

Ebbi un sussulto. Avevo lasciato il misterioso signor Y.K. Wong in una strada all'altro capo della città. Com'era possibile che avesse trovato la sartoria? Era come una stregoneria; quell'uomo era un demone. O magari aveva un gemello, un doppio che annunciava la morte.

«È rimasto qui fuori per un'eternità. Pensavo che stesse aspettando una cliente, da come sbirciava nel negozio, ma alla fine è entrato e ha chiesto di te. Quando ho detto che eri uscita, se n'è andato subito. Comunque devo ammettere che era molto attraente.»

«Ah!» dissi mentre cominciavo a capire. «Era mio fratello?»

«Tuo fratello? Non vi somigliate affatto.»

Non volendo fornire altre spiegazioni, dato che chiaramente la signora Tham aveva sentito dei frammenti della mia storia familiare ed era impaziente di estorcermi qualcos'altro, risposi solo: «Sì, ce lo dicono spesso».

«Se era tuo fratello, perché non dirlo?» domandò indignata. «Farmi preoccupare così!»

A essere sincera, non ne avevo idea. Era stata mia madre a dare a Shin il mio indirizzo? E perché era venuto a quell'ora tarda? Era una giornata con troppi misteri.

11

BATU GAJAH, SABATO 6 GIUGNO

Quando William ritorna, Ren sta aspettando ansioso alla porta. «*Selamat datang*» dice. Benvenuto a casa. È questo il modo corretto di salutare il padrone; i domestici dovrebbero stare allineati vicino alla porta in caso di arrivi e partenze. Ren ha sempre fatto così per il dottor MacFarlane. Il vecchio dottore scherzava dicendo che non poteva più uscire di casa senza il quieto saluto di Ren. Oggi c'è anche Ah Long, che prende la borsa da medico di William con un'espressione animata sulla faccia solitamente impassibile.

«È stata una tigre, *tuan*?»

«Probabile» risponde William. «Di notte voglio che tutte le porte siano chiuse. E non uscite da soli di sera o la mattina presto. Vale anche per te, Ren.»

Ren annuisce. Gli sembra che il nuovo dottore sia malato. La faccia è pallida come la pancia di un pesce e gli occhi, dietro gli occhiali dalla montatura sottile, sono iniettati di sangue. Ci sono tante domande che Ren vorrebbe fare, eppure esita, chiedendosi come affrontare l'argomento.

«Chi è morto?» chiede Ah Long.

«Una lavoratrice della piantagione.» William si passa una mano sugli occhi. «Ho bisogno di lavarmi e di bere qualcosa. Un whisky *stengah*, per piacere.»

Il dottore va nella stanza da bagno piastrellata, dove si risciacqua con un secchiello che immerge in un vaso contenente l'acqua.

Ah Long si rivolge a Ren. «Lo sai preparare?»

Ren ha l'aria dubbiosa. Il dottor MacFarlane beveva delle cose in bottiglia, ma non ha mai chiesto a Ren di versargliele.

«È un buon momento per imparare. Guarda me.»

Stengah viene dalla parola malese *setengah*, che vuol dire "mezzo". Ah Long prende un blocco di ghiaccio dalla ghiacciaia della cucina, dove è conservato nella segatura. Ne stacca delle scaglie con un punteruolo e riempie un alto bicchiere da cocktail. «Non fare il ghiaccio troppo piccolo» avverte. «Altrimenti si scioglie in fretta.»

Poi riempie per un terzo il bicchiere con un liquido color tè dall'odore medicinale, che versa da una bottiglia quadrata. Sopra c'è la figura di un uomo con un alto cappello nero e pantaloni bianchi. JOHNNIE WALKER BLENDED SCOTCH WHISKY è la scritta sull'etichetta, che sembra essere stata applicata male.

«Perché l'etichetta è storta?» chiede Ren.

«Non è storta. È fatta così. Adesso stai attento!»

Usando il sifone del seltz, una bottiglia di vetro avvolta in fili metallici che Ren non ha mai osato toccare, Ah Long versa uno spruzzo frizzante nel bicchiere appannato. La brusca esalazione di gas fa arricciare il naso a Ren.

«L'acqua e il whisky devono essere circa la stessa quantità.» Ah Long inclina la testa per ascoltare. «Probabilmente ha finito. Portalo fuori in veranda.»

L'ampia veranda dal pavimento di tek corre lungo tutta la casa, protetta dal sole dalle *chik* di bambù. Nei giorni particolarmente caldi, Ren le bagna d'acqua in modo che l'evaporazione rinfreschi la veranda. William è seduto su una sdraio di rattan. Indossa una canottiera di cotone e un *sarong*, una stoffa a quadri cucita a tubo e arrotolata in vita: un pezzo di abbigliamento malese che molti europei hanno adottato da tenere in casa, anche se non si sognerebbero mai di apparire così in pubblico.

Come Ah Long, Ren in casa non porta le scarpe e quando si avvicina è così silenzioso che William non lo sente. È sprofondato nei pensieri, con un'espressione infelice. Ren non ha mai visto il suo nuovo padrone mostrare tanta emozione, e si chiede se sia segno di un carattere compassionevole. In Ren si accende una scintilla di speranza. Forse potrà chiedere a lui del dito, anche se il dottor MacFarlane ha detto di non parlarne con nessuno.

«Whisky, *tuan*» dice.

William prende il bicchiere e lo vuota per metà, facendo una smorfia.

«Posso chiedere come mai pensa sia stata una tigre?»

Ren è così educato, così tranquillo che William non può irritarsi con lui. «È possibile che sia un leopardo, ma una tigre è più probabile. Non lo sapremo con certezza prima che venga eseguita l'autopsia.»

«Ma la tigre tornerà?»

«Non preoccuparti.» Con uno sforzo, William si concentra sul ragazzo. «Le mangiauomini sono rare. La maggior parte delle tigri evita le persone; di solito sono bestie vecchie o malate che cacciano esseri umani.» Inclina il bicchiere facendo tintinnare il ghiaccio. «Le tigri che uccidono persone si possono dividere in due tipi: assassine, che ammazzano una volta o due perché sono state infastidite o minacciate, e mangiauomini, che si abituano a cacciare l'uomo come preda. È troppo presto per sapere con che tipo di animale abbiamo a che fare, perciò non dobbiamo perdere la calma.» Parla in modo lento e preciso, come se stesse tenendo una spiegazione per un pubblico invisibile.

«Ci sarà una caccia alla tigre?» chiede Ren.

«Quelli che vogliono buttarsi nella caccia alla tigre non mancano mai. Reynolds e Price del club, probabilmente. Idioti che non sanno neanche sparare diritto. L'ultima taglia pagata per una tigre, da queste parti, è stata di settantotto dollari.»

Settantotto dollari dello Stretto per Ren sono una somma

enorme, più di quanto possa mai sognare di mettere via. Si domanda come mai William ne sappia così tanto, e timidamente glielo chiede.

«Oh, quando sono arrivato ero abbastanza fissato con le tigri.» Il dottore sprofonda ancora di più nella sdraio e si abbandona a un umore insolitamente ciarliero. «È così che ho conosciuto MacFarlane; aveva delle opinioni interessanti.»

Ren decide di farsi ardito. «Credeva in molte cose. Negli spiriti, e negli uomini capaci di trasformarsi in tigri.»

«Ah, sì. I famosi *harimau jadian* di Korinchi.» William guarda tra gli alberi, verso una destinazione invisibile. «Lui e io siamo addirittura andati a cercarli. La gente del posto è vista con sospetto per quel motivo. C'è stato un caso a Bentong, anni fa, di una tigre che uccideva i bufali. Avevano messo delle trappole, gabbie con cani randagi come esca, ma senza prendere niente.»

Ren ascolta attentamente. Le ombre del pomeriggio si stanno allungando e il silenzio verde è rotto solo dal brusio degli insetti.

«Una sera, un vecchio venditore ambulante di Korinchi stava viaggiando nella giungla quando sentì dietro di sé il ruggito di una tigre. Terrorizzato, scappò via fino a imbattersi in una delle trappole. Vi strisciò dentro lasciando che lo sportello si chiudesse. La tigre ci girò intorno ma, non riuscendo ad aprirla, si allontanò.

«Il mattino dopo, un gruppo di persone udì le grida di aiuto. Il venditore chiese di essere liberato, ma quelli dissero: "La notte scorsa la tigre è stata qui, e adesso nella gabbia ci sei tu". Le impronte delle zampe intorno alla gabbia erano state parzialmente cancellate dai nuovi arrivati. Era impossibile dire se l'animale si fosse allontanato, oppure se fosse entrato nella trappola e si fosse trasformato in un uomo. Disperato, il vecchio implorò di essere riconosciuto come il venditore ambulante che conoscevano da tanti anni. La gente del villaggio, però, non riusciva a decidere se fosse un uomo oppure un mostro che, se liberato, li avrebbe divorati.»

«E allora cos'è successo?» chiede Ren.

«Infilarono una lancia nella gabbia e lo uccisero.»

William tace. Ren, sempre con il vassoio in mano, ha in testa molte domande. «Lei crede che un uomo possa diventare una tigre?»

William chiude gli occhi e giunge i polpastrelli. «Le condizioni necessarie alla trasformazione sembrano essere contraddittorie. L'uomo dev'essere o un santo o un malvagio. Nel caso di un santo, la tigre è considerata *keramat* e funge da spirito protettivo, invece i malvagi si reincarnano nella tigre come punizione. E non dimentichiamo gli *harimau jadian*, che non sono neppure uomini, ma animali che indossano pelli umane. Sono tutte credenze contraddittorie e quindi le classificherei come racconti folcloristici.» Riapre gli occhi. Sono sorprendentemente penetranti, come se fosse tornato di colpo dalla dimensione in cui si era isolato. «Non devi preoccuparti per l'incidente di oggi. L'ultima cosa di cui abbiamo bisogno è un panico isterico. Non ci pensare. Dio sa» aggiunge sottovoce, «che vorrei riuscirci anch'io.»

William si districa dalla sdraio e si alza, un po' malfermo. Ren avverte un profondo sollievo. La stretta che sentiva al petto per la preoccupazione svanisce; cerca di non pensare che rimangono solo ventidue giorni dell'anima. Questo nuovo dottore è così ragionevole, così sano di mente. Ogni cosa che dice è sensata. Obbediente, Ren lo segue in casa.

12

IPOH, VENERDÌ 12 GIUGNO

Quella sera il sonno non arrivava proprio. Quando ripensavo al misterioso Y.K. Wong, con la sua mascella stretta e gli occhi sottili, mi sentivo la testa in una morsa. Chi era, e perché aveva tentato di seguirmi fino a casa? Non credevo alla sua storia sulla reliquia ancestrale. Quel dito isolato mi metteva a disagio, come un elemento mancante in una serie di cinque cifre. Un segnale di qualcosa d'incompiuto. La mia mente continuava a correre come un topo su una ruota, ma la ruota si trasformava in un serpente gigante che si voltava per fagocitarmi. E poi mi ritrovai ansimante ad agitarmi senza fiato, mentre cadevo scivolando giù per il tunnel, dentro il mondo dei sogni.

Diversamente dal sogno della settimana precedente, non galleggiavo sulla corrente fresca del fiume. Questa volta mi ritrovavo all'improvviso sulla riva, obbligata a farmi largo tra cespugli e *lalang*, il miscanto dalle foglie taglienti, e vedevo il fiume che mi scorreva accanto. L'acqua assolata, limpida e bassa ai margini diventava color fango al centro.

E poi la vidi. La stessa piccola stazione ferroviaria dalle panchine deserte, la stessa locomotiva in sosta, solo che stavolta il treno si era fermato un po' più in là, come se fosse in procinto di uscire dalla stazione. Le carrozze erano vuote; dentro non c'era nessuno, neppure il bambino che l'altra volta mi aveva salutato così vivacemente. Quando raggiunsi la stazione, però, lo trovai seduto su una panchina. Sorrise, un lampo rapido che mostrava l'incisivo mancante.

«*Ah Jie*» disse, rivolgendosi cortesemente a me con l'appellativo di sorella maggiore. «Non pensavo di rivederti così presto.»

Mi sedetti vicino a lui. «Cosa stai facendo?»

«Aspetto.»

Sotto il tetto di paglia della stazione tutto era fresco e tranquillo. «Che cosa?»

Lui fece dondolare le gambe corte. «Una persona cara. Tu ce l'hai una persona cara, *Ah Jie*?»

Ma certo. Avevo mia madre, Ming e Shin. E anche Hui e le mie ex compagne di scuola, anche se di recente le avevo evitate, per puro orgoglio: molte ragazze avevano continuato a studiare per diventare insegnanti, mentre altre si erano sposate, e io ero così amaramente delusa dal mio destino che non sopportavo di affrontarle.

«Perché se c'è qualcuno a cui vuoi davvero tanto bene» disse serio, «è giusto aspettarlo.»

Mentre gli sedevo accanto, la mia inquietudine si stemperò. La brezza proveniente dal fiume era piacevole, e sulla sua superficie la luce formava scintille simili a squame di pesce.

«Se vedi mio fratello, per piacere non dirgli che mi hai incontrato.»

«Io conosco tuo fratello?» Mi sentivo la testa pesante. Riuscivo a malapena a tenere gli occhi aperti.

«Lo riconoscerai quando lo incontrerai.» Il bambino si voltò, con gli occhi spalancati per l'apprensione. «Per favore, non addormentarti! Altrimenti cadrai giù.»

«Giù dove?» Avevo difficoltà a capire quello che diceva.

«Al livello di sotto. Questa è la Stazione Uno, sai. Oh, per favore, no! Svegliati!»

Stava facendo un gran baccano. Il fracasso diventò sempre più forte finché non aprii a forza gli occhi stanchi.

«Svegliati, Ji Lin! Svegliati!» Era la signora Tham che batteva sulla porta della mia camera.

La luce entrava prepotente tra le assicelle delle imposte. Disorientata, mi ritrovai sdraiata a letto. La signora Tham irruppe tutta agitata. Chissà cos'era successo; stava praticamente ribollendo di eccitazione.

«È tornato. Tuo fratello, intendo. Credo che sia venuto per portarti a casa, a Falim.»

«Davvero?»

«Gli ho accennato che sapevo che era tuo fratello, e che avrebbe dovuto dirmelo ieri... Ti aspetta da basso.»

«Mia madre sta bene?» La paura mi afferrò. Doveva essere successo qualcosa, altrimenti perché Shin sarebbe venuto a prendermi?

Avevo sempre avuto timore di ricevere un messaggio simile e il terrore doveva essere evidente nei miei occhi, perché la signora Tham disse con gentilezza: «Non preoccuparti. È la prima cosa che gli ho chiesto. È solo una riunione di famiglia per festeggiare».

La mia famiglia non faceva mai riunioni né tantomeno feste. Nel caso, erano situazioni formali in cui venivano invitati gli amici del mio patrigno; gli uomini si sedevano a parlare per ore mentre mia madre e io servivamo loro infinite tazze di tè. Shin sapeva benissimo che cosa ne pensavo; non potevo credere che fosse venuto per portarmi in un simile purgatorio.

«Se è un'occasione speciale» disse la signora Tham, «perché non ti metti qualcosa di carino? Fai vedere a tua madre quello che hai imparato.»

Nonostante la sua pedanteria (o forse proprio per questo), la signora Tham era una sarta di talento e una oculata donna d'affari. Farmi uscire ben vestita era una buona pubblicità. Si mise a esaminare gli abiti che avevo confezionato, prendendoli dalle grucce e borbottando: «No, questo no. Forse questo.

Ecco. Facciamo vedere alle ragazze di Falim come sono i vestiti di Ipoh».

Era un abito in stile occidentale, un modello ingannevolmente semplice eppure elegante che la signora Tham aveva copiato dall'illustrazione di una rivista. Aveva buon gusto, dovevo ammetterlo.

«E se qualcuno ti chiede del vestito, ricordati di citare il nome della sartoria!» disse mentre usciva. «Oh, e sistemati la faccia!» sibilò, indicando in modo eloquente il mio occhio.

Mi lavai e feci un piccolo bagaglio per la notte. Cosa poteva essere successo a casa? Tirandomi indietro la frangia mi osservai sfiduciata nello specchietto rotondo sopra il lavabo. L'occhio nero era ancora vagamente giallo e violaceo. Non potevo proprio lasciare che mia madre lo vedesse, quindi feci del mio meglio per truccarlo con un po' di fondotinta solido e una sfumatura di kajal.

Sentivo la voce di Shin nell'ingresso del negozio. Afferrato il solito cesto scesi anch'io, esitando un attimo sulla soglia. Era imbarazzante essere tanto elegante la mattina presto, ma la signora Tham saltò in piedi, spodestando la cagnetta Dolly che aveva in grembo, e mi accolse con un grido di gioia.

«Non è delizioso?» diceva facendomi girare di qua e di là. «Quel modello è riuscito così bene. E tua sorella è come un'indossatrice professionista. Voglio sempre che faccia da modella per i miei vestiti.»

Con gli occhi cercai di comunicare a Shin: *È ora di andare!*, ma lui si stava divertendo alle mie spalle.

«Non saprei» rispose. «La faccia girare ancora un po'.»

Con mia costernazione, la signora Tham cominciò proprio a farmi ruotare su me stessa. Dolly abbaiò istericamente.

«No, no, sta scherzando... Adesso dobbiamo proprio andare.»

«Ma il signor Tham è appena andato al caffè qui vicino a comprare un po' di panini al vapore con *char siew*!» replicò lei obbligandomi a sedere.

Guardai male Shin che cercava di nascondere il suo divertimento.

«Dunque!» esclamò la signora Tham fissandoci con gli occhi sgranati. «Chi è il più grande di voi due?»

«Io» dissi rapida.

«Siamo nati lo stesso giorno.» Shin detestava essere il fratello minore e lo negava a ogni occasione.

«Allora siete gemelli!» La signora Tham sembrava contenta. «Che bella cosa per vostra madre.» Stavo per spiegarle la nostra parentela, ma lei continuò a chiacchierare senza sosta. «I gemelli sono speciali, credo. Soprattutto se sono maschio e femmina, drago e fenice, come si usa dire. Sapete che i cinesi credono che i gemelli di sesso diverso fossero marito e moglie in una vita precedente? E che siano rinati insieme perché non sopportavano di restare separati?»

A me pareva insieme sciocco e piuttosto tragico. Se mi fossi innamorata di qualcuno, non avrei certo voluto reincarnarmi come sua sorella; ma non valeva la pena discutere con la signora Tham. Aveva la capacità quasi soprannaturale di risucchiarti nella sua orbita. Anche Shin ormai sembrava averne abbastanza. Con un sorriso, disse che era ora di andare, o avremmo perso l'autobus.

«Insomma, perché sei venuto?» gli chiesi appena ci fummo allontanati dalla sartoria. «È successo qualcosa a casa?»

«No.»

Dovetti correre un po' per tenermi in pari con il lungo passo di Shin, che all'improvviso pareva avere una discreta fretta e si stava dirigendo in direzione opposta alla fermata dell'autobus.

«Andiamo a prendere il treno» spiegò. «Non essere così preoccupata; i nostri genitori non c'entrano niente. Anzi, pensano che io sia a Batu Gajah.»

Dalla casa della signora Tham alla stazione ferroviaria c'era mezzo miglio, e Shin non mostrò la minima intenzione di rallentare mentre imboccavamo Belfield Street e poi svoltavamo a sinistra in Hugh Low Street.

«Che fretta c'è?» domandai mentre tagliavamo la strada a un carro tirato dai buoi, evitando allo stesso tempo un ciclista che ci fece una rabbiosa scampanellata.

«È più tardi di quanto pensassi.» Shin afferrò il mio cesto da viaggio, e io non potei fare altro che corrergli dietro. Sebbene avessi preso il treno pochissime volte in vita mia, dov'era la stazione lo sapevano tutti. Soprannominata il Taj Mahal di Ipoh, era stata progettata da un architetto del governo britannico arrivato in Malesia via Calcutta, ed era un enorme edificio bianco che sembrava una torta nuziale o un palazzo moghul. Cupole e minareti sovrastavano le arcate che conducevano a corridoi piastrellati di marmo, a un albergo per viaggiatori dotato di bar e caffè, a gallerie e scale che salivano e scendevano dirette alle banchine ferroviarie.

Shin andò deciso all'interno della stazione. Lo raggiunsi senza fiato allo sportello della biglietteria.

«Due biglietti per Batu Gajah» disse facendo scivolare il denaro sul banco.

Fui colta da un irragionevole moto di gioia ed eccitazione. Perché andavamo là? Non volendo fare troppe domande davanti agli estranei, strinsi il braccio di Shin guardandolo con interesse.

«Luna di miele?» chiese il bigliettaio osservando il mio abito elegante.

Lasciai il braccio di Shin come se fosse rovente. A lui apparve sul collo una macchia cremisi che salì fino alle orecchie, ma non rispose.

«Binario due. Dieci minuti alla partenza» disse il bigliettaio. Corremmo giù per le scale di marmo del sottopassaggio e salimmo sul treno che stava già emettendo vapore.

«È una carrozza di terza classe» disse Shin in tono di scusa.

A me non importava. Ero talmente eccitata che dovetti trattenermi dal saltare in piedi per osservare tutto, dai sedili di legno ai finestrini che andavano su e giù. Divertito, Shin mise il mio cesto sulla reticella sopra il sedile, e allora notai per la prima volta che non aveva bagaglio.

«Ti sei fermato in città questa notte?» chiesi. «La signora Tham ha detto che eri passato ieri sera.»

«Mi ha ospitato un amico.»

Mi domandai chi fosse, e se non fosse invece una donna, ma non mi sentivo di impicciarmi.

«Perché andiamo a Batu Gajah?» Ci ero stata una volta a trovare una parente di mia madre. Era una cittadina graziosa, sonnacchiosamente soddisfatta della sua posizione come centro del governo coloniale del distretto di Kinta. «Non sarà per il dito, vero?» mi venne in mente con sgomento.

Il treno fece un ultimo fischio assordante. «Certo che è per il dito» ribatté Shin. «Non vuoi scoprire da dove viene?»

Mi chiesi se dirgli del misterioso Y.K. Wong, ma non potevo spiegarglielo senza parlare della sala da ballo. Quindi mi limitai ad annuire.

«Dunque» proseguì Shin, «sono andato a Batu Gajah lunedì mattina presto. In ospedale sono un po' a corto di personale e sono contenti che ci sia io.» Stava guardando fuori dal finestrino ma capii, senza che aggiungesse altro, che non sopportava di stare nella stessa casa con suo padre. Senza dubbio era per questo che durante le ultime vacanze era rimasto a Singapore.

«Come ti trovi?»

«Alloggio con un altro inserviente, abbastanza simpatico. La prima cosa che ho fatto è stata informarmi su quel rappresentante, Chan Yew Cheung. Sua zia ha detto che era amico di un'infermiera dell'ospedale, quindi ho cercato di capire se fosse stato ricoverato lì. Purtroppo le schede dei pazienti sono chiuse a chiave in archivio. Ma ho avuto la fortuna di trovare qualcos'altro.»

«Cosa? L'infermiera che gliel'ha dato?» Conoscendo Shin, per lui sarebbe stato un lavoro facile.

«No, il dipartimento di anatomia patologica. È diretto da

un certo dottor Rawlings. In quella parte dell'ospedale ci sono dei lavori, con scatoloni di documenti ed esemplari da spostare. Ha chiesto a me di fare gli straordinari per finire entro il fine settimana. È solo lavoro manuale, ma ho accettato subito. Mi ha detto anche di trovare qualcuno che desse una mano. Ho risposto che conoscevo una persona che poteva farlo per pochi soldi.»

«E sarei io?»

«Non ti fa piacere un lavoro extra?»

Per un terribile momento pensai che avesse scoperto tutto – i debiti di mia madre, il mio lavoro alla sala da ballo –, invece stava solo scherzando.

Non era che non mi fidassi di lui; sapevo che era affezionato a mia madre. Però ero sicura che coinvolgere Shin avrebbe portato solo guai, me lo sentivo nelle ossa. Un giorno o l'altro, o lui avrebbe ucciso il mio patrigno o viceversa. In fondo, stava per succedere soltanto un paio d'anni prima.

Quella sera mi ero fermata a cena da un'amica. Al mio ritorno fui sorpresa di trovare i vicini in piedi davanti a casa nostra. Era quasi buio e tutto era tinto di fredde ombre bluastre. Non era un orario da chiacchiere di quartiere, notai allarmata. Qualcuno stava dicendo che bisognava chiamare la polizia, ma mia madre li pregava di non farlo. Era solo un dissapore in famiglia, spiegò, non sarebbe più successo.

Mi avvicinai di corsa, osservandola alla ricerca di segni di maltrattamento. Ma lei sembrava stare bene e in effetti, quando mi infilai in casa, notai che era il mio patrigno a premersi uno strofinaccio insanguinato sulla faccia. Non lo avevo mai visto ferito in alcun modo e, per un pericoloso istante, fui contenta di vederlo in quello stato, anche se si trattava solo di sangue dal naso.

L'interno della casa era completamente silenzioso. Questo mi spaventò più di tutto. «Dov'è Shin?» dissi, anche se dovetti fare appello a tutto il mio coraggio per parlare con il mio patrigno. Non rispose, limitandosi a fissarmi in silenzio.

Lasciata cadere la cartella, mi misi a correre. Oltrepassai la bilancia appesa, i mucchi inerti di minerali di stagno. Respiravo in brevi ansiti; mi faceva male il fianco. Avrei voluto chiamare Shin, ma avevo la bocca sigillata dal terrore. Se non rispondeva, doveva essere gravemente ferito. O morto. Le punizioni corporali che gli infliggeva suo padre erano diminuite nel corso degli anni: Shin aveva imparato a interpretare il suo umore, a stare attento a quello che diceva e faceva. Anzi, appena qualche settimana prima mia madre aveva detto che era contenta che Shin fosse cresciuto così bene – un suo modo di constatare che non si metteva più nei guai con il padre –, ma io avevo i miei dubbi. Non mi ero mai fidata di quell'uomo.

Percorsi tutta la lunghezza della casa. Era buio e nessuno aveva acceso le lampade. In certi angoli non vedevo quasi nulla; le ombre erano talmente fitte da raccogliersi come fuliggine, morbide e sfumate. O forse erano le lacrime che avevo negli occhi. Non c'era traccia di Shin. Senza fiato, salii le scale a due gradini per volta, spalancando le porte delle camere fino a convincermi che non potesse essere di sopra. Non se era ferito. O magari in realtà era morto. Eppure in negozio il mio patrigno stava seduto come una statua di pietra, da solo.

Corsi di nuovo sul retro, fino in cucina, continuando a cercare. Avevamo dei posti preferiti dove nasconderci – l'armadio sotto le scale, lo spazio stretto fra i vasi dell'acqua –, ma ormai Shin era troppo grande per intrufolarsi lì dentro. Infine uscii nell'ultimo cortile, quello che dalla cucina conduceva nel vicolo sul retro. E lì lo trovai, infilato dietro il pollaio.

Nella fioca luce bluastra riuscivo a malapena a scorgere la sua sagoma appoggiata al muro. Le sue gambe, tanto più lunghe di quando eravamo bambini, sporgevano abbandonate come se fosse esausto.

«Shin!» Non notai le lacrime che mi scorrevano sul viso finché non mi colarono giù dal mento.

«Vattene.» Aveva la voce roca.

«Sei ferito?» Cercai di aiutarlo ad alzarsi, ma si divincolò.

«Non toccarmi il braccio. Credo sia rotto.»
«Vado a chiamare il dottore.»
Saltai in piedi, ma lui mi afferrò la caviglia con la mano sana. «No!»
Aveva la voce spezzata, un tono così triste e disperato da fermarmi. Allora lo abbracciai come se fosse ancora un bambino. Le sue spalle sussultavano di bruschi singhiozzi mentre lo cullavo. Nascose la faccia contro il mio collo. Un brivido lo attraversò. Aveva i capelli umidi e appiccicosi, di sudore, sperai, non di sangue. *Ti prego, non di sangue.*
Erano anni che non lo vedevo piangere. Restammo a lungo abbracciati dietro il pollaio. L'odore era acre e per terra c'erano fili di paglia e altre cose imprecisate molli e sgradevoli, ma al buio non le vedevo, e forse non importava. Sentii due volte mia madre che veniva a cercarci. La seconda volta la chiamai piano, dicendo che Shin stava bene ma bisognava lasciarlo tranquillo per un po'. Quando si fu allontanata, Shin si staccò da me.
«Io lo uccido» disse piano.
«No! Andrai in prigione.»
«Chi se ne importa.»
«A me importa!» Una parte di me credeva che Shin fosse davvero capace di uccidere suo padre durante un litigio. Era già più alto di lui; era sorprendente che quella volta avesse avuto la peggio. Qualunque fosse il motivo che l'aveva trattenuto, ne ero grata. Perché in un giorno come quello avrei potuto tornare a casa e trovare morto uno dei due. *Ti prego, fa' che non sia Shin.* Ma l'alternativa era altrettanto catastrofica. Shin sarebbe finito in prigione per sempre. O impiccato.
«Smettila di piangere» disse lui. «Non lo farò, va bene?»
«Promettimelo.»
Sospirò. «Lo prometto. Non appoggiarti al braccio, mi fa male.»
Mi alzai. Anche Shin si liberò da dietro il pollaio e strisciò fuori. I miei occhi si erano adattati all'oscurità, ma era comun-

que difficile vedere. Tutto appariva strano e falsato, come se il cortile della cucina fosse un paese totalmente nuovo. Il braccio sinistro di Shin aveva un'angolazione strana.

«Te l'ho detto, è rotto.» Aveva una voce talmente piatta che mi venne di nuovo da piangere.

«Cos'è successo?»

«Mi ha aggredito con un bastone. Il palo da carico.»

Il palo da carico veniva usato per portare grossi pesi. Robusto e pesante, appiattito per poter essere bilanciato su una spalla, era un'arma letale quando i clan rivali cinesi si affrontavano nelle guerre tra bande. Se davvero il mio patrigno aveva colpito Shin con quello, doveva aver perso la ragione. Avrebbe potuto renderlo invalido. Ero così furiosa che volevo urlare, denunciarlo alla polizia. Avrei voluto che le porte e le finestre si spalancassero e il tetto volasse via, almeno i vicini avrebbero visto cosa succedeva esattamente in casa nostra.

«L'hai detto tu di non uccidere nessuno» mormorò Shin leggendomi nel pensiero.

«Le ragazze non le impiccano» replicai io, pur non essendone proprio sicura. Forse le impiccavano. O le annegavano, come le streghe. Non m'importava. Ero così arrabbiata che mi tremavano le mani. E insieme ero terrorizzata. Non avevo osato alzare la voce con il mio patrigno, neppure mentre cercavo disperatamente Shin.

«Ma com'è andata? Perché l'ha fatto?»

Shin si limitò a scuotere il capo.

Non scoprii mai cosa fosse successo quella sera. Più facevo domande, più Shin si chiudeva nel silenzio. Neppure mia madre fu di grande aiuto. Disse che quando era rientrata loro due stavano già litigando, e che era meglio dimenticare tutto.

Shin restò a casa una settimana per nascondere i lividi, e al dottore che gli steccò il braccio rotto raccontò di essere caduto dalle scale. Anche il mio patrigno era ferito. A parte la botta al naso, aveva un gomito slogato e, sospettava mia madre, una costola incrinata, anche se lui non ne parlava. Credo che a modo suo fosse dispiaciuto. Probabilmente si rendeva conto di aver esagerato, ma io non lo avrei perdonato. Non lo avrei mai perdonato.

Anzi, mi venne addirittura l'idea di avvelenarlo. Arrivai a prendere in prestito dalla biblioteca scolastica tutti i libri gialli che trovavo. Ma non era una soluzione. Intanto si potevano prendere solo due volumi per volta, e poi dove mai avrei potuto trovare un serpente ammaestrato, come era successo a Sherlock Holmes nell'*Avventura della fascia maculata*? E comunque, se il mio patrigno fosse morto avvelenato, la prima sospettata sarebbe stata mia madre.

Stranamente, dopo quell'episodio Shin e suo padre giunsero a qualche accordo di cui non sapevo i particolari. Si lasciarono in pace a vicenda. Sulle prime pensai che il mio patrigno si sentisse in colpa per tutta la faccenda, e forse era così, perché notai che con Shin era più tollerante. E anche Shin iniziò a impegnarsi di più a scuola. I suoi voti erano sempre stati belli, ma adesso studiava quasi ossessivamente, superandomi. Per me non aveva quasi più tempo; era stato allora che il nostro rapporto aveva cominciato ad allentarsi.

13

BATU GAJAH, LUNEDÌ 8 GIUGNO

Hanno trovato la testa. Il lunedì mattina è questa la notizia più grossa all'ospedale distrettuale di Batu Gajah, quando William viene informato da Leslie, il medico dal viso giovanile che è l'unico suo pari in loco.

L'orrore iniziale di William per la morte di Ambika è stato inglobato da senso di colpa e paura. La donna che ha abbracciato tante volte ora non è altro che un pezzo di carne abbandonato da una belva sotto un cespuglio. Si è domandato ripetutamente se non svelare la sua identità sia stata la cosa giusta. La sua coscienza gli sussurra che è un vigliacco, affermazione con cui è costretto a concordare.

Si chiede se ci sia qualcuno ad aspettare con ansia il suo ritorno. Il marito, un ubriacone, potrebbe non sentire la sua mancanza, ma forse ci saranno dei bambini, anche se lei non gliene ha mai parlato. E poi c'è la fastidiosa questione del commerciante cinese che li ha visti insieme alla piantagione. Che sfortuna, essere scoperto proprio da un suo paziente. Fa un brusco respiro. Finché non è William a riconoscere il corpo, nessuno farà un collegamento fra loro due.

«Credo che si chiamasse Ambra-qualcosa» dice Leslie. Ha i capelli rossi sbiancati dal feroce sole dei Tropici, e così tante lentiggini da avere la faccia tutta puntinata. Ma William lo fissa con intenso sollievo, come se Leslie fosse la persona più bella che ha visto in tutto il giorno. *Grazie, Dio. Grazie, grazie.* Il riconoscimento di William non è più necessario. Per fortuna la testa è stata trovata; altrimenti chissà per quanto tempo il torso sarebbe rimasto anonimo in obitorio.

«Pare che nel corpo ci sia qualcosa di strano.»

Allarmato, William chiede: «Rawlings ha fatto l'autopsia?».

«Sì. E quando hanno trovato la testa, domenica, ha dovuto rifare tutto da capo.»

«E cosa ne pensa?»

Leslie alza lo sguardo. «Perché non glielo chiedi di persona?»

Girandosi, William scorge la ben nota figura ricurva dell'anatomopatologo. Rawlings è altissimo e simile a una cicogna, cosa che compensa abbassando la testa sul collo magro quando parla.

William si affretta a raggiungerlo, nonostante la lamentosa esclamazione di Leslie: «Dobbiamo parlare della festa a casa tua!».

«Dopo» dice William. Si era completamente dimenticato della festa mensile, evento sociale molto atteso in cui si fa una cena a base di cibo in scatola proveniente dall'Europa - piselli, aragosta, lingua -, si beve troppo e ci si congratula a vicenda per la bella vita che si fa nelle colonie. Stavolta tocca a lui organizzare, perciò dovrà ricordare ad Ah Long di acquistare vino e alcolici e decidere il menu. William preferirebbe mangiare cibo fresco, del luogo, invece di qualcosa che dopo essere morto è stato chiuso in una specie di bara metallica. Al pensiero sente un brivido, e affretta il passo per raggiungere Rawlings.

La mensa dell'ospedale è uno spazio ampio con il tetto di paglia e il pavimento di cemento. Il menu quotidiano comprende sia cibo occidentale sia locale. Rawlings si mette in fila al bancone e chiede con la sua voce profonda un *kopi-o*, forte caffè nero zuccherato, e una fetta di papaya. In coda dietro di lui, William fa la stessa ordinazione.

«Ho sentito che hai identificato il corpo» dice William mentre si siedono. Non c'è bisogno di specificare quale; a Batu Gajah non ci sono molti cadaveri di ignoti.

«Tu sei stato il primo ad arrivare, vero?» Estratto un coltellino, Rawlings fa scivolare con precisione la polpa di papaya dalla buccia. È vegetariano, e William non può dargli torto. Lo diventerebbe anche lui, se dovesse passare tutto il giorno a esaminare cadaveri.

«Be', il primo dopo la polizia» conferma William. «Sembrava opera di un leopardo o di una tigre. Tu che ne pensi?»

Rawlings spreme mezzo limone sopra la papaya, e William fa altrettanto. Ha letto da qualche parte che se imiti i gesti delle persone, saranno più disponibili ad aprirsi con te.

«Ho visto i tuoi appunti.» L'anatomopatologo si pulisce la bocca. «E all'inizio ero incline a essere d'accordo con te. Dai segni sul corpo, direi una tigre. I solchi dei denti sono troppo distanziati per le mascelle di un leopardo.»

«Perché dici "all'inizio"?»

«Dimmi, c'era molto sangue sul posto?»

William torna con la mente alla radura fra gli alberi del caucciù. Lo spesso strato frusciante di foglie secche a terra, l'aroma di chiodi di garofano della sigaretta dell'agente malese. Il pezzo di carne che una volta era una donna attraente.

«No, ho pensato che fosse stata uccisa da un'altra parte.»

«La pelle ai bordi dei morsi non ha segni di emorragia o eritema marginale. Non c'è stato neppure sanguinamento arteriale, neanche dove la spina dorsale è stata spezzata e il corpo diviso.»

«Niente sanguinamento...» ripete lentamente William. «Allora era già morta prima che l'animale la trovasse.»

«Sì. Le tigri si nutrono anche di prede già morte. Quando abbiamo trovato la testa, sono sorte altre domande.»

«In che senso?»

«È stata condotta una ricerca nel raggio di mezzo miglio. L'ispettore ha usato i cani, che hanno trovato la testa e una gamba. Cosa non insolita con i grandi predatori.»

William si sforza di mantenere un contegno, fissando gli occhi su un punto dietro l'orecchio sinistro di Rawlings.

Il collega prosegue: «La testa però è molto interessante. Vuoi vederla?».

Fa per alzarsi, ma William solleva la mano. «Non prima di pranzo, grazie.»

«È quasi intatta. In effetti, tutto il corpo mi ha fatto quell'impressione: che l'animale stesse cominciando le sue manovre – cioè staccare gli arti, sventrare il torso – e poi si sia fermato.»

William si copre la bocca. La polpa arancione della papaya matura, cedevole sotto il cucchiaio, è così carnosa e sensuale da fargli venire il vomito. Pensa al sorriso generoso di Ambika, alle sue spalle lisce sotto le sue mani, e poi tutto si scioglie in una maschera di sangue e fluidi gialli. Gli viene da piangere.

«Stai bene?» Rawlings lo fissa; per la preoccupazione strizza gli occhi dalle palpebre cadenti.

«Problemi di stomaco» mente William.

Rawlings riprende: «Senza i cani, non avremmo mai trovato la testa. La cosa interessante è che sembra ci siano tracce di vomito in bocca».

«E cosa significa?»

Il collega unisce i polpastrelli. «La prima possibilità è che quella povera donna sia stata uccisa da una tigre, magari per ferite alla gola o soffocamento. È difficile dirlo, perché non abbiamo più il collo. Poi però la tigre ha abbandonato la preda ed è tornata molto dopo – forse un giorno, più o meno – a infliggere le altre ferite post mortem. Ma quale animale si comporta così?»

«Forse è stata interrotta» suggerisce William. Sente una stretta dolorosa alla pancia; la brutta sensazione di dover ascoltare qualcosa che gli farà rimpiangere di aver chiesto.

«Quasi niente può interrompere una tigre, a parte gli esseri umani o un suo simile, che però avrebbe divorato la preda. E non si è sentito parlare di una tigre cacciata da gente del posto. Avremmo potuto aspettare e vedere se l'animale sarebbe tornato.»

«Ma era un essere umano. Una *persona*. Non potevamo lasciarla lì come esca!» Senza rendersene conto William ha alzato la voce, e alcune teste si girano.

Rawlings lo guarda sorpreso. «Non è che non sia mai stato fatto. In India ci sono stati diversi casi in cui le tigri mangiauomini sono cadute in un agguato mentre tornavano al cadavere.»

William è stato spesso accusato di essere freddo e distaccato, ma ora pensa che, in confronto al collega, lui è un intrico di emozioni. Se non sta attento, la gente si insospettirà. Deglutisce a fatica fissando la tazza del caffè.

«Comunque è una teoria che non mi convince. È molto più probabile che la donna sia morta nella piantagione e sia stata poi straziata da una tigre. La morte potrebbe essere dovuta a cause naturali. Un'altra possibilità è che qualcuno l'abbia uccisa.»

«L'assassinio mi sembra una possibilità remota» dice sgomento William. «Potrebbe essere stata morsa da un serpente. O chissà che altro.»

Rawlings agita una mano per accantonare il discorso, poi si china in avanti. «Sai cosa penso io?»

«Cosa?»

Ma l'anatomopatologo cambia idea e torna ad appoggiarsi allo schienale. «Non posso ancora confermarlo. In ogni caso, la indico come morte sospetta. Andrà davanti al Tribunale del Coroner.»

Non è questa la notizia che William vuole sentire: sarebbe molto meglio se Ambika fosse semplicemente la sfortunata vittima di una tigre. Si ricorda che di recente gli aveva chiesto più soldi e si domanda se avesse altri amanti. Gli si stringe il petto. Se parte un'indagine, cominceranno a cercare tutti coloro che hanno avuto a che fare con la donna.

«In un modo o nell'altro» prosegue Rawlings, «la tigre si è comportata in maniera molto strana. Circoleranno tanti pettegolezzi su una tigre fantasma e stupidaggini del genere.»

«*Keramat*» dice automaticamente William. «Un animale sacro.»

Il collega sbuffa. «Animale sacro, come no!»

William punta lo sguardo all'altro capo della stanza mentre i pensieri si dipanano come fili liberi. Oltre al rappresentante cinese, chi altri l'ha visto con Ambika?

Deve stare attento.

Ren sta cuocendo un'omelette. È un compito delicato, che su un fuoco di carbone richiede pazienza. Da quando è stato trovato quel cadavere, nel fine settimana, William è nauseato e fuori fase. Non digerisce cibi conditi come il pollo in salsa di cocco o le costolette di maiale. Al suo ritorno, oggi, ha chiesto un'omelette, e Ren si è offerto di prepararla.

Le omelette erano uno dei piatti preferiti del dottor MacFarlane, e zietta Kwan ha insegnato a Ren a farle leggere e soffici. Ora trasferisce delicatamente l'omelette su un piatto; il segreto è toglierla dal fuoco prima che le uova siano completamente rapprese. Alzando gli occhi, Ren fa un sorriso e, sorprendentemente, Ah Long ricambia.

«Puoi servirla tu» gli dice.

Ah Long guarnisce la pietanza con un po' di cipollotto tritato e alcune fette di pomodoro disposte a ventaglio. Appoggiato il piatto su un vassoio con un tovagliolo bianco inamidato, Ren parte deciso. Percorre tutto il lungo corridoio di legno lucido e sale le scale fino al piano di sopra, dove bussa alla camera da letto del padrone.

Come tutte le altre stanze della casa, è uno spazio arioso dal soffitto alto dipinto di bianco, piuttosto spoglio a eccezione del letto a baldacchino al centro, bardato di zanzariere. L'obliquo sole pomeridiano, che prende una tonalità verde oro fra le cime degli alberi, dà a Ren una sensazione di déjà-vu. È come nella camera del vecchio dottore, a Kamunting. Tranne che non c'è il dottor MacFarlane al tavolo accanto alla finestra, bensì William, che sta scrivendo una lettera.

«Grazie» dice con un sussulto imbarazzato quando il ragazzo appoggia il vassoio.

«Hanno trovato la tigre?» chiede Ren.

«Non ancora. Potrebbe essere molto lontana ormai.» William assaggia subito un boccone. «Questa chi l'ha fatta?»

Sul viso di Ren torna l'espressione preoccupata. «Io, *tuan*.»

«È molto buona. Vorrei che d'ora in avanti le omelette me le preparassi sempre tu.»

«Sì, *tuan*.» Rassicurato, Ren domanda: «Posso avere il permesso di prendere una licenza?».

«Dove vuoi andare?»

«A Kamunting, per un paio di giorni.»

William riflette. Non è molto che Ren lavora lì. Non ha ancora accumulato abbastanza ferie per andare da qualche parte, ma sembra sperarci molto. «A trovare i tuoi vecchi amici?»

«Sì.» Ren fa una pausa. «E a porgere omaggio alla tomba del dottor MacFarlane. Vorrei andare prima che termini il periodo del lutto, fra venti giorni.»

«Ma certo.» L'espressione di William si addolcisce. «Puoi prendere tre giorni, se vuoi. Controlla le date con Ah Long: qui ci sarà una festa, sarà meglio aspettare dopo. Hai bisogno di un contributo?»

Ren sembra confuso da questa proposta. William sospira. «Voglio dire che ti pagherò il treno. Porta dei fiori sulla tomba del povero MacFarlane da parte mia.»

Congedato, Ren torna in cucina. Dopo la macabra scoperta del corpo nella piantagione, ha intensificato al massimo la ricerca del dito. Ormai ha esplorato ogni stanza e aperto ogni cassetto della casa. A volte pensa che Ah Long abbia dei sospetti, perché più di una volta il cuoco lo ha sorpreso avvicinandosi silenziosamente. È come un vecchio gatto brizzolato, somiglianza che diventa ancora più pronunciata quando Ah Long si siede sui gradini della cucina socchiudendo gli occhi al sole. Tuttavia finora non ha detto niente.

Ren ha la spiacevole impressione che il dito non sia in casa; forse non c'è mai stato. Non c'è modo di descrivere quella sensazione; è come il fremere delle vibrisse di un gatto. Un sesto senso che si manifestava spesso quando Yi era vivo. Secondo la gente era magia, ma Ren sa che dipendeva dal loro essere una coppia perfetta. I cinesi sostengono che le cose belle vengono a due a due, come il carattere della doppia felicità che si ritaglia nella carta rossa e si incolla sulla porta per i matrimoni, o i due leoni di pietra che fanno la guardia ai templi. Da piccoli, Ren e Yi erano la copia perfetta l'uno dell'altro. Vedendoli, le persone sorridevano di gioia. Gemelli, e maschi: che fortunati! Ma tutto questo ha avuto fine quando Yi è morto. Se una bacchetta da tavola si rompe, l'altra viene buttata via. Dopotutto, la metà di una coppia spezzata è uno, il numero sfortunato della solitudine.

Il dottor MacFarlane una volta gli aveva spiegato i radiosegnali: perché funzionino dev'esserci una trasmittente e un ricevitore. Ren aveva capito subito cosa intendeva. Lui e Yi sapevano sempre dove si trovava l'altro, tanto che la direttrice dell'orfanotrofio mandava un bambino a fare una commissione e teneva l'altro con sé. In caso di ritardo, chiedeva al bambino rimasto quanto era lontano il suo gemello. Era una facoltà utile, ma non più meravigliosa di quella di Pak Idris, il pescatore malese cieco del fiume Perak, che prendeva i pesci sentendone il rumore sott'acqua.

«Com'è?» gli aveva chiesto Ren.

«Come dei sassolini che cadono» aveva detto l'uomo. «È come uno specchio in cui si riflettono i pesci.»

Uno specchio pieno di pesci. Negli anni, Ren ha ripensato spesso a questa frase. Com'erano i pesci per Pak Idris che non poteva vederli? Erano come stelle che si muovevano in un firmamento buio, o un campo di fiori che ondeggiava al vento? Con la morte di Yi, Ren ha perso il suo radiofaro in questo mondo. Non è più bravo a stimare le distanze, non sa cosa succede in un altro luogo. Anzi, quella facoltà è scemata al punto che riesce a percepire solo eventi imminenti, come il crollo di un ramo che si spezza proprio mentre Ren fugge con un salto. Ci sono stati tanti incidenti schivati appena in tempo. Troppi, forse.

Ma a volte Ren pensa di non aver perso del tutto la sua facoltà ad ampio raggio. Il segnale è debole semplicemente perché Yi è tanto lontano. Dove si trovi, lui non sa dirlo. È passato in un altro paese, la terra dei morti. Nella ricerca del dito scomparso, le invisibili vibrisse di Ren hanno avuto un solo tremolio in quella casa: davanti alla pelle di tigre nello studio. Ma non è sorprendente, vista l'ossessione del vecchio dottore per le tigri che, come Ren temeva, William in qualche misura condivide. Ora però, mentre percorre il ballatoio, gli viene in mente che c'è un altro posto in cui cercare: l'ospedale distrettuale di Batu Gajah, dove William ha un suo studio.

Il tempo sta scadendo: ci sono solo venti giorni prima che finiscano i quarantanove giorni dell'anima. Se per allora non riesce a trovare il dito, Ren non sarà riuscito nel suo intento. Come potrà riposare il suo vecchio padrone? Ren ricorda gli ultimi giorni del dottor MacFarlane, la febbre che lo faceva tremare. E poi i sogni, gli incubi a occhi aperti in cui il vecchio gridava pietà, o si trascinava a quattro zampe sbavando. Se zietta Kwan fosse stata ancora con loro, avrebbe preso in mano la situazione, ma alla fine era rimasto solo Ren.

Una raffica di vento scuote la casa, facendo sbattere tutte le porte contemporaneamente. Per Ren, che scruta fuori dalla finestra in cima alle scale, gli alberi sono un ondulato oceano verde e la villa è una nave presa da una tempesta, dove lui è il mozzo che sbircia da un oblò. Aggrappato al davanzale come a un salvagente, Ren si domanda quali segreti si nascondano nella giungla che li circonda, e se il suo vecchio padrone non sia in realtà condannato a vagare per sempre in quella vasta distesa verde, intrappolato nella forma di una tigre.

14

IPOH/BATU GAJAH, SABATO 13 GIUGNO

Si udì il suono acuto di un fischietto. Lungo il binario le porte cominciarono a chiudersi, mentre il vapore spumeggiava sopra la banchina. Era tutto così eccitante che guardai Shin ridendo. Lui alzò le sopracciglia e mi restituì un gran sorriso. Ci fu un sussulto, poi uno scossone, e il treno uscì lentamente dalla stazione di Ipoh. La banchina scivolò via. La gente salutava i passeggeri in partenza, e io non resistetti all'impulso di ricambiare.

Shin alzò gli occhi al cielo. «Non li conosci neanche.»

«Perché non dovrei farlo?» dissi, sulla difensiva. «Ai bambini piace.»

Ricordai il sogno del bambino alla stazione. Mi era sembrato tutto così reale, sebbene non avesse l'imponenza della sontuosa stazione bianca di Ipoh che ora ci stavamo rapidamente lasciando alle spalle.

Il tragitto per Batu Gajah era di circa venticinque minuti, mi disse Shin. A volte però sui binari si trovavano degli elefanti selvatici oppure i *seladang*, gli enormi buoi della giungla alti sei piedi al garrese. Chiusi gli occhi beata, godendomi l'aria fresca che entrava dal finestrino.

«Allora è un sì?»

Fra le ciglia socchiuse vidi Shin con uno sguardo ardente che mi mise in imbarazzo. Aveva notato il trucco che mi ero messa per coprire l'occhio nero? O forse avevo i capelli come un nido di rondini? Ma in fondo non m'importava, era solo il mio fratellastro.

«"Sì" cosa?»

«Mi aiuterai a riordinare il magazzino di patologia nel fine settimana?»

Aprii gli occhi. «Soltanto se vengo pagata anch'io. Ma cosa ti fa credere che lì scopriremo qualcosa?»

«Quel dito viene sicuramente dall'ospedale» rispose Shin. «Se sviti il coperchio, vedrai che ha lo stesso marchio dei contenitori di campioni dell'ospedale. Dovremmo guardare nella documentazione del magazzino e vedere se si parla di dita amputate.»

«Dov'è adesso?»

Per tutta risposta lui si batté sulla tasca. Quel gesto mi ricordò il rappresentante, e il mio morale crollò. Tornò quell'ombra a macchiare la luminosità del giorno. Ma perché Shin era tanto entusiasta di cercare il proprietario del dito? Forse potevamo limitarci a lasciarlo in ospedale senza farci notare. Mi venne in mente che magari avrei potuto anche svolgere qualche ricerca nel mio interesse: visitare l'ospedale, parlare con il personale. A Shin non volevo confessarlo, ma se non potevo andare alla facoltà di medicina, forse avrei potuto fare l'infermiera o l'impiegata. Qualsiasi cosa era meglio delle mie attuali, deprimenti prospettive.

«Stai tramando qualcosa, vero?» chiese Shin. «Lo capisco benissimo... sei così prevedibile.»

«Sei l'unico a pensarla così» ribattei offesa, pensando ai ragazzi e agli anziani adoranti che facevano la fila per ballare con me. Nirman Singh sosteneva che fossi "ammantata di mistero", per quanto io fossi convinta che si riferisse alla vera Louise Brooks e non a me, e poi che avesse al massimo quindici anni e facesse male a spendere i suoi pochi soldi in una sala da ballo.

«Ma chi frequenti?»

Mi ero dimenticata quant'era tagliente Shin; era il rovescio della medaglia della nostra rinnovata familiarità.

«Nessuno.»

Shin mi guardava pensoso. «Ti piace alloggiare dalla signora Tham?»

«Be', hai visto com'è lei» dissi. «Ma nel complesso non è così male.»

«Quanto ti paga?»

«Non mi paga affatto; sono io che devo pagare lei. Per l'apprendistato, sai com'è.»

Gli vibrò un muscolo sulla guancia. «È ridicolo. Stai lavorando gratis.»

«In realtà lei dovrebbe corrispondermi un piccolo compenso, ma poi ci sono vitto e alloggio e il suo insegnamento, quindi andiamo in pari.»

«E sei contenta?»

Considerai se dirgli che ovviamente non lo ero. Due anni prima lo avevo espresso senza riserve, però adesso quel pensiero mi restava sulla punta della lingua come una biglia di vetro in procinto di cadere e frantumarsi a terra. Perché rovinare la prima giornata bella che passavamo insieme da tempo? Così non risposi.

La stazione di Batu Gajah era modesta: un semplice parallelepipedo con un tetto di *attap*, la paglia di palma, e qualche panchina rivolta verso i binari. La osservai con un bizzarro senso di déjà-vu. Era proprio su una di quelle panchine che mi ero seduta in sogno la notte precedente. Adesso non c'era nessun fiume in vista, anche se, secondo il signore anziano seduto di fronte a noi, la linea attraversava il fiume Kinta.

«Ma non lo si vede prima di oltrepassare la stazione.» Lui andava più a sud, a Lumut.

«Noi scendiamo qui» dissi dispiaciuta.

«Arrivederci» disse il vecchio, e poi, a Shin: «Tua moglie è bellissima. Molto moderna ed elegante».

«Siamo fratelli!» esclamai frettolosamente io.

Quando scendemmo dal treno, Shin era silenzioso. Era la seconda volta che qualcuno ci prendeva per una coppia, e temevo che l'avesse trovato irritante.

«Certo che è fastidioso» disse. «Chi vorrebbe essere tuo marito?»

Sollevata, scoppiai a ridere.

Shin alzò gli occhi al cielo. «Dovresti offenderti, come qualsiasi altra ragazza. Non nitrire così.»

Mi zittii. Uno dei motivi per cui al Fiore di Maggio venivo apprezzata era che non avevo timore di scherzare con i clienti; ma era il modo di comportarsi delle ragazze perbene? La fidanzata di Ming era così dolce, così garbata... un tipo di ragazza che non avrebbe mai fatto battute stupide in pubblico.

Il tragitto che portava all'ospedale distrettuale era in salita fino al quartiere europeo di Changkat. I cespugli di oleandro, con i loro vaporosi fiori rosa e bianchi e le appuntite foglie ovali, erano dappertutto, come i fragranti alberi del frangipani, il fiore da camposanto dei malesi. Gli inglesi andavano pazzi per il giardinaggio – lo sapevamo tutti, c'era anche sui libri di storia – e avevano diffuso questa loro passione in ogni angolo dell'impero.

Quando arrivammo, erano quasi le undici e faceva molto caldo. L'ospedale era composto da una serie di edifici in legno stile Tudor, bianchi e neri, collegati da ombrose verande e ordinati prati all'inglese. Alzando lo sguardo notai che le tegole di terracotta dei passaggi coperti erano arrivate fin dalla Francia: vi era stampigliato il nome della fabbrica, SACCOMAN FRÈRES, ST. HENRI, MARSEILLE.

Shin mi condusse oltre gli uffici amministrativi, fino al retro di uno degli edifici periferici. Tolta dalla tasca una chiave, aprì la porta. «Ecco, è qui che dobbiamo mettere un po' d'ordine.»

Era un'ampia stanza ariosa, dall'alto soffitto. La luce entrava da grandi finestre ostruite da pile di scatoloni e classificatori. Vasi con esemplari anatomici erano ficcati vicino a scatole traboccanti di carte, mentre grosse damigiane di vetro stavano sul pavimento in mezzo a vecchie riviste mediche sparse qua e là. Fissando quella montagna di roba non fui più sorpresa che il dottor Rawlings, chiunque fosse, avesse suggerito a Shin di procurarsi un aiutante.

«Dobbiamo fare tutto oggi?»

«Be', è una buona occasione per controllare se ci sono dita amputate» disse Shin. «Volevano che tutto fosse spostato e pulito, e quello più o meno l'ho fatto. Dobbiamo soltanto mettere in ordine gli esemplari anatomici. Prima vuoi pranzare?»

Diedi un'occhiata a quei vasi dall'aspetto macabro. Pezzi di interiora che galleggiavano in liquidi torbidi, flaconi di vertebre che sbatacchiavano.

«No» dissi. «Cominciamo subito.»

Qual era poi lo scopo di quella raccolta anatomica? Shin disse che non ne aveva idea. Nonostante il lavoro pesante, però, era di buonumore. Lo capivo da come fischiettava in corridoio mentre spingeva gli scatoloni. Il momento in cui ci intendevamo meglio era quando c'era un lavoro da fare, come da ragazzini, quando sbrigavamo in modo rapido ed efficiente le faccende domestiche. Se fossimo stati assunti entrambi come portinai, pensai, non avremmo mai avuto dissapori.

Mia madre era una casalinga esemplare; in questo il mio patrigno non avrebbe mai potuto trovarle difetti. Era talmente ossessionata dalla pulizia che portava le strutture dei letti in cortile per versare acqua bollente su ogni angolo del legno, in modo da non avere mai le cimici.

Quando ci eravamo trasferite nella casa di Falim, era stata riluttante a chiedere a Shin di fare i mestieri. Dopotutto era un maschio, anche se era abbastanza disponibile. E lei riversava letteralmente il suo affetto su di noi, così compassionevole da sfiorare la dabbenaggine. Era amatissima da cani randagi e mendicanti, e più di una volta aveva regalato il nostro pranzo pregandoci di non raccontarlo al mio patrigno. Io di solito resistevo alle sue richieste, cercando di ottenere qualcosa di più, mentre Shin capitolava sempre. Interpretavo facilmente il suo atteggiamento: la prontezza ad annuire, l'espressione speranzosa. Era affamato di affetto.

Credo che a mia madre sarebbe piaciuto avere altri figli. Di sicuro il mio patrigno era rimasto deluso di non averne. Diverse volte si dovette chiamare la levatrice del paese perché mia madre aveva avuto un aborto spontaneo. Ma nessuno mi diceva esattamente cos'era successo o perché.

La pronuba aveva puntato tanto sul fatto che Shin e io fossimo destinati a essere fratelli – essendo quasi gemelli, nati lo stesso giorno e con il nome di due virtù confuciane – che ero certa dell'esistenza di altri tre bambini, Ren, Yi e Li, in impaziente attesa di nascere. Me li immaginavo che si urtavano a vicenda nel buio mentre aspettavano di venire al mondo. Ma non erano mai arrivati. E ogni gravidanza andata male aumentava la mia paura che fossero loro a rapire mia madre portandola con sé.

Una sera, mentre parlavamo, ne avevo discusso con Shin. Lui era sdraiato sul pavimento della sua camera e io sedevo nello stretto corridoio, con la porta aperta fra noi. Facevamo così nel caso in cui il mio patrigno uscisse all'improvviso dalla sua stanza. Dovevamo avere quasi tredici anni e quell'uomo stava diventando sempre più severo. Io non potevo più mettere piede in camera di Shin né lui, ovviamente, nella mia.

Quella sera la luna era molto luminosa, una limpida falce bianchissima. Faceva troppo caldo per stare a letto e l'unico sollievo erano le fresche tavole del pavimento di legno.

«Credi che avranno altri bambini?» domandai io.

«No. Quando si invecchia diventa più difficile.» Di tanto in tanto Shin mostrava una calma razionalità che gli invidiavo.

«Ma io ho paura.»

Shin rotolò sulla pancia appoggiandosi sui gomiti. «Di cosa?»

Gli parlai del timore di perdere mia madre e del fatto che

continuavo a pensare che dovessimo essere in cinque, come aveva detto la pronuba.

Lui tacque per un po'. «Sono fandonie.»

«Perché?» chiesi piccata. «Sono fandonie più di quello che dicevi tu sul *mo* che mangia i sogni?»

Immediatamente mi pentii delle mie parole, poiché sapevo quanto ci tenesse Shin a quel pezzo di carta che gli aveva dato sua madre. Ma lui rispose solo: «È tanto tempo che non faccio brutti sogni. Anzi, mi sembra di non sognare per niente. E poi tutto questo parlare di altri tre fratelli è stupido. Perché dovrebbero essercene altri?».

«Perché adesso siamo in due.»

Shin si alzò bruscamente a sedere. «Non contare me. Io non sono davvero tuo fratello, lo sai.»

Andò a letto voltandomi le spalle. Respinta, mi ritirai in camera mia. A volte la mia preoccupazione era che lui mi sopportasse controvoglia. Che desiderasse una sorella diversa, non una che discuteva continuamente con lui e lo superava nei compiti in classe. Ogni volta che mi sentivo così, pensavo ai numeri. In cantonese, due era un bel numero perché indicava una coppia. Anche tre era bello perché era omofono della parola "vita", *sang*. Il quattro, ovviamente, era brutto perché suonava come la morte. Il cinque era buono perché indicava una serie completa, non solo quella delle virtù confuciane ma anche quella degli elementi: legno, fuoco, acqua, metallo e terra. In ogni caso, Shin poteva essere suscettibile finché voleva. Che gli piacesse o no, era comunque l'unico fratello che avevo.

La porta del magazzino di patologia si aprì all'improvviso. Pensando che fosse Shin di ritorno con un altro carico di materiale, dissi senza girarmi: «Non metterlo lì, mettilo dall'altra parte».

Silenzio. Una specie di pizzicore mi avvertì che c'era qualcosa di strano. Mi girai e vidi sulla soglia uno sconosciuto. Uno straniero. Alto e ossuto, portava gli occhiali. Per il resto – faccia pallida, capelli biondi, braccia chiare scottate irregolarmente dal sole – a me appariva uguale a tutti gli altri europei.

«Sto cercando il dottor Rawlings.»

Shin aveva detto che Rawlings era l'anatomopatologo, ma non sapevo proprio se fosse in ospedale in un tranquillo sabato. L'uomo mi rivolse un'occhiata penetrante. I suoi occhi incolori erano pungenti come aghi dietro le lenti di vetro. Temevo vedesse subito che non facevo parte del personale ospedaliero.

«Se torna, ti prego di dirgli che sono passato. Mi chiamo William Acton.»

15

BATU GAJAH, SABATO 13 GIUGNO

Ren ha l'occasione di cercare il dito sabato all'ora di pranzo, quando William annuncia che andrà in città e passerà dall'ospedale. Ah Long segnala immediatamente che servono delle provviste: cibo in scatola, detersivo e lucido da scarpe marrone.

Dando un'occhiata a Ren che gli tiene aperta la porta dell'auto, William dice: «Salta su. Puoi portare tu una lista al negozio, no?».

Gli occhi di Ren si spalancano davanti a quell'opportunità imprevista. William si gira per gridare ad Ah Long: «Viene il ragazzo. Serve altro?».

C'è un breve trambusto mentre si prepara una lista. Ah Long mette un centesimo in mano a Ren. «Compra qualcosa per te» dice burbero. «A volte lui si ferma a bere al club. Se si fa tardi, tu aspetta vicino alla macchina. Prima di mattina tornerà a casa, in un modo o nell'altro.» La sua figura nodosa, rigida di disapprovazione, resta ad aspettare sul viale di ghiaia. «*Selamat jalan*» dice a William. Buon viaggio.

Harun, l'autista malese, è un uomo paffuto dall'aria tranquilla, padre di tre bambini, e sorride quando Ren sale entusiasta sul sedile accanto a lui, tenendo ben stretto il cesto della spesa foderato di giornali per non sporcare. William si accomoda dietro. Ren sta zitto, anche se gli piacerebbe fare domande sulla macchina a Harun, e lo guarda attentamente cambiare marcia. Sul cruscotto della Austin c'è una serie impressionante di interruttori e quadranti.

«Passa prima dall'ospedale» ordina William. «Devo lasciare dei documenti.»

L'ospedale. Ren stringe il manico del cesto.

A mano a mano che si avvicinano all'abitato, cominciano a vedere i prati curati e i vialetti di ghiaia delle altre case. Ren adesso ne conosce alcune, ma sono così lontane, così riparate dalla giungla rigogliosa, che i vicini non si sentono mai. Si capisce in quali case c'è una moglie europea: hanno aiuole di canne e zenzero e sono circondate da ibischi e oleandri. Ci sono oleandri anche dietro la casa di William, ma Ah Long dice sempre al giardiniere di potarli. I ramoscelli morbidi stillano una linfa che acceca, dice cupo, e con un decotto delle foglie si avvelenano i cani randagi.

A una svolta della strada, la brezza che entra dal finestrino solleva dal cesto di Ren un foglio di giornale spiegazzato che finisce sul sedile posteriore, dove William lo prende al volo.

«Scusi, *tuan*!» Ren guarda dietro ma il padrone, fissando il giornale, fa una brusca esclamazione.

«È il giornale della settimana scorsa?»

Sentendosi in colpa, Ren annuisce. Non è permesso usarlo? C'è una strana espressione sulla faccia di William. Il foglio di giornale che lo ha colpito è la pagina dei necrologi, con le sue file di foto in bianco e nero. Ren dice: «È morto qualcuno che conosceva?».

William si morde il labbro. «Un mio paziente.»

«Era vecchio?»

«No, decisamente giovane. Poveraccio.»

Dopo un lungo momento William allunga il foglio spiegazzato a Ren che lo rimette nel cesto, ma non prima di aver dato un'occhiata incuriosita alla pagina. L'unico annuncio di un giovane è per il signor Chan Yew Cheung, rappresentante di commercio. Ventotto anni.

William chiude gli occhi tenendo le dita mollemente intrecciate in grembo. Lunghe, bianche dita capaci di mettere i punti a una ferita o di amputare un arto. Canticchia piano. Ren si chiede come mai il padrone sembri sollevato, persino contento.

Quando l'auto svolta verso l'ospedale, Ren avverte un brivido elettrico, come se un debole, lontano radiosegnale cercasse la connessione. Gli fa tremare il corpo come quando si collegavano lui e Yi. Il dito è qui. All'improvviso ne è sicuro. William prende una valigetta di pelle e scende. Rapido, anche Ren salta giù dall'auto.

«Posso portarle la borsa, *tuan*?»

William si ferma a guardarlo. «Vuoi vedere l'ospedale?»

Ci sono due settori, spiega William. Quella parte è l'ospedale distrettuale per la gente del posto, mentre l'ala europea, esclusivamente per gli stranieri, è dall'altro lato della strada. William saluta con un cenno l'addetto all'ingresso. Le porte si aprono, le persone sorridono. Procedendo sulle orme di William, Ren si domanda se tutti gli europei vengano trattati così o se sia anche perché è un chirurgo.

La gerarchia medica è rigidissima, scherzava sempre il dottor MacFarlane, con i medici generici come lui sul fondo della piramide. Ma il dottor MacFarlane era molto competente, secondo Ren. Curava pazienti che tutti consideravano casi disperati, come il cacciatore di una tribù *orang asli* che era arrivato con un braccio infetto, o il neonato con le convulsioni figlio di un negoziante cinese. Lui li aveva curati tutti, spesso con risultati sorprendenti.

«Già che sono qui faccio un salto in corsia» dice William. «Vuoi andare a trovare la tua paziente?»

Ren è confuso. Quale paziente?

«La donna a cui hai medicato la gamba. È dovuta tornare in ospedale.»

Certo che Ren vorrebbe vederla, anche se all'improvviso si

sente timido. La corsia è vuota, a parte un vecchio che dorme con la bocca aperta e la ragazza, che è a letto seduta. Ren è sorpreso dal suo aspetto. Non è assolutamente come l'ha vista lui nella carriola, con la gamba che spargeva sangue per tutto il viale. Adesso la sua pelle color del miele è fresca e i capelli ordinatamente intrecciati. Ha un viso con le fossette che è esattamente a forma di cuore, e arrossisce quando William le chiede di fargli vedere la gamba.

«Questo è Ren» dice il medico, «la persona che ti ha medicato a casa mia.»

Ren nota che non ha detto "il mio domestico" o "il mio cameriere" e ne è vagamente fiero.

«Così giovane!» esclama lei. Secondo la cartella clinica si chiama Nandani Wijedasa, ha diciotto anni e non è sposata. Suo padre fa l'impiegato alla piantagione di caucciù vicino a casa di William, e stamattina è stata di nuovo ricoverata per febbre e dolore alla gamba.

Con un sorriso rassicurante William solleva delicatamente l'ampio pigiama dell'ospedale. La ferita è più piccola di come ricordava Ren, ma è sempre uno squarcio terribile sul retro del polpaccio liscio. Suturata con il filo nero, appare gonfia e dolente.

«Dovremo riaprirla e irrigarla, forse sbrigliare i tessuti e richiudere. Quando vai a casa, mettici sopra un tampone di garza imbevuto di acido fenico per prevenire l'infezione. Devi tenere la ferita pulita, altrimenti rischi la setticemia. Capito?»

La guarda direttamente, e fra i due scatta una scintilla. Il sesto senso di Ren non è mai stato così acuto dopo la morte di Yi. Che cosa significa questo? Lui sa, anche senza alzare la testa, che tra William e la ragazza sta succedendo qualcosa. Una specie di attrazione che fa indugiare il dottore mentre Nandani sbatte le lunghe ciglia ricurve.

Ren non è l'unico a pensarlo. È entrata una signora straniera che spinge un carrello di romanzi e numeri arretrati di *Punch* e *The Lady* da far leggere ai pazienti. I suoi occhi, di uno stupefacente azzurro intenso, si puntano sulla schiena del dottore.

«William! Cosa ti porta qui oggi?»

Girandosi, William dice: «Ciao, Lydia».

Il sole che entra nella corsia fa risaltare l'oro dei bei riccioli della nuova venuta, e Ren si chiede se abbia sempre i capelli morbidi o se debbano essere sottoposti a vapore e pressione come un pan di Spagna.

«È una tua paziente?» Lydia lancia un'occhiata veloce alla ragazza singalese.

«Non mia.» William guarda Ren, che fissa timidamente una crepa del pavimento vicino al letto di Nandani.

Per parlare in disparte con William, Lydia lo prende sottobraccio. «Leslie ha detto che la prossima riunione di voi medici giovani sarà a casa tua.»

«È solo un gruppo di scapoli che parla di lavoro, niente di interessante, temo» risponde lui in tono benevolo.

Lydia ha un'aria insieme lamentosa e speranzosa. «Posso venire?»

«Soltanto se sei appassionata di malattie tropicali.»

Mentre i due parlano, Nandani tocca la manica di Ren. «Grazie.» Il suo sorriso è cordiale e Ren è molto contento che sia viva, e non morta in una carriola piena di sangue. «Stai studiando per fare il dottore?»

«Mi piacerebbe.»

«Sarai bravo.» Gli occhi della ragazza scivolano su William. «Ti tratta bene il tuo padrone?»

Ren si rende conto, con una sensazione di sorpresa, che sì, William lo tratta bene.

«È gentile» dice Nandani. Eccola di nuovo, la scintilla invisibile fra lei e William. Parte con un impercettibile scoppiettio, tanto che Ren quasi si aspetta di vedere una fiammella in aria.

William torna a rivolgersi a Nandani. «Tu dove abiti?» chiede.

Timidamente lei dà l'indirizzo.

Lui se lo appunta nel quadernetto che tiene sempre in tasca. «È abbastanza vicino a casa mia. Se vuoi passare la settimana prossima, posso controllarti la gamba senza bisogno che tu venga in ospedale.»

Dietro William, Lydia riordina rumorosamente i libri nel carrello.

Da lei non arriva alcuna sensazione a Ren. Forse perché è qualcosa di sconosciuto – una straniera e una signora –, di cui non ha esperienza. Lydia e William formano una coppia ben assortita. Sono entrambi alti, con gli occhi chiari e la pelle chiazzata dalla forza del sole, non liscia e uniforme come quella di Nandani. Ren si sente dispiaciuto per la signora straniera, che fa veramente di tutto. Perché William non la apprezza?

Dopo la visita in corsia, Ren riprende il passo accanto a William. Il ritorno del sesto senso, quella sensazione di percepire l'invisibile tanto a lungo smarrita, gli fa quasi girare la testa. Si sente come se avesse ritrovato un arto oppure un paio di occhi o di orecchie. Cosa c'è di tanto speciale in ospedale? William dice che deve fermarsi in patologia per vedere il suo collega, il dottor Rawlings. Deve chiedergli una cosa su un'autopsia. Ren sa che in quel reparto ci sarà un laboratorio con organi e pezzetti di persone e animali, dunque il dito potrebbe trovarsi lì. In preda all'eccitazione, si convince di poterlo finalmente trovare anche a occhi chiusi.

Mentre percorrono i passaggi coperti, bordati su un lato da aiuole di gigli, Ren scopre che ora riesce a capire William in maniera diversa da prima. L'attenzione di William è come una corda tesa. Scatta qua e là, ma soprattutto è attratta dalle donne. Infermiere che passano, una visitatrice china su un letto. Di sicuro William non presta interesse alle cose che nota Ren, come il ragno dietro la porta o il sasso perfettamente tondo sotto i gigli, che il ragazzo vorrebbe mettersi in tasca ma non osa, pensando sia di proprietà dell'ospedale.

A mano a mano che si avvicinano al reparto di patologia, il vibrare del filamento invisibile diventa talmente forte che Ren è teso per l'eccitazione. Non è mai stato così, nemmeno con Yi.

Svoltano un angolo. William si tasta la tasca della giacca e poi quelle dei pantaloni, infastidito. «Ren, torna in corsia a cercare la mia stilografica. Ce l'avrà l'infermiera.»

È con strazio che Ren guarda William dirigersi verso un certo edificio, aprire la porta ed entrare. Qualcosa laggiù sta chiamando Ren, lo attira anche da cinquanta piedi di distanza, come un magnete. Deve entrare là dentro.

Ma recuperare la penna di William è un ordine cui non può disobbedire. Il nome della penna, Montblanc – gli ha spiegato William –, è quello della montagna più alta d'Europa. La stella bianca e arrotondata che c'è sul tappo rappresenta la cima coperta di neve e il pennino con l'incisione è fatto d'oro vero. È la penna che usa ogni giorno per scrivere lettere. Se non la ritrova, William sarà molto scontento.

Tornando indietro di corsa, Ren si confonde e fa una svolta sbagliata. È difficile filtrare il flusso di segnali che lo assalgono. *Come uno specchio pieno di pesci*, ricorda che diceva il pescatore cieco Pak Idris. *Devi conoscere il loro canto.* Ma quello che avverte adesso è più come il saettare delle lucciole nel buio. I segnali seguono i bizzarri e casuali percorsi degli interessi e delle emozioni di chi lo circonda, e Ren pensa che se solo potesse trovare un posto tranquillo, silenzioso, riuscirebbe a districarli. Ma prima deve recuperare la penna. L'infermiera della corsia gli dice di averla consegnata alla capoinfermiera.

La capoinfermiera, come la maggior parte del personale responsabile, è una straniera. Australiana, con il viso angoloso, è tutta gomiti e alacrità, e quando infine Ren arriva al suo ufficio lo guarda dubbiosa. «È una penna costosa. Sarà meglio che tu non la faccia cadere.» Il suo copricapo bianco inamidato si apre come un paio di rigide ali. Con la penna in pugno, Ren si affretta a tornare al reparto di patologia. A un certo punto si mette a correre, ma viene bersagliato dagli sguardi irati degli adulti. Non c'è bisogno di chiedere indicazioni. Il segnale gli vibra nella testa, ronzando. Mentre svolta con impeto l'ultimo angolo, va quasi a sbattere contro William.

«L'hai trovata?» gli chiede il padrone.

Confuso, Ren lo fissa. La penna. Gliela presenta trionfante.

«Splendido!» William sembra contento, però Ren non sa dire se sia per la penna o perché in quella stanza sia successo qualcosa di bello. A ogni modo, era tutta la settimana che non lo vedeva così di buonumore. Ren sbircia dietro le sue spalle. Adesso la porta è socchiusa, ma il sole abbagliante rende difficile la vista dell'interno nella semioscurità. C'è un'ombra sottile sulla soglia. Forse un uomo – sembra troppo alto per essere una donna. È quello il dottor Rawlings di cui parlava William?

L'elettricità invade Ren. I pensieri diventano confusi, incoerenti. Le sue vibrisse di gatto sfrigolano. Deve andare lì, nella stanza da cui è appena uscito William, ma i piedi non lo reggono e perde l'equilibrio.

«Attento» dice William, accompagnandolo a una panchina. «Non hai pranzato?»

Ren scuote il capo. Né lui né Ah Long avevano previsto quell'escursione a sorpresa in città.

«Allora prendiamo qualcosa. In centro c'è un posto che fa un caffè decente.»

Lacrime di frustrazione pizzicano gli occhi di Ren che viene ricondotto fino all'ingresso dell'ospedale, dove Harun li aspetta accosciato all'ombra accanto all'auto parcheggiata. Mentre ripartono, Ren si volta a guardare l'ospedale. Non è lontano dal Kinta Club dove William ha in programma di andare dopo. Forse Ren riuscirà a tornarci da solo senza dare nell'occhio. Anzi, deve farlo.

16

OSPEDALE DISTRETTUALE DI BATU GAJAH, SABATO 13 GIUGNO

Lo straniero, William Acton, si era fermato sulla porta aperta del magazzino di patologia. «Non ti ho mai vista. Non sei un'infermiera, vero?»

«No, sono qui per dare una mano.» Riconobbi il luccichio di avido interesse che aveva negli occhi. Mi rendeva nervosa. Dov'era Shin?

«Vedo» disse, ma non si mosse dalla porta.

Rimasi lì impacciata, con in mano un vaso che conteneva una porzione di intestino. Lui si tolse gli occhiali e si strofinò la faccia, un gesto che lo fece apparire stranamente nudo e malaticcio. Poteva avere qualsiasi età fra i venticinque e i trentacinque anni, anche se i suoi movimenti sembravano piuttosto rapidi.

«Allora lavori per Rawlings?»

Annuii. A quel punto sorrise. Fu una cosa del tutto inattesa, che diede al suo viso un ruvido fascino.

«Non vuoi dirmi come ti chiami?»

«Louise.» A quello almeno sapevo come rispondere.

«Be', Louise, sembra che non ti facciano impressione quei campioni.»

«Infatti» risposi con distacco.

«Alcuni sono un mio contributo.»

Mio malgrado, mi incuriosii. «Ha donato i suoi organi alla scienza?» Pensavo che lo si potesse fare solo dopo la morte.

Il dottore straniero sorrise di nuovo. «Intendo come chirurgo. Vediamo... Mi ricordo almeno un calcolo alla cistifellea particolarmente grosso, e un paio di dita.»

«Dita?» Mi misi in allerta.

«Uno era un sesto dito vestigiale tolto a un paziente indiano. Un altro apparteneva addirittura a un mio amico. Abbiamo una bella collezione di dita qui, almeno una dozzina, se ben ricordo.»

Attraversò la stanza indicando un grosso vaso di liquido torbido. «Questo andrebbe buttato. Molti degli esemplari più vecchi sono conservati in alcol, che bisognerebbe cambiare una volta all'anno. Li teniamo solo se hanno un interesse medico. E poi ovviamente ci sono pazienti che conservano ciò che è stato tolto dal chirurgo per il momento della sepoltura.»

Si sporse verso di me e io feci un passo di lato. Diffidavo della vicinanza con gli uomini. Lavorare al Fiore di Maggio mi aveva insegnato la loro capacità di allungare le mani, la loro forza sorprendente, e quanto fosse difficile divincolarsi se ti afferravano per la vita. E adesso non c'erano i minacciosi portieri della sala da ballo, né la tenutaria dall'occhio di falco. Eravamo noi due soli. Se avessi urlato, sarebbe venuto qualcuno?

Forse però ero troppo sospettosa, perché il medico continuò a parlare dei vari campioni anatomici. Sembrava saperne parecchio.

«Per quanto vengono conservati?»

«Non ne ho idea. Sono più che altro curiosità; gli inservienti si divertono a portare qui le apprendiste infermiere di sera per farle spaventare.»

Non potei trattenermi dal chiedere: «È difficile diventare infermiera in questo ospedale?».

«Sei andata a scuola? Mi sembri istruita.»

Gli dissi brevemente che avevo preso il diploma e avrei voluto fare qualcos'altro.

«Capisco.» Si strofinò il mento e mi osservò di nuovo come per valutarmi. «Non c'è un sistema ufficiale, come in Gran Bretagna. Qui dipende dalla struttura. L'ospedale distrettuale di Batu Gajah forma delle ragazze del posto a seconda delle necessità. Le lezioni sono tenute da infermiere esperte e da alcuni medici, e c'è un esame di stato.»

«Ci sono posti al momento?» La nota di speranza che avevo nella voce mi mise in imbarazzo, ma lui parve compiaciuto del mio interesse.

«Dovresti chiedere alla direzione. Se non quest'anno, magari il prossimo.»

«E si paga una retta?» Dopo aver saldato le rate dei debiti di mia madre, sarei rimasta senza soldi miei; finché il mio patrigno rifiutava di aiutarmi, ero priva di mezzi.

«Credo ci siano delle borse di studio. Avrai bisogno di una raccomandazione personale, certo.»

Aveva qualcosa negli occhi, una specie di solitudine avida che riconoscevo per averla già incontrata in quei lunghi pomeriggi passati a ballare con gli sconosciuti.

«Ecco il mio biglietto da visita.» Mi porse un rettangolo di cartoncino dai bordi taglienti. «Dallo al direttore sanitario e di' che sei interessata a fare l'infermiera. Oppure puoi compilare una domanda e la darò io alla capoinfermiera.»

C'era scritto: *William Acton, chirurgo generale*, e poi una fila di sigle che per me non significavano niente ma che, a quanto pareva, dovevano avere un peso per i dirigenti dell'ospedale.

Forse l'avevo giudicato male. Non dovevo essere così malfidente; quell'atteggiamento mi chiudeva le porte e respingeva le persone. L'ultimo anno di scuola la mia preside, addolorata che non prendessi il diploma di secondo livello, si era offerta di venire a casa mia a convincere i miei genitori. C'erano solo quattro o cinque ragazze ammesse a quell'esame in tutto il paese, e lei era sicura che io potessi essere fra loro. Ma avevo rifiutato. Non potevo sopportare di portarla a casa del mio patrigno ad assistere al suo rifiuto e alla mia umiliazione. Forse però avrei dovuto insistere di più.

Così questa volta dissi: «Grazie», ed ero sincera. Infilando il biglietto in tasca sentii il nome in rilievo scivolarmi sotto le dita.

Forse qualcosa stava cambiando. Avevo sentito dire che la fortuna – buona e cattiva – arrivava a fasi alterne, come nella storia biblica di Giuseppe. Mia madre mi aveva mandato a una scuola fondata da missionari metodisti, e i loro canti sereni, il rito di alzarsi e sedersi, di aprire gli innari, mi erano stati di consolazione, anche se a volte pensavo cose terribili, malvagie, come di avvelenare il mio patrigno.

Anche il rappresentante Chan Yew Cheung aveva parlato di fortuna. Tuttavia aveva detto che si sentiva molto fortunato, e invece era morto in un fosso.

Si udì qualcosa sbattere in corridoio e Shin, portando l'ennesimo scatolone di documenti, entrò di gran carriera. Si bloccò, sorpreso di trovare qualcuno.

«Bene, ora devo andare» disse il chirurgo, improvvisamente sbrigativo.

Shin si addentrò con cautela nella stanza. Guardò William Acton e poi il mio viso rosso ed eccitato.

«Ha bisogno di qualcosa, dottore?» chiese Shin.

«Tu sei uno degli inservienti. Studente di medicina, giusto?»

«Sì, signore.»

Erano come due cani che si prendono le misure prima di una zuffa, ma io non feci molto caso a loro. Mi si era aperto lo spiraglio per una carriera che avevo considerato preclusa, e forse sarei riuscita a infilarmici dentro.

«Dite a Rawlings che sono passato.» Poi, con un breve cenno del capo, il dottore se ne andò.

Shin rimase un momento sulla soglia a osservarlo.

«Stai bene?» mi chiese.

Certo che stavo bene. Un anno prima sarei stata più timida, ma lavorare al Fiore di Maggio mi aveva abituato agli estranei. E poi non è che mi avesse proprio insidiato. Non come i vari *buaya*, i donnaioli dalle mani lunghe che dovevo tenere a bada di solito. Ma se avessi avuto un bambino affamato ad aspettarmi a casa, come Rose o Pearl, non avrei potuto concedermi il lusso di rifiutare. A volte mi chiedevo se la decisione di risposarsi fosse stata presa da mia madre per colpa mia. Era stato vedere i miei vestiti troppo corti e il sacco vuoto del riso nell'angolo a farle concludere che il matrimonio era una buona alternativa? Ma in realtà il mio patrigno le piaceva. C'era qualcosa in lui che la attirava, non potevo negarlo.

«Facciamo una pausa per pranzo» disse Shin. «La mensa è ancora aperta.»

Chiuse a chiave e attraversammo il prato dirigendoci verso un altro edificio. La terra rossa si sgretolava in ruvide croste tiepide; grosse formiche nere, ognuna lunga come la falange di un mio dito, si disperdevano frenetiche sotto i nostri passi. Shin era molto silenzioso; il buonumore di prima sembrava scomparso.

«Quel dottore ha detto che c'è almeno una dozzina di dita fra i reperti di patologia» spiegai, contenta di avere un elemento da riferirgli. «Dovremmo confrontarli con i documenti per vedere se ne manca qualcuno.»

Fu un sollievo raggiungere il passaggio coperto, sottraendoci al riverbero ardente del sole. Un inserviente in uniforme bianca che spingeva un vecchio in sedia a rotelle fece un saluto amichevole a Shin.

Lui ricambiò con un cupo cenno del capo. «Avete parlato solo di quello?»

«Perché?»

«Girano delle voci su quel dottore.»

«Cos'ha di strano?»

«È un bravo chirurgo, molto competente. Ma si dice che apprezzi un po' troppo le ragazze del posto.»

«Non mi sorprende; sono tutti così.»

Mi lanciò un rapido sguardo. «Sei cambiata.»

Certo che ero cambiata. Cose come relazioni amorose, chiamate e amanti ora non mi scioccavano; avevo imparato di più in una settimana al Fiore di Maggio, dalle altre ragazze, che ai tempi della scuola, benché Hui sostenesse che ero ancora inguaribilmente ingenua.

«Ma tu come fai a saperlo?» chiesi.

«Me l'ha detto il mio compagno di stanza.»

Il biglietto da visita che mi aveva dato William Acton stava nella mia tasca come un biglietto ferroviario per una destinazione desiderata da tempo. Avrei voluto raccontare a Shin della possibilità di frequentare il corso da infermiera, ma non mi sembrava di umore particolarmente incoraggiante. Non eravamo più alla pari, pensai con risentimento. Io non avevo una borsa di studio per medicina, né il lusso di potermi scegliere un lavoro per l'estate.

Alla mensa mi venne voglia di provare l'esotico cibo occidentale – sandwich di sardina, stufato e pollo arrosto – elencato sulla lavagna. Shin disse in tono di superiorità: «Dovresti vedere la mensa del mio college. C'è una scelta molto maggiore». Poi si interruppe, ricordandosi, supponevo, quanto avrei voluto andare all'università. Mi stampai un sorriso rigido in faccia per nascondere l'irritazione.

Erano ormai le due del pomeriggio e i tavoli erano praticamente deserti. Quando avevamo quasi finito, ci raggiunse l'inserviente che avevamo incontrato fuori. Aveva una faccia paffuta, come un porcellino allegro. Sul labbro superiore tremolavano alcune goccioline di sudore.

«Cosa ci fai qui nel tuo giorno libero?» chiese a Shin, appoggiando rumorosamente una fumante ciotola di noodles alle polpette di pesce. «E hai addirittura portato la tua ragazza! Che cavolo di appuntamento è?»

Non potei trattenermi dal sorridere; i suoi occhietti erano così comici. «Sono la sorella di Shin. Oggi mi fa lavorare per lui.»

«Non sapevo che avessi una sorella tanto carina. Perché non ci hai presentati prima? Io sono Koh Beng, e sono scapolo.» Ci stringemmo la mano sopra il tavolo. Il suo palmo, come temevo, era sudato. «Che lavoro state facendo?»

«Riordinare il magazzino di patologia» rispose Shin.

«Nessuno voleva farlo. Non li trovi spaventosi gli organi sotto spirito?»

«Mettere a posto i documenti forse è peggio» dissi io.

«Hai visto la testa? Pare che se la prendi in mano a mezzanotte, si mette a parlare.»

Gli rivolsi uno sguardo scettico e lui mi fece l'occhiolino. «Ci sono altre cose strane chiuse dentro quella stanza: il *pelesit* di uno stregone, uno spiritello che sembra una cavalletta in bottiglia e dev'essere nutrito di sangue ogni mese, e un dito di *harimau jadian*, le tigri che possono mettersi una pelle umana per andare in giro di giorno.» Voltandosi verso Shin aggiunse: «Posso aiutarla io tua sorella a riordinare?».

Shin pareva esasperato. «Abbiamo quasi finito» intervenni io rapida, sebbene non fosse assolutamente vero. «A che ora è l'ultimo treno per Ipoh?»

«Ti riaccompagno io» disse l'irrefrenabile Koh Beng. «Ci vado stasera. Tra l'altro, sono scapolo.»

«Me l'hai detto.»

«Tanto per essere chiaro.» Koh Beng sembrava un porcellino, eppure non potevo fare a meno di trovarlo divertente. E lui chiaramente se n'era accorto.

«La riaccompagno io» disse freddo Shin. «Oppure puoi fermarti a dormire, se vuoi. La mia amica ha detto che può ospitarti.»

«Chi è questa amica?» chiese Koh Beng togliendomi le parole di bocca.

«Un'infermiera.»

«Tuo fratello è qui solo da una settimana, ma ha già fatto scalpore tra le infermiere.»

«La cosa non mi sorprende.» Pur sorridendo, mi sentivo vagamente irritata. Però era vero, non c'era niente di sorprendente nel fatto che Shin avesse già un'altra ragazza.

La prima ragazza di Shin aveva due anni più di noi; era cugina di una mia compagna di scuola. A essere sincera non mi aspettavo che scegliesse lei, benché fosse abbastanza simpatica. Mi piaceva per la sua aria matura ed equilibrata, ma non mi ero accorta che uscivano insieme finché non era passato quasi un mese.

«Shin è sempre fuori, non è vero?» avevo fatto notare a mia madre una sera.

Eravamo sedute al tavolo della cucina in un tranquillo silenzio. La lampada a olio illuminava il suo cucito e il mio libro della biblioteca. Avevo lasciato perdere gli avvelenamenti e ora leggevo *Sherlock Holmes* per puro divertimento. Tutto era calmo e banale. Si faceva fatica a credere che Shin e suo padre si fossero affrontati proprio lì, distruggendo il vecchio tavolo, e poi fossero finiti in cortile, se era questo che era successo quella sera terribile. Ma è così che sono le persone, credo. Dimentichiamo tutte le cose brutte a favore di ciò che è normale, che ci dà sicurezza.

Mia madre tagliò il filo del cucito con i denti. «Probabilmente sta accompagnando a casa Fong Lan.» Fong Lan era figlia del falegname che aveva fatto a mia madre il tavolo nuovo per la cucina – era il modo in cui il mio patrigno le aveva chiesto scusa dopo il furioso litigio con Shin.

«Che gentilezza.»

Mia madre mi rivolse uno sguardo strano. «Ormai fanno coppia, sai.»

Fui presa alla sprovvista, ma forse non avrei dovuto. Alla fine Shin doveva per forza trovare una ragazza che gli piacesse.

Fong Lan aveva una faccia rotonda dalle sopracciglia delicatamente oblique, e adorava Shin. Molti si sorpresero che avesse scelto lei fra tutte le ragazze che gli morivano dietro. Ci furono commenti sprezzanti, come: «Ha i polpacci che sembrano *lo bak*», delle lunghe rape bianche, ma se Fong Lan li aveva sentiti, non ne sembrava infastidita. Faceva parte delle sue attrattive, quella sua matura sincerità. A volte era talmente buona che mi veniva da urlare. Eppure anch'io la trovavo accattivante. Quando mi parlava con quella voce dolce e seria, sentivo che avrei desiderato una sorella maggiore come lei che mi confortasse. Che mi coccolasse e mi volesse bene.

Una volta, tornando a casa prima del solito, la sorpresi con Shin. Era un pomeriggio placido e vuoto, così silenzioso che pensavo non ci fosse nessuno in casa. Avrei potuto fischiettare ad alto volume e mettere le mani su tutte le cose che il mio patrigno non voleva farci toccare. Proibizioni stupide come strappare la pagina del calendario giornaliero, o spostare la sintonia della radio su un'altra stazione. Avrei potuto fare tutto questo, e invece salii decorosamente di sopra.

In cima alle scale gettai da parte la cartella e mi infilai in corridoio in perfetto silenzio, avendo ai piedi solo i calzini. E poi mi fermai sentendo un suono non familiare - un sospiro e un debole gemito. La voce di una ragazza, proveniente dalla camera di Shin. Mi bloccai. Avvertii un fremito, come se la mia pelle si stesse arricciando diventando troppo piccola. E poi li vidi, attraverso la porta aperta.

Erano sul pavimento della stanza di Shin, quello spazio dove a me non era permesso entrare. Fong Lan era appoggiata al letto. La camicetta slacciata scopriva la pesante e pallida rotondità dei seni nudi mentre si chinava su di lui, con i capelli divisi come una tenda di seta. Teneva in grembo la testa di Shin e una mano aperta in un gesto possessivo sul suo petto. La faccia di lui era girata, ma vidi quella di lei. Sembrava ipnotizzata, come se non avesse mai visto nulla di più bello di Shin. E lui era davvero bellissimo. Fu chiaro persino a me in quel momento, davanti al suo corpo disteso, alla brusca inclinazione del suo mento.

In quell'istante compresi molte cose. Su Shin, e su di me. Sul fatto che esistevano cose che non avremmo mai potuto avere. In tutti gli anni che avevo vissuto in quella casa, non avevo mai visto Shin così rilassato, senza la tensione vigile che serrava il suo corpo come una molla. Quando lo avevo abbracciato nel buio dietro il pollaio, l'avevo sentita: una rigidità e una rabbia incancellabili. Ma lì, nella morbida luce nebulosa del pomeriggio, c'era uno Shin diverso, che non avevo mai visto. E mi sentii orribilmente, sgradevolmente inadeguata. Per quanto fossimo in confidenza e per quanti segreti avessimo in comune, io non avrei mai potuto dargli quella pace.

Dalla gola mi sfuggì un verso soffocato. Fong Lan alzò il capo, ma io ero già sparita di corsa lungo il corridoio. Quando ripenso a quella casa, nei miei ricordi è sempre un buio tunnel senza fine, sia al pianterreno sia di sopra. Non sapendo cosa fare, finii per uscire a vagare senza meta e rientrai solo quando fui sicura che fossero tornati mia madre e il mio patrigno. Shin si comportò come se non fosse successo nulla. Quando rincasai, così tardi che le lampade erano già accese e mia madre si era messa a sgridarmi per la paura e il sollievo, lui non ebbe alcuna reazione. Ma qualche giorno dopo Fong Lan venne a parlarmi.

«So che ci hai visto l'altro giorno» disse. «Dev'essere stato imbarazzante.»

Proprio il suo atteggiamento mite e gentile fu come una coltellata al cuore.

Cercai di far finta di niente. «Non preoccuparti.»

Ma lei aggiunse con serietà: «Io lo amo davvero, sai. Non l'abbiamo ancora fatto; non vorrei farlo sentire in trappola se dovessi restare incinta. Ma se lui vuole, lo farò».

Avrei voluto darle uno schiaffo. Che razza di ragionamento era? Mia madre mi aveva messo in guardia al punto da imprimermelo in testa. La castità era una delle poche armi che avesse una donna per trattare. Per quanto bello fosse Shin, Fong Lan era una stupida. Eppure una parte di me non poteva non ammirarla. Sì, lo amava davvero, pensai.

Con qualche esitazione cercai di darle dei consigli, benché avesse due anni più di me. Lei ascoltò con pazienza, poi però scosse il capo. «Lo so com'è nella vostra famiglia» disse. *Le ha raccontato veramente tutto*, pensai con stupore e risentimento. «Ma io voglio rendere felice Shin. E se questo significa concedermi a lui, per me va bene.»

Era amore o stupidità? Ma forse ero prigioniera della parte più testarda di me, che calcolava le mie probabilità di sopravvivenza. Io non mi sarei mai data completamente a un uomo, diventando una sua proprietà. Non senza la sicurezza economica di un matrimonio. E anche in quel caso, da quel che potevo vedere per l'esperienza di mia madre, forse il prezzo era troppo alto.

Non scoprii mai cos'avesse poi fatto Fong Lan, perché poco tempo dopo Shin la lasciò. E, stranamente, alla fine della loro storia mi trovai a difenderla.

«Tu dovresti essere leale e fedele» dissi a Shin. Era sei mesi prima che partisse per Singapore ed eravamo seduti a studiare al tavolo rotondo con il ripiano di marmo. O almeno, Shin studiava. Io non avevo niente per cui prepararmi, nessuna università dove andare. «Non fai per niente onore al tuo nome.»

Lui non alzò neanche gli occhi dal libro. «Di cosa stai parlando?»

«Perché hai lasciato Fong Lan? Ha pianto come una fontana, lo so di sicuro.»

«Mi stai dicendo che dovrei ricominciare a vederla?» Aveva l'aria seccata.

«Sembra molto più seria di chiunque tu frequenti adesso» ribattei, sulla difensiva.

«E di te che mi dici? Credi che essere seria farà cambiare idea a Ming?»

Quello era un colpo basso. Shin socchiuse le palpebre e girò pagina. «Ti ha chiesto Fong Lan di parlarmi?»

«No.»

«Allora non impicciarti di cose che non capisci.» Il suo viso si infiammò come se qualcuno gli avesse premuto un tizzone ardente sugli zigomi. «E smettila con questa storia dei nomi! Io sono stato fedele. Per quanto ho potuto!»

Furioso, chiuse di scatto il libro e uscì dalla stanza.

Dopo il pranzo in mensa tornammo al magazzino e cominciammo a guardare i documenti d'archivio. Non fu terribile come temevo; per la maggior parte erano abbastanza comprensibili. Ma riordinare i campioni era un rompicapo, dato che non avevano etichette.

Si trattava di una collezione molto eccentrica; secondo me, in quel remoto angolo dell'impero, chiunque dirigesse il reparto di patologia probabilmente si sentiva un dio. Non trovammo la testa intera né la cavalletta bevitrice di sangue menzionati da Koh Beng, ma c'era un ratto a due teste, con la coda nuda simile a un verme galleggiante nel liquido ambrato. Il predecessore del dottor Rawlings, un tal dottor Merton, a quanto pareva aveva promesso a un certo numero di pazienti di ridare loro le parti sezionate o amputate dopo averle studiate. Erano contrassegnate da una piccola X in rosso in un angolo delle sue schede illeggibili.

«Ma chi è che torna a prendersi la cistifellea?» dissi.

«Ci sono persone che vogliono essere sepolte tutte intere» rispose con serietà Shin.

Rabbrividii ricordando quello che aveva detto Chan Yew Cheung mentre ballavo con lui, a proposito di oscure stregonerie e della necessità di seppellire un corpo nelle sue condizioni originarie perché riposasse in pace.

«Ecco qui» disse Shin leggendo una scheda. «Dito, anulare sinistro, manovale indiano infetto da parassiti. Conservato in formaldeide.»

Passai in rassegna gli scaffali di campioni. Avevamo rimesso a posto quasi tutto, e ancora non avevo visto nessun dito.

«Un altro: indice destro di una contorsionista snodata.»

«Non c'è neanche quello» annunciai.

In effetti, nonostante i documenti indicassero almeno una dozzina di dita amputate nella collezione dell'ospedale, non riuscimmo a trovarne neppure uno.

«Com'è possibile?» Tornai a esaminare il registro. Si scherzava sempre sulla grafia dei dottori, ma in quel caso non c'era niente da ridere. Gli scarabocchi del dottor Merton erano una processione di formiche, tratti frettolosi di qualcuno cui non importava di lasciare un testo illeggibile.

«Manca altro, a parte le dita?»

«Ho controllato. Finora non manca nient'altro.» Sventolai trionfante il registro dalla mia posizione in piedi su uno scatolone, in mezzo a un mare di carte.

«Sei sempre così competitiva» si lamentò lui. «Guarda che l'idea è stata mia.»

«Non è vero.» Tornai al faldone.

«Ragno. Sui capelli.»

Mi immobilizzai con gli occhi chiusi mentre Shin me lo toglieva. In passato l'avrebbe fatto saltare via con una brusca pacca sulla fronte. Adesso lo fece in modo delicato e impersonale, come un estraneo.

«È davvero una delusione che tu non urli per cose del genere» mormorò.

«Perché dovrei?» Aprii gli occhi.

La faccia di Shin, con il naso e gli zigomi dalle linee tanto familiari, era così vicina che avrei potuto toccarla. Che cos'era a rendere bella una persona? Erano la simmetria dei lineamenti o le ombre affilate di ciglia e sopracciglia, il mobile arricciarsi delle labbra? Proprio al centro degli occhi, tanto più scuri dei miei, mi parve di vedere una minuscola luce, una scintilla che luccicava. Poi si spense e io mi trovai a cadere, attirata dentro un tunnel. Delle immagini sfarfallavano. Binari del treno sommersi dall'acqua. Un biglietto per il nulla. Pesci che nuotavano in uno specchio. Da qualche parte, una sagoma notturna si mosse, un'ombra che saliva dal fondo di un fiume. L'aria si fece soffocante, un coagulo nei polmoni. Ansimai. Crollai in avanti.

«Cosa ti succede?»

Shin mi sostenne mentre mi accasciavo con i pensieri annodati come alghe, scivolosi e tortuosi. Nonostante il capogiro, mi raddrizzai. Mi scostai da lui facendo scivolare le mani sulle sue spalle ampie, sui muscoli duri che erano quelli di un uomo e non di un ragazzino. Il mio cuore galoppava come un cavallo su un terreno insidioso. Se non stavo attenta, rischiavo una caduta fatale.

Lui mi guardò preoccupato aggrottando le sopracciglia scure. Qualunque cosa avessi visto nei suoi occhi – ombre riflesse, uno specchio collegato a un'altra realtà – era scomparso. C'era solo Shin, e anche lui mi sembrava un mezzo estraneo.

«Ti capitano spesso crisi del genere?»

Crisi. Da quel pomeriggio alla sala da ballo, in effetti mi sentivo in crisi. Un cenno di quel dito amputato mi aveva attirato in una dimensione strana. Non riuscii a parlare, feci solo un gesto di diniego.

Le mani di Shin mi afferrarono le spalle. La pressione mi fece sentire meglio. Poi mi aprì il colletto, slacciando rapidamente e agilmente i bottoni. Intontita, mi chiesi quante donne avesse svestito. Ma lui fece attenzione a toccare solo la stoffa dell'abito. A non toccare me.

«Hai mai fatto gli esami per l'anemia? Molte ragazze ce l'hanno.»

Pratico come al solito. Inspirai. Il sole tornò a invadere la stanza e la crisi passò.

«Shin, hai mai fatto un sogno su un bambino e una stazione del treno?»

«No.» Si sedette con un sospiro, incurante della polvere.

«Be', io sì. Ed è molto strano, perché lui mi parla. Mi sembra quasi di conoscerlo.»

«Un bambino... sarò io?»

Lo minacciai con un faldone. «Smettila di fare l'egocentrico.»

Lui rise schivando il colpo. Il faldone mi sfuggì di mano ed esplose in un mare di documenti, sottili fogli sparsi coperti di una grafia minuta. Era quella del dottor Merton: liste e liste di cose mescolate alle forniture che aveva ordinato. Formaldeide, tinture varie, bisturi. Fissatori per i vetrini da laboratorio. E poi lo vidi: *Dito donato da paziente europeo. Conservato a secco sotto sale.*

Lo agitai davanti al naso di Shin. «È questo: l'unico dito registrato che non sia conservato in un fluido!»

Lesse ad alta voce il foglio mentre io sbirciavo sopra la sua spalla. «Pare sia stata una conservazione anomala, artigianale. Di un tizio, medico anche lui, di nome – non si legge bene – MacFarlane o MacGarland, dito amputato durante un viaggio nella giungla. Setticemia dovuta al morso di un animale. Spero che non abbia dovuto farlo da solo.»

«No, dice "chirurgo W. Acton". Acton è il medico che era qui stamattina, no? E parlando dei campioni anatomici, mi ha proprio detto che il dito apparteneva a un amico.» La coincidenza mi inquietò, come una buia corrente sottomarina.

«Che bella amicizia» commentò asciutto Shin.

Lo ignorai. «Nel sale, perché probabilmente era l'unica sostanza adatta a disposizione. Mi chiedo cosa ci facessero nella giungla.»

Scoprire la provenienza del dito era un sollievo, mi dissi. Era stato amputato da un vero dottore per ragioni mediche. Tutto il resto, l'ossessione del rappresentante che lo teneva come portafortuna, era solo superstizione.

«Ed eccolo qui.» Shin estrasse dalla tasca l'ormai ben nota boccetta di vetro e la appoggiò vicino agli altri reperti che avevamo già controllato. «Mettilo dietro, sullo scaffale in alto» dissi con un brivido.

Il sole si stava abbassando, con una luce così dorata che pareva quasi di poterne prendere un morso come fosse *kuih lapis*, la burrosa torta a strati che ci aveva portato una volta una cugina di Batavia, dall'Indonesia olandese. Ogni morbida fetta aveva il profumo di tutte le spezie delle Indie Orientali. Ormai il magazzino era quasi a posto, con le mensole di legno pulite e riempite di file di recipienti. Tutti i documenti erano stati riposti nei classificatori ed etichettati. Guardando la lista dei reperti, provai la soddisfazione di un lavoro ben fatto.

«Credi che il dottor Rawlings ci darà qualcosa in più per la nostra bravura?» chiesi a Shin.

Lui stava leggendo un altro documento corrugando la fronte. «Ne dubito. Abbiamo concordato una giornata di straordinario. Te compresa.»

«Dividiamo, allora?»

«Sì. Hai per caso problemi di soldi?» chiese all'improvviso.

«Volevo comprare una cosa.» Cambiando argomento dissi: «E con la tua parte cosa farai?».

Lui si girò a guardarmi da sopra la spalla. Uno sguardo opaco del tipo "non farmi domande". «Devo risparmiare.»

Ancora una volta mi chiesi come mai Shin lavorasse tanto. Aveva la borsa di studio e suo padre gli dava anche una generosa somma per le spese. La tregua cui erano giunti dopo quella sera tremenda, dalla quale Shin era uscito con un braccio rotto, si era trasformata in un accordo di cui non conoscevo i particolari. Il mio patrigno era un uomo duro, ma teneva fede alla sua parola.

Shin, tuttavia, aveva cominciato a lavorare già nel periodo delle lezioni universitarie, come aveva accennato nelle sue lettere, e durante le vacanze non era tornato a casa. Cosa ne faceva di tutto quel denaro? Al Fiore di Maggio era facile spendere molto. Non era solo per il ballo, ovviamente; ordinando da bere o chiedendo privatamente alle ragazze di uscire – il che comportava offrire cene e chissà che altro –, la spesa poteva facilmente sfuggire di mano. Avevo visto casi del genere, e speravo che Shin non facesse altrettanto nei locali di Singapore. Forse avrei dovuto dirgli qualcosa?

Ma no, in fondo non erano affari miei.

17

BATU GAJAH, SABATO 13 GIUGNO

Dopo aver lasciato l'ospedale, William porta Ren in un caffè del centro dove ai forestieri piace ritrovarsi. Ren, incerto su cosa ordinare, mormora che vorrebbe per favore un sandwich al prosciutto. Il prosciutto è una ghiottoneria occidentale, che arriva in scatola dalla Cold Storage, ma per William non è niente di speciale. Ren porta il suo panino fuori, dove Harun, l'autista, aspetta paziente accanto all'auto, una Austin che William ha acquistato dal dottor Merton; lo stesso medico che gli ha passato la locazione della casa bianca, con anche Ah Long e Harun. L'autista va orgoglioso del cofano luccicante, delle morbide curve della carrozzeria. Non è una macchina grande ma è adatta a uno scapolo come William, che nei fine settimana la guida da solo.

«L'altro dottore non guidava mai» ha detto Harun, spiegando che gli europei vanno e vengono. Alcuni se ne vanno dopo due anni mentre altri si fermano a vita, così a loro agio nel lussuoso stile di vita tropicale, serviti e riveriti, che non ce la fanno più a tornare in Inghilterra.

Ah Long ha detto a Ren che comunque il dottor Merton non era un vero dottore. Passava il tempo a sezionare organi malati e a tagliuzzare cadaveri, entrambe cose che Ah Long disapprova. Tutte le parti di un corpo dovrebbero riposare insieme, ha detto. Mica sparse qua e là. È una cosa che porta solo guai, come nel caso dei fantasmi famelici, i cui resti sono stati dispersi in mezzo agli estranei. Le ossa dovrebbero essere prese in custodia da un figlio devoto, non lasciate in quella spaventosa stanza dell'ospedale piena di parti anatomiche in vaso, tutte raccolte dal dottor Merton.

Quello dev'essere il magazzino di patologia, pensa ora Ren. Il luogo che ha fatto scattare le sue vibrisse invisibili. È sicuro che il dito sia là. Ma chi era la figura che ha visto prima nell'ombra della stanza? Forse era il dottor Rawlings, l'anatomopatologo che ha sostituito il dottor Merton.

Il dottor Rawlings ha famiglia, motivo per cui non ha rilevato l'alloggio da scapolo del dottor Merton; ha invece richiesto una casa più grande per la moglie e i figli. Ma loro non si sono fermati. È bastato un anno – un anno di monsoni, calore cocente, scorpioni trovati nelle scarpe – e sono tornati in Inghilterra. Ah Long ha detto che molti degli stranieri di qui sono un po' particolari. «Altrimenti perché vivrebbero così in esilio, con le famiglie dall'altra parte del mondo?» ha commentato cupo.

«Anche le donne?» ha chiesto Ren.

«Ma certo!» ha detto sbuffando Ah Long. «Come quella figlia dei Thomson. Lydia, la chiamano. C'è stato un grosso scandalo su di lei in Inghilterra.» Cosa fosse esattamente, Ah Long non ha voluto dirlo. Adesso Ren pensa alla signorina Lydia che ha visto prima all'ospedale, e si domanda da cosa sia scappata.

Ren guarda un capannello di ragazzini che giocano a *sepak takraw* con una palla di rattan intrecciato. La palla vola via, arrivando quasi a colpire l'auto. Ren la afferra giusto in tempo. I ragazzini arrivano di corsa, lanciando sguardi colpevoli all'auto lucida e alla divisa bianca di Ren.

«Ecco qua.» Rilancia loro la palla. Sono più piccoli di lui, sugli otto o nove anni, l'età che aveva Yi quando è morto. Uno di loro gli offre una mentina pescata in fondo alla tasca. È un po' impolverata, ma Ren la accetta con seria formalità.

«Lavori per il *gwai lo*?» chiede il bambino in cantonese.

«Il mio padrone è un dottore.» Ren strofina di nascosto la mentina sulla manica prima di mettersela in bocca. Sente sulla lingua il gusto freddo e qualche pelucco.

«Lavori all'ospedale?» Ren scuote la testa, ma il bambino prosegue: «Hai visto il fantasma che c'è lì?».

«Sono morte tante persone in quell'ospedale» dice un altro ragazzino.

«Io non ho mai visto un fantasma.» *A parte Yi*, pensa Ren, ma solo in sogno, quindi non conta.

«Hai sentito che la settimana scorsa una donna è stata uccisa da una tigre?»

«Ma quello non è successo all'ospedale» dice il secondo ragazzino. «È stato alla piantagione di caucciù.»

«È una tigre fantasma, tutta bianca, sai?»

«No, è una tigre che si trasforma in un vecchio.»

Ren, allarmato, sente una stretta allo stomaco; questa sarebbe la realizzazione di tutte le sue paure. «Chi l'ha detto che si trasforma in un vecchio?»

Salta su un bambino più piccolo: «Qualcuno ha visto un vecchio camminare nella piantagione dopo il buio. Ma quando sono andati a vedere, c'erano solo impronte di tigre».

Ren non sa trattenersi dal domandare: «Per caso al vecchio mancava un dito?».

I bambini si guardano. Ren vede i loro cervelli mettersi al lavoro, senz'altro aggiungendo quel particolare alla storia.

Un ricordo sorge spontaneo nella mente di Ren. Le ombre contorte di una piantagione al crepuscolo, la figura di un uomo anziano vestito di bianco. È troppo lontano per vederlo in faccia, ma cammina con una familiare andatura rigida. L'oscurità si addensa, gli alberi sembrano raccogliersi come figure silenziose, l'unica luce è il biancore dei vestiti del vecchio. Ren rincorre il dottor MacFarlane, chiamandolo perché torni a casa. È una delle crisi in cui il padrone trema di freddo, suda per la febbre e non sembra a posto con la testa. È così buio che Ren vede a malapena i propri piedi. C'è il ben noto panico soffocante, la paura che il vecchio dottore cada o si perda, oppure si volti mostrandogli una faccia ringhiante, irriconoscibile, e allora Ren sarà tutto solo nel buio.

Adesso rabbrividisce nonostante il sole cocente. I bambini stanno soltanto ripetendo leggende del posto, si dice. Ma quanto tempo è passato dalla morte del dottor MacFarlane? Fa ansiosamente un conto. Ormai rimangono appena quindici giorni. Deve riprendere il dito quella sera. Poi lo seppellirà nella tomba del dottor MacFarlane e tutto andrà a posto.

I ragazzini si disperdono. Dopo aver comprato gli articoli della lista di Ah Long, Ren e Harun aspettano all'ombra. Per passare il tempo Ren impara ad arrotolare sigarette, anche se la carta è difficile da maneggiare e il tabacco cade fuori. Harun è paziente e non si lamenta se Ren fa sigarette brutte e tozze che sembrano carote, arrotolando e riarrotolando la stessa cartina per non sprecarla.

«Tu però non devi fumare» dice Harun togliendogliela di mano. «Quanti anni hai detto che hai?»

Ren deglutisce. «Tredici.»

Harun lo osserva con attenzione. «Io ho cominciato a lavorare a dodici anni. Nella mia famiglia eravamo nove figli e io ero il più grande. Non è facile.»

Ren tiene la testa bassa. Prima di tutto deve portare a termine il suo compito. «Pensi che sia stata la tigre a uccidere la donna nella piantagione?»

Harun si strofina il mento. «Nonostante quello che sostiene il magistrato, è bizzarro. Le tigri diventano mangiauomini quando sono vecchie o malate e non possono cacciare, ma chi ha mai sentito parlare di una tigre che si sia fermata a metà smettendo di mangiare la preda? Doveva esserci qualcosa di strano nel corpo.»

«Secondo te un uomo può diventare una tigre?» È la stessa domanda che Ren ha già posto ad Ah Long e a William.

Harun fa un lungo tiro dalla sigaretta. La punta si illumina di rosso. «Mia nonna mi ha raccontato di un villaggio di tigri vicino a Gunung Ledang, a Malacca. I montanti delle case sono fatti di *jelatang*, una pianta urticante; le pareti sono di pelle umana, le travi di ossa e i tetti di capelli umani al posto della paglia. È lì che vivono gli *harimau jadian*, tigri che assumono la forma di uomo. Alcuni dicono che siano animali posseduti dalle anime dei morti.»

A Ren non piace quella storia. Somiglia troppo ai discorsi sconnessi che faceva il dottor MacFarlane negli ultimi giorni, quando emergeva dalle sue crisi con dei racconti frammentari di dov'era stato e cos'aveva fatto.

«Questa volta sono andato lontano» aveva detto un giorno a Ren con occhi inquieti. «Ho ucciso un tapiro a sei miglia da qui.»

«Sì» aveva replicato Ren per calmarlo. «Lo so.»

«Ho paura» aveva borbottato il dottore afferrando la manina squadrata di Ren. «Uno di questi giorni, non tornerò nel mio corpo.»

A Ren non piace ricordare il dottor MacFarlane così, con gli occhi lacrimosi, tremante, il cuoio capelluto roseo visibile tra le ciocche di capelli grigi. Vuole ricordarlo mentre culla un bimbo malato, mentre smonta una radio per spiegare come funzionano le batterie. Aveva la febbre malarica, tutto qui. Presto il dottor MacFarlane si sarebbe ripreso, avrebbe assunto forti dosi di chinino e tutto sarebbe tornato alla normalità. Ma due giorni dopo, un cacciatore del posto era passato da loro a mostrare le orecchie pelose e la coda di un tapiro. Aveva detto che era la preda parzialmente mangiata di una tigre, l'aveva trovato a sei miglia da lì, e Ren si era irrigidito guardando il dottor MacFarlane, che in silenzio stava scrivendo sul suo quaderno.

«Ah sì?» aveva detto il vecchio con occhi placidi. Ma Ren, ricordando le sue frasi, si era fatto delle domande.

Adesso Ren guarda Harun con espressione preoccupata. «È una storia vera, quella delle tigri dall'anima umana?»

Harun sospira; dalle narici gli esce un sottile filo di fumo. «Mia nonna non diceva mai se fosse vera o no. La usava per spaventarci e farci andare a letto.» Spegne la sigaretta. «Penso che *tuan* dopo vorrà andare a cena al club. Se vuoi tornare a casa, ti porto io. Meglio non andare in giro a piedi prima della battuta di caccia.»

«Ci sarà una caccia alla tigre?»

«Stasera. C'è una capra tenuta legata apposta alla piantagione, e un cacciatore del posto, Pak Ibrahim, starà ad aspettare la tigre con *tuan* Price e *tuan* Reynolds. Gli altri rimarranno fino a tardi al club in attesa di notizie.»

Scorgendo la figura dinoccolata di William, entrambi si mettono frettolosamente sull'attenti. È impegnato in una conversazione con un altro straniero, un uomo con i baffi a spazzolino. Ren ascolta di nascosto mentre parlano di tigri.

«Pare che all'udienza Rawlings si sia ostinato. Voleva classificarla come morte sospetta» dice l'uomo con i baffi.

«Sì, ho sentito» replica William. «Il magistrato non ha accolto.»

«Cos'altro potrebbe essere stato se non una tigre? Farrell non ha pazienza per le storie fantasiose.»

Ren si sente mancare. Alla fine hanno deciso che è stata una tigre.

Harun apre la portiera della Austin, William sale sul sedile posteriore piegando le gambe e, come previsto da Harun, gli dice di andare al Kinta Club, in cima alla collina di Changkat.

«Harun può portarti a casa dopo avermi lasciato al club» aggiunge poi rivolto a Ren. «Oppure vuoi restare a sentire se stasera prenderanno la tigre?»

Ren spiega che ha dimenticato una cosa all'ospedale, però poi vorrebbe aspettare con gli altri. Vede che William e Harun si scambiano un'occhiata divertita nello specchietto retrovisore. È lo sguardo indulgente che i grandi riservano ai capricci dei bambini, e fa arrossire di imbarazzo Ren, che però si dice che ha un compito da portare a termine.

Ren si ritrova all'ospedale distrettuale in quell'ora particolare in cui il tardo pomeriggio si spegne nella sera. Il cielo, oltre il vialetto coperto, è di un rosa polveroso; il sole splende ormai basso fra nubi spettacolari gonfie come panna montata. Ma Ren non ha tempo di ammirarle; il pizzicore che ha avvertito quella mattina all'ospedale è ancora presente, vibrante come un cavo elettrico. Chi o cosa può essere a mandargli quel segnale, se non Yi?

Prima di tutto deve controllare il magazzino di patologia. Giunto all'edificio, ora striato dalle lunghe ombre degli alberi, ha un'esitazione. La porta che al mattino era aperta adesso è chiusa. Ren prova delicatamente a girare la maniglia, che cede sotto la sua mano.

Dentro c'è un ampio spazio dal soffitto alto, con le finestre affacciate sull'altro lato della costruzione. Dalla generica osservazione di William su magazzini e scatoloni, Ren ha immaginato un posto pieno di cose accumulate, mentre lì è tutto molto in ordine. Gli ultimi raggi di sole entrano obliqui ma negli angoli c'è un'oscurità crescente, come se minuscole creature invisibili si stessero radunando nell'ombra.

Ignorando il debole ronzio che ha nelle orecchie, Ren si addentra. Questa è la stanza che ha immaginato quando gli è toccato il compito di trovare il dito mancante del dottor MacFarlane. Proprio questa stanza, con file e file di campioni anatomici in ogni contenitore di vetro immaginabile. Vicino alle alte finestre ci sono una scatola vuota e una scaletta, come se qualcuno fosse appena uscito. Quell'impressione è così forte che Ren riesce quasi a vedere una figura snella che svuota l'ultima scatola. Anzi, la posizione della scaletta gli fa pensare che sia stata usata per mettere qualcosa su uno scaffale in alto.

Il dito è sicuramente lì; gli basta chiudere gli occhi per sentire la vibrazione. È là in alto. Avvicina la scaletta alle mensole e sale. Lascia perdere i contenitori più grandi, con il loro orribile contenuto galleggiante, e un vaso con un ratto a due teste. Adesso è difficile farsi guidare dal sesto senso, c'è troppo disturbo. Non immaginava che ci fossero così tanti reperti. Allungandosi precariamente in punta di piedi, arriva appena con gli occhi al ripiano che lo attira.

Sposta alcuni flaconi, sbirciando verso il fondo. La luce sta calando in fretta ora, si fa color lavanda e grigia. Ren ha la sensazione di non essere solo. «Yi» dice ad alta voce. Il suono resta sospeso in aria, in una quiete piena di aspettativa, come se pallidi granelli di silenzio scorressero in una gigantesca clessidra.

Cercando di contrastare l'ansia, Ren sposta con pazienza i vasi di vetro per scrutare in fondo. Fanno un lieve tintinnio. È su questo ripiano, o forse sul prossimo. Non ne è sicuro. Fa scivolare avanti la mano e cerca a tastoni. Le vibrisse di gatto tremolano speranzose. Ritirato il pugno, Ren lo apre e trova una boccetta di vetro. Dentro c'è un dito, seccato fino ad assumere un colore nerastro, come un ramoscello.

Con il cuore martellante per un misto di sollievo e orrore, Ren scende dalla scaletta ed esamina il suo tesoro. È quasi esattamente come l'ha descritto il dottor MacFarlane. «Conservato nel sale» aveva detto. «Sarà probabilmente l'unico; gli altri campioni dovrebbero essere sotto alcol o formaldeide.»

Ren se lo ficca in tasca. È il primo furto che abbia mai commesso, e sentendosi in colpa mormora sottovoce delle scuse, anche se non sa bene se siano rivolte a Dio, a Yi oppure al dottor MacFarlane, per averci messo tanto a trovare il dito.

Adesso le ombre sono più buie, pesanti come se un velo fosse caduto sulla stanza. Il dito rubato è un peso morto nella tasca. Ren è rimasto lì anche troppo. Furtivamente si chiude la porta alle spalle, con la pelle che formicola e i peli ritti sulla nuca. Una volta uscito cammina, poi trotterella e alla fine, dato che nessuno lo ferma, si mette a correre per i vialetti coperti e i lunghi corridoi, come se ne andasse della sua vita.

18

OSPEDALE DISTRETTUALE DI BATU GAJAH, SABATO 13 GIUGNO

«Insomma, fra tutti i campioni anatomici inventariati, mancano solo le dita» dissi a Shin.

Dopo aver riportato il secchio e gli stracci presi in prestito dall'armadio del portinaio, tagliammo dietro alcuni alberi di *angsana* da cui cadevano i petali dorati.

Shin si accigliò. «Quante dita c'erano nei documenti?»

«Quattordici.»

Non volevo dire che era un numero sfortunato. Shin non aveva pazienza per cose del genere, ma vidi dal breve scatto della sua mascella che, ovviamente, ci aveva pensato anche lui. Per chi parlava cantonese, il tredici era un bel numero: *sup sam* suonava molto simile a *sut sang*, che significava "sopravvivere sempre". Il quattordici, invece, era terribile, perché suonava come "morte sicura".

«Dovrò informare il dottor Rawlings» disse lui. «È bizzarro che manchino proprio tutti.»

Un inserviente in uniforme bianca emerse da un edificio distante con in mano un contenitore per i pasti. Nel girarsi si schermò il viso dal sole al tramonto. Qualcosa di familiare nella sua andatura e nella sua figura spigolosa mi fece venire un groppo in gola. La sagoma bianca si avvicinò sempre di più. Quando fu a circa quaranta piedi da noi, per osservarci sollevò la mano con cui si proteggeva il viso. Sentii un tuffo al cuore nel riconoscere l'uomo che mi aveva cercato alla sala da ballo: il signor Y.K. Wong in persona.

Forse era davvero un demone, e si duplicava così da seguirmi ovunque andassi? Ma no, era una coincidenza, un colpo di sfortuna. E poi non c'era alcun segno di riconoscimento sulla sua faccia dagli occhi socchiusi per la luce radente.

«Shin!» esclamai reprimendo il panico. «Chi è quello?»

Lui si girò a dare un'occhiata. «È il mio compagno di stanza, Wong Yun Kiong, ma noi lo chiamiamo Y.K. Ti ho parlato di lui.»

«Pensavo che il tuo compagno di stanza fosse Koh Beng.» Il rassicurante porcellino allegro.

«No, lui è solo un amico.»

Eravamo allo scoperto sull'erba, sotto gli alberi alti, e non c'era posto per nascondersi. Se mi fossi messa a correre, Y.K. mi avrebbe sicuramente riconosciuto. O forse l'aveva già fatto.

«Per favore, non voglio che mi veda.»

«Perché?»

«Te lo spiego dopo. Ti prego!» Chiudendo gli occhi appoggiai la testa sul petto di Shin. Fu l'unica cosa che mi venne in mente. Per un istante lui si irrigidì. Poi le sue braccia mi circondarono, riluttanti. Sentii il suo respiro caldo sul collo, il calore della sua pelle. Mi fece uno strano effetto, uno stordimento che attribuii alla preoccupazione. Avevo ballato con miriadi di estranei; non c'era motivo di agitarsi.

I passi sulle foglie secche si avvicinarono. Poi sentii una voce. La riconobbi subito, benché l'avessi udita solo una volta.

«Ehi, Lee Shin! Hai portato la tua ragazza?»

Afferrai Shin, sentendo la sua camicia che mi scivolava tra le dita.

«Sono fuori servizio» disse Shin. «Dài, non lo vedi che sono occupato?»

Rumore di passi sempre più vicini. Il torace di Shin era più ampio di quanto ricordassi, meno facile da circondare con le braccia. Il suo cuore batteva rapidamente; oppure era il mio?

Di nuovo la voce di Y.K. Wong. «Ti lascio andare se mi presenti la tua ragazza.»

«È molto timida e la stai mettendo in imbarazzo; vattene!»

Una risata, poi dei passi che battevano in ritirata. «Non dimenticare di presentarci!»

Rimasi paralizzata, contando i secondi. Quando arrivai a dieci alzai di scatto la testa per vedere se se ne fosse andato sul serio, ma Shin mi strinse in segno di avvertimento. «Non ancora!» sibilò. E poi: «Sarà meglio che tu abbia una buona spiegazione». Il calore della mano di Shin alla base della mia schiena si diffuse febbrilmente su per la spina dorsale. Dopo, lasciandomi di colpo, disse: «Che cos'è questa storia?».

Rossa in faccia, feci un vago racconto di quando Y.K. Wong era venuto a cercare il dito. Shin serrò le mascelle. «Ma come hai fatto a entrare in contatto con quegli uomini, prima il rappresentante con il dito, poi il mio compagno di stanza? Se non me lo dici, glielo chiedo io.»

Dovevo inventarmi qualcosa di meglio. «Sono andata in una sala da ballo con delle amiche» spiegai infine. «È così che li ho incontrati entrambi, sia il rappresentante sia il tuo compagno di stanza.»

«Ma perché frequenti posti simili? Andrà bene per gli uomini, ma non per te, visto che...»

«"Visto" cosa?» chiesi. «Che sono una ragazza? Voi allora potete andare in giro a fare i bulli, ma io devo stare a casa ad aspettare di sposarmi?»

Era più facile cercare il litigio che ammettere la triste verità: il lavoro meglio pagato che avevo trovato in breve tempo comportava che, con un sorriso, permettessi a degli estranei di mettermi le mani addosso. Ero furiosa per il paternalismo di Shin che pretendeva di dirmi cosa fare, e insieme mi vergognavo delle mie decisioni stupide e miopi. Perché, se temevo che Shin mi scoprisse, quanto peggio sarebbe stato farmi scoprire dal mio patrigno? La reputazione era importante, in particolare per le donne nubili; non ci avevo riflettuto a fondo quando avevo seguito Hui al Fiore di Maggio.

Ci fu un silenzio. «Hai ricevuto qualche proposta di matrimonio?»

«Non ho nessuno da sposare» risposi amara. Il nome di Ming era sospeso nell'aria, non detto, eppure talmente chiaro che mi aspettavo quasi di sentirlo risuonare come un campanello.

Shin disse con freddezza: «Be', non sposarti senza consultarmi».

«Perché?»

Prese un'aria irritata. «Perché probabilmente faresti una scelta stupida.»

«Cosa ti fa pensare che sia una stupida? Ho detto di no al cugino di quello del banco dei pegni!»

Appena pronunciate quelle parole, mi maledissi. Quello era un imbarazzante episodio di cui Shin non era al corrente. Dopo che lui era andato all'università, in effetti una proposta l'avevo ricevuta. Saputo che avevo terminato la scuola, il gestore del banco dei pegni locale aveva preso contatto con il mio patrigno per conto del cugino. Io avevo rifiutato e, sorprendentemente, il mio patrigno non aveva insistito.

«Intendi l'amico di mio padre? Quel vecchio caprone...» Shin parlò a bassa voce, ma era impallidito.

«Non lui, il cugino» balbettai.

Shin non somigliava a suo padre; perlomeno, non molto. Tutti dicevano che aveva preso dalla defunta madre. Ma quando sbiancava in faccia, era esattamente come il mio patrigno quando impallidiva dalla rabbia.

Odiavo vederlo con quell'espressione. Mi faceva venire voglia di rannicchiarmi, coprirmi gli occhi, scappare via. Perché, nei più bui e vili recessi del mio cuore, temevo un giorno di scoprire all'improvviso che Shin, con un mostruoso colpo di scena, si fosse trasformato in suo padre.

«Non guardarmi così» disse amaro. «Non farò niente. Non ho mai fatto niente del genere.»

Si allontanò. Conoscevo quelle spalle irrigidite, quella testa china, e mi sentii colma di un'infelicità e una pietà insopportabili.

Dopo un momento lo raggiunsi e gli tirai una mano. «Amici?»

Annuì. Si stava facendo buio e gli edifici dell'ospedale svanivano in un nulla grigio. Camminammo per un po' in silenzio, mano nella mano come se fossimo ancora bambini. Come Hansel e Gretel persi nel bosco, pensai confusamente, sentendo la faccia sempre più calda. Proprio non sapevo se stessimo seguendo una traccia di briciole o se fossimo diretti nel covo di una strega.

«È meglio che io vada in stazione» dissi infine.

«È troppo tardi» replicò lui. «Il treno della sera è già partito.»

«E allora cosa faccio?» Mi lasciai cadere sull'erba ruvida, troppo stanca per preoccuparmi di macchiare il vestito. Comunque non c'era nessuno in giro, anche se le luci elettriche dell'ospedale si erano accese.

«Fermati qui. Te l'ho detto, mi sono organizzato. Non preoccuparti di Y.K.; stasera va a trovare i suoi genitori.»

Mi ciondolava la testa. Era pesante, come se un nano invisibile ci stesse sopra e pestasse trionfalmente i piedi. Shin mi tastò la fronte. «Hai la febbre! Perché non hai detto niente?»

L'amica infermiera di Shin era fuori, ma lui mi trovò un letto per i parenti in visita nell'ostello del personale. Mentre firmava il registro, svoltò l'angolo Koh Beng.

«Allora non torni a Ipoh stasera?» Indossava una camicia pulita e pantaloni di cotone con un pettine infilato nella tasca posteriore, per i capelli imbrillantinati con la riga da una parte. Dopotutto era sabato, e la serata era solo all'inizio.

«Mia sorella è stanca» disse Shin.

Koh Beng mi lanciò uno sguardo malizioso. «Poco fa ho sentito da Y.K. che in realtà non è affatto tua sorella. Fortunato!»

Guardai Shin. *Cosa facciamo?*

«È vero, è la mia ragazza» mentì lui disinvolto.

«Perché non l'hai detto prima?»

«Perché la sto registrando come parente.»

Per fortuna al bancone dell'ingresso non c'era nessuno ad ascoltare, ma nell'atrio erano passate alcune infermiere, vestite alla moda per uscire. Poteva essere la mia immaginazione, ma almeno un paio di loro mi lanciarono sguardi poco amichevoli.

Koh Beng pareva deluso. «Be', Ji Lin, se per caso ti stanchi di lui, ricordati di me.»

Gli rivolsi un debole sorriso. Mi pulsava la testa come se i nani invisibili la stessero allegramente prendendo a martellate; mi chiesi se avrei fatto qualche altro sogno strano. «Io vado a dormire.»

Shin mi mise in mano un flacone di aspirina. «Se hai bisogno di qualcosa, fammi avere un messaggio.»

Annuii e seguii la governante nell'ala femminile dell'ostello del personale. La donna, una signora di una certa età, non proferì parola. La sua schiena pareva irrigidita dalla disapprovazione, e io mi chiesi se avesse sentito le invadenti osservazioni di Koh Beng. Aprì una stanza, uno spazio stretto come una cella dove ci stava appena un letto singolo, e mi porse la chiave insieme a due sottili asciugamani di cotone.

Sulla soglia si girò con le labbra strette. «Le camere degli ospiti sarebbero solo per i congiunti, non per gli "amici".»

«Ma noi siamo congiunti» dissi. «Per via del matrimonio.» Intendevo dire "del matrimonio dei nostri genitori", ma avevo la lingua gonfia e asciutta, come se fosse troppo grossa per la mia bocca.

La donna parve sollevata. «Ah, allora state per sposarvi? Vi siete già registrati?» Molte giovani coppie si registravano in anticipo presso il tribunale per poter fare domanda per un alloggio. Non avendo l'energia per disilluderla, feci un debole sorriso.

«Dunque, da quando vi conoscete?» domandò.

«Da quando avevamo dieci anni.»

«Che fidanzatini!» La governante parve compiaciuta. «Sei proprio una ragazza graziosa ed elegante.»

Ecco l'occasione per fare pubblicità alla sartoria della signora Tham, ma stavo così male che riuscivo a stento a parlare. Quando la donna se ne andò, mi diedi una lavata. Avrei proprio voluto chiedere alle infermiere com'era lavorare lì, invece mandai giù due pastiglie di aspirina e mi sdraiai. Prima che mi addormentassi, il mio ultimo pensiero fu domandarmi se avessimo chiuso a chiave la porta del magazzino di patologia oppure no.

Stavo galleggiando senza peso nell'acqua. Sopra di me c'era un cerchio di luce. Nuotai in quella direzione con qualche lenta sforbiciata. Sbucai fuori con la testa e, riprendendo fiato, mi trovai a osservare una scena familiare. La stessa soleggiata riva fitta di boschetti di bambù e *lalang*, lo stesso fiume limpido.

Nella vita reale non sapevo nuotare così bene, ma ora feci con gioia alcune capriole. Scrutando in basso attraverso l'acqua cristallina, vidi la sabbia chiara del fondale tutta ondulata, poi un salto di profondità nel buio. Che cos'era quel nulla sul fondo del fiume? A disagio, mi allontanai da lì. Ma l'ombra c'era ancora, a un paio di braccia di distanza, come se il fondo del fiume fosse crollato o fosse stato mangiato dall'oscurità. Ed era in movimento.

Più veloce nuotavo, più in fretta si avvicinava. Agitando braccia e gambe mi sospinsi disperatamente in avanti, con i polmoni che bruciavano. Davanti a me, sulla sponda, all'improvviso apparve una figura. Era il bambino della stazione ferroviaria.

«Da questa parte!» gridò.

In un impeto di terrore mi precipitai fuori dall'acqua e mi gettai sulla riva, ansimante. Il bambino si chinò premurosamente su di me.

«Che cos'era quell'ombra sott'acqua?» chiesi con il fiato corto.

Lui batté le ciglia. «Non lo so bene neppure io. Vedi, io non posso andare in acqua» rispose guardando da un'altra parte, il che mi fece pensare che stesse mentendo o, quantomeno, evitando l'argomento. «Non dovresti andarci neppure tu. Dài, vieni!»

Si girò e cominciò a camminare rapidamente, con la testa appena più alta dell'erba. Sapevo dove eravamo diretti: alla stazione. Vedevo già il suo aguzzo tetto di *attap*. E poi, non c'era altro posto dove andare. Tutt'intorno a noi si stendeva una natura verde, un tempo coltivata, ciò che rimaneva di fattorie abbandonate con piante di tapioca e alberi di papaya. La circondava la giungla e, più lontano, la spessa cresta azzurra delle colline.

Una volta raggiunta la banchina, il bambino si voltò con un sospiro di sollievo. «Quando ti ho visto nell'acqua, mi sono spaventato.»

«C'è sempre stata quell'ombra?»

Annuì. «È per impedire alla gente da questo lato di tornare indietro. L'ultima volta che sei arrivata sul fiume, non ti aveva notato. Ma questa volta sì. È un brutto segno.»

«E perché?»

Osservò con attenzione il mio pigiama. Con mia sorpresa, era asciutto e pulito come se non avessi appena nuotato in un fiume trascinandomi poi tra la vegetazione fangosa. «Non è il tuo posto.»

«Come ti chiami?» gli chiesi.

Lui parve di nuovo scontento. Mi ero abituata a quell'espressione; significava che non voleva mentire ma per qualche motivo era riluttante a parlare. Allora mi venne in mente che quella terra silenziosa, la stazione vuota con un treno sempre immobile, poteva essere solo una sala d'aspetto.

«Sei uno dei bambini che mia madre ha perso?» chiesi. Era per questo che mi aveva chiamato "sorella maggiore"? «Una delle virtù confuciane?»

Lui sembrò stupito. «Sei molto intelligente» disse con ammirazione. «Perché è questo il tuo nome, vero? Saggezza.»

«Tu sei Ren, Yi o Li?»

Di nuovo l'espressione turbata. «Non sono figlio di tua madre, anche se faccio parte dei cinque. Ma non capisco perché sei tu che continui a venire, quando io sto cercando di raggiungere mio fratello.»

«Intendi Shin? È anche mio fratello.»

«No.» Si interruppe mordendosi il labbro. «Ho paura che mio fratello vada dalla parte sbagliata. Che segua il maestro sbagliato.»

«Io lo conosco?»

«No, ma lo riconoscerai.» Lo sguardo del bambino era scuro per il turbamento.

Sebbene la locomotiva nera come il carbone fosse immobile alla stazione, la sua posizione era cambiata. La prima volta era vicina al punto in cui i binari sbucavano dal fiume. La seconda era per metà fuori dalla stazione, come se fosse in partenza. Quel giorno era allineata perfettamente con la banchina. Fissando le rotaie mi resi conto che era una linea a binario unico; e non solo non era previsto un treno in direzione opposta, ma non c'era neppure la banchina dall'altra parte.

Il bambino seguì il mio sguardo. «Non preoccuparti. Non sei mai arrivata con il treno, perciò puoi tornare indietro per conto tuo. Perlomeno stavolta.»

Ebbi un brivido ricordando l'oscurità negli abissi del fiume. «Allora vuoi che dica a tuo fratello di interrompere quello che sta facendo?»

Il bambino parve triste. «Sì. E digli di stare attento al quinto della nostra serie. C'è qualcosa di un po' strano in ognuno di noi, ma il quinto è particolarmente cattivo. Meglio se stai attenta anche tu.»

«Farò quello che posso. Se incontro tuo fratello, gli darò il messaggio.»

«Non devi dire che mi hai incontrato.»

Aveva un'aria tanto seria che anch'io annuii con solennità.

«Non dimenticherò la tua gentilezza. Se mai verrai a sapere il mio nome, allora potrai chiamarmi.»

Chiamarti? Non avevo intenzione di tornare lì. E poi, ovviamente era un sogno, mi dissi. Solo un sogno. Con quel pensiero, la mia coscienza cadde giù da un gradino dentro qualcosa di grigio, morbido e vuoto.

19

BATU GAJAH, DOMENICA 14 GIUGNO

Alla fine, la tigre non è stata uccisa.

Ren è rimasto sveglio, seduto su una lunga panchina dietro il Kinta Club, insieme a Harun e agli altri autisti che parlavano, fumavano e aspettavano i padroni, finché non gli si sono chiusi gli occhi. Non ha memoria di essere stato portato alla macchina da Harun, così assonnato da inciampare. È passata da tempo la mezzanotte quando arrivano a casa in macchina con William, sobbalzando sulla ghiaia del viale. Ren va dritto a letto e non si rende più conto di niente finché il sole non lo colpisce in faccia.

«Sono le otto passate» ruggisce Ah Long, che è venuto a vedere se è sveglio.

Ren salta in piedi, ricordando all'improvviso la caccia della sera prima. «L'hanno presa?»

«No, anche se hanno aspettato tutta la notte.»

I cacciatori si sono nascosti in un riparo improvvisato posto sottovento rispetto alla capra legata. Era un punto scelto con cura per attirare le tigri, riparato e vicino all'acqua, dato che le tigri bevono copiosamente dopo essersi nutrite. Le ore si sono trascinate, punteggiate solo ogni tanto da un belato di spavento della capra. Ma senza alcun risultato. Della tigre nessuna traccia. Dopo sono state elaborate decine di teorie. Il posto era sbagliato; avrebbero dovuto usare una trappola; non avrebbero mai dovuto cominciare senza un *pawang*, uno stregone, a incantare la tigre.

«Ci sono davvero persone che sanno farlo?»

Con sua sorpresa, Ah Long annuisce. «Sanno richiamare anche leopardi e cinghiali. Persino le scimmie. Dipende da quanto sono potenti.» Si strofina bruscamente il labbro superiore. «O almeno così si dice. Adesso sbrigati ad apparecchiare per la colazione prima che lui si alzi.»

«Va in chiesa, *tuan*?» domanda Ren. Mentre William faceva colazione lui ha lustrato le scarpe del padrone con il lucido marrone di marca Kiwi, acquistato il giorno prima in città, fino a farle splendere. William le esamina e dice che gli ricordano le castagne mature, anche se Ren non sa assolutamente a cosa si riferisca. Crede sia un tipo di frutto, però non sa immaginare un frutto che somigli a delle scarpe.

«Sì, ci vado stamattina.» Guiderà lui la macchina, dato che Harun ha la domenica libera.

«È vero che la tigre ha lasciato questa zona?»

William annuisce. È come se la tigre fosse completamente svanita, portando a grossolane speculazioni sul fatto che non sia una bestia normale. Si è già diffusa la voce che Ambika fosse una donna di facili costumi e sia stata colpita per questo. Voci simili mettono evidentemente a disagio William. Ren ne può solo concludere, mentre si ferma sulla ghiaia a veder partire l'auto, che il dottore dev'essere una persona buona e comprensiva.

Finiti i lavori di casa, Ren si affretta a tornare in camera sua per esaminare il dito che ha preso – anzi, rubato – dall'ospedale il giorno precedente, anche se gli incute una paura senza nome. I pantaloni che indossava la sera prima sono ancora appesi al gancio. Ren ne toglie la boccetta e la appoggia sul davanzale della finestra. Fuori, la fitta siepe di bambù è umida di rugiada. Una maina becchetta sull'erba con il capino inclinato e gli occhi gialli fissi. Alla luce mattutina, il dito appare altrettanto triste e macabro quanto il giorno prima nel magazzino.

Ren lo fissa fino a farsi venire un capogiro, ma il suo sesto senso sembra stranamente addormentato. Il giorno prima lo sentiva ronzare come una vibrazione in testa, invece adesso c'è solo silenzio. Una tacita attesa.

Serrando le palpebre, Ren invoca il ritorno del sesto senso. Ne ha sentito disperatamente la mancanza, nei tre anni passati dalla morte di Yi. È scomparso quando gli serviva di più: negli ultimi mesi trascorsi con il dottor MacFarlane, quando diceva quelle strane cose che confondevano e allarmavano Ren. Il vecchio dottore spalancava gli occhi in uno sguardo vitreo mentre raccontava sussurrando, con lunghe e dettagliate descrizioni, di aver ucciso cervi e cinghiali strisciando in silenzio dietro di loro. L'attacco improvviso, la preda strozzata dal morso. La testa scrollata per rompere il collo.

Il primo caso si era verificato durante la stagione delle piogge, quando il monsone stava sospeso come una tenda grigia sulla rossa terra bagnata. Ren non può dimenticare quella volta; si ripete come un rullo di pellicola che lui non capisce, per quanto continui a riguardarlo. Se chiude gli occhi vede ancora la figura del vecchio dottore che scrive su uno dei suoi quaderni. Si è sentito male, ha vomitato nel bagno del pianterreno, ma quando Ren va a vedere non trova niente da pulire.

«Ho pulito io» dice il dottor MacFarlane. Ha gli occhi iniettati di sangue e fa una smorfia quando Ren gli serve una cena semplice a base di curry avanzato. «Portalo via. Non posso mangiare carne.»

Più tardi Ren lo trova intento a fissare la pioggia interminabile che scroscia dal tetto della veranda. «Ren» gli dice senza voltarsi, «che cosa pensi di me?»

Nessuno ha mai fatto questa domanda a Ren. O almeno

nessun adulto. Zietta Kwan era sempre impegnata a dirgli cosa fare, senza chiedere la sua opinione, e per un attimo Ren sente disperatamente la sua mancanza. Non sapendo cosa rispondere, guarda il naso del dottor MacFarlane, un trucco che gli ha insegnato proprio il vecchio per quando Ren si sente troppo timido per incrociare lo sguardo di qualcuno.

«Che è una brava persona» dice alla fine. Si chiede se il dottore sia preoccupato dalle voci che insinuano che stia perdendo la ragione, o comunque se ne sia al corrente.

Il padrone lo osserva tanto a lungo che a Ren viene voglia di guardare altrove, verso i propri piedini scalzi o fuori dalla finestra, ma è maleducazione. Allora si sforza di alzare lo sguardo fino agli occhi del dottor MacFarlane. E, con sua sorpresa, il vecchio ha un'aria triste.

«Ti faccio vedere una cosa» gli dice camminando con la sua caratteristica andatura rigida fino alla scrivania a serranda dove tiene tutte le sue carte. La chiave è in un portachiavi che il dottore tiene in tasca. Dopo la sua morte l'avvocato perlustrerà ogni cassetto, non prima di aver chiesto a Ren, in tono sospettoso, se abbia toccato qualcosa.

Il dottor MacFarlane prende una fotografia. Ci sono due malesi a torso nudo, accosciati vicino a un muro. Hanno un'espressione cordiale ma guardinga. Quello a destra ha una specie di corda o spago legato intorno al braccio.

«Quale dei due mi somiglia?» dice il vecchio.

Ren si acciglia, concentrato. Per caso il suo padrone sta avendo un altro attacco? Ma no, è calmo e lucido. Allora Ren capisce.

«Il solco sul labbro superiore.» Indica l'uomo sulla destra. «Quello non ce l'ha, e neppure lei.»

Il dottor MacFarlane sembra compiaciuto, fiero come quando Ren ha rimesso insieme la radio dopo averla smontata.

«Sì» conferma. «In anatomia si chiama "filtro".» Gli torna l'espressione tormentata.

«Chi è quell'uomo?» chiede Ren.

«Ho scattato questa fotografia cinque anni fa, mentre ero in viaggio con un amico. Eravamo in un piccolo villaggio chiamato Ulu Aring, e questo qui» dice indicando l'uomo sulla destra, «era il *pawang* del posto.» Il dottor MacFarlane parla in modo rapido e fluido, come non accadeva da molti giorni.

«È stato quando ha perso il dito?» Da quando Ren lo conosce, al dottore manca l'ultimo dito della mano sinistra.

«Sì, nello stesso viaggio. Appena mi ha visto, quell'uomo si è entusiasmato.» Il vecchio si appoggia un dito sul labbro superiore. «Ha messo una mano qui e mi ha chiamato *abang*.»

Fratello maggiore.

«Perché?»

«Ha detto che questo solco mancante tra il naso e il labbro è il segno di un uomo-tigre.»

Ren tace, chiedendosi se il vecchio stia scherzando, ma non vi è traccia nei suoi occhi chiari. Esistono leggende su uomini che si trasformano in tigre e vengono dalla giungla a rapire bambini e divorare polli. Osserva la fotografia in bianco e nero.

«Lo ha visto trasformarsi in una tigre?»

«Io no, ma altre persone sì. Quando arrivava il momento, diceva: "Vado a camminare" ed entrava nella giungla, bruciando incenso e soffiandolo attraverso il pugno finché la sua pelle non cambiava e comparivano coda e pelliccia. Allora cacciava per giorni, fino ad aver mangiato a sazietà.

«Quando aveva finito si accovacciava, diceva: "Vado a casa" e si ritrasformava in un uomo. In forma umana, vomitava ossi, penne e pelo non digeriti di tutto ciò che aveva mangiato.»

Ren ripensa subito all'attacco di vomito del dottor MacFarlane, ai conati che ha sentito dietro la porta chiusa.

«L'altro segno di un uomo-tigre» continua il dottore, «è una zampa deforme. Che sia anteriore o posteriore, ce n'è sempre una difettosa. Quando ho perso il dito durante quel viaggio, il *pawang* mi ha detto di farlo seppellire con il mio corpo per poter essere di nuovo integro, un uomo. All'epoca non gli ho creduto.»

Ren, a disagio, osserva il profilo del vecchio. Sulla sua faccia c'è un'espressione che lui non ha mai visto; un balenio furtivo, o è un'ombra che passa, come un'anguilla, dietro i suoi occhi?

«A te sembro un assassino?» chiede il dottor MacFarlane.

All'improvviso, Ren ha paura. Fa un passo indietro, poi un altro. Il dottore, che continua a guardare fuori dalla finestra, non si accorge del suo allontanamento.

Nei giorni seguenti, Ren non può non sentire le parole *A te sembro un assassino?* riecheggiare nella sua testa ogni volta che guarda il dottor MacFarlane. È una domanda sconvolgente, spaventosa. E così, quando un gruppo di signore straniere dai leggeri vestiti svolazzanti, qualche giorno dopo, imbocca il lungo viale di ghiaia per far visita al dottore, Ren è lieto di quella intrusione, anche se deve correre a riassettare.

Entrando, le signore trovano con sollievo il soggiorno pulito e in ordine, e il dottor MacFarlane seduto su una poltrona di rattan con un libro sulle ginocchia. Sono complici, il vecchio e il bambino, anche se Ren, mentre sgambetta avanti e indietro per tenere chiuse le altre porte e non mostrare il resto della casa, si sente un traditore. Ha il sospetto che sarebbe meglio se quelle signore prendessero in mano la situazione, ma come spiegare?

Una di loro, dal petto rigido come la prua di una nave, annuncia: «Non è possibile che lei stia qui da solo, soprattutto con una mangiauomini ancora libera». La sua voce alta e tagliente fende la stanza mentre Ren entra portando il vassoio con il tè. Non ci sono biscotti; sono finiti settimane prima.

La voce del dottor MacFarlane è vigorosa come Ren non la udiva da tempo, sebbene la mano che afferra il bracciolo tremi leggermente. «Sciocchezze! E comunque non sono solo.»

«Una delle vittime è una giovane di una piantagione di caffè.» La signora dà un'occhiata a Ren e gli accenna di appoggiare il vassoio sul tavolo. Sta aspettando che lui esca dalla stanza. Nell'allontanarsi, lui indugia dietro la porta. Non capisce molto, perché la donna ha abbassato la voce.

«... seguita alle spalle. Collo rotto...»

Mentre ascolta, Ren trova la descrizione spaventosamente familiare. Quando le signore si congedano, la faccia del dottor MacFarlane è grigia e tesa. Tutta la vivacità di prima l'ha abbandonato.

Più tardi, mentre spazza il bagno al pianterreno, Ren trova un lungo capello nero in un angolo. Più lungo del suo braccio, viene dalla testa di una donna. Fissandolo, non capisce se gli è sfuggito durante le pulizie o se una delle signore abbia usato la toilette durante la visita.

Quella notte sogna che il dottor MacFarlane è di nuovo chino a vomitare nel bagno del pianterreno. Nel sogno c'è molto buio; la poca luce è bluastra e lampeggiante come se fuori ci fosse un temporale. Ren, paralizzato, dalla porta aperta vede il dottore sollevare la testa sbavando, con occhi da animale selvatico. Ficcandosi in bocca la mano sinistra, quella cui manca un dito, ne tira fuori una lunga, sinuosa ciocca di capelli femminili.

Il ricordo si interrompe come un rullo di pellicola che si ferma sfarfallando. Ren ha la sgradevole sensazione di aver fatto un errore, a un certo punto, ma non sa assolutamente quale. Se solo avesse avuto il suo sesto senso a guidarlo, in quel momento!

Adesso riporta l'attenzione sulla boccetta di vetro. Nella sua stanzetta spoglia non ci sono nascondigli, ma lui ha tenuto da parte una scatola di latta vuota dove adesso infila il reperto. Tenendola sotto la camicia va in fondo al giardino, vicino al deposito dell'immondizia, dove il prato verde cede il passo alla giungla. Lì scava un buco nel terreno morbido e seppellisce la lattina, contrassegnando il posto con un grosso sasso.

Quando avrà la licenza per tornare a Kamunting la recupererà, poi seppellirà il dito nella tomba del dottor MacFarlane e così sarà libero da quella responsabilità.

William ascolta la funzione religiosa con un orecchio solo, impegnato a scrutare i banchi della chiesa della Santissima Trinità. La costruzione è di legno scuro, ombrosa e fresca ma, sebbene sia ancora mattina, il clima è così umido che il sudore gli cola giù per il colletto. La chiesa è abbastanza piena, dato che ora è frequentata più da gente del posto che da europei. La donna tamil in piedi accanto a lui si scosta un po', e William si chiede all'improvviso se puzza di sangue.

A volte l'odore della sala operatoria gli rimane incollato addosso, con il disinfettante come nota di testa e un oscuro sottofondo di polvere di ossa e sangue. Non se ne va mai del tutto dalle sue narici, anche se lui è scrupoloso nel lavarsi le mani e fare bagni frequenti. Ma è da venerdì che non va in sala operatoria, quindi dev'essere appena una traccia.

Venerdì c'è stata un'esplosione su una draga mineraria. Un uomo ha perso entrambe le mani al di sopra del polso e William è ricorso alla tecnica di Krukenberg, che si è diffusa dopo la Prima guerra mondiale. La esegue di rado, preferendo salvare ogni porzione di polso possibile, ma in casi del genere è il meglio che possa fare. Dividendo le due ossa dell'avambraccio, il moncherino può essere usato come un paio di bacchette. È una brutta soluzione che amplifica la mutilazione. Non ci sarà nessun gancio poco appariscente, nessun arto di legno a ingannare a prima vista; solo due rebbi come chele di astice al posto dell'avambraccio. Ma funzionano molto meglio delle protesi. Il paziente sarà in grado di afferrare le cose avendone la percezione, di aprire porte, persino di maneggiare utensili. Ripensandoci, William è sicuro di aver fatto la cosa giusta, anche se non riesce a immaginare una donna che voglia essere toccata da quelle tristi pinze. Che cos'è una mano senza dita? Perderne anche uno solo sbilancia ogni cosa.

Ora la congregazione si inginocchia recitando insieme:

Abbiamo lasciato incompiute le azioni che dovevamo compiere,
e abbiamo portato a termine le azioni che non dovevamo compiere.
Ma tu, o Signore, abbi pietà di noi...

William non si inginocchia perché sta in piedi in fondo, ma ha l'impulso di farlo. *Le azioni che non dovevamo compiere*... quelle parole si posano su di lui come uccelli soffici ma pesanti.

Riflette sulla questione di Ren. William non gli ha ordinato di lucidargli le scarpe, eppure quella mattina erano pronte, preparate ordinatamente all'ingresso. Per la prima volta capisce davvero i sospiri di sua madre sul valore di un bravo domestico. Ma Ren è solo un bambino. È così evidentemente intelligente che sarebbe egoistico, quasi mostruoso da parte di William tenerlo tutto per sé. *Dovrei mandarlo a scuola*.

In uno dei banchi davanti riconosce il profilo di Lydia e lo colpisce ancora una volta quanto i suoi colori ricordino quelli di Iris, con la pelle dalle delicate lentiggini e i capelli chiari. Iris che gli sorride: quel familiare senso d'infatuazione, quando pensava che avrebbe fatto qualsiasi cosa per compiacerla. Iris, fredda e distante, che lo accusa di sbaciucchiare altre donne, e invece era ridicolo, quando stava con lei non l'ha mai fatto neanche una volta. Ironia del destino. E poi Iris furiosa, l'ultima volta che l'ha vista, con la boccuccia rosa aperta in un grido silenzioso. *Assassino*. William rabbrividisce a quel ricordo.

Alla fine della funzione, la fallita caccia alla tigre della sera precedente è l'unico argomento di conversazione.

«Che cosa avevo detto?» È Leslie, il giovane collega dell'ospedale. Sogghigna. «Coinvolgendo Price, erano destinati a mandare tutto a monte.»

Per qualche motivo, Leslie detesta Price. In una comunità piccola come la loro, ogni minima trasgressione conta; ecco perché William deve stare attento a evitare ogni collegamento fra lui e il corpo smembrato della povera Ambika. E deve restare amico di Leslie, che parla troppo, con troppa gente.

«Quanto al nostro ritrovo» dice Leslie, riferendosi alla cena mensile che tocca a William ospitare, «va bene se penso io all'intrattenimento?»

William non ne è particolarmente entusiasta, però risponde cordiale: «Certo, fai come preferisci».

«Sarà una sorpresa!» dice compiaciuto Leslie allontanandosi. William si rende conto troppo tardi di non aver riferito che ha invitato Lydia alla cena, ma non importa. Lydia è a suo agio in quella compagnia. Come Ambika non avrebbe mai potuto essere.

Le voci che Ambika sia stata vittima di stregoneria o di spiriti ostili in forma di tigre sono inquietanti, soprattutto perché la accusano di essere una donna di facili costumi. Il che con tutta probabilità è vero. All'improvviso, sente in maniera acuta la sua mancanza. Una coltre di infelicità e solitudine scende su di lui, ma la piccola capanna di Ambika resta vuota. Lei non vi tornerà più.

William si dice che da quel momento sarà una persona migliore. Metterà una buona parola per la ragazza cinese che ha visto il giorno prima al magazzino di patologia, quella che domandava come si diventa infermiera. Era carina, con quei capelli corti; stavano bene con le sopracciglia dritte e gli occhi scuri, obliqui come quelli di una cerbiatta, che lo osservavano con attenzione. Era come un bel ragazzino, tutta membra snelle e vita sottile, tanto che gli era venuta voglia di afferrarla, stringendola forte per sentirla gemere. Si domanda come sarebbe passare un dito su quella nuca sinuosa e poi scendere nel solco fra i piccoli seni appuntiti. Non è il suo tipo, ma quando pensa a lei ha voglia di toccarla.

Il suo tipo somiglia di più a Nandani, la ragazza salvata da Ren. Proprio mentre sta pensando questo, vede la sua faccia nella folla. Rimane stupito: è proprio lei, oppure tutte le ragazze del posto dalle lunghe trecce sembrano simili? Ma ecco che sorride timidamente, con le fossette sul viso a forma di cuore. William avverte un'improvvisa vampata di sicurezza di sé.

A volte – inaspettatamente – ciò che lui desidera si avvera; le porte si aprono, gli ostacoli svaniscono. Come i sospetti di un delitto avanzati da Rawlings e spazzati via da un magistrato impaziente. O l'opportuna pubblicazione del necrologio di quel rappresentante. Che la si chiami coincidenza o soltanto fortuna, nella sua vita succede un po' troppo spesso.

Restituendo il sorriso, si dirige verso Nandani. La ragazza cammina con un paio di stampelle di legno.

«Come va la gamba?» La giovane, si ricorda, non parla tanto bene inglese, non come l'altra, la cinesina. Comunicano in un misto di malese e inglese, ma va bene così.

«Meglio» risponde lei timida.

«Ti do un passaggio» dice lui. Dopotutto la sua paziente vive in una vicina piantagione di caucciù.

Ma Lydia l'ha individuato. «Stai tornando, William?»

La sua prima reazione è di fastidio, poi però si rende conto che è meglio così. Come gli è venuto in mente di offrire un passaggio a una ragazza del posto davanti a tutti, in chiesa? Sta commettendo degli errori. Meglio che ci sia anche Lydia. Anzi, perfetto: può accompagnare prima lei e poi Nandani. «Vuoi un passaggio?»

Lydia ne è felice. «Be', se non è un disturbo.»

«Nessun disturbo... sto accompagnando una paziente.» Si comporta in modo deliberatamente seducente.

Lydia si ferma a dire ai genitori che non torna insieme a loro. A giudicare dai loro sguardi, sono compiaciuti che lui si faccia avanti con la figlia. È un malinteso che alla fine dovrà chiarire, ma è comprensibile. Lui ha l'età giusta e viene da una buona famiglia. Su Lydia girano delle voci che lo disturbano, anche se adesso non ricorda di cosa si tratti. William ha la sensazione di dover indagare. Ma nel frattempo il sole splende, tutti sorridono e la caccia alla tigre promette altre emozioni per il futuro.

Lydia si siede davanti, ovviamente. William aiuta Nandani a salire dietro con le stampelle. Sembra intimidita, perciò lui le stringe una mano. La ragazza abbassa gli occhi e William ha la certezza di piacerle. Dopotutto, oggi potrebbe essere un giorno fortunato.

20

OSPEDALE DISTRETTUALE DI BATU GAJAH, DOMENICA 14 GIUGNO

I miei occhi si aprirono su un soffitto irriconoscibile. Il pavimento scricchiolò, una voce echeggiò in corridoio, e mi ricordai che mi ero fermata a dormire nell'ostello del personale ospedaliero. Una luce grigia filtrava dalla piccola finestra. Era domenica mattina.

Il mal di testa della sera prima era scomparso, eppure mi chiedevo se non avessi qualche problema di salute, una malattia al cervello che mi dava quelle visioni così credibili. Ogni volta il sogno della stazione deserta era stato preceduto da un forte mal di testa. Le parole del bambino sul fatto che dovevamo essere in cinque mi erano rimaste impresse. Mi sedetti sul bordo del lettino e mi misi a contare. C'ero io, c'era Shin e poi il bambino. Aveva accennato anche a suo fratello e a una quinta persona, qualcuno che evidentemente lo innervosiva. Il ricordo cominciava a svanire, come capita con i sogni.

Cominciai a fantasticare che noi cinque fossimo legati da un destino misterioso. Dato che eravamo attirati l'uno verso l'altro, e non riuscivamo a liberarci da questa attrazione, la tensione creava qualcosa di contorto. Dovevamo separarci o riunirci. Questo lo vedevo chiaramente nel rapporto con Shin.

Era il mio gemello acquisito, il mio amico, il mio confidente. Eppure lo invidiavo e spesso ce l'avevo con lui.

Mi lavai in fretta nei bagni comuni piastrellati di bianco. Erano deserti; le voci sentite in corridoio erano ormai altrove. Il vestito del giorno prima era troppo sporco per poter essere indossato di nuovo, ma la signora Tham aveva insistito per farmi portare un *cheongsam* con una moderna stampa geometrica color panna e verde, aderente come una guaina. Io pensavo di aver finito con i *cheongsam* dopo aver confezionato quello che avevo indossato al funerale del rappresentante, ma la signora Tham non era di questo parere e aveva dichiarato che un abito così difficile doveva essere il pezzo forte nell'arsenale di ogni sarta. Sfortunatamente, avevo calcolato per difetto i margini delle cuciture. Dopo averlo indossato, ero sicura che non avrei potuto mangiare nulla. Perché, perché le avevo permesso di metterlo nel cesto? Mi colpì il fatto che sia la signora Tham sia Shin possedevano la soprannaturale abilità di trascinarmi in situazioni che non avevo previsto. Se il giorno prima doveva essere indicativo, sarei stata fortunata se ora Shin non mi avesse fatto pulire i bagni dell'ospedale.

L'ingresso dell'ostello era deserto. Chi era uscito il sabato sera probabilmente stava ancora dormendo. Mentre andavo a fare colazione in mensa mi chiesi dove fosse Shin, e cosa avesse fatto lui la sera prima. Una leggera, opaca nebbiolina aleggiava sull'erba bagnata che attraversai in cerca di una scorciatoia. Avvicinandomi a un angolo sentii un basso sibilo di voci arrabbiate.

«Non negarlo! Ti sei rovinata gli occhi dal piangere per lui... un uomo sposato!»

«... e comunque non sono fatti tuoi.»

Rallentai, e dopo un attimo una persona sbucò a precipizio da quell'angolo venendomi addosso. Era una giovane infermiera con la faccia gonfia e gli occhi pieni di lacrime.

«Stai bene?» chiesi.

Lei scoppiò a piangere. Non c'era altro da fare che porgerle il mio fazzoletto; non potevo lasciarla lì a singhiozzare sul prato. A quanto avevo sentito, sembrava la stessa triste storia che avevo osservato al Fiore di Maggio. Gli uomini sposati portavano guai.

«Hai sentito tutto?» La mia faccia doveva avermi tradito, perché la ragazza aggiunse: «Non è che avessi una relazione con lui. Vogliono solo punzecchiarmi. Ti dispiace non dirlo a nessuno? Potrei essere sospesa, se la capoinfermiera lo sapesse».

«Non preoccuparti, sono solo in visita.»

Lei parve sollevata. «È solo che, ovviamente, sei triste se una persona muore, no?» Le vennero di nuovo le lacrime agli occhi.

Le persone che piangevano mi facevano sempre sentire in colpa, soprattutto mia madre, le poche volte che l'avevo trovata a piangere in silenzio nel buio della sua stanza, con gli occhi spalancati e le lacrime che le scorrevano sulle guance, quasi fosse sonnambula. Quell'infermiera sembrava talmente infelice, con le sue ginocchia storte e la divisa spiegazzata, che le diedi alcune pacche sulla schiena mentre si soffiava forte il naso.

«Non sono neppure riuscita ad andare a Papan al suo funerale, il fine settimana scorso, perché dovevo lavorare.»

Drizzai subito le orecchie. Quanti funerali potevano esserci stati in quel paese lo scorso fine settimana?

«Che lavoro faceva?»

«Era un rappresentante di commercio, uno dei miei pazienti. Eravamo amici» precisò un po' troppo in fretta.

Dunque l'avevo trovata: l'infermiera che aveva regalato il dito al rappresentante. Era stato il destino, o qualche oscuro legame che ci avvolgeva come un freddo filamento d'alga? Troppi strani avvenimenti erano collegati a quell'ospedale. Non potevo non pensare che, per chi credeva che le anime dei defunti indugiassero nel mondo per quarantanove giorni dopo la morte, quell'ospedale dovesse esserne pieno.

«Stavi andando da qualche parte?» domandò riprendendosi con uno scatto.

«In mensa, ma mi sono persa.»

«Ti ci porto io. Stavo andando dalla stessa parte.» Strinse le labbra. «Fammi prima lavare la faccia.»

La piccola infermiera - era più bassa di me di una testa, anche se io ero considerata alta per essere una ragazza - si allontanò svelta. Aspettai chiedendomi se avrebbe cambiato idea piantandomi lì. Ma l'esperienza del Fiore di Maggio mi aveva insegnato che le persone confidavano ogni tipo di cose agli estranei, e lei in pratica scoppiava dal bisogno di parlare con qualcuno.

Tornò poco dopo, con un aspetto migliore. Aveva ancora un'aria un po' da coniglio, nervosetta, ma si addiceva alla sua carnagione chiara e ai piccoli incisivi. «Mi chiamo Pei Ling.»

«Io Ji Lin. Ho dormito all'ostello stanotte perché sono venuta a trovare mio fratello... cioè, il mio fidanzato» dissi inciampando sulle parole.

Lei mi rivolse uno sguardo complice. «Intendi il tuo ragazzo? All'ostello sono terribilmente severi. Non preoccuparti, non lo dico a nessuno. Come si chiama?»

«Lee Shin. Fa l'inserviente.»

«Non credo di conoscerlo.» Si accigliò intensamente, come se stesse calcolando qualcosa, poi parlò, torcendosi le mani. «Tu sei stata gentile con me» disse, e non volle sentire le mie proteste. «No, davvero. Molte persone non mi notano neppure, capita spesso. Mi faresti un grosso favore?»

«Di cosa si tratta?»

«Hai detto che il tuo ragazzo è un inserviente e alloggia all'ostello. Io lì non conosco nessuno, perlomeno nessuno di cui mi possa fidare. Pensi che potresti chiedergli di prendermi un pacchetto? Non ti sto chiedendo di rubare. È una cosa che è sempre stata mia.» Era tutta rossa e le tremava la voce; doveva proprio essere disperata per rivolgersi a una sconosciuta. O forse una sconosciuta era la scelta migliore, se non voleva coinvolgere nessuno di sua conoscenza. «Yew Cheung aveva un amico all'ostello che gli teneva delle cose. Mi aveva assicurato che mi avrebbe ridato lui questo pacchetto, però è morto all'improvviso.»

«Perché non lo chiedi direttamente al suo amico?» Doveva essere Y.K. Wong, pensai. Al Fiore di Maggio aveva detto di essere amico del rappresentante.

Distolse gli occhi, con le labbra tremanti. «Perché non mi è simpatico. E probabilmente userebbe la cosa contro di me.»

Suonava un po' sospetto, ma forse, se avessi avuto di nuovo a che fare con Y.K. Wong, avrei appreso qualcosa di più su di lui. «Va bene, lo chiederò a Shin.»

Sollevata, disse: «Il pacchetto è nella sala comune dell'ala maschile. Yew Cheung ha detto che l'ultima volta l'aveva nascosto in un vaso, perché il suo amico era fuori. Doveva essere solo un nascondiglio temporaneo, e sono preoccupata che alla fine qualcuno lo trovi».

A quell'ora della domenica mattina, in mensa non c'era quasi nessuno. Chi era impegnato a mangiare aveva gli occhi stanchi. Probabilmente aveva fatto il turno di notte, come Pei Ling.

«Ti piace fare l'infermiera?» chiesi mentre riempivamo i vassoi di tè, pane tostato e uova bazzotte.

«Non è male.»

Le domandai con entusiasmo quali requisiti ci volevano e come fare domanda.

«Ma perché vuoi fare l'infermiera?» Pei Ling osservò il mio *cheongsam* alla moda. «Sembri di famiglia benestante.»

«No, è che faccio l'apprendista da una sarta. Il vestito viene dal negozio.»

Lei sorseggiò con aria cupa il suo *teh O*, tè nero zuccherato. «Non è un mestiere facile. Se commetti un errore, la capoinfermiera ti mangia viva.»

«Ma è interessante, no?» dissi. «E ti dà l'indipendenza economica.»

Non ebbi mai la sua risposta, perché Shin in quel momento si sedette di fronte a me.

«Dov'eri finita? Ti ho aspettato all'alloggio femminile finché non mi hanno detto che la tua stanza era vuota.»

Aveva le occhiaie e i capelli scuri erano lisci e bagnati, come se avesse messo la testa sotto il rubinetto. Ciò nonostante aveva un'aria attraente, un po' da lupo. Si sarebbe potuto legare Shin dentro un sacco e farlo rotolare in un campo, e ne sarebbe uscito gradevolmente spettinato. Certe persone avevano tutte le fortune, pensai con invidia.

Rivolsi un'occhiata a Pei Ling per vedere se aveva la solita reazione a bocca aperta davanti al mio appariscente fratellastro. Con le mie amiche succedeva sempre; invece Pei Ling rimase a fissare Shin in silenzio. Era come se fosse spaventata.

«Shin, questa è Pei Ling, fa l'infermiera.»

Lui fece un sorriso cortese, quello che usava per affascinare le vecchie signore. «Piacere, Shin» disse. «Grazie per aver accompagnato la mia...» Si interruppe e capii che era confuso quanto me su come presentare il nostro rapporto. «Ji Lin» concluse infine, indicandomi con il capo.

E bravo, Lee Shin, pensai esasperata, sebbene io non me la fossi cavata meglio. «Pei Ling si chiedeva se tu potessi farle un favore. Puoi prenderle una cosa nell'ostello maschile?»

«No!» sbottò lei. «Lascia stare.»

«Sei sicura?» Non avevo mai visto nessuno reagire così davanti a Shin.

«Sì. Adesso devo andare.» Si alzò di scatto, spinse indietro la sedia e uscì dalla mensa. Stupefatta, la seguii più veloce che potevo nel mio abito stupidamente stretto.

«Cosa c'è?» chiesi senza fiato. Prima sembrava proprio che non sapesse a chi domandare aiuto. «Non vuoi che Shin ti riprenda il pacchetto? Sono sicura che lo farà.»

«Quanto bene lo conosci?»

«Da quando eravamo piccoli» dissi perplessa.

Lei si morse il labbro guardando da un'altra parte. «L'ho visto in giro con l'amico di Yew Cheung. Quello che non mi piace.» Non sapendo cosa rispondere, ricordai che Y.K. Wong era il compagno di stanza di Shin lì all'ospedale.

«Lascia perdere. Lo recupererò da sola.» Pei Ling si allontanò rigida, con la schiena che irradiava il chiaro messaggio: "Non seguirmi".

Tornata alla mensa, trovai Shin che mangiava gli avanzi del mio *kaya toast*. «Stai perdendo il tuo ascendente sulle donne» dissi in tono cupo. «E ridammi la mia colazione.»

«Troppo tardi.» Stese le lunghe gambe sotto il tavolo.

Avrei voluto dargli un calcio, ma il *cheongsam* era troppo stretto per permetterlo.

«Di che cosa parlavate?»

Gli raccontai di Pei Ling e dei suoi rapporti con il rappresentante e Y.K. Wong; quando gli dissi che il suo compagno di stanza venerdì sera aveva cercato di seguirmi, la faccia di Shin si oscurò.

«Perché ieri non mi hai detto niente?»

«Tu fa' finta di non saperlo. Non voglio avere a che fare con lui.» Per fortuna sembrava che Y.K. Wong la sera prima non mi avesse visto in faccia. «Però mi chiedo cosa vuole recuperare dall'ostello Pei Ling.»

Ogni evento che si ricollegava al dito mozzato, compresa Pei Ling e la sua strana richiesta, proiettava un'ombra inquietante. Una parte di me era avidamente curiosa, mentre l'altra mi avvisava che era meglio lasciar perdere. In ogni caso, avevamo quasi finito di riordinare il magazzino; ancora un paio d'ore e sarei tornata a Ipoh.

Shin, dopo aver fatto fuori la mia colazione, guardò con interesse il vassoio intatto di Pei Ling.

«Puoi prendere anche la sua.»

«Non la voglio.»

«La sua è più buona; non ne ha mangiato neanche un boccone» feci notare.

«Voglio solo il tuo, di cibo» replicò languidamente.

Levai gli occhi al cielo, sollevata che fossimo di nuovo in rapporti amichevoli. Ma con Shin dovevo stare attenta. Poteva cambiare umore di punto in bianco. Perciò non dissi niente e il toast di Pei Ling lo mangiai io. Ma lo spavento che l'aveva colta prima continuava a disturbarmi.

Un'ombra cadde fra noi, e alzando gli occhi vidi Koh Beng. Sebbene fosse solo mattina, aveva la faccia coperta da un sottile velo di sudore. «Salve, come va?» domandò. «Ieri sera sembravi stare poco bene.»

Era gentile a essersene ricordato. Si sedette al nostro tavolo e cominciò a mangiare anche lui, una bollente zuppa di noodles con succulente fettine di fegato di maiale disposte sopra. Desiderai aver ordinato la stessa cosa.

«Ne volete un po'?»

«Stavamo andando» rispose Shin alzandosi. Mi alzai anch'io, tirandomi giù il vestito senza dare nell'occhio. Lo sguardo di Koh Beng indugiò sulle mie gambe.

«Occhi sul tavolo!» esclamai tamburellando sul ripiano di legno.

Lui fece un sorriso a trentadue denti. «Mi piacciono le ragazze decise.»

Venne interrotto da un parapiglia all'esterno. C'era gente che correva avanti e indietro gridando.

«Cosa sarà?» chiesi.

Koh Beng continuò a mangiare i suoi noodles. «Probabilmente un varano» disse con noncuranza.

I varani erano rettili che potevano crescere fino a cinque piedi e mangiavano polli, roditori e qualunque cosa trovassero. Il pensiero che ce ne fosse uno in giro per l'ospedale mi fece venire la pelle d'oca. Guardai Shin, che aveva inclinato la testa aggrottando la fronte come se avesse sentito qualcosa.

«Vieni» disse.

Oltre gli edifici principali dell'ospedale si stendeva un pendio digradante percorso da vialetti e scale. Shin era molto più veloce di me, e quando arrivai al viale dove si era fermato, un gruppo di persone si era radunato appena sotto.

«Fate largo, per favore!» Due uomini con una barella vuota ci passarono accanto.

Shin si girò e tornò verso di me. «Non guardare.»

«Cos'è successo?»

Per tutta risposta mi afferrò per il gomito e mi condusse rapidamente via. Allungando il collo scorsi i portantini che caricavano una persona sulla barella; vidi solo un piccolo piede scalzo.

«Come hai conosciuto quell'infermiera?» domandò Shin in tono sommesso.

«L'ho incrociata mentre andavo in mensa. Perché?»

«Perché è appena caduta giù da quelle scale. Pare sia grave. No, non tornare indietro. Adesso non c'è niente che tu possa fare.»

«È morta?»

«Dicono una ferita alla testa. L'hanno appena trovata.»

Ero scioccata e mi veniva da piangere. Che cosa orribile era capitata a Pei Ling, pochi minuti dopo che era uscita dalla mensa!

«Stava correndo quando l'hai lasciata?»

«No, camminava. Cosa dobbiamo fare, Shin?»

«La stanno già visitando i dottori. Un ospedale è il posto migliore per avere un incidente... ammesso che questo lo sia» aggiunse sottovoce.

Mi fermai. «Perché dici così?»

«È atterrata a una certa distanza dall'ultimo gradino. Se inciampi, di solito non cadi così lontano, perché ti freni. C'era anche una ringhiera. Se ti spingono, invece...» Sospirò. «Quando ti ha parlato di quel pacchetto da recuperare, c'era qualcuno intorno?»

«La prima volta no. Ma quando eravamo fuori dalla mensa sono passate alcune persone.»

Preoccupata, osservai la scena sotto di noi. La barella, con il suo triste carico e i piedini che sporgevano, uno scalzo e uno con ancora una robusta scarpa da infermiera, era scomparsa dietro un edificio. I curiosi si erano dispersi, ma una figura solitaria continuava a guardare da lontano. Riconobbi il profilo asimmetrico di Y.K. Wong.

«Credevo mi avessi detto che ieri sera era partito!» sibilai indicandolo a Shin.

«Dev'essere tornato stamattina. Non sospetterai di lui, vero?»

Non sapevo bene cosa pensare. La disgrazia di Pei Ling mi rendeva nervosa; era una coincidenza incredibile che le capitasse un incidente così brutto appena dopo che si era confidata con me. Ancora una volta ripensai alla forma nera che si muoveva nel profondo del fiume dei miei sogni.

«Shin, puoi cercare il pacchetto di Pei Ling nella sala comune del vostro ostello? Era preoccupata che qualcuno lo trovasse. È meglio se glielo conserviamo noi.» Gli rivolsi uno sguardo implorante.

Lui non disse nulla; si limitò ad alzare le sopracciglia e si allontanò. Ma sapevo che l'avrebbe fatto.

Quando eravamo piccoli avevamo degli anatroccoli domestici, due tenere palline di gialla morbidezza. Un pomeriggio il mio era sparito. «Ci ha pranzato il gatto» aveva scherzato qualcuno, ma Shin in silenzio aveva perlustrato ostinatamente il quartiere per giorni, anche dopo che ogni speranza di ritrovarlo era svanita. Rievocando quel ricordo provai un moto di gratitudine. Però risentivo anche le parole di Pei Ling: *Quanto bene lo conosci?* Era una bella domanda. Non eravamo più bambini. In fondo non sapevo ancora come mai Shin non fosse tornato a casa per quasi un anno. E poi, quanto a lungo avrei ancora potuto fare affidamento su di lui? L'unica parente che avevo era mia madre, e fra noi due quella che aveva bisogno di aiuto era lei.

Sentendo dei passi che si avvicinavano mi raddrizzai, temendo all'improvviso che fosse Y.K. Wong. C'era qualcosa di inquietante in quel tipo, nel modo inatteso con cui appariva. Ma era solo Koh Beng.

«Ciao!» disse allegro. «Aspetti Shin?»

«Sì, è andato a prendere una cosa.» Esitai, incerta se parlargli dell'incidente di Pei Ling.

«Vuoi che ti faccia fare un giro?»

Accettai prontamente. Non sarebbe stato saggio aspettare vicino all'ostello, dove Y.K. Wong avrebbe potuto incontrarmi se rientrava. Speravo che Shin avesse il buonsenso di venire a cercarmi.

Koh Beng era una guida interessante, fonte di pettegolezzi e storie colorite. Qui era avvenuta la prima trasfusione di sangue dell'ospedale. Lì il direttore precedente era stato scoperto dalla moglie mentre si provava una divisa da infermiera, taglie forti. Non potei non ridere, anche se la maggior parte degli aneddoti era tremenda.

«Sei davvero la ragazza di Shin?» domandò all'improvviso.

«Perché?»

Koh Beng esitò. «Perché ne ha un'altra. Giù a Singapore.»

«Come fai a saperlo?»

«Ne parla tutto il tempo. Ha detto di averla conosciuta lì.»

Come avrei dovuto reagire a questa notizia di presunta infedeltà? Forse sarebbe bastata una faccia turbata ma coraggiosa. «Ah.» Mi guardai le scarpe. Sentii uno strano senso di oppressione al petto.

«Mi dispiace.» Koh Beng si fece più vicino. «Se c'è qualcosa che posso fare...» Mi mise una mano sulla spalla.

«Ji Lin!» Era Shin che ci raggiungeva. «Perché te ne sei andata così?»

Koh Beng lasciò cadere la mano.

«Il tuo amico mi stava facendo visitare l'ospedale.»

Shin mi circondò la vita con un braccio e io mi irrigidii. Notando la mia reazione, Koh Beng sorrise imbarazzato e si girò per andare. «Se hai bisogno di qualcosa, fammi sapere.»

«Di cosa potresti avere bisogno?» chiese Shin.

«Niente.» Non avrei dovuto essere infastidita. Le parole benintenzionate di Koh Beng non avevano nulla a che fare con la mia situazione. Mi sottrassi al braccio di Shin. «Non dobbiamo più fingere. Non c'è nessuno in giro.»

Shin mi rivolse uno sguardo indagatore. A volte mi chiedevo cosa succedesse veramente dietro quei vivaci occhi scuri. Quando sorrideva si increspavano agli angoli, e adesso sorrideva molto più di un tempo. Non ero sicura che la cosa mi piacesse. Aveva imparato a usare quella faccia a suo vantaggio.

«Ho una cosa strana da farti vedere» disse dopo un attimo.

«L'hai trovato?»

In quel momento giunsero voci forti, uno scalpiccio di passi. Sembrava che un gruppo numeroso fosse in arrivo nel corridoio; di certo non era un buon posto per esaminare pacchetti misteriosi sottratti proditoriamente.

Shin provò ad aprire una porta, ma era chiusa a chiave. Quella seguente si schiuse su un ripostiglio con una piccola finestra che lasciava entrare una luce grigia. Ci infilammo dentro mentre le voci chiacchieravano.

«Che cosa orribile! Chi hai detto che era?»

«Quell'infermiera piccolina. Quella che aveva una relazione con un paziente sposato.»

«Pensavo che avesse più buonsenso.»

«Magari la moglie le ha fatto il malocchio.»

Le voci proseguirono lungo il corridoio. Mi accorsi che stavo trattenendo il respiro e lo lasciai uscire di colpo.

Shin disse piano: «Era dentro il vaso da fiori della sala comune».

Il ripostiglio era stretto e buio ma sembrava più sicuro del corridoio, soprattutto se Shin aveva con sé l'oggetto misterioso. Iniziò a sbottonarsi la camicia.

«Cosa fai?» sibilai.

«L'ho nascosto nella camicia» rispose stupito. Poi sorrise: «Ah, speravi che facessi lo spogliarello?».

«Chi mai vorrebbe vederti togliere la camicia?»

«Parli tu che andavi a nuotare senza quasi niente addosso.»

«Non è vero! Entravo a malapena in acqua. Non so nuotare bene, lo sai!»

«Se vuoi ti insegno io.» Si chinò verso di me, il respiro caldo sul mio orecchio. Per un folle istante, mi chiesi se mi avrebbe baciato.

Era già capitato che un ragazzo mi baciasse. Uno di cui non m'importava granché. Era successo l'anno prima che Shin andasse all'università, quando ancora mi struggevo inutilmente per Ming. Ming aveva un amico di nome Robert Chiu, un ragazzo di famiglia ricca che viveva vicino a Ipoh, e dato che volevo sempre stare accanto a Ming, era inevitabile che incontrassi spesso anche Robert.

Era stato proprio Robert a baciarmi, su una panchina nei pressi dell'orologiaio. Shin era in giro con l'ennesima ragazza nuova e Ming aveva dovuto allontanarsi. Non capivo perché Robert fosse sempre da quelle parti. Se io avessi avuto una villa con un lungo viale dov'era parcheggiata una lucida auto nera, non avrei passato i pomeriggi in un buco come Falim. Ma lui si girò verso di me e all'improvviso, come se avesse preso una decisione, mi afferrò per le spalle. La sua bocca era umida, calda e pressante; non riuscivo a respirare. Non fu affatto emozionante, a parte il panico che avvertii mentre cercavo di scrollarmelo di dosso.

«È tanto tempo che mi piaci» disse. «Pensavo lo sapessi.»

Scossi il capo. Avevo la faccia in fiamme, le mani tremanti. L'ultima cosa che volevo era una chiacchierata a cuore aperto con Robert, ma lui mi aveva stretto una mano tra le sue e non vedevo alcuna possibilità di sfuggire se non spingendolo giù dalla panchina. Era una cosa lusinghiera e orrenda insieme, come un incidente al rallentatore.

Per fortuna a quel punto comparve Ming. Mi vergognavo un po', ma fui contenta. Era arrivato il momento che bruciasse di gelosia, dato che Robert mi teneva ancora la mano; invece lui ci guardò nel suo solito modo mite e ragionevole chiedendo a Robert: «Ah, le hai già parlato?».

Io saltai su ritirando la mano con uno strattone. «Scusami» dissi a Robert. «Grazie mille, ma... no, grazie.»

«Vuoi dire che non sei contenta?»

«No, per niente.» E poi scappai.

Irrazionalmente, riuscivo solo a pensare che se avessi sposato Robert sarei stata la padrona di una grande casa a Ipoh e di un grammofono Victrola su cui suonare tutte le canzoni che volevo. Ma, per quanto fossi tentata, ciò avrebbe significato dovermi difendere dai suoi abbracci appiccicosi. Mi venne in mente il colorito da ragazza di mia madre appena si era risposata, quando l'avevo sorpresa seduta sulle ginocchia del mio patrigno. In quell'uomo c'era qualcosa che le piaceva, persino adesso. Ma, qualunque cosa fosse, io non l'avrei trovata con Robert. Ne ero abbastanza sicura, anche se, quando Ming venne a parlarmi, imprevedibilmente scoppiai in lacrime.

«Cosa c'è?» chiese preoccupato. «Ti ha spaventato?»

Scossi la testa, trafitta dal dispiacere. Ming non mi voleva bene in quel modo intenso, dolente, del tipo "non posso vivere senza di te". Era solo gentile come un fratello maggiore.

«Mi dispiace» disse. «Però non è una persona cattiva.» *Ed è un buon partito.* Anche se Ming era troppo delicato per ricordarmelo. A differenza di Shin, pensai amaramente, che forse mi avrebbe spinto a sbrigarmi a sposare un ricco. Lo confessai a Ming, ma lui parve sorpreso.

«No, Shin non ne sa niente. E tu non parlargliene, d'accordo?»

Così avevo fatto. Ma quando ripensavo al mio primo bacio, tutti i penosi sentimenti di dolore e delusione tornavano a ribollire. Non per il povero Robert ma per me stessa, perché quel giorno avevo capito davvero che Ming non mi avrebbe mai amato.

In seguito, al Fiore di Maggio c'erano stati così tanti uomini inclini a prendersi delle libertà che avevo imparato a divincolarmi al primo movimento rivelatore. Perciò nel ripostiglio delle scope, appena Shin si avvicinò troppo dopo aver scherzato sul togliersi la camicia, andai nel panico e gli diedi uno spintone tale da spedirlo contro la porta con un tonfo.

«Ahi! Ma cosa ti ho fatto?»

Come facevo a dire di aver pensato che il mio fratellastro volesse baciarmi? Era ridicolo; e poi Koh Beng aveva già confermato i miei sospetti che Shin avesse una ragazza a Singapore. Eppure, quando si era avvicinato avevo sentito una specie di sfarfallio nello stomaco. Come se mille falene si radunassero intorno a una candela che fosse stata misteriosamente accesa in silenzio.

Era solo perché Shin era così bello, decisi. Ero stufa di ballare con vecchi panciuti e scolaretti minorenni, e ora apprezzavo quello che per tanti anni mi era sembrato normale vedere in casa, al mio stesso tavolo da pranzo. Era un pensiero così trasgressivo che mi venne da ridacchiare isterica. Lavorare alla sala da ballo chiaramente aveva rovinato la mia dirittura morale.

La porta si aprì di scatto. Ci immobilizzammo entrambi, battendo le palpebre davanti alla luce improvvisa.

«Cosa succede qui?» Una voce tagliente con l'intonazione piatta degli stranieri.

Shin si girò rapidamente, senza più ridere. «Scusi, capoinfermiera.»

Dunque era questa la famosa capoinfermiera. Mi sentii male. Tutte le mie speranze di fare domanda per il corso di formazione, con i requisiti di un ottimo profilo morale, sarebbero andate in pezzi se a un certo punto lei si fosse ricordata di avermi sorpreso con un uomo in un ripostiglio.

«Spero che quella non sia una delle mie infermiere» disse la donna, ben poco divertita, mentre inciampando uscivamo timidamente in corridoio.

«Nossignora» rispose Shin. Ci fu un silenzio imbarazzato. «È la mia fidanzata.»

«La sua fidanzata?» La sua incredulità era palpabile.

«Le ho appena fatto la proposta.»

«Nello sgabuzzino?»

Potevo quasi vedere gli ingranaggi che giravano nella testa di Shin. Era un'impresa disperata, pensai. Una storia inventata senza nulla a sostenerla. Ma, lasciandomi stupefatta, Shin mise una mano in tasca ed estrasse una scatoletta di velluto. L'anello che conteneva era una semplice vera ritorta con cinque minuscoli granati disposti a forma di fiore. Infilandomelo al dito, indirizzò un sorriso trionfante alla capoinfermiera.

Lei fu così stupita che poté soltanto rivolgerci un debole sorriso. «Be', signor... Lee, vero? La prego di astenersi da comportamenti simili all'interno dell'ospedale. Ma comunque, congratulazioni!»

Shin chinò il capo, compiaciuto come se avesse eseguito un trucco magico. Perché era una vera e propria magia. Ogni sospetto e atteggiamento censorio era svanito e la capoinfermiera si era ammorbidita. Strinse la mano a entrambi, facendoci gli auguri. Shin fu squisitamente cordiale, il che fu un bene, perché io ero rimasta imbambolata.

Rimasi un passo dietro di loro, cercando di ricompormi. L'anello che avevo alla mano sinistra era troppo largo – dovetti piegare le dita per non farlo cadere –, ma c'era da aspettarselo, visto che era destinato a un'altra ragazza. Cos'avrebbe pensato lei del fatto che Shin aveva usato l'anello per togliersi dai guai a quel modo?

Il grazioso, sottile anello d'oro era stato scelto con grande cura. Non potevo immaginare che una ragazza lo rifiutasse, e per un attimo fui sopraffatta da un'inattesa ondata di desolazione. Una soffocante solitudine che mi fece stare male.

21

BATU GAJAH, SETTIMANA DEL 15 GIUGNO

Ren è eccitato per l'imminente cena che si terrà a casa di William. È un evento mensile che riunisce un gruppo di dottori piuttosto giovani. Alcuni sono sposati, ma anche loro spesso fanno vita da scapoli perché le famiglie sono tornate in Inghilterra. Quindi ci saranno soprattutto uomini, dice Ah Long. Le poche mogli che rimangono affrontano la noia di giornate vuote che si allungano nel vuoto. Con tanti domestici e senza niente da fare, si danno al volontariato, giocano a tennis e, stando ai pettegolezzi, si scambiano i mariti.

«Perché?» chiede Ren. Scambiare persone e case a lui sembra scomodo, ma Ah Long scuote il capo e gli dice che è troppo giovane per capire.

Invece Ren capisce. Almeno in parte. C'entra con il fatto di non essere felici, e secondo lui William è un bravo signore e qualche donna di sicuro lo vorrà. Gli viene in mente la signorina dell'ospedale, quella con i capelli morbidi come un pan di Spagna. Lydia, così si chiama. Domenica dopo la funzione ha seguito William fino a casa.

Dalla faccia fin troppo cortese del padrone, Ren ha capito che lui non lo gradiva. A quanto pare aveva in programma di lasciare Lydia prima di accompagnare a casa una paziente, ma la signorina ha insistito per fargli una visita. Ren l'ha notato solo perché la paziente era Nandani. La *sua* paziente, pensa con un piccolo moto di orgoglio.

Quando vede William e Lydia insieme nel salotto della villa, Ren è di nuovo colpito da quanto si somiglino. Alti e pallidi, con grandi nasi dritti e mani lunghe. Non sa dire se Lydia sia attraente o no, ma da come muove i capelli, e dalla disinvoltura con cui accavalla le lunghe gambe con i sandali di pelle bianca, sembra abituata a ricevere attenzioni.

«Come sta la paziente? Nandani, intendo» chiede Ren timidamente, ma il viso di William si illumina.

«Sta bene. Vuoi rivederla?»

«Sì.»

«Sarà istruttivo per te constatare i suoi miglioramenti» afferma William. «Un giorno la porterò qui a trovarci.»

Ren rivolge un'occhiata a Lydia, che sembra occupata a esaminare la libreria e non dà segno di aver sentito la loro conversazione. Sta girando per casa con William, dispensando consigli su come disporre i mobili per la festa. Alcuni, secondo Ren, sono ottimi suggerimenti.

«Domenica non ci saranno molte signore» dice premuroso William. «Sei sicura di voler venire? Potrebbe essere terribilmente noioso.»

Lei lo prende a braccetto. «Oh, no, vengo volentieri. Vuoi che pensi io ai fiori?»

Dallo sguardo allarmato di William, Ren capisce che i fiori sono l'ultima cosa che lo preoccupa. Sarebbe quasi comico, solo che il suo padrone sta soffrendo.

«Non c'è bisogno. Ah Long si occuperà di tutto.» E con ciò William la accompagna fuori, alla macchina, per spedirla a casa.

Ricordandosi di questo, in seguito Ren domanda ad Ah Long se devono prendere dei fiori per la serata. Ah Long si acciglia. «Sì. Ci servirà un centrotavola e qualcosa da mettere all'ingresso.» Nonostante la sua aria di sopportazione, si diverte a fare i preparativi per la festa.

Il martedì Ah Long decide di candeggiare e inamidare di nuovo la tovaglia, sebbene l'ultima volta fosse stata messa via pulita, perché è ingiallita. Il mercoledì Ren spolvera e pulisce, mette nel verso giusto le coste dei libri e le allinea ordinatamente. Riconosce alcuni titoli che c'erano anche a casa del dottor MacFarlane. Il volume di anatomia di Gray, vari numeri di *The Lancet* e *Annals of Tropical Medicine and Parasitology*. Quelle lunghe parole erano state prima pronunciate dal dottor MacFarlane e poi Ren aveva imparato a trascriverle, seduto al tavolo della cucina. Le saluta come vecchie amiche, mentre lava il pavimento.

Nel pollaio di legno sul retro ci sono tre polli belli grassi. Diventeranno cotolette e *inchi kabin*, il croccante pollo fritto due volte e servito con una salsa dolce e piccante. Il manzo che si trova in loco è duro e magro, viene dai bufali d'acqua; dunque Ah Long lo preparerà come *rendang*, un curry asciutto a cottura lenta con cocco, per completare i piatti principali. Nel frattempo, giovedì dovranno spostare tutti i mobili del salotto e dare la cera al pavimento.

«Nel caso vogliano ballare» spiega Ah Long. «Anche se vengono soltanto due signore.» In ogni caso tira fuori il grammofono, e Ren affila le puntine. Ci sarà un altro cameriere cinese assunto per servire da bere.

William si interessa poco alla frenesia dei preparativi. Quando Ren chiede di lui, Ah Long si stringe nelle spalle. «Ha un nuovo hobby.»

Adesso che se ne parla, Ren si rende conto che il padrone ha cominciato a sparire dopo cena. «Non andava di mattina a passeggiare?»

«Mattina, sera, che importa? Finché ne ha una disponibile...» mormora sottovoce Ah Long.

Venerdì mattina il giardiniere consegna i fiori recisi all'entrata sul retro e Ren ne porta una gran bracciata in sala da pranzo per dividerli. Se in casa ci fosse una signora, sarebbe lei a disporre i fiori il giorno della festa; ma l'indomani sarà tutto dedicato alle pietanze. Con quel caldo il cibo si deteriora in fretta, perciò ogni piatto dev'essere preparato il giorno stesso. Quando torna in cucina a rifornirsi di verde, Ren trova il giardiniere impegnato in una discussione con Ah Long.

«Tu, ragazzo!» dice il giardiniere. È un tamil dal corpo tozzo e muscoloso bruciato impietosamente dal sole. È quello cordiale, che parla anche malese; l'altro giardiniere parla solo tamil. «*Mau lihat?* Vuoi vedere una cosa interessante?»

Incuriosito, Ren segue il giardiniere all'esterno. Ah Long li segue di malavoglia sul retro, fin dove il prato all'inglese si esaurisce nel sottobosco. Questo è il fronte dell'eterna lotta del giardiniere contro la giungla circostante. Costeggiando il perimetro del giardino si avvicinano al terreno irregolare in cui Ren seppellisce la spazzatura di casa – e dove ha nascosto il dito sottratto dall'ospedale, la boccetta di vetro al sicuro nella scatola di latta.

Il cuore di Ren batte più veloce. I suoi occhi si fissano sul sasso che ha lasciato come contrassegno. Ha un'aria sospetta, lì su uno spiazzo di terra appena smossa. Non si aspettava che qualcuno si avvicinasse alla fossa dei rifiuti; non ci va mai nessuno tranne lui.

«*Sini*» dice il giardiniere. «Qui e qui. Vedi?»

Indica delle tracce: rami incurvati e spezzati, un'impronta impressa nel morbido terriccio umido. È l'orma di una tigre.

Perlomeno è quello che sostiene il giardiniere, anche se Ren non saprebbe dirlo da quell'impronta imprecisa. Però di lì è passato sicuramente qualcosa. Qualcosa di grosso e pesante. Più avanti, sotto gli alberi, le foglie secche formano un fitto tappeto. Solo dove il terreno è scoperto c'è una traccia. Gli uomini si chinano vicino all'orma, più larga del palmo di una mano.

«Zampa sinistra davanti» afferma il giardiniere.

«Come fai a saperlo?» chiede Ren.

Il giardiniere spiega che le zampe anteriori tendono a essere più grandi di quelle posteriori. Le zampe davanti hanno quattro dita e uno sperone, corrispondente a un pollice. Sembra che l'animale si sia fermato sotto gli alberi al margine del giardino. Quell'impronta della zampa anteriore è l'unico segno sul bordo del prato.

«Le tigri sono furbe» dice il giardiniere. «Stava controllando la casa.»

Ren ha il cuore in gola. Che significato ha l'impronta accanto alla pietra che segnala il dito sepolto? Vorrebbe che ci fosse qualche adulto cui domandare aiuto, ma se lo dice a William dovrà confessare il furto. Senza rendersene conto si torce le piccole mani stringendole con ansia. Dei quarantanove giorni dell'anima del dottor MacFarlane, ne restano nove. Saranno sufficienti a restituire il dito?

Ah Long indica l'impronta confusa. «A questa tigre manca un dito» dice. «L'ultimo della zampa anteriore sinistra.»

Ren chiude gli occhi, inspira. Il suo udito è acuito; sente un formicolio ai capelli. Ascolta con attenzione, ma non c'è nulla. Nessun barlume del suo sesto senso. Solo un silenzio così profondo da riempire la verde conca di prato all'inglese in cui si trova la villa bianca, come una boccia per pesci rossi in mezzo alla giungla.

«Dobbiamo mettere fuori un'offerta?» dice diffidente il giardiniere. Lui è induista e Ah Long ufficialmente è buddhista; entrambi vengono da una tradizione di piccole offerte e sacrifici, ma Ah Long si imbroncia.

«E cosa le offriamo: un pollo? Ne ho soltanto tre e mi servono domani. E poi, non voglio che torni.»

Se si trattasse di cinghiali o cervi, potrebbero spargere sangue o capelli umani per tenerli lontani, ma cose simili non scoraggiano una tigre. Il giardiniere fa un piccolo inchino alla giungla silenziosa e mormora qualcosa in tamil.

«Le ho chiesto: "Signora Tigre, per favore non tornare"» dice con un lieve sorriso. Ren osserva la sua faccia scura e rugosa. Non ha idea se il giardiniere sia davvero preoccupato o se questa per lui sia solo una di quelle cose che ogni tanto succedono, come i monsoni o le alluvioni. Quando Ren stava con il dottor MacFarlane non avevano mai avuto una tigre che si aggirasse così vicino a casa, nonostante tutti i deliri del vecchio. O forse non c'erano tracce fuori perché la tigre stava dentro. L'immagine della faccia pallida del dottor MacFarlane, con la mano sinistra, quella dal dito mancante, chiusa sulla sottile coperta di cotone, ondeggia davanti agli occhi di Ren, che sbianca.

Ah Long gli afferra un braccio. «Non devi avere tanta paura! Le tigri si spostano per miglia; sarà già lontana.»

Quella sera, Ah Long informa William della scoperta, nell'inglese stentato che usa con il suo datore di lavoro. È la seconda orma di tigre scoperta nei pressi della villa; la prima era stata nel periodo della morte di quella povera donna.

«Perciò, *tuan*, lei non va fuori solo di notte» conclude Ah Long.

Sulla faccia di William passa un lampo fugace. «Neanche tu. E tu, Ren, non andare in giro da solo.»

Ren porta un piatto di *ikan bilis*, minuscoli pesciolini fritti, con la piccantissima salsa *sambal*. Serve in tavola da sinistra e toglie il piatto da destra; così gli ha insegnato zietta Kwan. La sala da pranzo è soffocante malgrado le finestre aperte. I fiori portati dal giardiniere – strelizie, canne d'India, sottili rami d'ibisco – sono rigidi e sembrano offerte funebri. La pelle di Ren è tesa e piena di brividi; gli fa male la gola. L'impronta in giardino è un pensiero divorante.

«Non stai bene?» William fa cenno a Ren di avvicinarsi e gli appoggia la mano sulla fronte. È una mano grande, professionalmente impersonale. «Mmm. Febbre. Vai a chiedere un'aspirina ad Ah Long e coricati.»

Ren non ha finito di servire la cena e lavare i piatti, ma William gli ha dato un ordine. Va in cucina e il cuoco, osservando con preoccupazione la sua faccia pallida, gli porge la pastiglia e gli dice di andare a letto.

Ren esce con passo malfermo dalla porta della cucina e percorre il passaggio coperto fino all'alloggio dei domestici. Ha la faccia in fiamme, le gambe molli. Quando erano piccoli, era sempre Yi quello malaticcio; che fosse influenza o intossicazione alimentare, era probabile che la prendesse lui prima di Ren. «Sono il sistema di allarme» aveva detto una volta Yi arricciando la faccia in un sorriso. «Vado avanti io.» E alla fine, così era stato.

Ren, che ora rabbrividisce nel suo lettino, si tira addosso la sottile coperta di cotone. Nonostante il calore della stanza, sta gelando. Gli fanno male le ossa. Eppure c'è un senso di pace, il lieve stordimento di quando si è malati. Non sa più formulare pensieri coerenti sulla tigre.

E poi comincia a sognare.

È il suo vecchio sogno, quello della banchina ferroviaria, solo che stavolta il treno è fermo in stazione. E Ren non si trova lì. È su un'isoletta – più che altro un banco di sabbia – in mezzo a un fiume, a osservare il treno di là dall'acqua. Il sole splende attraverso i finestrini vuoti del treno. Dov'è Yi?

Ren cammina da un estremo all'altro del banco di sabbia, schermandosi gli occhi mentre scruta al di là del fiume. Poi vede Yi che si dimena e agita le braccia sulla riva opposta. Saltella da un piede all'altro in modo familiare. Come potrebbe Ren dimenticare quel saltello?

«Yi!» urla. La figurina sulla riva si circonda la bocca con le mani e risponde, ma non si sente niente.

Perché non si sente niente? E poi Ren si accorge di un'altra cosa. Yi è talmente piccolo. Non soltanto per la distanza ma perché ha ancora otto anni, l'età in cui è morto. È Ren a essere cambiato. Ma Yi sembra così contento di vederlo che nella gola di Ren c'è un groppo di felicità.

Adesso Yi dice mimando con la bocca le parole: *Come stai?*

Ren indica se stesso e alza il pollice. «E TU?»

Anche Yi alza il pollice. *Non preoccuparti.*

Di cosa? Forse si riferisce alla tigre, al dottor MacFarlane e a tutte le persone che sono morte e che moriranno. Ovviamente Yi lo saprà. Sapeva sempre cosa turbava il fratello.

Ren risponde che sta bene, ha un lavoro, ha anche ritrovato il dito e lo tiene in un posto sicuro. È difficile mimare tutto questo, ma Yi sembra capire. Forse il suono funziona solo in una direzione, ma Ren non vuole perdere questo momento con Yi nel tentativo di scoprirlo.

Il tempo sta scadendo.

Appena lo pensa, l'acqua lambisce i suoi piedi scalzi. Saltando indietro Ren si rende conto che il banco di sabbia si rimpicciolisce, o forse è l'acqua che sta salendo.

«C'è una tigre in giardino» grida verso la riva. «Ma non preoccuparti, so cosa fare.»

Yi sembra preoccupato.

«Dopo la festa torno a Kamunting.»

Yi scuote la testa.

«Va tutto bene, ho il permesso. Poi farò quello che mi ha detto il dottor MacFarlane.»

Le braccia di Yi esplodono mimando qualcosa di complicato. Il suo faccino è teso per l'ansia.

«Non ho paura» dice Ren.

Chiedi alla ragazza.

Quale ragazza? A Ren non viene in mente nessuna ragazza, nessuna donna che conosca a parte zietta Kwan, che è andata a sud, a Kuala Lumpur.

L'acqua sale increspandosi traslucida sulla sabbia fangosa. Ha qualcosa di strano. È viscosa, un po' troppo densa, ma così limpida da lasciar intravedere ogni ciottolo, ogni foglia galleggiante. Non ci sono pesciolini in queste secche. Non ci sono gamberetti cristallini o gerridi. Niente di vivo.

«Ti raggiungo a nuoto» grida Ren. «Aspetta!»

Mette un piede nell'acqua. È sorprendentemente fredda e

un mulinello gli avvolge la caviglia. Ma la riva non è troppo lontana.

No! Yi non vuole che lui entri in acqua. Adesso gli fa urgentemente segno di fermarsi.

Ren non è un nuotatore veloce, però è sicuro di saper stare a galla a cagnolino abbastanza a lungo. Si ferma con le caviglie nell'acqua. È gelida. Non ha mai sentito un freddo simile. Una volta il dottor MacFarlane, quando gli stava insegnando a leggere, si era fatto prestare un grosso e lussuoso libro di fiabe, e Ren aveva osservato attentamente le bellissime illustrazioni di neve e ghiaccio e del clima uggioso che, secondo il dottore, in Scozia era normalissimo. *Dreich*, l'aveva definito. C'era la storia di una bambina che vendeva fiammiferi, e l'ultima figura la mostrava sdraiata nella neve. Aveva gli occhi chiusi ma sorrideva, e l'artista le aveva disegnato tenui ombre azzurre agli angoli della bocca. Era questo freddo che aveva provato la bambina?

Ren stringe i denti. Oltre le secche del banco di sabbia, l'acqua è torbida. Là dentro qualcosa si muove, e lui esita. Sulla riva opposta, Yi fa segnali concitati. *No no no!* Ma Ren adesso è più grande e più forte di quando sono stati separati. Guarda il fiume con la sicurezza di un undicenne e sa di potercela fare.

Adesso l'acqua gli arriva alla vita, mulinando in gorghi oscuri, e lo strattona forte. Il freddo è quasi insopportabile, gli morde la spina dorsale e risucchia tutto il calore dal corpo.

Sulla riva, Yi si è inginocchiato. Ha la faccia contorta, le lacrime che gli scendono sulle guance mentre gesticola freneticamente. *Ferma!*

Ren vorrebbe dirgli di non piangere; presto sarà da lui. Ma batte a tal punto i denti da non riuscire a formare le parole. Con un ultimo impeto di coraggio, tuffa la testa sotto la gelida acqua nera.

22

IPOH, LUNEDÌ 15 GIUGNO

Mattina. Mi trovai di nuovo a fissare il soffitto; stavolta era quello familiare a casa della signora Tham. Alzandomi a sedere cercai affannosamente l'anello che mi aveva dato Shin, ancora annodato in un fazzoletto. Mi chiesi che aspetto avesse quella ragazza dalle mani diverse dalle mie. La malleabilità e il colore caldo del metallo indicavano che si trattava di oro a ventiquattro carati. Mia madre mi diceva sempre che i gioielli dovevano essere a ventiquattro carati, non diciotto o un numero inferiore.

«Perché così puoi sempre impegnarli» aveva detto in tono pratico, «e otterrai una tariffa migliore.» Ovviamente, dopo la morte di mio padre doveva aver frequentato i banchi dei pegni.

Io, nel breve periodo trascorso al Fiore di Maggio, avevo ricevuto in dono ciondoli d'argento o sottili braccialetti. Ero riluttante ad accettare, ma le altre ragazze avevano detto che era stupido rifiutare uno dei pochi vantaggi di quel lavoro. Però mia madre aveva ragione. Nessuno di quei ninnoli valeva qualcosa al banco dei pegni, benché un paio di volte ci avessi provato, nel tentativo di ridurre più in fretta i suoi debiti. Mi chiedevo quanti soldi avesse speso Shin per l'anello. Di solito era sempre lui a mettere fine alle relazioni con le ragazze, non volendosi impegnare. Per quanto ne sapevo, non aveva mai fatto a nessuna un regalo simile.

Il giorno prima, dopo che la capoinfermiera ci aveva lasciato, avevo cercato di restituire il gioiello a Shin con un sorriso, dicendo: «Meglio che tu lo tenga al sicuro per la tua ragazza». Era una frase dal tono cordiale e amichevole, un po' come gli parlavo qualche anno prima.

«Tienilo tu» aveva replicato. «Sembrerebbe sospetto se me lo restituissi, dopo che abbiamo detto a tutti di essere fidanzati.»

Qui avrei dovuto proseguire chiedendogli com'era la sua fidanzata e quando l'avrebbe portata a conoscerci, ma non so perché non ci riuscii. Se un anno prima mi aveste detto che avrei provato imbarazzo e tristezza nell'apprendere che il mio fratellastro si sposava, ci avrei riso su, ma adesso c'era solo una strana solitudine. Era come perderlo un'altra volta, come quando aveva deciso di non farmi più confidenze. Ma c'era una differenza: non soltanto il fatto che Shin era cordiale, come se ciò che l'aveva turbato si fosse risolto. Era anche diventato più affidabile, più adulto. Più attraente.

Ecco, l'avevo detto.

Insomma, Shin era sempre stato attraente, ma non per me. O forse avevo appositamente guardato dall'altra parte. Benché facessi del mio meglio per evocare il lungo viso gentile di Ming, o la ciocca ribelle che aveva dietro la testa, era tutto inutile. L'infatuazione di cui mi ero alimentata per anni era svanita, lasciandomi un vago senso di confusione e di colpa.

Così avevo inventato una scusa per rientrare subito a Ipoh. Non avevo ancora visto il pacchetto di Pei Ling, ma a quel punto eravamo davanti all'ospedale dove ci aveva accompagnato la capoinfermiera, in mezzo ai passanti. Era meglio che Shin lo tenesse al sicuro senza aprirlo, e lo rendesse a Pei Ling quando si sarebbe ripresa dalla caduta.

Salita sul treno, mi ero tolta l'anello e lo avevo avvolto nel fazzoletto. Non mi sembrava giusto portarlo, dato che non era mio. Infilando il fazzoletto nel cesto avevo sentito gli angoli del biglietto da visita che mi aveva dato il dottore straniero. *William Acton, chirurgo generale*. Stringendolo tra le dita, avevo pensato che forse, dopotutto, avrei preso contatto con lui.

Martedì pomeriggio andai a trovare Hui per sfuggire a una cena con la famiglia della signora Tham. Aveva accennato che avrei fatto bene a esserci, quella sera, perché c'era un giovanotto che voleva farmi conoscere: il nipote di suo marito, che era stato lasciato da una ragazza superficiale e adesso era deciso a sposarsi prima della fine dell'anno. Solo per dimostrare di poterlo fare, forse. A me pareva che ciò non promettesse niente di buono per nessuno.

Portai con me l'anello di Shin, dato che probabilmente la signora Tham avrebbe curiosato mentre ero fuori. I granati luccicavano come semi di melograno. Il granato, la pietra di sangue, significava protezione. Quando ero piccola, un ambulante indiano era venuto a vendere collane di tonde perle di granato su fili di cotone.

«Terrà sua figlia al sicuro dai pericoli. Dal male, dagli incubi e dalle ferite. Porta bene anche per l'amore» aveva spiegato a mia madre, e sorprendentemente lei me ne aveva comprata una.

Avevo conservato quel filo di granati per anni, finché un giorno ero andata al fiume con Ming e il filo di cotone ormai consunto si era spezzato. Le perline si erano disperse nell'acqua corrente e non si erano più trovate. Rievocando quel ricordo, misi l'anello in tasca. Non era mio e non potevo perderlo.

Trovai Hui in piedi davanti allo specchio, impegnata a incipriarsi con aria risoluta. L'applicazione della cipria doveva richiedere almeno dieci minuti, e il piumino non andava strofinato ma battuto contro la faccia, la bocca, le orecchie, le palpebre e il collo. Batti, batti, batti, e con molto vigore. Un'ottima applicazione della cipria doveva durare per ore in modo che la pelle ne emergesse "colorita, liscia e bella", secondo le riviste. Io non potevo confermare, dato che non avevo mai dedicato al piumino da cipria più di trenta secondi.

«Ji Lin! Cosa ci fai qui?» Hui sembrò contenta di vedermi.

Mi sedetti sul suo letto. «Lavori questa sera?» Speravo che fosse libera di cenare con me a una delle bancarelle che grigliavano la pastinaca avvolta in foglie di banano, ma era chiaro che si preparava per una serata fuori.

«No, è una chiamata.»

Le cosiddette chiamate pagavano bene, molto più del ballo, e Hui non aveva un lavoro come il mio apprendistato. Non l'avrebbe sopportato, mi aveva detto, quel misurare e tagliuzzare tutto il giorno, benché le avessi fatto notare che le chiamate sembravano peggio.

«Non per me» aveva detto. Era sempre vaga in merito a quello che succedeva durante le chiamate; c'era una cena e qualche forma di contatto fisico, ma diceva che si trattava più che altro di lasciarsi baciare e palpeggiare. «Siamo al ristorante... c'è un limite a quello che possono fare in pubblico.»

Una volta le avevo chiesto se avesse mai fatto nient'altro. Era parsa divertita e aveva battuto lentamente le palpebre. «Certo che no.» Avevamo riso entrambe, a disagio. A volte mi preoccupavo per lei.

«Che aria cupa hai oggi» disse Hui.

Non volendo spiegare nei particolari il mio fine settimana, dissi soltanto che avevamo riportato il dito mozzato all'ospedale da cui proveniva. Pensavo fosse contenta della notizia, ma lei inarcò le sopracciglia. «*Noi* chi?»

«Mio fratello e io.» Ricordai il fiato di Shin sulla mia nuca quando mi aveva abbracciato, riluttante, sotto gli alberi di *angsana*. Arrossii, e più speravo che passasse il rossore, peggio era.

Hui mi osservò con attenzione. «È un fratello acquisito, vero?»

«Sì. E sta per sposarsi. O almeno fa sul serio con qualcuna. Sono contenta per lui.»

Temevo che Hui mi prendesse in giro, invece mi mise un braccio sulle spalle. «Oh, cara. Gli uomini sono degli animali, vero?»

«Questo mi fa sentire sola, ecco tutto. Ci conosciamo da quando avevamo dieci anni. Io... gli voglio molto bene.» Che parole inadeguate. Non riuscivano a esprimere in minima parte quanto mi sentissi inquieta e turbata. E forse confondevo il semplice affetto con qualcosa d'altro. «Comunque è una cosa ridicola.»

Hui tornò al mobile da toilette. «Ma non siete consanguinei.» I suoi occhi mi guardarono nello specchio. Stava giocherellando con il belletto, aprendo e chiudendo distrattamente il coperchio. «Vorrei conoscerlo, questo tuo fratellastro.»

«Perché?»

«Perché gli uomini sono bugiardi.»

Nel suo tono c'era un'asprezza che non avevo mai sentito. Sapevo che Hui aveva lasciato un villaggio per venire a Ipoh e che andava di rado a casa, ma a parte questo avevo cercato di non ficcanasare, accettando quello che voleva raccontare. Lei aveva fatto lo stesso con me, dopotutto.

Hui alzò lo sguardo. «Non preoccuparti tanto per me, Ji Lin. Sei davvero tenera.»

Commossa, tentai di minimizzare con una risata, cambiando argomento. «Puoi dire alla signora che questa settimana non vengo al Fiore di Maggio?»

«Come mai?»

Le raccontai di Y.K. Wong che mi aveva seguito venerdì sera, e che poi l'avevo incontrato due volte all'ospedale di Batu Gajah. Troppe coincidenze per i miei gusti.

«Dille che mia madre è malata o qualcosa del genere.» Avevo proprio bisogno di trovarmi un altro lavoro, anche se non sembrava un buon momento per affrontare la cosa.

«E che mi dici della festa privata di sabato?»

«Sì, ci vengo.» Lì avrei guadagnato bene.

Parlammo dei dettagli di quell'incarico, anche se pensavo

ad altro. Poteva essere l'ultimo lavoro che facevo con Hui, Rose e Pearl. *Forse è meglio così.* Soprattutto se volevo diventare infermiera. Eppure la malinconia mi sovrastò come una nube di pioggia tutta mia. Gli addii erano sempre così.

«Proviamo a truccarti la bocca» disse Hui. L'arco di Cupido era difficile da disegnare e io non avevo mai la pazienza di farlo bene.

«Non preoccuparti per me... Non sei in ritardo?» chiesi mentre Hui, contenta della sua opera, mi passava il mascara solido sulle ciglia.

«Aspetterà.»

«Chi è?»

«Il direttore di banca che viene il mercoledì.»

Aveva quasi sessant'anni, la pelle a macchie come un rospo e l'abitudine di leccarsi le labbra. «Ma non ti dà fastidio?»

«Meglio i vecchi» rispose lei con noncuranza. «I giovani si aspettano che ti innamori di loro e che tu faccia tutto gratis.»

«Hui!» esclamai ridendo. «Sei tremenda.»

«Non fidarti degli uomini, Ji Lin» raccomandò lei con voce triste. «Neppure di quel tuo affascinante fratello.»

Hui mi disse di non aspettarla. Non aveva finito di prepararsi; io speravo di uscire con lei e di accompagnarla all'appuntamento, ma Hui scosse il capo. «Si sta facendo tardi» disse, e così scesi al pianterreno.

In realtà non era tardi. Anzi, era ancora talmente presto che avrei fatto in tempo a cenare con la signora Tham e il nipote di suo marito. Non volendo tornare a casa, svoltai in Belfield Street. Trisciò e biciclette sfrecciavano infilandosi accanto ai carretti tirati da buoi e alle poche automobili. All'angolo di Brewster Road con l'ampio spazio verde del *padang* di Ipoh, un campo da cricket costruito dalla comunità cinese locale per il giubileo di diamante della regina Vittoria, mi fermai davanti all'FMS Bar and Restaurant, dove FMS stava per "stati federati malesi". Sia gente del posto sia stranieri andavano a bere al lungo bancone del bar e a ordinare i piatti occidentali preparati da uno chef hainanese: bistecche sfrigolanti e stufato di pollo da bere con birra ghiacciata. Non ci avevo mai messo piede, sebbene fossi passata molte volte davanti alla sua leggiadra facciata coloniale.

Un giorno, decisi, sarei entrata e mi sarei offerta una bistecca. Anche se non sapevo se fosse permesso a una donna sola. Mentre mi giravo per proseguire, le porte a spinta dell'FMS Bar si aprirono. Qualcuno mi prese per un braccio e il mio cuore fece un salto.

«Ji Lin?» Era un giovanotto con dei sottili baffi alla moda, a causa dei quali quasi non lo riconobbi.

«Sono io, Robert! L'amico di Ming, Robert Chiu.»

Robert, quello che mi aveva dato quell'appiccicoso bacio indesiderato sulla panchina fuori dall'orologiaio. Ormai era proprio un giovanotto e, stando a ciò che sapevo sul prezzo delle cose, vestito in modo dispendioso. Ma mi rivolse lo stesso sguardo entusiasta e bramoso di allora, il che mi sorprese. Se fossi stata un tizio rifiutato da una ragazzetta di Falim, probabilmente non mi sarei dimostrato tanto contento di rivederla, ma Robert evidentemente aveva un carattere più conciliante.

«Che cosa ci fai qui?» I suoi occhi mi squadrarono dalla testa ai piedi. Conoscevo quello sguardo; alla sala da ballo stavo molto attenta con gli uomini che mi fissavano così, ma questo in fondo era solo Robert, mi dissi. E poi lui non aveva idea che facessi quel lavoro.

«Stavo passando» risposi.

Era scesa la sera, quella magica ora azzurra crepuscolare, e dall'FMS Bar si irradiava una luce gialla dalla porta e dalle finestre a lunetta.

«È tanto che non ci vediamo» disse. «Come stai?»

Chiacchierammo del più e del meno. Robert studiava legge in Inghilterra ed era tornato per le vacanze. Parlava in fretta, affastellando le parole, quasi temesse che andassi via. Aneddoti sull'università e gente che non conoscevo, che ascoltai soltanto a metà.

A un certo punto smise di parlare e riprese a fissarmi.

«Scusa» dissi, sentendomi in colpa. Povero Robert, pur con tutti quei soldi, era sempre così noioso. «Stavi dicendo?»

«Niente. Solo che ti trovo molto bene.»

Era probabilmente la luce calda che usciva dal bar ad abbellirmi, tingendo ogni cosa di uno splendore dorato. Anche Robert appariva molto distinto, con i suoi abiti costosi e i capelli imbrillantinati. Abbassai lo sguardo, ma Robert fraintese.

Sentendosi incoraggiato, aggiunse: «Ho saputo da Ming che non ti sei ancora sposata».

«No, faccio l'apprendista da una sarta» replicai io allegramente. Meglio essere prosaica, in momenti simili.

«E ti piace?»

«Sì» dissi mentendo in maniera spudorata.

«Sono sorpreso che tu non abbia continuato a studiare per fare la maestra o l'infermiera.»

«Non c'erano i soldi, temo.»

Mi rivolse un rapido sguardo imbarazzato. «Hai pensato alle borse di studio? Anche la mia famiglia a volte le attribuisce a studenti meritevoli, tramite la Fondazione Chiu, sai.»

«Io non sono più a scuola.»

«Non importa. Posso raccomandarti personalmente.»

Guardai per terra, non sapendo cosa rispondere. Era una grande occasione, e qualsiasi altra ragazza l'avrebbe colta al volo – e avrebbe colto al volo Robert. Eppure non potevo non pensare che tutto aveva un prezzo. Quindi lo ringraziai dicendo che era molto gentile e che ci avrei pensato. «E adesso temo proprio di dover andare.»

Robert non ne voleva sapere di lasciarmi tornare a piedi. «Non è lontano» dissi ridendo.

Lui però insisteva, e presto scoprii il perché. Mi condusse dietro l'angolo per raggiungere un'automobile nuova di zecca.

Era color crema, con la carrozzeria curvilinea e la griglia del cofano che splendeva argentea all'ultima luce della sera.

«Sali» disse aprendo la portiera. L'interno era splendido. I sedili erano di pelle color caramello, morbida come la guancia di un bambino, e tutto profumava di ricchezza: di cuoio e di cera al limone, con appena un sentore di benzina. Mi sedetti, incrociando i piedi per nascondere le punte graffiate delle scarpe, e inspirai a fondo. Sarebbe stato facile abituarsi a viaggiare così. O forse no. Perché Robert, sfortunatamente, al volante era un disastro.

Afferrai la maniglia della portiera, stringendola fino a far sbiancare le nocche, quando lanciò l'auto in strada con uno scossone nauseante. Ci fu un rumore stridulo mentre premeva varie leve con il piede e ne tirava altre con le mani. Attraversammo come un lampo un incrocio (mentre Robert salutava amichevolmente un furioso autista di trisciò) ed evitammo di poco un idrante. La cosa peggiore poi era che continuava a parlare.

«Allora, Ji Lin» gridò sovrastando il chiasso fatto da qualcuno che ci suonava il clacson, «sarai da queste parti per tutta l'estate?»

Come se avessi altri posti dove andare. Dissi cortesemente, anche se a denti stretti: «Certo». E poi finalmente, in una nuvola di gas di scappamento, arrivammo al negozio della signora Tham.

«Ah, questo posto lo conosco» disse Robert. «Una volta sono venuto a ritirare un vestito per mia sorella.»

Io avevo le gambe deboli e molli, e per scendere fui costretta a prendergli la mano. Forse era questo il suo metodo con le donne: terrorizzarle nella sua auto per farle cadere – letteralmente – tra le sue braccia.

La signora Tham uscì subito dal negozio. Era chiaro che mi stava aspettando.

«Ji Lin, sono contenta che tu sia tornata.» Lanciò un'occhiata a Robert. «E questo è...?»

«Sono un vecchio amico di suo fratello» si presentò Robert, benché lui e Shin non fossero mai andati molto d'accordo.

«Ah!» La curiosità della signora Tham faceva a gara con l'urgenza di comunicare una notizia. Prevalse la seconda. «Ji Lin, abbiamo appena ricevuto il messaggio che tua madre sta male.»

Ecco la notizia che temevo fin da quando mia madre si era risposata. «Male» poteva significare qualsiasi cosa, anche se fino allora i danni si erano limitati a un gomito slogato o ai lividi sul polso. Avevo sempre in mente l'immagine del braccio fratturato di Shin.

«Ha perso un bambino.»

Il mio cuore ebbe un tuffo. Contando l'età alla maniera cinese, che aggiungeva un anno, mia madre aveva quarantadue anni e si avvicinava al punto più pericoloso della vita, dato che il numero quarantadue, per omofonia, suonava come "muori".

«Domani andrai a casa?» chiese la signora Tham.

«Sì, prenderò l'autobus.» Mi venne in mente che proprio quel pomeriggio avevo chiesto a Hui di avvisare che non sarei andata al Fiore di Maggio perché mia madre era malata. Com'ero stata irrispettosa! Come una maledizione, le mie parole avevano dato il loro frutto. Pensai al nero fiume dei miei sogni, a quella forma minacciosa che si muoveva sott'acqua.

«Posso portarti io. Anche subito» si offrì Robert. Mi ero completamente dimenticata di lui. «In macchina non è lontano.»

«Davvero?» disse la signora Tham. «Saresti molto gentile.»

Io, che stavo male per la preoccupazione, corsi di sopra a fare i bagagli, lasciando la sarta a coprire di domande Robert. Quando ci ritrovammo in auto, restammo in silenzio. L'unica consolazione era che la sua guida migliorava se lui taceva.

Dopo un po' disse: «Se è grave, possiamo portarla in ospedale. Quello distrettuale di Batu Gajah è un po' più lontano di quello di Ipoh, ma potrebbe essere curata meglio».

«Perché?»

«Perché mio padre è nel consiglio di amministrazione.»

Non lo sapevo. I ricchi vivevano in un mondo diverso, in cui posti di lavoro e raccomandazioni si trovavano facilmente. Se fossi stata più furba, avrei potuto ottenere cure migliori per mia madre, ma riuscivo a stento a pensare. Nelle ultime settimane avevo visto intorno a me un decesso, un orribile incidente e ora un aborto.

Shin avrebbe detto che era solo una coincidenza; chissà quanti altri fatti simili erano successi in zona negli stessi giorni. Quella povera donna di cui avevo letto sul giornale, per esempio, che era stata uccisa da una tigre. Non tutto poteva essere attribuito al fato, anche se altri mi avrebbero sicuramente detto di comprare un amuleto contro gli spiriti malvagi. Torcendomi le mani cercai di non piangere, mentre con la grossa automobile di Robert sfrecciavamo nel buio.

23

BATU GAJAH, VENERDÌ 19 GIUGNO, SERA

Fa freddo. Un freddo così terribile da far pensare a Ren che il suo cuore stia per fermarsi. Gli fanno male le ossa del cranio. L'acqua sembra densa, come gelatina o sangue rappreso. Scuotendo la testa come un cane, Ren scruta la riva. Yi corre freneticamente su e giù con in viso il terrore puro mentre grida: *Esci dall'acqua!*

Ren comincia ad agitare gambe e braccia. Se nuota non è così freddo, o forse gli arti gli stanno diventando insensibili. Più va avanti, più il dolore regredisce, e lui ha la strana sensazione di abbandonare il suo corpo. Qualcosa gli graffia la gamba. Ingoiando acqua, Ren guarda in basso e vede una chiostra di denti spalancati, un occhio velato che galleggia sotto il suo piede. Un coccodrillo morto. Rotola andando alla deriva nella corrente del fiume, mostrando per un istante il ventre bianco, poi sprofonda nel buio. Ci sono anche altre cose, nel profondo del fiume. Pesci morti, vermi morti, foglie morte. Ren emette un grido di disgusto.

Adesso è nel panico, braccia e gambe sono sempre più frenetiche. La corrente lo strattona. Va sotto di nuovo con la testa e vede altre forme. Passa un uomo, un cinese con il collo piegato a un'angolazione strana, come se fosse rotto. Una ragazza tamil, con la bocca aperta ma gli occhi misericordiosamente chiusi. Senza corpo, solo la testa tagliata, serena. Ren piange, si agita. È invaso dal terrore, l'acqua gli brucia i polmoni.

Viene urtato da un pezzo di legno. Ansante, emerge in superficie e tenta di afferrarlo. Mentre lo guarda uscire dalla sua portata, capisce che è stato Yi a lanciarlo. Un altro ceppo arriva galleggiando in direzione di Ren. Questo è più grosso. Mentre ne viene colpito, vede la faccia disperata di Yi. *Torna indietro!*

E lui lo fa. Torna indietro.

Ren si ritrova sdraiato a faccia in giù sul pavimento della sua camera. Le sue mani sono appiattite come le zampe di un geco sul soffitto, ma lì non c'è pericolo di cadere, è già per terra. Dopo un attimo scoppia a piangere.

Si apre la porta. È Ah Long, con la faccia corrugata dalla preoccupazione. «*Aiya!* Ti sei fatto male?»

Ren, disorientato, si alza a sedere. Ah Long gli tasta la fronte. «Sono passato anche prima... Avevi la febbre alta.»

«Che ore sono?» La voce di Ren è un secco gracidio. Ah Long gli asciuga il viso con una salvietta calda.

«Quasi le cinque del mattino.»

«Faceva così freddo.» Il ricordo dell'acqua gelata gli fa venire la pelle d'oca sulle braccia.

«Era la febbre.»

Ren si rende conto di sentirsi bene. Niente più brividi, niente bruciante debolezza. Prova a muovere le gambe. Il sogno regredisce, come acqua che scorre all'indietro, e la cosa più bella è che il suo sesto senso, quell'invisibile pulsazione elettrica che gli parla del mondo, è tornato, ronzando piano in sottofondo.

Ah Long aggrotta la fronte scrutandolo. Pare una vecchia scimmia brizzolata. «Hai gridato molto. Con chi parlavi?»

«Con mio fratello. Il mio gemello che è morto.»

Ah Long si china in modo da avvicinare la faccia a quella di Ren. «Lo sogni spesso?»

«Non spesso. Ma sembra vero.» Ren racconta del treno e del

fiume, e di come avrebbe potuto arrivare sulla riva se avesse insistito ancora un po'.

«Tuo fratello ti ha mai chiesto di andare da lui?»

«Perché?»

Ah Long sospira e alza lo sguardo al soffitto. C'è silenzio, tanto silenzio in quell'ora buia e vuota prima dell'alba, quando neppure gli uccelli si muovono. La Malesia si trova vicino all'Equatore; il sole non sorge fino alle sette del mattino e le giornate durano quasi esattamente dodici ore.

«Ci credi nei fantasmi?» chiede Ah Long.

Ren è sorpreso. Ah Long tratta il soprannaturale con la stessa accettazione sospettosa che riserva all'elettricità, alle radio e alle automobili.

«Non lo so» gli risponde. Ma i sogni non sono la stessa cosa delle storie che si sentono su pallide apparizioni viste sulle piante di banano, o su donne dai lunghi capelli e dai piedi rivolti all'indietro.

«Io avevo uno zio che li vedeva» dice Ah Long. «Faceva il cuoco da una famiglia di Malacca. In quella casa succedevano un sacco di cose strane, secondo lui. C'era una figlia, bellissima, che avrebbe dovuto sposare un morto.»

«E l'ha sposato davvero?» Ren è così interessato che si mette a sedere dritto.

«No, anche se il morto era di una famiglia ricchissima. Volevano che lei diventasse una sposa per il fantasma.»

«E cosa le è successo?»

«È scappata con qualcun altro. Ma anni dopo, quando era molto vecchio, mio zio diceva che quella ragazza tornava a trovarlo. E, stranamente, aveva lo stesso aspetto di quando era scappata di casa a diciott'anni. Ma questa è un'altra storia... Mio zio i fantasmi li vedeva sempre. Era una cosa inquietante. A differenza dei vivi, stavano sempre nello stesso posto. Per esempio c'era un certo risciò dove secondo lui c'era sempre un passeggero: un bambino che cercava di sedersi in braccio alle persone. E un'altra volta una donna era rimasta tutta la notte seduta accanto al suo letto, pettinandosi i capelli e piangendo. Comunque, mio zio mi diede un consiglio che adesso ti rivelerò, perché credo ti serva.»

«E cos'è?»

«Non parlare con i morti.»

Per un momento Ren rimane in silenzio. Nessuno gli ha mai dato un consiglio del genere. «Perché no?»

Ah Long si gratta la testa. Sembra vecchio e stanco. «Perché i morti non appartengono a questo mondo. La loro storia è finita... devono andare oltre. Non puoi obbedire loro stando da questo lato della tomba.»

I pensieri di Ren volano istantaneamente al dottor MacFarlane. «Non sarebbero contenti se onorassimo i loro desideri?»

«*Cheh*, contenti o no, sono affari loro, non tuoi.» Ah Long si alza con le ossa che scricchiolano. «Se ti senti meglio, torna a letto.»

«Ma oggi c'è la festa» ricorda Ren all'improvviso.

«Come se non potessi arrangiarmi senza di te! Faccio il cuoco da prima che tu venissi al mondo...»

Ah Long lascia una tazza di latte caldo al malto accanto a Ren e fa per andare; poi gli appoggia brevemente una mano sulla testa. «Ricorda quello che ti ho detto» ribadisce burbero.

Dopo aver sorbito la bevanda, Ren si sdraia tirandosi addosso la sottile coperta di cotone. Ah Long non capisce, pensa. Resta da fare solo una piccola cosa, e poi sarà tutto finito.

24

FALIM, MARTEDÌ 16 GIUGNO

Erano quasi le otto di sera ed era ormai buio quando la macchina di Robert si fermò con uno stridio di freni fuori dal negozio del mio patrigno. Robert saltò giù, ma io ero già all'ingresso e rovistavo in cerca delle chiavi. Dietro le persiane era buio pesto: che la situazione fosse tanto brutta da averli spinti a portare via mia madre? Il vento soffiava tra le ombre del portico, i fantasmi dei fratelli che attendevano di venire alla luce. O forse già erravano da qualche parte in questo mondo.

La porta si aprì con quel suo familiare cigolio. Il viso del mio patrigno sbirciò fuori. I profondi solchi tra naso e bocca mettevano in risalto la sua somiglianza con una scultura di pietra. Con mia grande sorpresa, apparve sollevato, persino contento di vedermi.

«Dov'è mia madre?» chiesi, con il cuore in gola.

«Riposa. Sta bene.»

Prima guardò fisso Robert, poi la macchina, arenata sul bordo del marciapiede come una balena dal dorso rifulgente. Robert allungò la mano per presentarsi mentre io, ansiosa, mi introducevo in casa. Un'ombra comparve dietro il mio patrigno. Era Shin.

Mi ero sempre detta che Shin non aveva preso dal padre, ma da certe angolazioni si scorgeva una inquietante somiglianza. La luce tremula della lampada a olio del mio patrigno fece ondeggiare i tratti dei loro visi e per un angoscioso istante i due parvero il passato e il futuro della stessa persona. Borbottai qualcosa sul fatto che volevo vedere mia madre, ma non potei mascherare un breve guizzo di ripugnanza.

Shin doveva averlo notato, visto che distolse lo sguardo. «Riposa nell'ufficio al piano di sotto... Meglio se per adesso non fa le scale.»

L'ufficio del mio patrigno era una stanza angusta e lugubre nel mezzo della lunga casa. Lì teneva i registri contabili, insieme a uno schedario di metallo e un grande abaco nero. Mentre percorrevamo in fretta la tetra bottega, dissi: «Perché non hai acceso più lampade?».

«Dopo che il dottore e zietta Wong se ne sono andati, mio padre le ha spente. Sai com'è.»

Lo sapevo. Il mio patrigno aveva una certa predilezione per stare seduto al buio, soprattutto quando qualcosa lo preoccupava. Mi sovvenne ancora il ricordo di quella tremenda sera in cui aveva rotto il braccio a Shin. Anche allora la casa era buia e silenziosa.

«Cos'ha detto zietta Wong?»

Quella signora non era imparentata con nessuno di noi, ma viveva nella casa accanto da prima che io e mia madre traslocassimo. Era la ficcanaso del vicinato, però voleva bene a mia madre.

«A quanto pare, c'era una grossa emorragia. Ha chiamato il medico. Se n'è andato prima del mio arrivo, ma sembra si sia trattato di un aborto spontaneo molto precoce.» Shin parlò con pacatezza, in un tono che in parte mi ricordò la sua formazione medica. Ma quella persona era mia madre, non un'estranea. Corsi verso la stanza e aprii la porta.

Un'unica lampada bruciava sulla scrivania e rischiarava un pagliericcio di fortuna adagiato sul pavimento. Il viso di mia madre pareva più pallido del solito, la fronte alta e liscia, quasi il cranio sporgesse dal sottile velo di carne.

Aveva la mano asciutta e fredda, ma si sforzò di rivolgermi un debole sorriso. «Ji Lin, ti ho detto di non preoccuparti. Mi sentivo solo un po' fiacca, per questo zietta Wong ha chiamato il dottore.»

Le strinsi la mano. «Sapevi di essere incinta?»

Imbarazzata, lanciò uno sguardo a Shin. Lui colse il segnale, e piano piano se ne andò.

«No. Ho sempre avuto un ciclo irregolare, lo sai. E poi sono troppo vecchia per avere un bambino.» Aveva quarantadue anni. Era ancora possibile. Alcune mie amiche avevano fratelli più giovani di decine di anni.

«Devi tenerlo lontano da te.» Perché il mio patrigno non poteva lasciarla in pace? Riuscivo a malapena a parlare, tanto ero infuriata. Le mie parole erano colme di amarezza.

«Non dire così. È un suo diritto. Sono io quella che ha fallito, non dandogli figli.»

Mi morsi il labbro. Era inutile rimproverarla in uno stato del genere. Dovevo trovare un altro modo, e pensai ancora a quanto avrei voluto avvelenare il mio patrigno.

Quella sera, più tardi, quando mia madre riposava e il mio patrigno si era ritirato nella sua stanza, io e Shin uscimmo a mangiare. Il caldo era soffocante. La maggior parte dei locali era già chiusa, ma Shin mi portò a una bancarella di strada che serviva *hor fun*, grossi spaghettoni di riso, dentro una zuppa. Ci sedemmo a un tavolo pieghevole che traballava, con un angolo appoggiato su un mattone, vicino a tre uomini in pausa da una nottata di mahjong.

Mentre Shin andava a ordinare, io ascoltavo con un orecchio gli uomini che discutevano sui debiti di mahjong. Mia madre stessa doveva aver partecipato a partite del genere, dal momento che aveva accumulato un debito di quaranta dollari malesi. Pensare ai soldi mi fece rivoltare lo stomaco, e quando

Shin mi mise davanti una scodella di *sar hor fun* fumanti, mi limitai a mescolarli svogliata con le bacchette.

Shin si sedette di fronte a me e cominciò a divorare gli spaghetti. Sotto la luce sibilante della lampada a carburo, con le falene che gli svolazzavano intorno in cerchio, non somigliava affatto al mio patrigno. Fui travolta da un'ondata di sollievo. Senza averla toccata, spinsi la mia ciotola verso di lui.

«Ho bisogno che parli con tuo padre.»

«Riguardo a cosa?»

Suonava strano parlare in quel modo dei nostri genitori, ma dovevo dirglielo. «Deve lasciare in pace mia madre. Non può rimanere incinta di nuovo.»

Il viso di Shin impallidì sotto il chiarore brillante della lampada. «Stasera, appena arrivato, gliel'ho già detto.»

«Ti darà retta?»

Alzò le spalle. Quella conversazione metteva a disagio tanto me quanto lui. «Gli ho detto che esistono altre possibilità.»

«Per esempio? Andare a prostitute o prendere i voti da monaco?» Infilzai con ferocia una polpetta di pesce nella ciotola di Shin. Non m'importava cosa facesse il mio patrigno, fintanto che rimaneva lontano da mia madre.

«Contraccettivi.» Si accigliò per nascondere l'imbarazzo. «Comunque, non devi preoccuparti per cose del genere.»

«So anch'io cos'è un profilattico.» O quello che chiamavano "scudo maschile", come se si trattasse di qualcosa di valoroso. «Sono sicuro che non se lo metterà, quel vecchio bastardo.»

Di solito quello era il modo di parlare di Shin, non il mio. In genere, evitavo di rivolgere insulti a suo padre. Facendolo ora, avevo varcato un confine invisibile.

Non avevo mai capito davvero cosa provasse Shin nei confronti del padre. Dopotutto, mia madre prendeva spesso decisioni sciocche che mi facevano venire voglia di darle due sberle, però le volevo ancora bene. Sospettavo che potesse essere lo stesso per Shin, a prescindere da cosa combinasse il padre.

Forse essere una famiglia significava quello: essere vincolati a obblighi cui non potevi sfuggire.

Tuttavia, invece di mostrarsi infastidito, Shin mi rivolse di nuovo quello sguardo pensieroso. «Come fai a intendertene così tanto di cose simili?»

Tutto quello che sapevo era farina del sacco delle colleghe di lavoro. Mi avevano detto che il contraccettivo migliore erano i preservativi, assai diffusi dai tempi della Grande Guerra. Ma non potevo spiegargli come ne ero venuta a conoscenza.

«Grazie alla mia mancanza di discrezione femminile» dissi seccata.

«Se riesco a convincerlo, probabilmente manterrà la promessa» rispose lui.

Sì, quell'uomo freddo e cocciuto l'avrebbe mantenuta. Proprio come non avrebbe mai potuto abbuonare un debito. Le parole di Shin fecero scattare qualcosa nella mia testa. All'improvviso, capii.

«Tu hai fatto un accordo con lui.»

«No.»

«Non parlo di oggi. Intendo due anni fa. Quando ti ha rotto il braccio.»

Avevo colto Shin di sorpresa. Potei vederlo nella sua espressione corrucciata e nel modo in cui chinò la testa, fissando la zuppa.

«L'hai fatto, vero? Di cosa si tratta?»

La bocca di Shin si serrò. Non mi avrebbe mai spiegato cosa fosse successo quella sera.

«Be', anch'io posso stringere un patto con lui.»

«Non farlo.»

Shin mi afferrò il polso, un movimento repentino e deciso. Sussultai. Rendendosene conto, aprì piano le dita.

«Non devi mai stringere un patto con mio padre. Promettimelo, Ji Lin.»

Non risposi. Esisteva un modo per ottenere ciò che volevo dal mio patrigno. La domanda era: cosa avrebbe voluto in cambio?

Sulla strada del ritorno era molto buio. Le sagome delle case apparivano ai miei occhi tutte sformate, mentre si addossavano l'una sull'altra con le finestre chiuse per ripararsi dalla notte. Quando Shin sarebbe tornato a Singapore, non avrei più avuto nessuno con cui confidarmi riguardo ai problemi di famiglia. Per lui era diverso. Aveva qualcun altro.

«L'anello» mi ricordai. «Devo restituirtelo.»

«Tienilo, per ora» ribatté Shin. Dopo la cena era stato molto taciturno. Era un brutto segno; significava che pensava a qualcosa. «Cosa ci facevi prima con Robert?»

«Ci siamo incontrati per caso. Ah, senti, cosa ne hai fatto del pacchetto di Pei Ling?»

Shin si accigliò. «È stato sciocco da parte tua immischiarti. Credo che si rivelerà un problema.»

«Volevo solo aiutarla» dissi, sgomenta. «L'hai aperto?»

«Certo! Non si devono mai tenere pacchetti di cui non si conosce il contenuto. Non ti è parso strano che si affidasse a te, una sconosciuta, per recuperare qualcosa?» disse con freddezza. «Il tuo nome significa "saggezza". A volte penso che tu sia incredibilmente stupida per una che in teoria dovrebbe essere intelligente.»

Ero furiosa. Non era stato per mancanza di cervello che non riuscivo a farmi strada nella vita. «Be', il tuo nome significa "fedeltà", eppure continui a cambiare donna!»

Fu un colpo basso. Shin si raddrizzò e aumentò l'andatura, lasciandomi indietro. Lo seguii, ribollente di rabbia, malgrado sapessi che il suo nome voleva dire ben più di fedeltà. *Xin* rappresentava anche integrità e lealtà, così come tutte le virtù dai significati più ampi e profondi, e non potevo davvero lamentarmi che Shin avesse fallito in quei campi. Nell'oscurità, ripensai a ciò che il ragazzino aveva detto nel mio sogno. *Dentro ognuno di noi c'è qualcosa che non va.*

Camminavo adagio, per non dare a Shin la soddisfazione di credere che lo inseguissi. Tuttavia, quando girai l'angolo, era lì ad aspettarmi. Una volta un altro ragazzo, infastidito perché gli stavo sempre alle calcagna, mi aveva rinchiuso in un capanno abbandonato. Era scappato tra le risate e io mi ero ritrovata a piangere in preda al panico finché Shin non era venuto a cercarmi. Nel ricordare quell'episodio, borbottai: «Mi dispiace». Ricominciò a camminare, due passi avanti. Presto sarebbe tornato a Singapore. Quando l'avrei rivisto, avrebbe avuto con sé la fidanzata. Provai di nuovo quella dolorosa stretta alla gola, come se avessi mandato giù una bacchetta.

«Ho detto che mi dispiace!»

Shin si voltò. «Non sono delle scuse. Stai solo gridando.»

Avrei dovuto pensarci meglio prima di accusarlo d'infedeltà. Per chissà quale ragione, per lui era un tasto dolente. «Non ti arrabbiare, Shin. Ero soltanto gelosa.»

«Di cosa?» Si fermò all'ombra di un albero dalle foglie che tremolavano al chiaro di luna. L'oscurità rendeva più facile confessare cose che altrimenti non avrei mai detto.

«Ti ho detestato e invidiato per il fatto che vai a studiare medicina. E perché sei un ragazzo. E perché puoi fare quello che vuoi.»

Shin rimase a lungo in silenzio. «È tutto?»

Nella sua voce c'era una nota aspra. Ebbi la brutta sensazione di aver fallito una specie di prova. Cos'altro avrei dovuto dire? Dopotutto, si era messo con una ragazza dopo l'altra e non avevo mai mosso alcuna obiezione. E iniziare ora era troppo umiliante.

Arrivammo a casa senza scambiarci un'altra parola. Mi sentivo avvilita, come capitava sempre quando litigavamo, anche se questa volta non ero del tutto sicura di quale fosse l'argomento della discussione. Dentro, tutto era buio e silenzioso. Il mio patrigno era andato a letto e noi, dopo aver controllato mia madre che dormiva, ci dirigemmo in cucina. Accesi la lampada e la stanza venne inondata dal caldo bagliore della luce. Shin sembrava ancora arrabbiato, ma disse: «Aspetta qui». Poi scomparve su per le scale.

Avevo un brutto presentimento; intuivo che mi sarei pentita di aver visto cosa ci fosse nel pacchetto di Pei Ling. Nervosa, girai per la cucina. Mentre mettevo a posto i piatti, avvertii la forte sensazione che qualcuno mi guardasse. Y.K. Wong si era in qualche modo materializzato nella bottega? Idea ridicola, ovviamente. Mi bloccai ascoltando il sordo battito del mio cuore, il silenzio assordante della casa. Afferrai la pesante mannaia e mi voltai a guardare la porta aperta.

C'era davvero qualcuno fermo nell'ombra. Ma era solo Shin. Oppure no? La luce tremula della lampada gli donava uno sguardo famelico e incollerito che mai avevo visto prima di allora. Uno sguardo da belva, di un animale ai margini di un accampamento. Per un istante non lo riconobbi ed ebbi paura.

Shin lanciò un'occhiata alla mannaia nella mia mano e la bocca gli si contorse in un ghigno amaro. «Pensavi fosse mio padre?»

Non era colpa sua se nelle loro vene scorreva lo stesso sangue. «No... mi sono soltanto spaventata.»

Shin si fece avanti con calma, guardandomi intensamente.

«Ti ha messo le mani addosso?»

«Chi? Tuo padre?» Negli ultimi dieci anni, quell'uomo si era a malapena accorto che esistevo.

Si sedette al tavolo della cucina e si prese la testa fra le mani. «Mentre ero via, mi sono preoccupato per te.»

«Lui non perde tempo con me» ribattei in tono aspro. Il mio patrigno aveva modi migliori per tenermi a bada, tra cui lo stolto affetto per lui che ancora indugiava negli occhi di mia madre, e i lividi sulle sue braccia. «E comunque, se fossi stato tanto in ansia per me, avresti dovuto rispondere alle mie lettere.»

Lo sguardo di Shin divenne pericolosamente assente. «Pare che te la sia passata abbastanza bene anche senza di me.»

«Che intendi?»

«Parlo di Robert. Non avevi mai detto di essere in rapporti tanto buoni con lui.»

Quelle parole erano ingiuste al punto da togliermi il respiro. «Te l'ho detto, stasera ci siamo solo incontrati per caso!»

Gli occhi di Shin risalirono lungo il mio bel vestito, si posarono sul rossetto e sul mascara nero che Hui mi aveva messo poche ore prima, quando ridevamo e scherzavamo nella sua stanza. Era uno sguardo irato, inquisitore, che mi faceva ardere e raggelare allo stesso tempo. Spiegargli le cose era inutile e, in ogni caso, perché dovevo farlo?

«Robert è stato molto gentile con me» sbottai.

«Sì» disse Shin. «Con i soldi del padre.»

«E a te cosa importa? Dopotutto, sei scappato da qui appena ne hai avuto la possibilità.»

«Non sono scappato.»

«Non sei nemmeno tornato per le vacanze. Mi hai lasciato qui e basta. In questa casa.» Mio malgrado, mi spuntarono le lacrime agli occhi. Stringendo i denti, mi dissi che erano lacrime di rabbia. Shin fece per rispondere qualcosa, ma lo interruppi. «Pensi davvero che il mio sogno sia fare la sarta? Detesto questo lavoro. Ma non vogliono buttare i soldi per farmi studiare ancora.»

«Ji Lin...»

«Allora non tornare adesso a dire che eri preoccupato per me. Per quanto ne so, tu hai fatto una specie di accordo con *lui*. Così non hai dovuto lavorare in negozio e te ne sei potuto andare in giro a fare quello che volevi. Codardo!»

Se soltanto volevo, ero ben capace di ferire Shin. Ferirlo in una maniera terribile e crudele, come estirpare le molli viscere da una preda. Avevo il cuore che scalpitava, il respiro affannoso. Quasi mi aspettavo di vedere il sangue sparso su tutto il tavolo della cucina.

«Pensi sia questo che ho fatto?» Il volto di Shin era di un bianco cadaverico, una incantevole maschera mortuaria.

Mi preparai per quello che sarebbe stato di sicuro un feroce contrattacco. Tuttavia, con mia grande sorpresa, non disse nulla. Si limitò a lanciarmi uno sguardo perplesso, quel genere di sguardo che non mostrava a nessun altro, nemmeno quando veniva quasi picchiato a morte.

Non volevo vederlo in quello stato. Eppure, in quel momento lo odiavo. Mi ricordai la sua espressione mentre era adagiato sul grembo di Fong Lan, la mano di lei che scivolava possessivamente sul suo petto nudo. La maniera in cui lei lo guardava negli occhi, sorridendo.

Shin mise sul tavolo un pacchettino di carta marrone.

«Puoi guardare cosa c'è, oppure no» disse. «La decisione è tua.»

Si voltò e uscì dalla cucina. Paralizzata, attesi di sentire i suoi passi risalire al piano di sopra. Invece lo udii camminare per tutta la bottega e aprire la porta d'ingresso, con il suo scricchiolio rivelatore. Poi l'incantesimo si ruppe. Corsi per il corridoio, quel lungo e angusto passaggio che si snodava nelle tetre viscere della casa.

«Shin!» esclamai. «Dove stai andando?»

«Torno all'ospedale.»

«Pensavo rimanessi qui stanotte.»

«Domani devo lavorare.» Il modo in cui lo disse, con rassegnata pazienza, mi spezzò il cuore.

«Adesso non ci sono treni, e neanche autobus.»

«Lo so. Ho preso in prestito la bicicletta di Ming.»

«Ma è molto lontano.» Ci avrebbe impiegato più di un'ora su strade buie e sterrate, e in direzione di Batu Gajah la strada saliva ripida.

«Allora è meglio che vada.» Mi rivolse una parvenza di sorriso. «Non preoccuparti, andrà tutto bene.»

Shin portò la pesante bicicletta nera, rimasta davanti al negozio, fuori in strada. Gli andai dietro, impotente.

«Torna dentro» disse sottovoce, sollevando lo sguardo verso le finestre buie della stanza del mio patrigno. «Per favore.»

«Shin... mi dispiace.» Lo abbracciai da dietro e premetti la faccia sulla sua schiena magra. Sentivo il suo petto alzarsi e abbassarsi.

«Non piangere» disse. «Non in mezzo alla strada. Altrimenti uscirà zietta Wong e gireranno voci ancora più strane sulla nostra famiglia.»

Quel tentativo di alleggerire l'atmosfera mi fece soltanto singhiozzare più forte, benché provassi a soffocare il rumore. Piangere in silenzio era un'abilità che entrambi avevamo sviluppato in quella casa.

Shin sospirò e appoggiò la bicicletta. Dopo un lungo attimo, si voltò. Ma non mi staccai da lui. Avevo la sensazione che sarebbe accaduto qualcosa di terribile se l'avessi lasciato andare. Era un pensiero sciocco, ma mi faceva sentire tanto sola che lo strinsi più forte.

«Non riesco a respirare» mormorò.

«Scusa.» Bisbigliavamo, consci di essere in mezzo alla strada, malgrado sapessimo che ormai tutti i vicini erano andati a dormire. La luna risplendeva gettando nitide ombre plumbee e argentee. Shin pareva esausto.

«Fammi venire con te. Pensarti in giro, su strade così buie, mi fa stare in pensiero.»

«E come?» chiese, accarezzandomi i capelli. Non l'aveva mai fatto prima, e per nascondere l'imbarazzo affondai il viso nella sua spalla. L'indomani sarebbe stato ancora di qualcun'altra, ma stanotte era mio.

«Salirò dietro. Pedaleremo a turno.»

«Sei troppo pesante. Ci ribalteremo.»

«Stupido» dissi, e gli diedi un colpetto. Mi prese per i polsi e mi attirò a sé. Senza fiato, alzai il viso. Ero quasi sicura che mi avrebbe baciata, ma si fermò. Abbassò le mani. Al chiarore della luna, non riuscivo a leggere il suo sguardo.

«Devi prenderti cura di tua madre» disse Shin.

Aveva ragione. Mortificata, liberai i polsi dalla sua presa. Cosa mi era passato per la testa, speravo sul serio che il mio fratellastro mi baciasse?

«Stai attento» gli raccomandai, e mi feci indietro. Lo guardai prendere un fiammifero e accendere la lampada a cherosene. Shin si mise in sella disinvolto, con un movimento fluido, e si addentrò nelle tenebre notturne.

25

FALIM, MARTEDÌ 16 GIUGNO

Naturalmente, la prima cosa che feci fu tornare in cucina e aprire il pacchettino marrone di Pei Ling. Shin aveva detto che dopo la caduta la ragazza non aveva ancora ripreso i sensi. Un brivido mi attraversò il corpo. Ero quasi sicura che fosse stata spinta e che Y.K. Wong avesse qualcosa a che vedere con la faccenda. Non importava che non avessi alcuna prova. Era soltanto una sensazione, un sibilo nell'aria.

Mentre strappavo il doppio strato di carta da macellaio, si udì un nitido tintinnio. Quando una boccetta di vetro e un plico di carte scivolarono sul tavolo della cucina, trattenni il fiato. Ormai conoscevo bene la forma e le dimensioni di quel contenitore. Dentro c'era un pollice. Non era secco e avvizzito, come il dito che avevo preso dalla tasca del rappresentante, ma conservato in un fluido giallastro, come gran parte dei campioni del magazzino. Misi il boccettino dritto accanto alla lampada. Stranamente, non mi spaventò quanto il dito sotto sale con l'estremità annerita. Forse perché sembrava finto, simile a un modellino di cera. Ero certa che provenisse dalla lista di campioni mancanti che avevamo compilato.

Il pacchetto conteneva anche alcuni documenti. La grafia infantile di Pei Ling aveva indirizzato le buste al signor Chan

Yew Cheung, il rappresentante. Leggere la corrispondenza altrui non mi pareva corretto, ma nelle orecchie mi risuonava l'ammonimento di Shin riguardo agli estranei. Una rapida occhiata confermò i miei sospetti. Erano lettere d'amore: pagine e pagine di struggente infatuazione. Spostai veloce lo sguardo, ma non prima di cogliere frammenti di frasi come *quando lo dirai a tua moglie* e, ancor più imbarazzante, *le tue labbra sulla mia pelle*. A ogni modo, le lettere erano autentiche. E assolutamente indiscrete. C'era poco da stupirsi che le rivolesse indietro. Fossero state recapitate in forma anonima alla capoinfermiera, Pei Ling sarebbe stata licenziata.

In fondo alla pila c'era un foglio di carta strappato da un quaderno. La grafia era diversa da quella di Pei Ling, più maschile. Sul lato sinistro era scritto un elenco di tredici nomi, tutti del posto. Chan Yew Cheung era il penultimo. E contrassegnato con un segno energico, come se qualcuno l'avesse spuntato. A destra del foglio si trovava una lista più breve. Soltanto tre nomi: J. MacFarlane, W. Acton, L. Rawlings.

Fissai i due elenchi. Potevo quasi vederci uno schema. Accanto al nome *J. MacFarlane* c'era un punto interrogativo e le parole *Taiping/Kamunting*. Ricordavo quel nome, era nel registro del magazzino di patologia, catalogato come campione donato da *W. Acton*. E avevo visto lo stesso William Acton mentre pulivo la stanza. *L. Rawlings* doveva essere sicuramente quel dottor Rawlings che dirigeva il reparto di patologia. La seconda lista dunque annoverava medici inglesi che avevano a che fare con l'ospedale distrettuale di Batu Gajah.

Sul retro del foglio erano annotate delle cifre: totali progressivi di quelli che sembravano acconti pagati. Presi un foglio pulito, copiai con cura le liste e rimpacchettai tutto, domandandomi se Shin ne avesse parlato con il dottor Rawlings.

Era mezzanotte passata. A quell'ora le strade erano deserte e Shin aveva soltanto la fioca luce della lampada a cherosene a guidarlo. Quando pensavo a lui che pedalava per miglia nell'oscurità, tra le draghe dei minatori e le piantagioni solitarie, venivo assalita da ondate d'ansia. Immaginai, con fin troppa chiarezza, Shin investito da un camion o assalito da una tigre. Un bufalo indiano era stato ucciso di recente e la carcassa, mangiata per metà, era stata trovata in una vicina piantagione. Qualcosa era a caccia, là fuori nell'ombra. Chan Yew Cheung non era anche lui morto in una notte simile, rincasando a tarda ora?

Andai a controllare mia madre. Dormiva. Le scostai delicatamente i capelli dal viso smagrito, grata che stesse bene, anche se una infida parte di me pensava che, se fosse morta, non ci sarebbe stato più nulla a trattenermi in quella casa.

Mia madre si riprese a fatica, molto più lentamente rispetto agli aborti passati. Il mio patrigno disse poco più del solito, ma trascorse una quantità sorprendente di tempo seduto accanto a lei. Mi domandai se, per la prima volta, si fosse reso conto di quanto era diventata fragile. Era pallidissima e aveva le labbra esangui, cosa che mi allarmò.

«Si è fermata l'emorragia?» chiese zietta Wong quando passò di lì.

«Quasi» rispose mia madre.

Zietta Wong mi guardò. «Se ha la febbre, dovete portarla in ospedale. Potrebbe essere un'infezione.»

Io volevo portarla subito, ma per lei muoversi sarebbe stato alquanto sfiancante. Con mia grande sorpresa, il mio patrigno espresse le medesime preoccupazioni. Si sedette accanto a mia madre e le prese la mano. «Dimmi se non ti senti bene.»

Mai l'avevo sentito parlare con tanta confidenza; lei invece non sembrò sorpresa. Allora mi domandai se era quello il modo in cui a volte la trattava nell'intimità della loro camera, a porte chiuse. Forse era sufficiente per infonderle delle vane speranze. Ma ero certa di odiarlo ancora. Niente mi avrebbe fatto cambiare idea.

Più tardi arrivò Ah Kum, che si accomodò in cucina mentre

io bollivo la zuppa di ossi di maiale cui avevo aggiunto giuggiole essiccate per aumentare lo *yang* di mia madre.

«Tuo padre è davvero preoccupato per lei. È così dolce» commentò Ah Kum.

Annuii. Ah Kum si era trasferita a Falim solo l'anno precedente e forse non sapeva che non eravamo affatto parenti.

«Tuo fratello è già ripartito?»

«Sì, ieri sera.»

Ah Kum sospirò e mi ricordai di come, l'ultima volta che Shin era a casa, gli avesse ronzato intorno tutto il tempo. Allora non mi interessava granché: strano come dieci giorni avessero potuto fare la differenza.

«Ce l'ha la ragazza?» chiese lei.

Shin non aveva detto nulla ai nostri genitori, ma neanche di questo c'era da sorprendersi.

«Penso di sì» dissi, ricordando i benevoli ammonimenti di Koh Beng all'ospedale. «A Singapore.»

«Oh, Singapore è lontana! Magari cambierà idea e sceglierà me.»

«Magari.» Ammiravo la sua risoluta determinazione.

«Avremo sei figli» disse Ah Kum per scherzo. «E saranno tutti bellissimi.»

Mi sforzai di sorridere. «Cosa te lo fa credere?»

«Basta guardare te e tuo fratello... Siete una famiglia bellissima.»

Chinai la testa, imbarazzata. Sarebbero stati guai seri se qualcuno avesse scoperto di come i miei sentimenti nei confronti di Shin erano cambiati. Potevo immaginare la rabbia del mio patrigno, la vergogna di mia madre. I pettegolezzi dei vicini su qualcosa di disdicevole che doveva essere successo in casa nostra.

«Tu tiferai per me, vero?» disse Ah Kum. «Soprattutto da quando hai un ragazzo ricco. Ho sentito che ieri sera ti ha accompagnato a casa con un macchinone.»

Mi ero completamente scordata di Robert, ma dovevo ringraziarlo, scrivergli un biglietto, anche se non ero sicura di come fare a contattarlo. Comunque il problema si risolse perché Robert passò di persona quel pomeriggio, e ancora il mattino seguente. La prima volta portò certe erbe cinesi essiccate. La seconda una zuppa di pollo in una zuppiera di porcellana bianca e blu. Mi aveva spiegato che l'aveva preparata il cuoco di famiglia, con il pollo dalla pelle nera e dalle piume setose che era ottimo soprattutto per gli invalidi.

Era molto premuroso, e io mi sentivo in colpa, specie dopo aver notato che la zuppa era traboccata sulla morbida pelle del sedile della sua auto. La guida atroce di Robert aveva fatto la sua parte, ma non dissi nulla e mi affrettai a tamponare la macchia. Lui passò un po' di tempo a chiacchierare con il mio patrigno. Non avevo idea di cosa si fossero detti ma mia madre, che si era ripresa abbastanza da sedersi in salotto e salutarlo, era contenta.

«Che bel giovanotto!» esclamò mentre le riscaldavo la zuppa di pollo. Rimasi in silenzio. Non ero riuscita a togliere la macchia dal sedile di Robert. Questo mi provocò una sgradevole sensazione di disagio. Un'altra cosa per cui gli ero in debito.

Era venerdì e io ero a Falim da tre giorni. Tre giorni in cui il viso di mia madre aveva ripreso colore e lei era tornata a stare nella camera di sopra, che condivideva con il mio patrigno. Mai le avrei permesso di sbrigare le faccende di casa, malgrado insistesse che stava benissimo.

«Sennò perché sarei qui?» le dissi, ricordandole che la signora Tham mi aveva dato la settimana libera. Tuttavia il giorno seguente dovevo tornare a Ipoh, per la festa privata di sabato.

In quei tre giorni, non avevo avuto notizie da Shin. Fosse stato investito da un camion o divorato da una tigre, ormai la polizia ci avrebbe di sicuro contattato. Tuttavia, durante l'avanzare del lungo e afoso venerdì, non potevo fare a meno di continuare a guardare l'orologio in attesa che Shin tornasse per il fine settimana.

Avevo nascosto il pacchetto con il pollice mozzato nella stanza vuota del mio fratellastro. Sapevo dove di solito conservava i suoi tesori, sotto un'asse allentata in un angolo. L'avevo alzata e ci avevo fatto scivolare dentro il pacchetto. In piedi nella stanza di Shin, con le lisce assi di legno sotto i piedi nudi, trovavo difficile credere che l'avesse occupata per tanti anni. Era completamente vuota.

Quando era partito per frequentare la scuola di medicina, aveva fatto una frenetica cernita delle sue cose. Io l'avevo guardato in silenzio dalla porta mentre si liberava sistematicamente di tutto, persino dei romanzi kung fu economici che collezionavamo entrambi.

«Posso tenerli io?» gli avevo chiesto.

Lui aveva annuito, girando appena la testa. In quel momento avevo capito che Shin non voleva più tornare a casa.

Traditore, pensai. *Disertore.*

Mi buttai sul letto ordinato e privo di biancheria, e mi domandai se Fong Lan ci si fosse sdraiata con Shin... e cosa avessero fatto. Se le avesse sbottonato piano la camicetta e si fosse chinato per baciarla, con la mano che si insinuava a toccarle il seno. Le aveva rivolto un pigro sorriso come aveva fatto con me, abbassando lo sguardo tra le ciglia? Sdraiata lì, nell'oscurità, chiusi forte gli occhi. Dovevo sopprimerla in fretta, quella acerba, neonata emozione che mi sfarfallava in petto.

Così, quando arrivò venerdì pomeriggio e udii la voce del mio patrigno levarsi in un saluto all'ingresso del negozio, mi dissi che non dovevo correre per andare ad accogliere Shin come un cagnolino fedele. Tuttavia, il battito del mio cuore accelerò mentre i passi avanzavano lungo il corridoio, fino alla cucina sul retro, dove ero indaffarata a tagliare un pollo cotto al vapore. Decisi che era meglio avere un'aria allegra, senza lasciar capire che ero rimasta sveglia per metà della notte a recuperare dieci anni di gelosia in un colpo solo. Allegra e vivace, era quella la strada giusta da percorrere.

«Tornato?» gli chiesi. «Avevo paura che ti avesse tirato sotto un camion.»

Mi girai e, mortificata, mi accorsi che alle mie spalle non c'era Shin, ma Robert.

«Guido davvero tanto male?» mi domandò sorpreso.

«Scusa, pensavo fosse Shin.»

In risposta alla mia espressione confusa, i suoi occhi si illuminarono. «Nessun problema» disse. «Mi piace quando mi parli in questa maniera, Ji Lin.» Questo non andava bene. Il modo in cui pronunciava il mio nome, ancora timidamente ma con piacere, aveva tutti i tratti tipici dell'infatuazione. L'avevo già notato alla sala da ballo, anche se era più facile svicolare quando ero Louise dagli occhi ombreggiati di nero.

«Ho sempre invidiato Shin e Ming» disse Robert. «E come voi tre eravate così uniti da piccoli.»

Provai a farci sopra una risata. «Tu hai delle sorelle, vero?»

«Non è la stessa cosa.» Si avvicinò e io lo guardai allarmata. Se avesse provato di nuovo a baciarmi, avrei potuto finire per tirargli addosso il pollo. Mi chiesi perché gli opponessi tanta resistenza. Dopotutto, era un buon partito. Non sapendo che altro fare, gli offrii dei dolci tortini di riso al vapore, gonfi come nuvole.

«Hai detto che tuo padre è nel consiglio dell'ospedale distrettuale di Batu Gajah?» chiesi con aria disinvolta.

Lui annuì, con la bocca piena di torta.

Tirai fuori la copia delle liste che erano nel pacchetto di Pei Ling. Valeva la pena provare, in caso avesse avuto qualche informazione utile a far luce su quelle persone. «Conosci uno di questi nomi?»

Robert osservò a lungo. «Lytton Rawlings è l'anatomopatologo. E questo qua, William Acton, è il chirurgo generale.»

«E J. MacFarlane?»

«Non credo faccia parte del personale.» Robert si accigliò.

«Ma ho già sentito questo nome. Gira una strana storia, qualcosa che riguarda la morte di una donna a Kamunting. Dove hai preso queste liste, all'ospedale?»

Un'ombra gelida fluttuò sotto di me. Mi pentii di aver chiesto quella cosa a Robert, con il suo atteggiamento goffo e benintenzionato.

«Non è nulla» risposi.

«Hai un'aria molto triste, Ji Lin» notò lui. «Qualcosa ti preoccupa? Perché se è così, dovresti dirmelo.»

Il suo viso, con quegli sciocchi baffetti alla moda, mi scrutava ansioso. Certo che ero preoccupata. Preoccupata per i debiti di mahjong, per gli strozzini e per aver perso il mio secondo lavoro. In più, c'erano la questioncina delle dita mozzate e il fatto di essermi innamorata del mio fratellastro, cosa che non potevo assolutamente confessare a Robert. In quel momento entrò Ah Kum. Trovandoci intenti a fissarci al tavolo della cucina, fece marcia indietro con un sorrisetto di approvazione.

Mia madre voleva convincere Robert a restare a cena, ma lui aveva altri impegni. Fu un sollievo. Shin non era ancora arrivato, ed era meglio se non si fossero incontrati. Provava una forte rivalità nei suoi confronti; in parte era invidia e in parte non sapevo cosa fosse, forse naturale avversione.

Con mia grande sorpresa, il mio patrigno uscì con me a salutare Robert. Dopo che l'elegante bestione color crema partì con uno stridio di freni, lasciando una sgommata sul bordo del marciapiede, noi due rimanemmo fermi sulla strada. Il mio patrigno, che mordicchiava uno stecchino, era impassibile come sempre, ma lo sentii ammorbidirsi, il che mi diede la spinta per dire: «Il padre di Robert è nel consiglio dell'ospedale di Batu Gajah».

Lui grugnì.

«Mi ha detto che, se volessi fare domanda per una borsa di studio per diventare infermiera, metterebbe una buona parola per me.»

Era un'annosa e delicata discussione che avevamo già affrontato. Il mio patrigno non considerava quello di infermiera un lavoro adatto a una giovane donna, perché bisognava lavare e toccare in modo intimo degli sconosciuti, uomini compresi.

Si voltò a guardarmi. «Non è un lavoro per una ragazza nubile. Ma se ti sposi, puoi fare come ti pare.»

Non credevo alle mie orecchie. «Perché è tanto importante che sia sposata? Il lavoro rimane lo stesso.»

«Sarai sotto la responsabilità di tuo marito.»

«È importante chi sia?»

Il mio patrigno si tolse lo stecchino dalla bocca e lo osservò. «Fintanto che si guadagna da vivere, non mi interessa chi sposerai o cosa combinerai dopo.»

Inspirai a fondo. «Me lo prometti?»

Mi guardò negli occhi. Era impossibile sapere cosa pensasse il mio patrigno in momenti del genere.

«Sì» disse. «Una volta sposata, non sarai più sotto la mia responsabilità. Né di tua madre.»

Accennò con il capo alla traccia nera lasciata sul marciapiede dalla macchina di Robert. «Ma impara a guidare come si deve.»

26

BATU GAJAH, SABATO 20 GIUGNO

È sabato, il giorno della festa. Ah Long lascia dormire Ren, e sono quasi le nove del mattino quando lui si sveglia di soprassalto. La febbre è sparita e permane la misteriosa sensazione di benessere.

Si infila in fretta nell'uniforme bianca da domestico. Ah Long è già indaffarato in cucina; mescola in un pentolone il *rendang* di manzo, cotto a fuoco lento con latte di cocco e aromatizzato con foglie di combava, citronella e cardamomo.

«Passata la febbre?» chiede.

Ren fa di sì con il capo, gli occhi luminosi.

«Bella la gioventù» borbotta Ah Long, ma sembra contento e, dopo che Ren ha fatto colazione, lo mette a lavorare sui cento preparativi dell'ultimo minuto per la festa.

William è nei paraggi. Da quando hanno trovato l'impronta della tigre ai margini del giardino, la sera non è più uscito. È rimasto chiuso nello studio a scrivere ancora più lettere.

Ren si chiede spesso dove vadano a finire. Il postino arriva e ne prende alcune, ma mai quelle con le spesse buste color crema indirizzate a una donna di nome Iris. Ren si scervella, ma riesce soltanto a concludere che William se le porti al club e le imbuchi nella cassetta delle lettere. O forse le consegna direttamente alla destinataria in qualche enorme villa coloniale. Per quanto ci provi, Ren non riesce a immaginarsi l'aspetto di questa Iris. L'unica donna che gli viene in mente è Lydia. È lei che vede aprire le lettere e bere il tè in veranda, andare all'ospedale con William. La cosa divertente è che vanno quasi d'accordo. Soltanto che il padrone si tira sempre indietro, come se Lydia gli ricordasse qualcosa che vuole evitare. Per lei dev'essere una vera delusione. A sentire i pettegolezzi della servitù, in giro non ci sono altre persone così affiatate.

Ren apparecchia il lungo tavolo con piatti, argenteria e tovaglioli inamidati, accuratamente piegati a forma di pavone. Il servizio di posate è in vero argento, della famiglia di William, con uno stemma e una A elaborata incisi su ogni pezzo. Ren ha passato l'intera mattina del mercoledì a lucidarle. I cucchiai e le forchette sono pesanti. Ah Long sostiene che è indice di qualità. L'ultimo medico per cui ha lavorato aveva coltelli e forchette di acciaio inossidabile, non di argento buono come questi. Quando Ren chiede timidamente a William se la sua famiglia è famosa, lui si limita a fare una risatina e dice qualcosa sulle pecore nere, anche se a Ren non è chiaro cosa c'entrino le pecore con l'argenteria.

Oggi William ha i nervi a fior di pelle. Fuma una sigaretta dopo l'altra, appoggiato al parapetto di legno della veranda, e guarda le lussureggianti foglie verdi delle canne che cingono la villa. Dev'essere a causa del biglietto che ha ricevuto questa mattina, consegnato da un giovane singalese dallo sguardo cupo che avrà avuto tredici o quattordici anni.

Ren sta scrollando uno straccio davanti alla porta d'ingresso, quando il ragazzo arriva in bicicletta.

«*Tolong kasi surat ni pada awak punya Tuan.*» Consegna questa lettera al tuo padrone, dice in malese.

È un biglietto piegato, scritto a mano. La grafia ha un aspetto infantile e immaturo, come se chi l'ha scritto non fosse molto sicuro delle lettere. *Per il signor William*, recita.

«Ti serve qualcosa dal mio padrone?» chiede Ren con una certa curiosità.

Il giovane ha un atteggiamento sprezzante. «Non io. Mia cugina. Digli che vuole incontrarlo presto. La gamba le dà problemi.»

Ren capisce subito. «Tua cugina è Nandani? Come sta?» Ren ricorda il sorriso caloroso di Nandani, le ciocche ricciute dei suoi bei capelli neri.

«Vuole *vederlo.*» Increspa le labbra. «Immagino tu non capisca, piccolo come sei. Quanti anni hai?»

«Quasi tredici.»

«Non mentire. Ne avrai dieci. Forse undici.» L'altro ride.

È il primo a indovinare, e Ren si ammutolisce.

Poi, l'altro ragazzo dice in tono più amichevole: «Dagli quel biglietto, va bene? Sai, suo padre l'ha scoperto».

«Che cosa?»

«Non importa.» Fa una faccia corrucciata e se ne va, lasciando lì Ren con il biglietto in mano. Non sapendo che fare, Ren entra in casa e lo consegna a William, il quale, con sua grande sorpresa, invece di aprirlo se lo mette in tasca.

«Deve rispondere?» Ren si domanda perché il padrone non abbia aperto il foglio.

«No. È solo un malinteso.» William si volta e torna sulla veranda.

Alle sette di sera arrivano i primi ospiti, gli uomini in leggeri completi tropicali di traliccio di cotone, le due donne in abitini graziosi. Lydia sovrasta l'altra ospite, una timida brunetta, moglie di uno dei giovani dottori.

Gironzolano per il salotto, sorseggiando i drink preparati dal cameriere assunto apposta per la serata. È un amico di Ah Long, un ragazzo hainanese che lavora al Kinta Club. Le sue abili mani spremono il lime e agitano il ghiaccio con forza. A Ren piacerebbe stare a guardare, ma Ah Long lo fa correre su e giù, quindi riesce soltanto a carpire stralci di discorsi tra il tintinnio dei bicchieri e le risate.

C'è Leslie, il dottore dai capelli rossi in buoni rapporti con William, che dice ansiosamente alla timida moglie del collega: «Spero non le dispiaccia, signora Banks. Non sapevo che questa sera ci sarebbero state delle invitate e ho organizzato un piccolo intrattenimento. Per ballare, sa. Qualche ragazza, ma molto rispettabile».

«Oh, non mi dispiace affatto» replica la donna, anche se pare preoccupata.

Ren passa loro davanti con un vassoio e si domanda quale sia il dottor Rawlings. Il pensiero va colpevolmente al dito sepolto in giardino. Il medico avrà notato che dallo scaffale manca il campione? Ren ricorda quel formicolio elettrico, una sorta di scossa statica prima dell'arrivo di un segnale, che aveva sentito vicino alla sala di patologia. Inclina la testa da un lato all'altro e si chiede se il suo sesto senso gli dirà se la fonte era davvero il dottor Rawlings.

Ma non ha tempo per guardare. Il lungo buffet della sala da pranzo è carico di zuppiere di *rendang* e profumato riso fumante. Aspri manghi verdi sono sminuzzati in un *kerabu*, un'insalata condita con menta, scalogno e gamberetti essiccati spruzzati di lime e salsa piccante *sambal*. William ama il cibo locale e servire una cena a base di curry va di moda, anche se per i meno audaci Ah Long ha trasformato tre petti di pollo in cotolette, ricoperte di sugo di cipolla e piselli in scatola. Il resto della carne di pollo è stato fritto due volte per fare l'*inchi kabin*, e ci sono piattini di vetro con sottaceti e condimenti.

Si siedono. William accompagna la piccola signora Banks sottobraccio, dato che le donne sposate hanno la precedenza sulle nubili. Ren, in piedi accanto al buffet per aiutare, osserva con attenzione il tavolo e i visi vivaci degli uomini, mentre spiegano i tovaglioli di lino inamidati e sorseggiano dai bicchieri. Di vero cristallo, come gli ha detto Ah Long.

Lydia è all'altra estremità del tavolo rispetto a William. Ride spesso, mettendo facilmente in ombra la timida signora Banks. Leslie si sporge e mormora qualcosa a William, che sembra fuori di sé.

«Ragazze di una sala da ballo? Ma che diamine ti è saltato in mente?»

«... non avevo capito che ci sarebbero state delle signore.»

Sconcertato, Leslie abbassa la voce mentre William scuote la testa.

«Dovevi dirmelo.»

«Ho pensato che una sorpresa sarebbe stata più divertente» ribatte Leslie.

William rivolge un cenno a Ren. «Di' ad Ah Long che arriveranno alcune ragazze. Quante?»

«Cinque» risponde Leslie. «E uno chaperon. Di un locale rispettabile.»

«Ottimo. Cinque signorine. Appena arrivano, fatele accomodare nel mio studio. E spero» dice lanciando un'occhiata a Leslie, «che non succeda un disastro.»

«Balleranno e basta. Niente di più di quello che vedresti al Celestial in un normale pomeriggio del fine settimana.»

I capelli di quell'uomo hanno un colore stupefacente, un rosso carota che Ren ha visto soltanto nei gatti. Con un sussulto si rende conto che stava fissando Leslie, e che i due uomini lo guardano divertiti.

«La sala da ballo manderà uno chaperon» dice Ah Long mentre Ren si affretta a informarlo di questo entusiasmante sviluppo. «Sono abbastanza rigidi in queste cose, altrimenti non possono lavorare.»

«Perché?» Ren pulisce un piatto.

«Non vogliono problemi, almeno i posti rispettabili.»

«E quelli non rispettabili?» chiede Ren.

«In quelli non ci dovresti andare. Neanche quando sarai più grande.»

Lui vorrebbe saperne di più delle sale da ballo, ma ha dei compiti da assolvere. Per ballare bisogna spostare i mobili e cospargere il pavimento di un'apposita polvere. Mentre trascina i mobili ai lati della stanza, dalla sala da pranzo provengono risate e un tintinnio di bicchieri. Ren si chiede se avanzerà qualcosa, ma intanto che ci riflette, il suo udito acuto coglie una nota stonata dalla cucina.

«*Nanti, nanti!* Non puoi entrare lì!» È la voce di Ah Long. Poi, con maggiore insistenza: «Ren!».

Ren torna indietro di volata, facendo cadere il barattolo di talco. Sono le ragazze della sala da ballo? Se è così, perché sono in cucina? Ma la donna è una sola: Nandani. Ha un'aria completamente spaesata mentre cerca di spiegare qualcosa ad Ah Long. Furioso, il cuoco tiene la porta bloccata con un braccio stringendo ancora il *wok chan*, una spatola d'acciaio che usa per friggere.

«Non puoi disturbarlo adesso. Vattene a casa!»

Quando vede Ren, gli occhi di Nandani si illuminano. «Voglio vedere il tuo padrone.»

«Ti fa male la gamba?» Ren abbassa lo sguardo e nota che è ancora fasciata.

«No, va meglio.»

Ren porta via Nandani, dalla cucina verso la zona coperta all'esterno.

«Come sei arrivata qui?»

«Mio cugino mi ha dato un passaggio in bicicletta. Devo parlare con il tuo padrone.»

Ha un'aria tanto triste e disperata da far preoccupare Ren. Forse è malata e ha bisogno di cure mediche.

«Mio padre mi manda via» dice. «Da mio zio, a Seremban.»

Ren non capisce cosa c'entri con William, però scorge l'angoscia negli occhi della ragazza. «Glielo dico. Aspetta qui.»

Quando Ah Long si gira di schiena, Ren sgattaiola nella sala da pranzo e si avvicina con calma a William.

«*Tuan*, Nandani è qui per vederla.»

William non volta neanche la testa, ma sotto l'abbronzatura il viso impallidisce.

«Dov'è?»

«Fuori. Sul retro della cucina.»

William rimane zitto per un attimo. Poi spinge indietro la sedia. «Le chiedo di scusarmi un momento» dice in tono cordiale al gentiluomo alla sua sinistra. «Portala sulla veranda dall'altra parte» sussurra a Ren.

Appena William si alza, Ren sente un forte formicolio, l'avvisaglia che un orologio invisibile ha cominciato a ticchettare, scandendo i secondi e i minuti che William passa lontano dagli ospiti. Andarsene così nel bel mezzo della cena è scortese, e a William non piacciono le questioni in sospeso né la sciatteria. Quindi Ren si affretta ad accompagnare Nandani fino alla veranda.

La ragazza zoppica e incespica sul terreno accidentato. «Puoi appoggiarti a me» dice Ren. Tengono le voci basse, anche se non ne capisce il motivo. Le luci della sala da pranzo proiettano calde ombre sull'erba. Il volume della conversazione aumenta e scoppiano risate.

«Quelli chi sono?» chiede Nandani.

«Medici dell'ospedale. Hai fame?»

Lei scuote la testa, ma Ren pensa di dare qualcosa sia a lei sia al cugino prima che se ne vadano. Sul lato opposto, William è già in attesa, una sagoma scura sulla veranda. Appena lo vede, Nandani allunga impaziente il passo.

Da lontano, Ren non riesce a sentire quello che si dicono, ma William le racconta qualcosa, perché la ragazza di tanto in tanto annuisce. Poi la cinge con un braccio, o forse con tutte e due? Ren è affascinato dalla scena. Allunga il collo ma non distingue molto nell'oscurità. Nandani sta piangendo? Ren fa un passo di lato e si scontra con qualcuno. È Ah Long. È arrivato da dietro l'angolo nel buio, come un vecchio gatto malconcio.

«Perché gli hai detto che era venuta?» chiede stizzito. «Era meglio lasciare che se ne andasse.»

«Pensavo stesse male.»

«*Tsk!* È solo mal d'amore. Ma quella è il tipo sbagliato di ragazza con cui giocare.»

«Perché?»

«Perché è ingenua, e si berrà tutte le sue smancerie. Da quanto è uscito?»

I minuti passano e il vuoto lasciato da William alla cena da lui organizzata comincia a implodere. Ren lo sente deviare e vibrare: il fioco allarme degli ospiti che si chiedono il motivo per cui il padrone di casa è assente da tanto tempo.

Una figura si avvicina alla finestra della sala da pranzo. È Lydia. Dice una frase a qualcuno alle sue spalle riguardo all'aria fresca e poi scompare di nuovo. Ren non sa se ha visto qualcosa. Probabilmente no, per il buio.

Quando si gira, William è rientrato e Nandani torna incespicando verso Ren. Per rimanere in equilibrio, gli posa una mano sulla spalla. Fa freddo e all'improvviso Ren avverte una brutta sensazione, come se quella non fosse davvero Nandani, ma qualche altra algida e scheletrica creatura che lo segue nell'oscurità.

William torna al suo posto proprio mentre viene servito il dolce: *sago gula Malacca*, perle di tapioca con un filo di latte di cocco e sciroppo di zucchero di cocco, e *kuih bingka ubi*, una torta profumata gialla come l'oro, a base di radice di tapioca grattugiata. Ah Long si è davvero superato, ma William non ha appetito. Comunque, si costringe a mangiare, e annuisce mentre finge di ascoltare la conversazione.

Finito il dessert, gli ospiti tornano nel salotto, ora pronto per il ballo. William sente di sfuggita la signora Banks dire nervosamente al marito: «Forse dovremmo andare a casa presto».

William vorrebbe che se ne andassero tutti all'istante. Il fatto che Nandani si sia presentata alla cena lo ha innervosito. Lei è diventata pericolosamente imprevedibile, ma lui è in collera soprattutto con se stesso. *Stupido, stupido*, pensa, mentre viene travolto da quella familiare sensazione di disgusto di sé. William avrebbe dovuto capire subito che la disponibilità di Nandani era in realtà un'ingenua infatuazione. Male. Molto male. Se bastano pochi abbracci rubati per illuderla, è meglio che la loro relazione finisca.

Certo, non le ha detto niente del genere, solo parole gentili e nobili espressioni di rammarico. Spera che tutto ciò la accontenti. Tuttavia, se la ragazza andasse dal suo datore di lavoro – il direttore della piantagione, ovvero il padre di Lydia – a fare storie, questo sarebbe un guaio. Paradossale, considerando che William era mille volte più colpevole nel rapporto con Ambika. In quel momento decide di limitarsi alle donne che si pagano. Meglio che essere accusati di sedurre giovani vergini. Malgrado tutti i buoni propositi, è uno sciocco. Eppure, non riesce a trattenersi.

L'alta figura curva di Rawlings, l'anatomopatologo, si dirige verso di lui, e William esita. Non lo teme più, non da quando il magistrato ha archiviato la morte di Ambika come uno sfortunato incidente. Tuttavia, è ancora diffidente nei suoi confronti.

Stasera, Rawlings somiglia come non mai a una cicogna. «Peccato per la caccia alla tigre, eh?»

William annuisce. «Sono sicuro che ci riproveranno.»

Rawlings si massaggia la mascella. Le mani sono grandi e bianche. William tenta di non immaginarle tagliare la pelle con le forbici da dissezione. È ridicolo, dal momento che lui stesso è un chirurgo. *Ma io opero solo i vivi.* Non come Rawlings, che ha a che fare solo con i morti.

«Sai che non ero contento dell'indagine.»

William mantiene un'espressione neutra.

«Capitano sempre casi del genere, quando c'è qualcosa che ti puzza ma nessuno ti crede. Mi è successo una volta in Birmania: dicevano fosse per stregoneria che le persone morivano l'una dopo l'altra, e invece era una fesseria. È venuto fuori che era avvelenamento da arsenico da un pozzo privato.»

«E con questo dove vuoi arrivare?»

«Questo caso...» risponde Rawlings, sfregando distrattamente il pavimento con la scarpa. «Quella donna, Ambika. Mi dà la stessa sensazione.»

«Non vorrai insinuare che qualcuno si tiene una tigre come animale domestico!» William ride, a disagio.

«Non parlo della tigre, ma del vomito. Ricordi che, quando abbiamo trovato la testa, in bocca c'erano tracce di vomito?»

In maniera spontanea, nella mente di William balena l'immagine del corpo straziato di Ambika, come l'ha trovato mezzo stesa sotto un cespuglio. Un busto senza testa con la pelle grigiastra e gommosa.

«Se avesse ingerito qualcosa di velenoso, questo spiegherebbe il perché della preda quasi intatta. Gli animali hanno un istinto sorprendente: se la tigre ha puntato prima allo stomaco e all'intestino, come fa gran parte dei grossi felini, forse ha concluso che il corpo aveva qualcosa che non andava. Ma Farrell non mi ha creduto, ovviamente. Forse non avremo mai la possibilità di provarlo, a meno che non venga condotta un'indagine come si deve, per stabilire chi erano le persone che frequentava, se aveva amanti o storie. Tutto questo discorso locale sulla stregoneria e le tigri è soltanto una cortina di fumo.»

Per William questa sta diventando una serata orribile. Deglutisce, ricorda a se stesso che non ha commesso alcun crimine. Eppure, data la forza dell'opinione pubblica, avere una relazione sia con Ambika sia con Nandani sarebbe sufficiente per distruggerlo all'interno di quella piccola cerchia sociale. La gente comincerà a seguirlo con lo sguardo, ammutolirà appena lui entra in una stanza. William ha già avuto un assaggio di tutto questo in patria.

Stai calmo, si dice. Sono solo lagne di Rawlings. La dea bendata lo salverà. «E così, non ti sei mai imbattuto in veri casi di stregoneria?» gli chiede, con la speranza di distrarlo.

«No. Anche se ho assistito a sorprendenti colpi di fortuna sfacciata.»

«Di che genere?»

«Sai, al gioco d'azzardo, oppure cose tipo non salire su una barca che poi si capovolge, e via dicendo.»

Per un istante, William è tentato di parlare a Rawlings della sua particolare fortuna: di quante volte ha evitato un guaio per un soffio, soltanto grazie al più banale scherzo del destino. Per esempio, imbattersi nel necrologio di quel rappresentante, unico testimone della sua storia con Ambika. Ma è meglio non dire troppo a Rawlings, ancora intento a elencare in maniera pedante tutte le possibili varianti della fortuna.

«I cinesi dicono che è destino. Tu sei stato in Cina, giusto?»

«Sono nato a Tientsin. Mio padre era viceconsole» risponde William, sollevato che l'argomento sia cambiato.

Rawlings lo guarda con interesse. «Sul serio? Allora parli cinese?»

«No, siamo tornati quando avevo sette anni. Avevo una *amah* che mi ha insegnato il mandarino, ma l'ho dimenticato.»

Non aveva tuttavia dimenticato le incantevoli stradine, gli edifici europei sugli ampi viali delle concessioni straniere, e il groviglio di vicoli e *hutong* alle loro spalle. Nei suoi ricordi, a Tientsin, città all'estremo Nord della Cina, è sempre inverno. Un inverno freddo e secco, con il fetore dello sterco d'asino usato come combustibile e un vento tagliente che spira dalle steppe.

«Sono sorpreso che non sia entrato anche tu in diplomazia.»

Esistono determinate ragioni per cui non ha seguito le orme del padre, ma William non ne fa cenno. Al contrario, dice: «So ancora scrivere il mio nome in cinese, anche se non riesco a pronunciarlo correttamente».

Tira fuori la lucida penna stilografica nera e scrive impacciato tre ideogrammi su un foglio di carta.

«È cinese?» chiede Leslie, sbirciando da sopra la spalla di William. Gli ospiti si assiepano intorno, curiosi.

Lydia gli stringe il braccio, dice che è impressionata. «Anch'io ho un nome cinese. Me l'ha scritto un indovino a Hong Kong.»

«Il mio l'ho usato come firma segreta in collegio» dice William in tono frivolo. «Per anni e anni. Forse è per questo che so ancora scriverlo. Ren, come si pronuncia?»

Ren scuote timido la testa. Malgrado parli cantonese, non sa leggere molti ideogrammi. Può darsi che Ah Long sia in grado di farlo. Fra chiacchiere e risa, il gruppo si riversa in cucina, nonostante William protesti dicendo che sarebbe meglio chiamare il cuoco.

Allibito, la prima cosa che vede è Nandani, seduta tranquilla al tavolo della cucina con un piatto di cibo davanti. William lancia un'occhiataccia a Ren, che china la testa con aria colpevole. Il ragazzo deve averle dato qualcosa da mangiare. Be', non può certo fargliene una colpa. *È un uomo migliore di me*, pensa William, e desidera con tutto se stesso che Nandani scompaia e non lo guardi con gli occhi tristi.

Ah Long è sdegnato dal fatto che così tante persone abbiano invaso la sua cucina, ma si asciuga le mani sul grembiule bianco sporco e osserva il pezzo di carta.

«*Wei Li An*.»

«Ecco.» William sorride imbarazzato. Vuole allontanarsi dalla cucina e da Nandani il più presto possibile.

«È il mio nome... "William".»

«Ma cosa significa?» chiede Lydia, fissando Nandani, che si fa piccola sulla sua sedia.

Ah Long sussurra qualcosa in cinese a Ren, che annuisce.

«Dice che la maggior parte dei nomi cinesi dati agli stranieri ne riproduce solo il suono. Questo però ha un significato.» Ren indica l'ideogramma al centro, quello che sembra più complicato. «Questa parola è *Li*. Vuol dire fare sempre le cose nel giusto ordine, come in un rituale. E questo, *An*, vuol dire pace. Insieme a *Wei*, si ottiene "per amore dell'ordine e della pace".»

Il silenzio cala sulla cucina. Ren alza gli occhi dal foglio e scopre che tutti lo fissano con aria spaventata.

«È lui il ragazzo di cui mi parlavi?» Rawlings rompe la quiete.

William fa cenno di sì. Nonostante il desiderio impellente di allontanarsi da Nandani, che siede immobile come un topolino, si sente orgoglioso della spiegazione chiara e pacata di Ren.

«Dove caspita l'hai trovato?»

William fa uscire tutti dalla cucina affollata. «È una lunga storia» spiega, «meglio raccontarla davanti a uno *stengah*.»

Qualcuno mette un disco sul grammofono. Fuori comincia il flusso e riflusso della conversazione. Due ospiti indugiano in cucina: Lydia, che si era avvicinata a Nandani per chiacchierare, e Rawlings. William domanda scusa agli ospiti e ritorna di là. Deve impedire a Lydia di parlare con Nandani, nell'eventualità che fiuti la loro relazione. È brava in cose del genere.

Quando entra in cucina, però, Lydia sta per andarsene. Incontra il suo sguardo e sorride, pensando che sia tornato per lei. Riesce a rivolgerle un fioco sorriso mentre la guarda tornare in salotto, e si sente travolgere da un'ondata di senso di colpa.

Rawlings parla ancora con Ren. William non vuole né seguire Lydia né parlare con Nandani, che lo fissa con occhi tristi, perciò si appoggia alla porta e ascolta.

«Il *Li* nel nome del tuo padrone... non è una delle cinque virtù confuciane?» chiede Rawlings.

«Sì» risponde Ren. «In realtà, anche il mio nome lo è.»

«Sul serio?» ribatte William. «E quale sarebbe?»

«Ren.» Giocherella nervoso con il polsino della bianca divisa da domestico.

«*Ren* significa benevolenza, giusto? *Yi* è giustizia, *Li* è ritualità o ordine. *Zhi* è saggezza, *Xin* fedeltà.» Rawlings le conta sulle dita delle mani e poi cita: «Senza *Li*, cosa distingue l'uomo dalla bestia?».

Ren sembra impressionato. «Come fa a conoscerle tutte?»

«Ho studiato un po'.» Rawlings lo guarda pensieroso.

William pensa che a differenza sua, ci sa fare con i bambini. Certo, Rawlings ha dei figli.

William lancia una rapida occhiata nel corridoio. Lydia è ancora lì in piedi, pare stia parlando con qualcuno. Se esce adesso, lo becca di sicuro e gli rivolgerà un sacco di domande sul perché Nandani sia seduta nella sua cucina proprio ora.

«Ren, il dottor Rawlings è il nostro primario anatomopatologo» dice William. Con sua sorpresa, il ragazzo fa un piccolo scatto, come un segno di riconoscimento.

«Si occupa del magazzino di patologia? Quello dell'ospedale?» chiede Ren esitante. Non è compito suo interrogare gli ospiti.

«Perché, vuoi vederlo?» Rawlings pare divertito.

Ren scuote la testa. Un'espressione sconcertata gli si dipinge sul viso, quasi fosse inspiegabilmente deluso.

Del trambusto proviene dalla porta d'ingresso.

«Ah, le nostre ospiti» dice William sollevato. «Hai sentito della sorpresa di Leslie?»

«Di che si tratta?» domanda Rawlings.

«Ragazze di una sala da ballo di Ipoh. Ren... vai ad aprire.»

Ren, però, è paralizzato; gli occhi spalancati, le spalle magre e infantili quasi tremanti. William pensa che somigli a un cane da caccia. Uguale a un cane che, sebbene deluso da una falsa pista, ora fiuta quella giusta. Poi, come un piccolo sonnambulo, Ren esce dritto dalla cucina, percorre l'angusto corridoio e apre la porta d'ingresso.

27

BATU GAJAH, SABATO 20 GIUGNO

Sabato sera eravamo cinque ragazze: Hui, Rose, Pearl, io e un'altra di nome Anna. Di solito lavorava il giovedì e il sabato, quindi non l'avevo mai incontrata. Anna era molto alta – più alta di me – e pienotta, in modo voluttuoso. La tenutaria diceva che l'aveva scelta per questa festa perché agli stranieri non piaceva chinarsi quando ballavano.

«È per questo che fa andare anche me?» chiesi mentre aspettavamo l'auto noleggiata. Mi lanciò un'occhiataccia, come se pensasse che fossi sfacciata, anche se ero piuttosto seria.

«Certo che no!» esclamò Hui, stringendomi il braccio. «Ti ha scelta perché sei molto richiesta.»

L'auto che la signora aveva noleggiato era grande, anche se non lunga ed elegante come quella di Robert. Dato che era la più alta, Anna si sedette davanti, e noialtre ci stringemmo sul sedile posteriore. Kiong, uno dei buttafuori, quello con il neo sul mento, era il nostro autista e chaperon.

«Niente comportamenti dissoluti» si raccomandò la signora, squadrandoci con sguardo tagliente. «Ballerete per tre ore, dalle nove a mezzanotte. Kiong si occuperà del denaro. Se ci sono problemi, fateglielo sapere subito.»

Kiong annuì, con quel suo ampio viso impassibile. Girava voce che fosse il nipote della signora oppure uno dei suoi amanti. Comunque, ero contenta che fosse con noi. Mi era sempre sembrato affidabile e non si era mai permesso di flirtare con noi ragazze. In macchina, Rose e Hui ridacchiavano. Pearl disse che non era mai salita su un'auto. Se avessi sposato Robert, avrei potuto accomodarmi su quei bellissimi e morbidi sedili di pelle color crema ogni giorno. Ma avrei dovuto anche fare cose del tipo sedermi sulle ginocchia di Robert e baciarlo.

Quel pensiero mi faceva star male. Non volevo pensare a Robert. Se invece me lo immaginavo con le sembianze di Shin, provavo una strana ed eccitante agitazione. Era però inutile pensare a Shin, perché mi gettava soltanto nella più profonda malinconia.

Alla fine, Shin non era tornato a Falim fino a sabato mattina. Aprì la porta proprio mentre eravamo a tavola per un pranzo anticipato.

«Credevo saresti tornato ieri sera» disse il mio patrigno.

«Dovevo lavorare.»

Shin non mi guardò, anche se ero balzata in piedi per portargli un piatto di noodles saltati. Ebbi un brutto presentimento. Forse aveva riflettuto su tutte le accuse infamanti che gli avevo rivolto martedì sera e aveva deciso che, in fin dei conti, mi odiava.

«Resterai per il fine settimana?» chiese mia madre. Shin annuì.

Fatta eccezione per la pelle grinzosa sotto gli occhi e la lentezza con cui faceva le scale, era quasi tornata come prima, il che mi faceva sentire meno in colpa nel lasciarla lì.

«Torno a Ipoh dopo pranzo» le ricordai.

«La signora Tham non può lasciarti libera fino a domenica?»

La sarta in effetti mi aveva detto che non era necessario che tornassi, ma non potevo rivelare a mia madre che mi pagavano per ballare con degli stranieri a una festa privata. Decisi che era la prima e ultima volta che avrei fatto una cosa del genere, perché volevo chiedere un prestito a Robert. Molto meglio dovere dei soldi a lui che alla strozzina da cui era andata mia madre per i debiti di mahjong. La rata successiva era prevista dopo meno di una settimana. Strinsi i denti. Se il mio patrigno l'avesse scoperto, quella tranquillità intorno al tavolo da pranzo sarebbe stata un lontano ricordo. La sua collera era repentina e imprevedibile. Poteva dimostrarsi freddamente pratico, oppure no. Guardai mia madre a testa china: sapevo soltanto che non valeva la pena rischiare.

«*Sambal*» grugnì il mio patrigno, porgendo il piatto senza rivolgermi lo sguardo.

Mentre mi servivo l'aromatica pasta al peperoncino, ascoltavo parlare loro tre. Shin domandò a mia madre come stava e discusse dei prezzi dei minerali di stagno con il padre: una conversazione normale e dai toni educati, eppure mi irritò. Forse perché ora trattavano Shin da loro pari. Perlomeno, più di me. Mi sedetti in silenzio e mangiai i miei noodles. Shin non mi rivolse la parola.

Adesso mia madre parlava di Robert e di quanto spesso passasse a trovarci. Lanciai una rapida occhiata a Shin, che aveva solo un'aria annoiata.

«Sarebbe bello invitare Robert a cena. Per ringraziarlo di tutto» disse speranzosa mia madre.

«Chiedigli di venire venerdì prossimo» aggiunse il mio patrigno. Questo mi sorprese. Non si era mai interessato ai miei amici. «Ci sarai anche tu a casa, Shin.»

«Certo che sì.» Il volto di Shin era inespressivo.

«L'altra sera abbiamo parlato, io e Ji Lin» continuò il mio patrigno. Io, allarmata, lo fissai. Cosa gli succedeva?

«Riguardo a cosa?» Mia madre lo scrutò ansiosa.

«Le ho detto che se si sposa può fare quello che vuole. Infermiera, insegnante, scappare con un circo...» Si mise sul piatto un cucchiaio di *sambal* e ci spremette sopra del succo di lime.

Alzai gli occhi. «L'hai promesso, vero?»

«Sì. Una volta sposata, non sarai sotto la mia responsabilità, né sotto quella di tua madre.»

Con mia grande sorpresa, il mio patrigno non mi guardava. Invece aveva lo sguardo rivolto verso Shin. Lo osservava attentamente, come fa un gatto con una lucertola.

Shin continuava a mangiare con annoiata indifferenza. All'ospedale, il fine settimana precedente, arrabbiato mi aveva detto che dovevo avvisarlo prima di sposarmi, perché rischiavo di prendere una decisione sciocca. In quel momento, però, non vedevo traccia di quella preoccupazione. Gli occhi erano glaciali e non incontrarono i miei neanche una volta. Spinsi indietro la sedia, mormorai qualcosa sul fare i bagagli e me ne andai di sopra. Forse non dovevo meravigliarmi. Sapevo quanto poco importasse di me al mio patrigno, quanto mi considerasse una ragazza inutile, e poi non ero nemmeno sua figlia. Ma l'atteggiamento freddo di Shin mi fece più male del previsto. Mi chiesi, e non era la prima volta, se era odio o amore quello che provavo per lui.

Mentre piegavo la copertina di cotone, mia madre entrò nella stanza. Guardandomi timidamente, si sedette sul letto. «Ti viene a prendere Robert?»

«No.»

«Sai, se con lui funzionasse, ne sarei molto felice.»

«Non mi ha fatto alcuna proposta» dissi seccata.

«Ma se lo fa, ci rifletterai?»

«D'accordo.»

Alzai gli occhi e vidi la testa di Shin fare capolino. Al solito, non mise piede nella stanza. Era una vecchia abitudine, anche se ora non sapevo che importanza avesse, dato che nessuno dei due viveva più lì.

«Mio padre vuole sapere dove sono le ricevute» disse a mia madre.

«Oh, vado a prenderle.» Si alzò, e io con lei. Non volevo rimanere da sola con Shin. Il ricordo di come mi aveva sollevato il viso al chiaro di luna, con l'aria di chi si aspetta qualcosa, e di come invece era rimasto fermo per poi lasciarmi andare, mi riempì di bruciante vergogna.

«Ji Lin» disse sottovoce mentre gli passavo vicino sfiorandolo nello stretto corridoio. Malgrado fosse mezzogiorno, solo una flebile luce filtrava nel vestibolo tra le nostre due stanzette. Quella casa era così buia, bislunga e angusta. Era come vivere nella pancia di un serpente.

«Cosa?»

«Ho bisogno di parlarti.» Shin chinò la testa bruna verso di me.

«No, sei stato troppo scortese prima a pranzo.»

Per un istante si accigliò. Poi gli si contrasse l'angolo della bocca. «Diretta, non c'è che dire» commentò. «Non sai proprio comportarti da ragazza, eh?»

Indispettita, aprii la bocca per informarlo che io ero la ragazza numero due del Fiore di Maggio, il mercoledì e il venerdì; però la richiusi senza fiatare.

«Ma è questo che mi piace di te.»

Una coltellata. Sì, mi voleva bene. Ma non al punto da vedermi come una donna.

«Mio padre ti ha promesso sul serio che non si immischierebbe più nella tua vita se ti sposassi?» chiese Shin in tono più serio.

«Ha detto che non gli importa chi sposo, basta che abbia un buon lavoro.»

«Capisco. È una bella cosa, no?»

Perché Shin ne era tanto contento?

«Tutto bene?» Mi guardò da vicino e mi sforzai di sembrare allegra.

«Ho aperto il pacchetto di Pei Ling» dissi, cambiando argomento.

Inarcò un sopracciglio. «E...»

«Penso che dovresti dire al dottor Rawlings delle dita rubate. Dopotutto, appartengono all'ospedale.»

«Lo stavo per fare» replicò Shin, «ma quando sono tornato

al magazzino per cercare il dito da cui è cominciato tutto, quello che hai messo a posto tu, era scomparso.»

«Cosa intendi con "scomparso"?»

Shin mi tappò la bocca con la mano. «Abbassa la voce.»

«L'ho messo sullo scaffale, dietro il ratto a due teste» dissi piano, non volendo che mia madre sentisse.

«Be', non c'è più.»

«Sei sicuro?»

Mi guardò con un'espressione esasperata. «Se dico al dottor Rawlings che sono riuscito a trovare un dito mancante, ma che è sparito di nuovo, penserà che sono pazzo. O che li ho rubati tutti io. Meglio stare zitti.»

«Ma se controllano l'inventario, scopriranno che mancano dei campioni. E sei stato tu l'ultima persona a riordinare la stanza.»

Non udii mai la risposta, perché in quel momento il passo pesante del mio patrigno ci avvertì del suo arrivo. Ci separammo con un guizzo. Shin scomparve nella sua stanza e io scesi le scale, passando con disinvoltura davanti al patrigno come se non fossi mai stata in piedi nel corridoio a discutere con il figlio di esemplari anatomici rubati.

Tuttavia, non riuscivo a smettere di pensarci. Persino la sera, seduta sull'auto a noleggio, mentre ascoltavo distrattamente le chiacchiere di Hui e Rose. Poi la macchina imboccò un lungo viale d'accesso curvo. Era molto buio e tranquillo, com'era stata gran parte del viaggio, su strade deserte costeggiate da alberi della giungla e foglie fruscianti di campi di caucciù e caffè.

Quando l'auto si fermò dietro una fila di veicoli, scese il silenzio per un momento. Poi Rose e Pearl si lanciarono fuori, sistemandosi i vestiti e lisciandosi i capelli. Prima di allora non ero mai stata in una villa così grande. Le finestre della facciata sfavillavano di luci, tanto che gli alberi intorno e la grande distesa scura del prato sembravano minacciare la casa. Fioche risa e la musica gracchiante di un grammofono fluivano dalle finestre aperte. Lanciai un'occhiata a Hui, che guardava la porta. Sul suo viso era dipinta un'espressione dura, e mi resi conto che stava raccogliendo il coraggio per entrare. Alla gente del posto eravamo abituate, ma gli stranieri erano un'altra storia. In tutta franchezza, io ero terrorizzata.

«Entrata principale o secondaria?» chiese a Kiong.

Consultò un pezzo di carta. Era talmente buio che fu costretto ad alzarlo e strizzare gli occhi. «Principale» grugnì.

Kiong bussò alla porta e si occupò delle presentazioni. Io rimasi dietro ad Anna, l'unica più alta di me, e seguii le altre alla cieca. Si udì un po' di trambusto. Quasi non sapevo dove guardare, ma non fu un problema, dato che ci stavano conducendo in un corridoio.

«Ren, porta le signore nello studio.»

Sulla nuca i capelli mi diventarono aghi. Avevo una buona memoria in fatto di voci, di tono e di timbro, ed era inutile ripetermi che tutte quelle degli inglesi suonavano allo stesso modo. Avrei dovuto considerare la possibilità che William Acton, chirurgo all'ospedale distrettuale di Batu Gajah, partecipasse alla festa. Ormai ero bloccata.

Aspettammo in un'altra stanza finché non furono pronti per riceverci, il che, a detta di Pearl, era abbastanza normale. Inoltre eravamo un po' in anticipo. Kiong era sempre stato pignolo riguardo alla puntualità. La stanza era lo studio di qualcuno: una persona molto ordinata, a giudicare dalla scrivania con il calamaio e la carta assorbente disposti con precisione. Sul pavimento c'era una pelle di tigre, vera. Rose disse che le dava i brividi, ma a me pareva piuttosto triste, con quegli occhi di vetro verde fissi in uno sguardo pietrificato. Pensai che avrei potuto essere io, dopo che William mi avesse riconosciuto. E tanti saluti a tutte le possibilità di una carriera infermieristica, se non altro in quell'ospedale.

«Hai visto quel ragazzino?» chiese Rose.

«Quello che ci ha aperto la porta? Credevo gli sarebbero schizzati fuori gli occhi da come ci fissava.»

Non me ne ero accorta, ma Hui sì. «È un po' troppo giovane per correre dietro alle donne» commentò con una certa malizia. Ribolliva di energia nervosa, la stessa euforia che mi aveva attratto in lei fin dall'inizio.

Kiong bussò alla porta. «È ora.»

Dopodiché, fu tutto come al solito. Kiong ci fece uscire, come una fila di pony a un concorso, mentre un dottorino dai capelli rossi ci presentava. Quello era il cliente abituale di Rose, ci sussurrò lei.

«Insegnanti di danza di un locale assai rispettabile» disse l'uomo ad alta voce. Si burlavano di noi, ma non troppo. In fondo, William Acton parlava con un ospite e non sembrava prestare troppa attenzione, grazie al cielo. Avevo notato un paio di donne: era sempre meglio che ci fosse una compagnia mista, anche se non ero sicura che fossero felici di vederci. Una somigliava a un topo, l'altra era molto alta e bella.

Quest'ultima posò una mano con fare possessivo sul braccio di Acton e diede il via alle danze. Noi eravamo in cinque e gli ospiti almeno una dozzina, tutti uomini tranne le due donne che si erano già messe coraggiosamente a ballare. Pensavo che all'inizio sarebbero rimasti un po' in disparte, ma la maggioranza degli ospiti era giovane e a quanto pareva erano lì per divertirsi. In generale, erano cortesi. Niente grida o pretese avanzate sulle ragazze come su capi di bestiame, cosa di cui avevo segretamente paura, senza il rigoroso sistema di biglietti della sala da ballo. Era facile intuire come una situazione del genere potesse degenerare.

Danzai con un uomo basso dai capelli color sabbia, poi con un altro che aveva le mani sudate. La musica era molto veloce, più veloce che al Fiore di Maggio. Erano balli popolari di cinque o sei anni prima, tipo il charleston o il black bottom. Mi resi conto che era per vedere se fossimo brave o no. Cosa ridicola, visto che di ballare eravamo senz'altro capaci.

Quando la musica si fermò, eravamo ansimanti a furia di saltellare e dimenare le braccia. Avessero mantenuto quel ritmo, sarei crollata prima della fine della serata. Per fortuna, però, il pezzo successivo era un valzer.

A quel giro ballai con un giovane mansueto che mi teneva un po' troppo stretta in vita. Bisognava guardarsi dai taciturni: potevano rivelarsi subdoli e fastidiosi. Mentre volteggiavamo tranquilli per la stanza, tenevo d'occhio William Acton. Con un po' di fortuna, poteva darsi che non danzasse con me. E poi, con tutti quegli strati di kajal e cipria, forse non mi avrebbe comunque riconosciuto. Facendo una stretta giravolta vicino alla sala da pranzo, notai una piccola figura in bianco.

È sorprendente quanti dettagli si possano cogliere in un istante. Il lampo fulmineo di una faccia prima che sparisca. Per un momento, non potei credere ai miei occhi. Sarei voluta tornare indietro, ma il mio compagno di danze ci portava nella direzione opposta.

«Cosa succede?» chiese. «Pare che tu abbia visto un fantasma.»

Era proprio così che mi sentivo. La faccina quadrata, lo sguardo serio e i capelli rasati. Era il ragazzino dei miei sogni. Inciampai e quasi caddi.

«Non è niente» dissi.

Facemmo un altro giro, ma ora alla porta non c'era nessuno. Doveva essere stata un'allucinazione.

«Voi ragazze cinesi siete così magre» disse il giovane, sorridendo. Fece scivolare la mano più in basso lungo la mia schiena. «Ti hanno mai detto che sei identica a Louise Brooks?»

Aveva l'alito che sapeva di *rendang*. Mi contorsi bruscamente per ristabilire la distanza tra noi. Diedi un'altra occhiata alla porta della sala da pranzo. Ancora nessuno. Il mio piccolo fantasma era sparito.

«Le somiglia molto, vero?» Era William Acton. «Posso? È privilegio del padrone di casa.»

Il mio compagno di danze sembrava indispettito, ma mi lasciò andare. Non ero sicura se esserne felice o meno. Nel complesso, mi sembrava un cambiamento in peggio, anche se ero grata ad Acton per avermi salvato da un abbraccio imbarazzante.

Ballammo in silenzio, io con le spalle tese e il collo rigido per la preoccupazione. Era un bravo ballerino, come tendeva a essere gran parte degli stranieri. Dovevano aver avuto tutti una certa formazione.

Proprio quando cominciavo a pensare che Acton non mi avesse riconosciuto, disse: «Allora, come stai, Louise?».

28

BATU GAJAH, SABATO 20 GIUGNO

Ren corre dentro e fuori dalla cucina, togliendo i piatti dal tavolo da pranzo. È una sofferenza, perché il segnale che ha avvertito per la prima volta all'ospedale ora è qui. Lo chiama da quando ha aperto la porta d'ingresso. Le orecchie fischiano, la pelle pizzica. È passato tanto tempo dalla morte di Yi. Tre anni di solitudine, l'unico faro nel deserto, e ora quel segnale ritorna.

Qualcuno come me, pensa. Vorrebbe mollare tutto e mettersi a cercare, ma Ah Long gli assegna un compito dietro l'altro.

Prima, quando Ren ha aperto la porta, le ragazze sono entrate in un fruscio di gonne, voci soavi e risate soffocate. Sono passate in un attimo convulso e Ren, stordito e con lo sguardo sbarrato, non è riuscito a individuare con certezza la provenienza del segnale.

E ora ballano in salotto, dove suona il grammofono. L'atmosfera è elettrica, carica dell'agitazione e della carnale curiosità degli ospiti. Ren percepisce un impeto di eccitazione che colora la serata di inquietudine.

A ogni momento che riesce a ritagliarsi, con grande fastidio di Ah Long, sbircia in salotto. L'altro cameriere cinese osserva da sopra le spalle di Ren.

«Quale guardi?» chiede, con gli occhi fissi sulle ragazze.

Ren aggrotta le sopracciglia, e cerca di farsi strada con il sesto senso felino tra i filamenti invisibili che fluttuano come tentacoli di meduse. «Non saprei. Non te lo so dire.»

Ci sono cinque ragazze, tutte cinesi, che indossano abiti occidentali alla moda. La musica vibra frenetica, il ballo è molto veloce. Sforbiciano le gambe facendo toccare le ginocchia, allungano le braccia in alto. Gli uomini, ansimanti dal caldo, si tolgono la giacca a uno a uno.

«A me piace quella» dice il cameriere con un sorriso. Indica una ragazza in rosa, con le sopracciglia arcuate e ammiccanti. «Anche quella è bella.» La ragazza più alta, con il petto che ballonzola mentre danza. Fa sentire caldo alla nuca a Ren, che però prova anche imbarazzo per lei. Ma nessuna delle due è quella giusta.

La stanza è piena di persone più alte di Ren. Quelli che non ballano stanno intorno a ridere e battere le mani mentre viene cambiato il disco sul grammofono.

«Oooh... quella con i capelli corti. Belle gambe.» Il cameriere, divertito, indica con la testa una ragazza snella con un vestito azzurrino e i capelli a caschetto che scoprono il lungo collo e la nuca.

Il cuore di Ren batte all'impazzata. Sopracciglia dritte, occhi grandi, capelli neri con la frangetta che svolazzano mentre sfiora il braccio di qualcuno. Il ronzio nella testa di Ren è tanto forte da farlo barcollare e appoggiare contro la parete. Lei lo guarda bene, spalanca gli occhi come se lo riconoscesse.

Ren si irrigidisce, pronto a correre ad afferrarle il polso, ma spunta la faccia accigliata di Ah Long. Starnazzando come una vecchia oca, richiama lui e il cameriere ai loro doveri, anche se Ren sente a malapena le istruzioni del cuoco.

«Cosa combinate voi due?» chiede Ah Long in tono aspro.

«È solo un po' di divertimento» risponde il cameriere, ma Ren tace.

Quella ragazza come fa a conoscerlo? Ha provato lo stesso

impulso elettrico? No, era qualcos'altro, un riconoscimento visivo. L'espressione scioccata del viso di lei lo disturba.

«Vietato innamorarsi» afferma Ah Long. «Per stanotte ne abbiamo avuto abbastanza.»

Con la testa indica bruscamente la sedia vuota del tavolo della cucina su cui era seduta Nandani mezz'ora prima.

«È andata a casa?» domanda Ren. Fuori è buio, la luna nuova è appena una scaglia di luce nel cielo. Ren si avvicina alla zanzariera della porta e aprendola si trova davanti il giovane singalese che ha consegnato quel biglietto.

«Dov'è Nandani?» dice senza tante cerimonie. «Mi ha chiesto di tornare a prenderla, quindi eccomi qui.» Si fa strada in cucina.

«Nandani!»

«Non c'è» dice Ah Long. «È tornata a casa.»

«Non riesce a camminare a lungo. Com'è possibile che sia tornata a casa?»

Ha ragione. Prima Nandani zoppicava appoggiandosi alla spalla di Ren, mentre lui le faceva fare il giro della casa per incontrare William.

«Be', è uscita circa venti minuti fa.» Ah Long aggrotta le sopracciglia.

Senza dire una parola, il cugino esce. Ren fissa la porta e si chiede se debba dargli una mano a cercarla.

«Sarà fuori che aspetta» dice Ah Long. «Ora sbrigati a raccogliere i bicchieri vuoti.»

L'altro cameriere va a servire al bar. Ren lo segue, mentre l'inquietudine gli scava nello stomaco. La notte è molto buia. Che Nandani sia fuori a sbirciare dentro dalle finestre aperte? Ma quando rientra in salotto si dimentica di lei. La ragazza con l'abito azzurrino balla davanti a lui con William.

Le coppie volteggiano come fiori che galleggiano su un ruscello, e Ren vede il padrone ridere. Lei invece neppure sorride. Ha un'espressione seria e parla molto poco, nonostante balli bene. È così che fanno le professioniste. Persino Ren lo capisce.

William incrocia lo sguardo di Ren e, con sua grande sorpresa, lo saluta con un cenno del mento. La ragazza alza gli occhi e lo fissa. Eccola di nuovo, quell'insopportabile scarica elettrica che gli fa venire voglia di afferrarle la mano. Ogni volta che piroettano, la testa di lei si gira, quasi a voler controllare che Ren sia ancora lì.

William le dice qualcosa. La bocca della ragazza si muove, ma cos'ha detto? E perché la testa del padrone è china, come se riflettesse su qualcosa?

Ren pensa a Nandani, che attende da qualche parte nella notte, e nel petto gli monta un sentimento di protesta. Non è giusto che William faccia queste cose, non con la ragazza in azzurro, che corruga le sopracciglia dritte e scure.

Cerca di leggere la sua espressione, e quella di William, nello stesso modo in cui riusciva a percepire le scie di energia all'ospedale però, per quanto li fissi, lì non c'è nulla, soltanto un curioso spazio vuoto. Ren coglie vagamente dei rumori, una dissonanza in cucina. Esita, non vuole abbandonare la postazione vicino alla porta. Poi sguscia via.

In cucina, il cugino di Nandani dice irato ad Ah Long che non riesce a trovare la ragazza, sebbene abbia setacciato il giardino.

«E che c'entriamo noi?» Ah Long stringe i pugni sotto il grembiule sporco.

«Lei era qui. Se è scomparsa, è colpa del tuo padrone.»

«La trovo io. Potrebbe essere sull'altra veranda» dice Ren.

«Tu stai fermo.» Ah Long gli rivolge uno sguardo seccato. «Sei troppo piccolo. Ah Seng!» Chiama il cameriere assunto per la serata. «Vai e aiutalo a cercare di nuovo. Prendi questa lampada.»

Le folte sopracciglia di Ah Long si abbassano di colpo e Ren all'improvviso capisce cosa lo angustia. Da qualche parte, nello stormire oscuro delle felci, un predatore ha lasciato orme profonde nella terra morbida.

«E Nandani?» grida ansioso.

«Non voglio che tu vada là fuori» dice Ah Long. «Probabilmente è già a metà strada verso casa.»

Supposizione ragionevole e, oltretutto, ci sono due persone a cercarla. Ren torna in salotto a prendere il vassoio con i bicchieri sporchi. L'aria è satura di fumo di sigaretta e sudore. William ora balla con un'altra, la ragazza in rosa con le sopracciglia arcuate. Ren esita, si chiede se sia il caso di dirgli che Nandani è scomparsa, ma ci ripensa. Sarebbe solo infastidito dall'interruzione. Mentre si allontana, sente la ragazza in rosa ripetere a gran voce il suo nome a William.

«Hui. Mi chiamo *Hui*» dice civettuola.

William pare prestarle la stessa attenzione che aveva rivolto alla ragazza di Ren, quella in azzurro, e per qualche motivo questo è un sollievo.

Un ospite chiede un drink fresco, ma il cameriere che dovrebbe occuparsi del bar è ancora fuori a cercare Nandani. Ren sa preparare un unico cocktail, il whisky *stengah*, e lo fa come piace a William, con tanto di quel Johnnie Walker che il bicchiere di vetro satinato è del colore del tè cinese. Divertito, il padrone chiama un amico, e Ren si ritrova circondato da facce sorridenti mentre prepara un drink dopo l'altro.

«Scusate, è finito il ghiaccio» dice Ren, prendendo con sollievo il secchiello e le pinze. Svicola tra le persone e si dirige verso la cucina. Forse il cameriere sarà ormai tornato con Nandani. Vede però soltanto la sagoma curva e magra di Ah Long che sbircia ansioso fuori dalla porta sul retro.

«Hanno trovato Nandani?» Lo stomaco di Ren si rivolta per il disagio.

«Non ancora.»

«Fammi vedere.» Ren è sicuro di poterla trovare. Il suo sesto senso felino scatta una, due volte.

Ah Long si acciglia, il collo rugoso è piegato come quello di una tartaruga. «Controlla in casa. Magari è rientrata da un ingresso secondario.»

Ren sfreccia via di soppiatto. Sa come muoversi velocemente senza passare per i locali in cui si riversano gli ospiti mentre chiacchierano e socializzano. L'ingresso sul retro, il corridoio tra lo studio e la sala da pranzo. Fa una pausa a ogni finestra e controlla fuori in caso Nandani stia aspettando dall'altra parte, al buio. Esistono tantissime storie di donne vendicative che arrivano di notte, leggende sulla *pontianak*, una donna che muore di parto o incinta e beve il sangue degli uomini. D'aspetto è una bella signora dai capelli lunghi e può essere fermata solo chiudendo il buco che ha nella nuca con un chiodo di ferro. Oppure tagliandole le unghie e ficcandogliele in quel buco? Ren non è sicuro, sa soltanto che quella signora ce l'ha davvero molto con gli uomini. Esistono anche altre creature, spiriti infantili come i *toyol*, che gli stregoni usano per rubare o come loro galoppini. Gli ricordano sgradevolmente l'inquietante compito che deve svolgere. Ren scuote la testa con un movimento deciso, animalesco. C'è qualcosa stasera – un senso di inquietudine, le ballerine che ridono, il viso addolorato di Nandani – che gli fa correre un lungo brivido giù per la schiena.

Il sesto senso si è placato, i tentacoli invisibili si sono ritirati, quasi avessero paura di addentrarsi nei silenziosi dintorni della casa. Tutto tace, in un fremito d'attesa. Farebbe prima a correre, ma sarebbe anche peggio, come se si stesse arrendendo alla paura.

Quando arriva allo studio di William, si blocca con la mano sulla porta. La pelle di tigre sul pavimento, la bocca aperta in una smorfia. Non è proprio ciò che vuole vedere in questo momento. E soprattutto non nelle tenebre, con il fioco barbaglio del novilunio a dorare gli occhi spenti della bestia.

Ren geme. *Yi*, pensa. *Non mi va di stare solo.* Getta uno sguardo dal corridoio verso una parte illuminata del salotto. Ed eccola lì, la ragazza in azzurro, appoggiata al muro. Guarda dritto verso di lui. Dà una rapida occhiata intorno, poi sgattaiola nel corridoio accanto a Ren.

«Mi chiamo Ji Lin.» La voce è bassa e amichevole. «Tu chi sei?»

«Sono Ren.» Avverte una stretta al petto. Uno, due. *Respira.*

«Ren... significa “benevolenza”?»

«Sì.»

«Ma come sei cresciuto!» Lo studia sorpresa, con gli occhi sgranati. Poi si ferma. «Voglio dire, somigli a qualcuno che ho già incontrato. Tu mi conosci?»

Ren non sa cosa rispondere. In teoria non l'ha mai vista prima, eppure crede con tutto se stesso che siano legati. Quella sensazione è talmente forte che gli crea un groppo in gola. «No» dice alla fine, anche se gli suona come una sconfitta.

«Quanti anni hai?»

«Undici.» Da quando ha lasciato l'orfanotrofio, è la prima volta che confessa a qualcuno la sua vera età. Da vicino, lei è incredibilmente carina. Quantomeno lo è per lui, anche se secondo alcuni i capelli corti e il fisico asciutto sono troppo mascolini.

«Hai un fratello?»

«Sì. No.» Ren incespica sulla domanda. Zietta Kwan ha detto di smetterla di raccontare a tutti che ha un fratello, dato che la cosa confonde la gente. Ma Yi, per lui, esiste ancora. «Sì» risponde alla fine.

«E come si chiama?» Lei lo osserva da vicino, come fosse una specie di prova. Ren vuole superarla, con tutto se stesso.

«Yi.»

Un lungo sospiro. «Ren e Yi. Bene, il *Ji* del mio nome è *Zhi*, e sta per saggezza. Ti dice qualcosa?»

«*Ah Jie*» reagisce lui. Sorella maggiore. È quello il modo giusto di chiamarla, anche se non capisce esattamente perché. Lui e lei sono parte di un tutto. Ren lo sa da sempre. Una vertiginosa ondata di giubilo lo travolge. Lei ride, gli occhi scintillano.

«E tuo fratello Yi» dice emozionata, «fammi indovinare, è più giovane di te? Ha circa sette, otto anni?»

«Sì.» Ren sta per spiegarle che Yi è più giovane perché la morte ha amplificato la distanza tra loro. Però si ferma, non sa come dirglielo. Non lì, alla tetra ombra delle finestre. «Conosci mio fratello?»

Ora tocca a lei esitare, come se avesse detto troppo. «Non ne sono sicura. Ma anch'io ho un fratello. Si chiama Shin, sta per *Xin*. Così siamo quattro su cinque.»

«Cinque, in realtà. Se conti il mio padrone.»

«Cosa intendi?»

«Anche lui ha un nome cinese... l'ha detto stasera. Dentro il suo c'è *Li*, ordine.»

«Sei sicuro?» Per qualche ragione, sembra turbata.

«Sì, ma forse non conta, dato che è uno straniero.»

«Ren!» Ah Long appare nel corridoio.

Ren fa dietrofront, con aria colpevole. In teoria, doveva cercare Nandani, non parlare con giovani sconosciute.

«Arrivo!» esclama, ma Ah Long gli afferra la spalla.

«L'hai trovata?»

«No.» Ren non capisce perché Ah Long sia tanto preoccupato.

«Non uscire adesso.»

«Perché?»

«*Aiya!* Perché la tigre è in giardino. Ah Seng e quel ragazzo, il cugino di Nandani, giurano di averla appena vista.»

«Dove?»

«In fondo al giardino, dove seppellisci la spazzatura... Ricordi l'impronta della zampa? Per ora rimani dentro!»

«L'hai detto al padrone?»

«È andato a prendere il fucile.»

«Per ucciderla?» chiede Ji Lin.

Ah Long la guarda come se si fosse accorto di lei per la prima volta. «Per spaventarla. Così gli ospiti possono andarsene. Non si può uccidere una tigre con un tiro simile.»

Si gira sui talloni e scompare. Ora Ren si rende conto che l'atmosfera in casa è cambiata. Un brusio crescente, grida d'allarme e una piacevole eccitazione. «Una tigre! La stessa che i soci del club aspettavano l'altra sera?» La signora Banks si lamenta con il marito: «Lo sapevo che ce ne saremmo dovuti andare». Ma gli uomini sono su di giri. È per questo che sono venuti in

Oriente: per avventure come trovarsi una tigre in giardino, ballerine esotiche e cobra nei letti. Rawlings dice ad alta voce: «Probabilmente se n'è già andata», benché nessuno voglia credergli.

Ren, però, ha un terribile presentimento. Troppe coincidenze si sono verificate stasera, troppi segnali d'avvertimento. Avrebbe dovuto prestare maggiore attenzione, ma è stato distratto. Adesso Nandani è sparita e la tigre è in attesa, proprio nel punto in cui sono state rinvenute le impronte il giorno prima. Che razza di bestia torna tanto presto quando non c'è una preda?

Ren sa che è il punto in cui ha seppellito il dito. Se lo restituisce, forse la tigre restituirà Nandani. Si lancia verso la veranda, con un grido strozzato.

«Cosa fai?» Ji Lin lo afferra per la manica.

«Devo riprenderlo.» Ha la strana sensazione che lei capisca. «Vuole il dito.»

«Quale dito?» Nella penombra, il viso della ragazza è di un pallore verdastro.

«Il dito del dottor MacFarlane! Devo riprenderlo!»

Ren si libera con un forte strattone e corre fuori dalla veranda. È il momento di recuperarlo, prima che William esca con il fucile da caccia. Si ripete che non ha paura della tigre. Di quel tipo di spirito-tigre che caccia solo donne dai capelli lunghi.

Ma è una bugia. È terrorizzato. La testa pulsa, i polmoni bruciano. Ren però è sicuro fino al midollo che a Nandani è rimasto poco tempo. Forse è già morta. Ma no, la tigre è tornata come segnale per lui. Un'ultima possibilità.

Mi dispiace, ansima. Doveva obbedire fin dall'inizio alle volontà del dottor MacFarlane. Ha promesso, giusto? Questo è ciò che accade quando si infrangono le promesse.

All'esterno, l'oscurità ha un umido profumo acerbo, come se la terra sospirasse. Ren corre alla cieca sul prato, verso il deposito dell'immondizia. Il respiro sibila mentre lui incespica, annaspa e si rialza. Dietro di lui, grida lontane. Porte che sbattono, finestre che si aprono.

Ora rovista nella terra morbida, solleva la pietra che ha usato per marcare il punto. Niente vanga, soltanto mani nude e unghie rotte.

Veloce, veloce!

Poi lo sente, un ringhio reboante. Tanto basso da far vibrare l'aria. Lo sente riverberarsi nelle ossa. Ogni muscolo del corpo si paralizza, i capelli si rizzano. In quel momento, Ren non è un ragazzo. Anzi, non è nemmeno un essere umano. Non è altro che una scimmia senza peli sorpresa a terra.

Il ringhio continua, un rombo incessante che satura l'aria. Disorientato, Ren non sa dire da quale direzione provenga. Poi un latrato tossicchiante, un forte crepitio che si interrompe bruscamente. Infine, il silenzio.

Dalla casa sente provenire deboli grida. La voce di una ragazza che urla «Fermo» o «No».

Ren però scava come un pazzo. È vicinissimo, tanto da sentire il bordo della scatola di biscotti. Si strappa l'unghia del pollice. Alza il coperchio. È aperto e la boccetta di vetro tintinna nella sua mano sporca. Ren sospira. Accovacciato, si gira verso la casa. Poi un lampo e un ruggito assordante.

Ren, con gli occhi sgranati, crolla a terra. Si sorprende di non avvertire altro che torpore. Solleva la mano sinistra. È bagnata e viscida, ha l'aspetto della carne cruda. Poi il dolore lo prende sul fianco. Ren si piega, accartocciandosi come un vecchio giornale. L'ultima cosa che vede è la ragazza in azzurro. Lo tiene in grembo. Ha tutto il bel vestito coperto di sangue. Se è lei, allora va bene, pensa, mentre con la mano destra ancora sana le preme sul palmo la boccetta di vetro.

29

IPOH, SABATO 20 GIUGNO

Fu Kiong a tirarci fuori tutte, appena si rese conto che c'erano guai: dalle urla e dall'agitazione, oltre al colpo di fucile, naturalmente, quel rumore che squarciò la notte. Fu lui che cercando me, la ritardataria, corse fuori con la folla che si riversava sul prato buio e mi afferrò. Di quello non ricordavo nulla. Se chiudevo gli occhi, ero ancora lì. Il lampo dalla bocca del fucile, l'urlo acuto di un giovane animale.

Avevo il vestito coperto di sangue, macchie scure che inzaccheravano la seta azzurrina. Nessuna delle altre voleva sedersi troppo vicina a me. Si rannicchiarono sull'altro lato della macchina, parlando in tono sommesso. Pearl piangeva. Ricordai che aveva un figlio.

Avrei dovuto fermarlo. Quando il ragazzino era partito, sfrecciando fuori dalle porte della veranda, sarei dovuta tornare in casa per dire agli altri che era uscito. Tuttavia, come una sciocca, gli ero corsa dietro, girando alla cieca in quel giardino sconosciuto, inciampando, cadendo per poi tornare alla casa. Se solo non avessi perso tutto quel tempo! E dopo, la sagoma nera dell'uomo che usciva con un fucile. Dato che uno degli amici del mio patrigno era solito andare a caccia di cinghiali, riconobbi subito quell'ombra a forma di bastone e il modo in cui lo portava, infilato sotto il braccio.

«Fermo!» urlai mentre lo sollevava. «No!»

Ma era troppo tardi.

Qualcuno gridò alle nostre spalle: «L'hai presa, Acton?», ma io sapevo già a cosa aveva sparato. Lo superai di corsa, singhiozzando. Il vecchio cuoco si fece largo con una lanterna, il viso cinereo. E nel cerchio di luce della lampada, il ragazzo si accasciò a terra.

Era così piccolo. Fu questa la prima cosa che pensai appena vidi quel misero corpicino, con le ombre degli alberi e dei cespugli che incombevano su di lui. Doveva aver scavato, perché aveva le braccia sporche di terra fino ai gomiti. Sul viso un'espressione di assoluto stupore. Non ce la facevo a guardargli il fianco sinistro e il braccio, intrisi di sangue che alla luce sembrava nero. Quel braccio: aveva ancora la mano? Mi inginocchiai accanto a lui, sulle erbacce e la terra rivoltata. Mi fissò e la bocca si mosse.

«Rimettilo a posto» disse con un filo di voce. «Nella tomba del mio padrone. Gliel'ho promesso.» Mi appoggiò qualcosa nel palmo con la mano destra, quella sana. Gli uomini si spintonavano, sbraitavano ordini.

«Fatevi da parte! Muovetevi, per favore!»

Una mano mi afferrò per il gomito. Era Kiong. «È ora di andare.»

«Aspetta!» Volevo ascoltare quello che dicevano gli uomini mentre sollevavano quel corpo inerte come il piede ciondolante di Pei Ling. Quella sera erano presenti diversi dottori: dovevano conoscere l'entità delle ferite e se sarebbe morto o sopravvissuto.

Kiong mi trascinò con sé. Non riuscii a sottrarmi alla presa ferrea sul mio braccio. «Ora andiamo.»

E così facemmo. Le altre ragazze già aspettavano in macchina. Quando mi videro, partì una raffica di domande. Io, però, non avevo parole per rispondere.

«Ma cosa *combinavi* là fuori?» chiese Hui. Pareva agitata. Molto più di me, in effetti. Avevo mani e piedi paralizzati e insensibili, la lingua ispessita e asciutta.

«L'ho visto uscire di corsa» dissi alla fine. «E ho cercato di fermarlo.»

«Potevano spararti!» Hui mi strinse forte.

«Non fare così» dissi. «Ho il vestito pieno di sangue.»

Il viaggio di ritorno parve più breve di quello d'andata, un miglio dopo l'altro di strada smorta e nastriforme. Dopo un po' le altre ragazze ripresero a parlare, azzardando ipotesi su quanto era successo.

«Che idiota... sparare al suo domestico» sentenziò Rose.

«Be', pare che sia un orfano, quindi non ha una famiglia che si può lagnare se muore» disse Anna.

Io non fiatai e tenni lo sguardo fisso fuori dal finestrino. Le mie dita stringevano ancora forte l'oggetto che Ren mi aveva dato. Avevo la terribile sensazione di sapere esattamente cosa fosse, dalla forma del cilindro di vetro scivoloso. Non avevo bisogno di guardare. Non volevo farlo.

Il mio vestito non aveva tasche e, nella fretta di andare via, avevo dimenticato la borsetta. Comunque dentro non c'era molto, soltanto le chiavi di casa e il rossetto. Hui mi aveva insegnato, se mai fossi dovuta uscire per lavoro, a non lasciare nella borsa informazioni significative come il nome o l'indirizzo. Nel frattempo, però, non avevo un posto in cui nascondere quel fardello, quel dono sgradito che Ren mi aveva rifilato.

Perché aveva lui il dito? Era come una maledizione, una di quelle storie raccapriccianti di quando provi a liberarti di qualcosa che poi ti ritorna sempre indietro. L'immagine del ragazzino dei miei sogni e il viso di Ren si confondevano. Erano la stessa persona, eppure diversa.

Adesso percorrevamo strade a me conosciute, il villaggio di Menglembu e, a breve, Falim, in cui si trovava la casa-bottega del mio patrigno. Dato che era molto tardi, Kiong decise di accompagnarci tutte a casa. Ma come potevo entrare dalla signora Tham con un vestito insanguinato e senza chiavi?

«Stai da me» sussurrò Hui, come se mi leggesse nella mente. «Ti presto dei vestiti.»

Esitai, e lei doveva averlo capito, perché aggiunse: «Ti sei presa un bello spavento. Dài, mi prenderò io cura di te».

Lo disse con un tono tanto gentile che mi si serrò la gola. Pensai che mi sarebbe davvero piaciuto che qualcuno mi aprisse la mano e mi portasse via la boccetta di vetro con il dito di un morto. Mentre passavamo davanti al negozio del mio patrigno in Lahat Road, ricacciai indietro l'impulso di saltare giù dalla macchina e correre a casa. Volevo mia madre. Volevo affondare la faccia nel suo grembo, sentire la sua mano morbida sui miei capelli e scordarmi di tutto, tranne che di noi due.

Non volevo pensare a Shin, a quell'espressione compiaciuta sul suo viso quando aveva commentato la promessa del mio patrigno riguardo al mio matrimonio. *Non è una buona cosa?*

«Va bene» risposi a Hui. «Vengo da te.»

Arrivata nella stanza in affitto di Hui, mi lavai e presi in prestito un suo pigiama. Mentre mi struccavo il viso con un po' di crema emolliente, Hui venne a sedersi alla toeletta.

«Tutto bene?» Feci di sì con il capo, intontita.

«Vieni a dormire» disse.

Il letto di Hui era singolo e stretto. Appena la mia testa toccò il cuscino accanto a lei, avvertii una forte corrente che mi trascinava via. Un gelo paralizzante mi si insinuò nelle braccia e nelle gambe. Cercai di tenere gli occhi aperti, ma stavo cadendo. Sentii vagamente Hui dire qualcosa, ma non riuscivo a capirla. La corrente era troppo forte. Così, caddi, precipitai più giù che negli abissi del lago più profondo, fino a che non raggiunsi quel luogo che iniziavo a conoscere tanto bene.

Questa volta, ero accanto alla riva soleggiata, con i piedi nudi immersi fino alle caviglie nell'acqua limpida. Non faceva affatto freddo. C'era sempre lo stesso sognante calore pomeridiano che faceva luccicare gli alberi in lontananza. E, come prima, la calma mi cullava, anche se mi affrettai a uscire dall'acqua. Quell'acqua limpida e ingannevolmente chiara che celava una crescente ombra torbida.

Nei paraggi non c'era nessuno, nemmeno il bambino. Comunque, dal momento che ero lì, decisi di cercarlo tra l'erba ondeggiante. Tuttavia, quando giunsi alla stazione ferroviaria deserta, non trovai niente. Neanche un treno, come era accaduto tutte le altre volte.

Il tempo passava: non avevo modo di sapere quanto. L'ansia mi rodeva dentro mentre la luce del sole rimaneva fissa in un angolo. Non volevo restare bloccata lì. Cosa aveva detto il bambino? Se avessi scoperto il suo nome, allora avrei potuto evocarlo.

«Yi!» chiamai piano.

Il silenzio mi innervosiva. Mi voltai verso l'altro capo della banchina, ed eccolo lì, in piedi proprio dietro di me. Era talmente vicino che gli sarebbe bastato allungare la manina per toccarmi la schiena. Lanciai un debole grido.

«Mi hai chiamato.» Aveva un'aria molto seria. Niente sorriso, né un allegro cenno di saluto. Ora che lo guardavo con maggior attenzione, vidi delle differenze. Ren era più alto, con il viso più allungato e maturo. Forse li separavano due o tre anni.

«Ho incontrato tuo fratello.»

Lui annuì con fare circospetto.

«Stasera gli hanno sparato.» Nel ricordare l'oscurità e la luce della lanterna oscillante, il sangue che sgorgava da quel corpo ferito, gli occhi mi si riempirono di lacrime.

«Lo so. Ecco perché il treno è partito.»

Il treno che viaggiava su una sola linea, in un'unica direzione.

Il bambino si arrampicò su una panca di legno e io mi sedetti accanto a lui. Parlare ora era più facile. «Sei morto, vero?» chiesi. «Hanno detto che Ren era orfano, che aveva perso tutta la famiglia.»

Voltò quella testolina rotonda che adesso era così familiare. Benché i due si somigliassero in maniera sconcertante, erano anche diversi. Gli atteggiamenti, la voce. Rammentai l'aspetto raggiante che aveva Ren qualche ora prima, quanto era felice di vedermi, quasi mi attendesse da tutta la vita, e mi venne da piangere di nuovo. «Esatto. Sono morto.» Il viso di Yi tornò a girarsi verso di me. Aveva un aspetto liscio e innocente, eppure avevo la sensazione che si stesse concentrando molto. Mi scombussolava il fatto che pareva più giovane di Ren, ma anche più vecchio. Forse era il modo in cui parlava a volte, come un adulto.

«Perché non me l'hai detto?»

Accigliato, agitò un piedino calzato dal sandalo. «Nessun altro è mai capitato qui come fai tu. Arrivano tutti in treno. Ma tu... compari e basta. È una buona cosa, credo.»

«Perché?»

«Perché se venissi in treno, saresti come tutti gli altri. Come me.»

Avevo molte domande da fargli, ma lui mi guardò e scosse leggermente la testa.

«Ren morirà?»

«Non lo so.» Il suo viso era segnato da uno sguardo pensoso. «Il treno è partito. Significa che un altro arriverà presto, ma non so chi ci sarà sopra.»

«È quello che hai fatto anche tu? Sei sceso in questa stazione da solo?»

«Sì. Tanto tempo fa. Eravamo gemelli, io e Ren.»

Gemelli. «Proprio come me e Shin. Insomma, non siamo gemelli, ma siamo nati lo stesso giorno.»

«Non conosco Shin» disse con espressione corrucciata. «Lui non sogna come te.»

«No» convenni piano, e ricordai l'amuleto di carta che Shin aveva ricevuto in dono dalla madre. Un incantesimo per invocare il *mo*, una bestia bianca e nera mangiatrice di sogni, che scacciava gli incubi. Tuttavia, se lo si invocava troppo spesso, divorava anche le speranze e i desideri.

«Allora siamo in quattro. Hai trovato il quinto?» chiese Yi.

«Credo di sì.» Ripensai a William Acton e a quello che aveva detto Ren, che il *Li* nel suo nome rappresentava ritualità, ordine. Qualcosa in questo mi infastidiva. Forse perché era straniero e non riuscivo a capire come facesse ad avere un nome cinese.

«Te l'ho detto, in ognuno di noi c'è qualcosa di sbagliato. Le cose non andranno nel verso giusto.»

«Cosa dovrei fare? E il dito che mi ha dato Ren?» L'avevo nascosto, arrotolandolo nel mio abito da ballo macchiato di sangue mentre Hui era in bagno.

Yi sospirò e fece oscillare le gambette. «Sono affari del suo padrone. Fai quello che ti sembra giusto.»

Dentro di me montava una sensazione d'allarme, come un campanello che cominciava a tintinnare in lontananza. No, era già da un po' che suonava; ero io che non avevo prestato attenzione. «Guardami, Yi. Perché non sei tanto preoccupato per Ren?»

Si curvò, torcendo il corpo come se non sopportasse l'idea di guardarmi negli occhi. All'improvviso, era di nuovo un bambino.

«Stavi aspettando che morisse, vero?»

Aveva un'aria più che colpevole. Il viso stropicciato, mesto. Era sul punto di piangere. Avrei voluto dargli uno scossone, ma non l'avevo mai toccato. Nemmeno quella volta in cui ero stata cacciata fuori dall'acqua dalla sagoma nera nascosta nell'abisso.

«Come hai potuto?» dissi con amarezza. «È tuo fratello.»

Adesso piangeva. Le spalle tremanti, i pugni premuti sugli occhi.

«Non volevo. Almeno, non all'inizio.» Singhiozzava. Le lacrime gli imbrattavano il viso. «Io voglio bene a Ren. È tutto per me.»

«Allora perché sei rimasto qui?»

Lui scosse la testa. «Prima non eravamo mai stati separati. E sapevo che senza di me era infelice. Come poteva cavarsela da solo? Così, quando il treno ha attraversato il fiume, sono sceso. È la prima fermata da questa parte. Sono certo che più avanti ci sono posti migliori, ma non volevo andare senza Ren.»

«E allora sei rimasto.» Lo scrutai intensamente.

«Non sono stato l'unico. C'è sempre qualcuno di noi che scende. Li hai già visti.»

Mi ricordai delle figure distanti che vagavano sulla riva la prima volta che ero stata trasportata dalla corrente del fiume.

«Alla fine, però, tutti si arrendono e continuano il viaggio. Vedi, non ha alcun senso. Da questo lato, non puoi chiamare nessuno né parlargli.»

«Ma tu ci sei riuscito.»

Lui annuì. «Abbiamo sempre avuto questo legame tra gemelli. Quando sono sceso dal treno, ho scoperto che ero ancora in grado di sentirlo. Molto debole, come un segnale radio. Così, non ho proseguito. Non finché potevo ancora percepire Ren dall'altra parte.»

Aveva un aspetto così infelice e triste: un bambino che attendeva il fratello da tre anni. Solo, su una riva deserta. Mi spezzava il cuore, ma allo stesso tempo sapevo che aveva fatto una cosa terribilmente sbagliata.

«Ho scoperto che finché sono qui, posso chiamarlo da questa parte del fiume e a lui capitano delle cose. Incidenti e altro. A volte penso di salire sul treno e andarmene. Ma poi cambio idea. Non voglio che Ren mi dimentichi.»

«Non credo ti abbia dimenticato.»

Lui però non mi ascoltava. «All'inizio volevo solo stare a guardare e aspettare. A volte riesco a vedere qualcosa di quello che sta facendo. Poi ho capito che avrei dovuto aspettare molto, molto tempo, tutto il resto della sua vita. E intanto Ren cambia di continuo. Sta crescendo. Un giorno si dimenticherà completamente di me.»

«E così hai cercato di attirarlo qui?»

Yi si voltò a guardarmi. Nei suoi occhi c'era una tale sofferenza che mi impediva di arrabbiarmi. «Pensavo che insieme saremmo stati più felici. Però non sono mai riuscito a farlo passare di qua. Non totalmente. Anche se l'altra sera aveva la febbre alta ed è apparso su quel banco di sabbia.» Indicò una sottile linea bianca nel fiume.

«Voleva attraversare. Davvero! È persino saltato dentro da solo. Io avevo una paura dannata per via dell'acqua. C'è qualcosa lì dentro che impedisce alle persone di tornare dall'altra parte.»

Al ricordo di quella forma nera che sorgeva dagli abissi, fui colta da un brivido.

«Ma l'ho costretto a tornare indietro. Venire qui in quella maniera non serve a nulla. Si sarebbe solo separato dal corpo, il che è anche peggio.»

«Finire in coma, intendi?»

Yi batté le palpebre. «Non so che significhi quella parola.»

«Quando il corpo è vivo, ma la mente è assente.»

«Sì. Allora ci troveremmo entrambi bloccati qui, in attesa che il suo corpo cessi di vivere.»

«Be'» dissi in tono stanco, «il tuo desiderio si sta realizzando. Ora tuo fratello sta morendo.»

Yi abbassò il capo. Si fissò con aria malinconica i piedi.

«Allora, cos'hai intenzione di fare?»

Scoppiò di nuovo in lacrime. «*Yi* significa giustizia. Dovrei essere in grado di scegliere la cosa giusta, ma non ci riesco!»

«Non piangere» lo consolai, resistendo alla tentazione di abbracciarlo. Adesso che sapevo con esattezza dove mi trovavo, mi colse un fremito di pericolo. «Le tue intenzioni erano buone.»

«Però non è abbastanza!» gridò, strofinandosi la faccia rossa e angustiata. «Avere buone intenzioni non equivale a fare la cosa giusta. Forse siamo tutti maledetti. Dovevamo nascere nella stessa famiglia, o addirittura nella stessa persona, non separati da tempo e spazio, come ora.»

Noi cinque avremmo dovuto creare una sorta di armonia.

Dopotutto, le virtù confuciane non dovevano rappresentare l'uomo perfetto? Un uomo che abbandona la virtù, perde la propria umanità e non è migliore di una bestia. Confusa, mi chiesi se non fosse ciò che stava succedendo a tutti noi.

«È una questione di ordine: il modo in cui le cose vengono deviate e ridisposte. Più ognuno di noi si allontana dalla retta via, più tutto si distorce» disse Yi, intristito. «E il quinto è il peggiore.»

«Cosa vuoi dire?»

Ma lui ormai stava sbiadendo. Il mondo ingrigiva e, per quanto mi sforzassi, potevo soltanto boccheggiare e annaspare, mentre le labbra e il viso mi si coprivano di un morbido velo soffocante.

«Yi» urlai. «Lascia in pace Ren!»

30

BATU GAJAH, DOMENICA 21 GIUGNO

Gli occhi di Ren si aprono battendo le palpebre. Si chiudono. Si riaprono. Ha la bocca secca e un senso di ottusità alla testa, come se qualcuno l'avesse imbottita di batuffoli di cotone. Un viso sconosciuto gli fluttua davanti agli occhi. Una donna straniera, con i capelli raccolti severamente in una cuffia bianca.

«È sveglio.»

Un'altra faccia. È William. Bocca stretta e tesa. Due linee gli scavano dei solchi profondi sotto gli occhi. «Ren, mi senti? Siamo in ospedale.»

L'ospedale. Questo spiega la sensazione di vuoto che ha intorno, la lunghezza spaziosa della corsia. Anche il letto è più grande, più lungo del lettino su cui dorme Ren. Avverte una pesantezza al fianco sinistro e non riesce a sentire il braccio.

«Fa male?»

Sotto l'intorpidimento, nel corpo di Ren si annida il dolore. Un dolore profondo, sopito con mezzi artificiali. La luce è forte. È già giorno.

«Signor Acton, ora è meglio se va a casa.» È l'infermiera. «È rimasto qui tutta la notte.»

«Solo un momento, sorella.» William si gira di nuovo verso Ren.

Che strano. Adesso Ren vede tutti quei filamenti emanare da William. Fili sottilissimi, come al dipanarsi di un baco da seta. Prima non era mai riuscito a vederli, ne sentiva soltanto gli sprazzi d'energia. Adesso, però, il sesto senso è più forte che mai, o forse è soltanto che il corpo è parecchio malconcio. Lo sa, anche senza guardare il volto spettrale di William.

«Ren, mi dispiace terribilmente. Sono stato io a spararti ieri sera.»

Ecco cos'era, il lampo e il boato che l'hanno colpito. Ren fissa William con occhi sgranati.

«Ma ti riprenderai. Be', quasi del tutto. Hai perso un sacco di sangue, ma siamo riusciti a estrarre gran parte dei pallini. Era la borra a preoccuparmi... per l'infezione ai tessuti molli.» La mascella di William si muove come un giocattolo a molla rimasto schiacciato per troppo tempo.

«*Signor Acton!*» È l'infermiera, di nuovo. «Basta così!»

William si interrompe. Passa la lingua sulle labbra secche. «Sì, naturalmente. Fammi sapere se ti serve qualcosa.»

Parlare è difficile. La gola di Ren è arida. «Nandani» dice. Gli occhi mostrano che si tratta di una domanda.

William ha lo sguardo assente. «Ah. Nandani. Non so dove sia. Ma non preoccuparti, si rifarà viva.»

No, deve trovarla! L'espressione angosciata di Ren è tagliente. William fa una smorfia tirata. «Certo che la troveremo. Va bene? Ora... riposa. È molto importante.»

Ren sprofonda ancora nel dormiveglia. Sente vagamente le porte che si aprono e si chiudono. Il sole si leva in alto e poi inizia a calare. Ren, però, non sa che giorno sia. Da qualche parte, il corpo perde forza e si raffredda, oppure brucia febbrilmente? Gli esaminano il fianco dolorante, la spessa medicazione sul braccio viene aperta.

«... sanguina ancora. Sembra brutta.»

«... rischio di infezione.»

Ren chiude gli occhi. Dietro di loro si dispiega un nuovo paesaggio, che sfavilla e arde quanto un sogno febbrile. Ed eccola, la tigre che ha temuto per tanto tempo. Gli sta davanti, enorme. Un'agile massa di muscoli che si assottiglia in una coda fremente. Non è la vecchia pelle di tigre sciupata stesa sul pavimento dello studio di William, o la bianca creatura spettrale che Ren ha immaginato, errante nella giungla con il viso del dottor MacFarlane. È una bestia enorme e splendida. Un animale che lui non può comprendere. Stranamente, Ren non ha paura, prova solo un travolgente senso di sollievo.

Allora ecco cosa sei, pensa, benché gli sembri sconveniente rivolgersi alla tigre.

Le strisce sul manto lucido si increspano. Gli occhi gialli brillano come lanterne. L'unica cosa che Ren riesce a fare è abbassare lo sguardo. La tigre emette un verso profondo. Poi si gira e se ne va, con passo cauto, delicato e pesante allo stesso tempo. Dove va?

Nel paesaggio cangiante, Ren scorge un familiare profilo a capanna: una stazione ferroviaria, uguale a quella di Taiping, dove ha preso il suo primo e unico treno dopo la morte del dottor MacFarlane. Gli sembra abbastanza normale dirigersi là. Fa un passo avanti. Poi ricorda qualcosa.

«Nandani... dov'è?» grida alla tigre.

Nessuna risposta, soltanto la punta bianca della coda che oscilla ipnotica. Poi le vede: impronte irregolari di una donna. Sottili e graziose. Trascina la gamba sinistra, zoppica.

«Nandani è qui?» Se è così, dev'essersi diretta alla stazione. Ren muove un altro passo. La tigre gira la testa e ringhia. È un avvertimento? Ren non lo sa, ma il fianco gli fa male, un dolore intenso che si diffonde per tutto il corpo, fino al braccio sinistro inerte e alla mano. Ren stringe i denti e si sforza di proseguire, seguendo le orme verso la stazione ferroviaria.

31

IPOH, DOMENICA 21 GIUGNO

Uno schianto. L'aria venne espulsa dal mio corpo, il viso premuto contro una superficie dura e fresca. Per un momento rimasi sdraiata, immobile.

«Ji Lin... stai bene?» Hui mi guardava dall'alto. Ero sdraiata sul pavimento della sua camera, aggrovigliata nella sottile coperta di cotone. Il sole che filtrava nella stanza era alto e rovente.

«Sei caduta dal letto, stavi avendo un incubo» disse. «Ti dimenavi e urlavi il nome di un certo Yi. Avevo paura di svegliarti.»

I cinesi detestano svegliare all'improvviso le persone, nel timore che l'anima si separi dal corpo. Non avrei pensato che Hui fosse tanto superstiziosa, ma ne fui contenta. Chissà dove sarei rimasta a vagare...

Mi misi a sedere, con i pensieri che brulicavano come un nido di formiche. Avevo la sensazione di essere quasi riuscita ad afferrare qualcosa di sfuggente, il bandolo di un'idea che era svanita di colpo, proprio come il viso in lacrime di Yi.

«Cosa c'è che non va?» chiese Hui.

Guardai il vestito azzurro che avevo addosso la sera prima. Era ancora ben arrotolato su una sedia, come l'avevo lasciato. Non volevo dire niente a Hui del dito nella boccetta di vetro. L'avrei solo turbata. C'erano questioni più urgenti: capire se Ren fosse sopravvissuto, e cosa fare del contenitore nascosto nell'abito insanguinato.

Così, il dito era tornato da me. Quando Hui uscì per una commissione dopo avermi prestato un abito, lo esaminai con un senso di ineluttabilità e orrore. Era sicuramente lo stesso; coincidevano anche il numero e la leggera ammaccatura sul tappo a vite.

Il dito del dottor MacFarlane, aveva detto Ren prima di scappare nel buio. Come aveva fatto a finire dal magazzino di patologia, dove l'avevo lasciato, alla festa di quella sera? Mi sentivo male. Se solo avessi impedito a Ren di precipitarsi fuori, o se avessi urlato più forte mentre William Acton usciva di casa con il fucile sotto il braccio destro... Il percorso compiva giri tortuosi, il dito scompariva e riappariva; eppure avevo la vaga sensazione che ci fosse un disegno dietro tutto questo. Nel sogno, quando avevo chiesto a Yi cosa fare, era parso stranamente disinteressato. *Fai quello che ti sembra giusto*, aveva detto. Ma forse era perché gli interessava soltanto Ren. E Ren, come entrambi sapevamo, stava morendo.

Nervosa e agitata, mi diressi al Fiore di Maggio. Forse Kiong poteva avere altre notizie su quanto era successo a Ren. Era quasi mezzogiorno. La sala da ballo era ancora chiusa, quindi entrai dalla porta sul retro e aspettai nel corridoio fuori dall'angusto ufficio della tenutaria. Era un buco con una scrivania colma di pile di carte, ma io sapevo che era meglio non sottovalutarla. Era un'eccellente donna d'affari.

La signora disse che Kiong non era nei paraggi, ma sapeva tutto del fiasco della serata.

«Il ragazzo sta bene?» chiesi, incapace di nascondere la mia preoccupazione.

«Non ne ho idea. Ma probabilmente è ancora vivo, dato che

nessuno è venuto a cercarci. Non siamo neanche stati pagati. Ecco perché non mi piace fare feste private. Ho sentito che tu hai visto il ragazzo colpito dallo sparo. Era grave?»

Annuii. Non volevo parlarne.

«Poveretto.»

«Credo di non poter più lavorare qui.»

Mi pareva il momento giusto per mollare. Era improbabile che trovassi un altro lavoro a orario ridotto con una paga altrettanto buona, ma il gioco non valeva la candela. Avrei chiesto a Robert di farmi un prestito.

Non sembrò sorpresa. «Immaginavo che potessi reagire così. Be', non posso dirti che non mi dispiaccia... sei una delle migliori ragazze del turno pomeridiano. Se cambi idea, fammelo sapere. Potresti venire un'ultima volta sabato prossimo? Sarò a corto di un paio di ragazze.»

Accettai. Quando me ne andai, mi resi conto che era una delle ultime volte che percorrevo quel sudicio corridoio verde menta. Le risate e il cameratismo, i piedi doloranti e gli schiaffi alle mani invadenti, tutto questo sarebbe finito. Ma forse era meglio così.

32

BATU GAJAH, LUNEDÌ 22 GIUGNO

Sta cadendo tutto a pezzi, pensa William.

È lunedì mattina. Torna in ospedale a controllare la sua piccola vittima. Sì, vittima è la parola giusta. Da quella notte, William ha rivissuto la scena più e più volte: Ah Long che lo prende da parte e gli dice della tigre in giardino, la febbrile agitazione che scende sulla festa, e su di lui, che apre l'armadietto delle armi e prende il fucile da caccia. Perché, perché ha pensato a una cosa del genere?

Non è che William vada molto a caccia. Il Purdey è un'altra costosa eredità degli Acton, come l'argenteria e i bicchieri di cristallo pregiato che si è portato in giro per mezzo mondo. Ma perché darsene la pena, quando la sua famiglia l'ha praticamente disconosciuto? Perché titoli e lignaggio gli spalancano le porte ovunque, benché finga di disprezzarli. Forse è questo che l'ha spinto a tirare fuori il fucile: ha pensato che sparare dei colpi al buio e spaventare una tigre fosse un gesto eclatante. Che sciocco!

Tutti i suoi errori sono stati commessi in momenti di grande emotività. In effetti, quella sera aveva dei timori fin dall'inizio, ma aveva pensato che riguardassero Nandani e come togliersela di torno. Uscito di casa, con il fucile sotto il braccio destro nel modo che gli aveva insegnato il padre molto tempo addietro, aveva avuto un altro dubbio. Ma era troppo tardi, anche se la ragazza gli aveva urlato di fermarsi.

Louise, quella ragazza, come faceva a sapere che tra il fruscio dei cespugli c'era Ren e non un animale? Se chiude gli occhi, riesce ancora a vederla sbucare di corsa fuori dall'oscurità, nella pozza di luce che si riversava dalla lanterna di Ah Long. L'abito azzurrino, il viso teso dallo spavento. E anche allora, il lato oscuro che William ha sempre tentato di sopprimere trovava seducente la paura della ragazza, con quelle gambe magre e gli occhi dalle ciglia lunghe: una cerbiatta terrorizzata.

Grazie a Dio, l'aveva caricato con i pallini numero sei. Fossero stati pallettoni, Ren sarebbe morto di sicuro, anche a quella distanza e con l'inevitabile dispersione. Rawlings ha detto che era una delle ferite più gravi che avesse mai visto su un bambino. Un dito della mano sinistra era stato fatto a brandelli. Il quarto, l'anulare. William si trova a chiedersi, insensatamente, se Ren non si sposerà mai, visto che non ha dove portare l'anello. Pensieri inutili, perché in maniera inspiegabile, malgrado tutte le cure ricevute, Ren sta morendo.

William non capisce. Nessuno capisce. Le ferite sono state pulite e ricucite. Nessun danno agli organi vitali. Forse è il trauma. William ha sentito di uomini in guerra che muoiono sul colpo, il cuore si ferma come un orologio. Tuttavia, questo non spiega il rapido peggioramento di Ren. Temono la sepsi, soprattutto lì ai Tropici, dove le ferite imputridiscono in fretta.

«Quanti anni ha il ragazzo?» aveva chiesto Rawlings quella notte, mentre si occupavano di lui, rovistando in cerca delle fibre di borra in tutto quel sangue. Era fondamentale toglierne il più possibile. Per combattere le infezioni c'era poco altro da fare, oltre ai risciacqui di acido fenico.

«Ha detto tredici.»

«Stupidaggini! Non può averne più di dieci o undici.»

William si era sentito rimpicciolire dalla vergogna. Avrebbe dovuto saperlo.

Se Ren muore, a nessuno importerà davvero. William sarà considerato lo sciocco che ha sparato al suo domestico, ma tutto finirà in una bolla di sapone perché Ren è un orfano, senza nessuno a parlare in suo nome. *Eccetto me*, pensa William.

Quando William esce per andare alla macchina, trova Ah Long in piedi accanto al mezzo. In mano tiene un portavivande d'acciaio, di quelli che si usano per i pranzi al sacco. Le rughe del viso appaiono più fonde che mai.

«*Tuan*, mi lasci venire all'ospedale.»

«Vuoi vedere Ren?»

Un cenno d'assenso con il capo.

«Va bene.» William si sente in colpa. Ovvio che il vecchio sia affezionato a Ren.

All'ospedale, William esamina la cartella di Ren. Nulla di buono. Continua ad avere febbricola. Ancor più grave, il viso del ragazzo ha cominciato ad assumere l'aspetto emaciato che William teme. Ah Long mette il portavivande su un tavolo e si siede vicino al letto di Ren, parlandogli sottovoce in cantonese. Ren non reagisce; ha gli occhi chiusi e cerchiati da ombre bluastre. Non c'è altro che William possa fare. Indeciso, rimane lì a chiedersi cosa dica Ah Long.

«Dorme, vero?» gli chiede.

«O viaggia.»

William si acciglia. Non ha alcun senso. Ah Long si fruga in tasca e tira fuori una boccetta di vetro, simile a quelle in cui si mettono le acciughe. William lo guarda incredulo. È l'estremità sfracellata del dito di un bambino che galleggia in un liquido color tè.

«È di Ren?» dice, tentando di ricacciare in gola la bile.

«Sì. L'ho cercato.»

Dio, che tristezza. Gli ricorda il dito di MacFarlane, quello che ha dovuto amputargli durante un viaggio a causa della setticemia. Ma questo è peggio, perché è piccolo e conservato in una maniera orribile.

«Sai che non possiamo riattaccarlo» dice William, pensando che Ah Long debba aver passato ore a rovistare tra cespugli e ciuffi d'erba in cerca di quel ditino. È un miracolo che l'abbia trovato prima dei corvi.

Ah Long annuisce. Sta per appoggiarlo sul tavolo vicino al letto di Ren, quando William lo ferma. Se Ren si sveglia, potrebbe spaventarsi. Cosa combina Ah Long, con le sue barbare superstizioni? William si infila in tasca il boccettino.

«Lo terrò io, per ogni evenienza.» Si gira sui talloni, per riprendere a lavorare. «A proposito, cos'è questo fluido?»

Ah Long ha un'espressione assente.

«Cos'hai messo per conservarlo?» chiede William in tono paziente. Ha bisogno di sapere come cambiare il fissativo.

«Johnnie Walker, *tuan*.»

Quando William torna nel suo studio, un visitatore lo aspetta. Riconosce l'alta e sobria figura dell'ispettore di polizia locale, il capitano Jagjit Singh. Non lo vede da quando hanno ritrovato il corpo di Ambika nella piantagione, e non ha ragione di essere lì, dal momento che la morte di Ambika è stata dichiarata una disgrazia. Adesso, però, è in piedi nello studio di William come se fosse suo. Con lui c'è sempre lo stesso agente malese.

«Cosa posso fare per lei, capitano?» domanda William cordiale. «È per il colpo di fucile? L'ho segnalato ieri, e mi hanno detto che potevo venire alla stazione e rilasciare una deposizione.»

«A essere sincero, mi serve una deposizione su un'altra cosa.»

«Di che si tratta?» William è sempre più preoccupato. Riguarda ancora Ambika?

Il capitano Singh osserva il viso di William. «Dunque non ha saputo niente? Riguarda una sua paziente: Nandani Wijedasa.»

«Le è successo qualcosa?»

«Purtroppo è morta.»

William sente un tuffo al cuore. «Morta? Com'è possibile?»

«Signor Acton, quando l'ha vista l'ultima volta?»

William pensa in fretta, i pensieri si ingarbugliano e poi si ridistendono.

«Sabato sera. È venuta a casa mia.»

«Per quale motivo?»

William pensa di mentire, ma l'istinto gli suggerisce di non farlo. «Voleva salutarmi prima di partire. Cosa le è accaduto?»

Il capitano Singh lo scruta con i taglienti occhi ambrati. «Era turbata?»

«Un po'.» William si toglie gli occhiali e li pulisce. «Il padre aveva scoperto che tra noi c'era simpatia e la stava mandando via. Da uno zio, credo.»

«Che genere di rapporto aveva con lei?»

Ecco la domanda che William temeva. «Ho flirtato. La trovavo carina, sono andato qualche volta a casa sua e abbiamo fatto un paio di passeggiate.»

«La conosceva da tanto?»

«Di recente ha avuto un incidente a una gamba.»

Il capitano annuisce. «Sì, non c'è stato molto tempo per approfondire il rapporto.»

«Posso permettermi di chiederle dove vuole arrivare con queste domande?» La voce di William è aspra e fredda.

Il capitano Singh allarga le mani. «Secondo la famiglia della ragazza, l'unica cosa insolita negli ultimi giorni è stata che è venuta da lei. Il cugino ha detto che era sconvolta quando è uscita.»

«Sì, gliel'ho già detto. Non voleva andare dallo zio, ma secondo me doveva fare quello che voleva suo padre. E fantasticava troppo sulla nostra amicizia. Ora, per favore, mi dica cosa le è successo.»

Il capitano improvvisamente diventa sbrigativo. «Sabato sera è scomparsa per un po' dopo essere uscita da casa sua, ma poi il cugino l'ha trovata che camminava sulla strada del ritorno e le ha dato un passaggio in bicicletta. È andata a letto come al solito. Domenica, alle otto e mezzo, il corpo è stato ritrovato tra i cespugli poco distante da casa.»

«È stata una tigre?» La mente di William balza all'istante al povero cadavere di Ambika.

«No, anche se sembra che ci fosse una tigre nel suo giardino sabato sera.»

«Sì» dice William distrattamente.

«La signorina Wijedasa ha avuto un grave episodio di vomito. Stiamo investigando sulla possibilità di un incidente. O di un suicidio.» Gli occhi del capitano si posano pensierosi su William.

«Suicidio? Era turbata, ma non voleva suicidarsi!»

«La famiglia pensa la stessa cosa. Stamattina il corpo è stato sottoposto ad autopsia.»

«Chi l'ha eseguita, Rawlings?»

«Sì. Secondo le sue prime impressioni, pare che la ragazza abbia ingerito qualcosa al mattino, prima di colazione. Forse un rimedio popolare: la madre ha detto che lamentava dolori di stomaco.»

«Allora perché ha bisogno di una mia deposizione?» William è confuso, le ginocchia tremano per la tensione.

«Volevamo solo conferma degli spostamenti della ragazza. Anche se lei, a quanto pare, ha trascorso gran parte di sabato notte in ospedale a vegliare il suo domestico» dice in tono mellifluo il capitano Singh. È l'immaginazione di William, o quell'uomo vuole tenerlo sulle spine? «Facendo il punto sui decessi recenti in questa zona, ho notato che un altro suo paziente è morto non tanto tempo fa. Un rappresentante di commercio, il signor Chan Yew Cheung di Papan, che sembra sia morto in mezzo alla strada.»

«L'ho letto sui giornali. Poveraccio.»

«Secondo la moglie, lei è stato l'ultimo dottore a visitarlo.»

«Per l'appendicite, sei mesi fa.»

«Niente a che vedere con il successivo arresto cardiaco o il collo rotto, ovviamente.»

«È questo che gli è successo?» È la prima volta che William sente i dettagli della morte del rappresentante. Il necrologio recitava soltanto "è mancato improvvisamente", ma arresto cardiaco e collo rotto sembrano veramente troppo.

«Sembra che abbia bevuto e sia caduto in un canale di scolo, rompendosi il collo. Ma un testimone oculare ha affermato che poco prima lamentava dolori al petto. Comunque, non c'è stata autopsia.»

William non ne è sorpreso, data l'abbondanza di cause di morte plausibili.

Il capitano Singh lo ringrazia per il tempo che gli ha dedicato e si volta per andarsene. «Di recente lei è una calamita per morti e incidenti.»

Dopo che il poliziotto se n'è andato, William crolla su una sedia. Allora Nandani è morta. Avverte una sensazione di vuoto nelle viscere, una profonda desolazione. È morta per lui? No, non gli torna. Eppure, prova un devastante senso di colpa: sabato sera non voleva forse con tutto se stesso che Nandani scomparisse?

Cosa può provocare la morte improvvisa di una giovane donna in salute? William si porta le mani agli occhi. Dentro di lui cresce il terribile sospetto che esista un potere oscuro in grado di modificare gli eventi di modo che si adattino ai suoi comodi. Tutta la faccenda di Iris, e Ambika, quando ha iniziato a chiedere più soldi. E poi il rappresentante, che crepa al momento giusto, dopo essere incappato nella sua relazione con Ambika. E infine Nandani. È la volubilità degli eventi che lo spaventa, quasi dovesse soltanto dire: "Vorrei che non fosse così!", perché lo schema si riordini adattandosi alla sua volontà. È come una fiaba nera in cui tutti i desideri, per quanto malvagi e idioti, vengono esauditi.

E forse, come nelle fiabe, esiste un prezzo da pagare con il sangue.

33

IPOH/BATU GAJAH, VENERDÌ 26 GIUGNO

Per tutta la settimana scorsi freneticamente i giornali per vedere se trovavo menzione di un decesso a Batu Gajah, ma non c'era nulla. Forse un piccolo domestico orfano non meritava neppure questo. Quando guardavo la boccettina di vetro, non potevo fare a meno di ricordare la debole voce roca di Ren. «Rimettilo a posto. Nella sua tomba» aveva detto.

A volte i cinesi riesumavano le salme. Repulisti delle ossa, lo chiamavano, quando i resti venivano dissotterrati sette anni dopo la morte per essere rispediti in un villaggio avito. Chi moriva in terra straniera, senza famiglia, diventava uno spirito famelico che errava tra i patimenti per l'eternità. Per evitare questo destino, le ossa venivano accuratamente lavate con il vino e deposte su un panno giallo, prima di essere messe in un barattolo. In caso mancasse un osso, anche il più piccolo, era necessario sostituirlo.

Serie incomplete e promesse infrante. Pensieri torbidi, come un'anguilla che mi si aggrovigliava nel cervello. Ero talmente agitata che il venerdì la signora Tham mi disse di prendermi il resto della giornata libera.

«Sei preoccupata per tua madre, vero?» chiese lei.

La ringraziai con aria colpevole, benché fossi meno preoccupata della salute di mia madre – in continuo miglioramento – che dei suoi debiti. A casa le acque erano state fin troppo calme, senza dubbio perché il mio patrigno si era di colpo reso conto che poteva ritrovarsi vedovo. Ma tutta quella buona volontà sarebbe volata fuori dalla finestra se solo si fosse presentato un esattore. Serrai le mani e tentai di placare la crescente apprensione. Se Shin fosse stato nei paraggi, avrebbe potuto essermi di conforto. Era con lui che desideravo parlare di come Ren era stato ferito e del dito tornato in mio possesso, anche se rabbrividivo al solo pensiero della reazione che avrebbe avuto scoprendo che lavoravo come intrattenitrice a pagamento. Tra noi si intrometteva un'ombra; non potevo correre da lui a confidarmi. Il pensiero più impellente riguardava però Ren: scoprire se era vivo o morto, e capire se la mia supplica dell'ultimo secondo a Yi avesse cambiato qualcosa. Così, quando la signora Tham mi mandò via dal negozio, mi diressi a Batu Gajah. Dopo aver dato le dimissioni alla sala da ballo, avevo chiesto a Kiong l'indirizzo della casa in cui eravamo andati. Lui si era dimostrato riluttante.

«Se il ragazzo muore» dissi, «mi piacerebbe fare un'offerta per la sua anima. Era orfano, no?»

Kiong grugnì, poi scarabocchiò l'indirizzo su un foglietto. «Comunque, per prima cosa andrei all'ospedale distrettuale. Con tutta probabilità è lì che l'hanno portato, se è sopravvissuto.»

Quando arrivai alla stazione di Batu Gajah, era mezzogiorno e faceva caldo come quel giorno in cui avevamo riordinato il magazzino di patologia. L'ospedale mi era sembrato abbastanza affollato da poter evitare di imbattermi in Shin o nel viso allungato di Y.K. Wong.

Mentre scendevo dal treno notai due uomini avvicinarsi, entrambi a capo chino. Uno era molto alto, con le spalle curve e un naso fortemente aquilino. Aveva un'aria familiare e mi resi conto di averlo visto a quella malaugurata festa. L'altro era William Acton. Mi precipitai dietro un pilastro, sperando che andassero oltre, ma si fermarono proprio sull'altro lato.

«Grazie per il passaggio.» Era quello alto.

«Lieto di averti risparmiato la camminata. Rawlings, pensi davvero che sia stato un omicidio?»

Chi era morto? Il pensiero andò subito a Ren. Ma Rawlings riprese la parola. «Oppure un suicidio. Rimane il dubbio se l'abbia ingerito di sua spontanea volontà o se qualcuno l'abbia avvelenata.»

«Perdio. Non posso crederci.»

«Ma non era lei a casa tua sabato sera... intendo la ragazza seduta in cucina?»

«Sì. Era una mia paziente e amica di Ren.» Stranamente, pareva sulla difensiva.

«Non devi fartene una colpa. L'ora del decesso risale a domenica mattina presto, quindi chissà cos'è successo.» Il tono era un po' troppo caloroso, come se l'altro avesse letto qualcosa nella smentita di Acton. «Forse è stata una tossina vegetale, anche se non abbiamo la possibilità di analizzarla. Chiederò al laboratorio di Ipoh. Il tetto di spesa non prevede la spedizione del materiale a Kuala Lumpur, se si tratta soltanto di una ragazza del posto che si è suicidata o ha preso un bizzarro intruglio. Farrell chiederà la mia testa.»

Si udì un sospiro. «Va bene. Grazie per avermi informato.»

Uno scalpiccio. Io rimasi dov'ero ad arrovellarmi. Se William Acton incarnava sul serio la quinta virtù, allora doveva essere *Li*, ordine e ritualità. Era con il dottor MacFarlane quando gli avevano amputato il dito, e il suo nome era nella misteriosa lista di Pei Ling. E ora, qualcun altro era morto.

Aspettai qualche minuto, finché non fui certa che se ne fossero andati. In tasca avevo la boccetta con il dito, dato che non potevo lasciarlo alla portata della signora Tham. Pensai di rimetterlo nel magazzino di patologia, ma fui colta da un brutto presentimento. In qualche modo se l'era svignata da lì ed era andato a finire sottoterra fuori dalla villa di William Acton, come se avesse un suo piano. L'idea mi fece rabbrividire.

Assorta nei miei pensieri, scesi dal marciapiede senza guardare e qualcuno suonò il clacson. Spaventata, alzai gli occhi e vidi che era una Austin, con William Acton al volante. Volevo prendermi a calci da sola: a che cosa era servito nascondersi per poi essere investita da lui cinque minuti dopo?

«Louise» disse sporgendosi dal finestrino. «Vuoi un passaggio?»

Dato che mi aveva scoperta e fino all'ospedale era una bella camminata, accettai. Acton non sembrava sorpreso di vedermi, ma solo turbato, come se riflettesse su qualcosa.

«Come sta Ren, il suo domestico?» dissi. «Tutto bene?»

«È ancora in ospedale. Oggi sei di turno?»

Probabilmente pensava che lavorassi lì, da quando avevo sistemato il magazzino di patologia. Fui travolta da un'ondata di sollievo. Un grandioso e sincero sollievo. Ren era ancora vivo!

«Mio fratello è un inserviente. Io davo solo una mano.»

«Tuo fratello... intendi il ragazzo che era con te quel giorno?»

«Sì.»

Acton mi lanciò una rapida occhiata. «Non l'avevo capito.»

«Non ci somigliamo.» Mi domandai perché mi scusavo sempre.

«Non mi riferivo a quello.» Sorrise. «Comunque, vuoi vedere Ren? Ci sto andando anch'io.»

William Acton guidava molto meglio di Robert. Se non altro, cambiava le marce senza farti rivoltare le budella. Accantonato il terrore di morire in un incidente, mi misi a osservarlo di nascosto, colpita ancora una volta dai suoi modi disarmanti. Sospettai che il motivo di tanta disinvoltura derivasse dal fatto che non mi vedeva come una persona, ma come una delle tante ragazze del posto.

Intanto che la macchina iniziava a risalire la collina, disse:

«Senti, Louise, sabato sera alla festa ti è capitato di vedere una ragazza singalese? Si chiamava Nandani».

Doveva essere la ragazza di cui parlavano alla stazione. Quella che era morta. «Era venuta a trovarla?»

Lanciò veloce uno sguardo in alto e fuori dal finestrino. *Colpevole.* «È passata in cucina e Ren le ha dato da mangiare.» Nascondeva qualcosa. Mi riaffiorò un ricordo: la faccia terrorizzata di Ren, bianca nell'oscurità del corridoio, e poi il vecchio cuoco cinese che era uscito a dirgli qualcosa.

«Credo che Ren la stesse cercando in casa.»

Una smorfia. «Ti ha detto qualcosa? Sul perché fosse venuta?»

Scossi la testa. Di cosa si preoccupava? Passammo davanti ad ampi edifici coloniali, magnificamente incastonati in prati verdi ben curati. La vista da un'auto era assai diversa rispetto a quando arrancavo a piedi. Pareva un sogno, il modo in cui il paesaggio scorreva fluido, e lo dissi ad Acton. Erano solo chiacchiere, ma sembrò colpito, e anche ansioso di sviare il discorso da Nandani.

«Che genere di sogni fai, Louise?» Acton sprigionava lo stesso sgradevole senso di solitudine di alcuni clienti del Fiore di Maggio, quelli che rimanevano troppo a lungo, pagando un ballo dopo l'altro. Ora, però, era la mia occasione di scoprire se lui fosse davvero il quinto di noi.

Yi aveva detto che in ognuno c'era qualcosa di sbagliato, forse perché non ci dimostravamo all'altezza delle nostre virtù. Le mie scelte - lavorare in una sala da ballo, trovarmi invischiata con il dito di un morto e raccontare una bugia dopo l'altra - non potevano certo essere definite sagge, nonostante la mia presunta intelligenza a scuola. Immaginai che noi cinque formassimo uno schema. Un insieme composto naturalmente, come le dita di una mano. Più ce ne allontanavamo, più l'equilibrio dei nostri mondi si distorceva. Meno umano e più mostruoso. Come l'artiglio di una bestia.

E che dire del quinto ignoto? Secondo Yi, *il peggiore di tutti.*

Certo, *Li* rappresentava ordine. Ritualità. Fare le cose nella maniera giusta, senza scorciatoie per i propri desideri egoisti.

«A volte sogno un fiume» dissi piano. «Un treno e un bambino che mi aspettano.»

«È buffo, anche io sogno un fiume.»

«È sempre lo stesso? Il mio sì... notte dopo notte, come un sogno che continua... una storia che si svela.»

«Una storia che si svela...» Questo sembrava averlo colpito. «È un modo poetico di dirlo.»

«Cosa succede nei suoi sogni?» Proseguii con cautela, seguendo il mio intuito. Al Fiore di Maggio l'avevo fatto decine di volte. Dicevano che volevano ballare, ma in realtà volevano solo parlare di se stessi.

«Nel mio sogno, vedo una persona in piedi nel fiume. È sempre lì. E ripete sempre la stessa cosa.»

Nel ricordare il viso rosso e appassionato di Yi, la colpevole confessione di aver cercato di attirare Ren, fui colta da un brivido. «Le chiede di andare da lei?»

«No. È molto arrabbiata con me.» L'ombra di un sorriso. «Ed è per questo che, invece, scrivo lettere» aggiunse sottovoce.

«Chi è?»

Ma l'incantesimo si era rotto. Acton rise, a disagio. «Ti starò annoiando.»

«Niente affatto» replicai in fretta. «È molto interessante.»

Mi rivolse un'occhiata penetrante. «Parli in modo diverso da gran parte delle ragazze di qui.»

No, parlo come un'entraîneuse. Ovviamente, non lo dissi. Lo scopo di avviare conversazioni come quella era di aprire una breccia. Oppure, in questo caso, di scoprire ulteriori informazioni.

Negli occhi di Acton ardeva una scintilla, una piccola fiamma che mi innervosì.

«Louise, sei una ragazza molto interessante. Sembra destino che continuiamo a incontrarci, vero?»

Ormai eravamo all'ospedale e lui aveva parcheggiato la macchina, ma non si mosse per uscire. All'improvviso, mi ricordai dell'avvertimento di Hui: *Non salire in auto con gli uomini.*

«Grazie per il passaggio» dissi, dando uno strattone alla portiera. La maniglia era differente da quella della macchina di Robert e per un istante si bloccò. Quando Acton si sporse verso di me, fui colta dal panico, ma mi stava soltanto aiutando ad aprire lo sportello. O no? La sua mano sfiorò il mio ginocchio. Lì non c'era un buttafuori, un Kiong dall'occhio di falco, e provai un fremito di paura. Se mi avesse immobilizzata, non sarei riuscita a scappare. Spinsi forte la portiera e quasi caddi.

«Tutto bene?» mi chiese. E poi tornò il sole, una giornata radiosa e innocua, in cui io facevo la figura della sciocca rischiando di cadere dalla macchina. Ripetei a me stessa che dovevo essermi immaginata quell'improvviso istinto predatorio, e fissai le sue mani. Mani sapienti, da chirurgo. Dovevano avere una presa ferrea.

«William?» Era la voce di una donna. La signora bella e alta della festa di sabato sera. Era in piedi sotto la gronda dell'ospedale, quasi aspettasse qualcuno che l'andasse a prendere. Si avvicinò, a passi rapidi, con bei sandali di vernice. Bianchi, di un modello che non avevo mai visto da noi. Mi alzai, impacciata, con la faccia arrossata e lisciandomi il vestito, con la speranza che non si ricordasse di avermi vista alla festa. Quel suo sguardo acuto, però, diceva il contrario.

Acton si girò verso di lei con un'espressione mite e affabile. «Ciao, Lydia. Non sapevo fossi qui oggi.»

La colpevole distrazione che aveva rivelato prima era ormai alle spalle, e mi resi conto del motivo: una ragazza del posto come me non era importante. Lydia, invece, era diversa. Era una del suo rango.

«Grazie del passaggio» dissi, preparandomi a sgattaiolare via. Feci un cenno cordiale con il capo a Lydia: non mi pareva giusto ignorarla, anche se stava facendo del suo meglio per fingere che non esistessi. Acton, però, aggiunse: «Aspetta. Ti accompagno al reparto».

Era inutile protestare dicendogli che avrei trovato da sola la strada. William fu troppo veloce, e spiegò a Lydia: «È venuta a trovare Ren. Il mio domestico, sai».

«Ah sì?» L'espressione si addolcì. «Poverino. Come sta?»

«Non bene. È in un reparto di adulti. In pediatria non c'erano più letti.»

«Ah, ecco perché prima non l'ho visto, mentre passavo con i libri della biblioteca.» Si voltò verso di me con freddezza. «Sei una sua parente?»

Annuii. Era troppo difficile chiarire il forte istinto protettivo che nutrivo nei confronti di Ren.

«William, dobbiamo parlare» disse Lydia sottovoce.

Lui diede un'occhiata all'orologio, con l'aria di chi aveva molto da fare. «Ora non è proprio un buon momento. Mi aspettano in corsia.»

«Vengo con te» annunciò. «Anch'io vorrei vedere il ragazzo.»

Li seguii mentre Acton mi rivolgeva uno sguardo cospiratorio sopra la spalla di Lydia. Yi mi aveva detto di stare attenta, che il quinto era il peggiore di tutti. Cosa voleva Acton da me?

34

BATU GAJAH, VENERDÌ 26 GIUGNO

È venerdì, ma Ren non ha idea di come il tempo sia passato. È stato male, anche se "male" non è la parola giusta per definire come si sente. Più che altro ammaccato, a pezzi. Alcune bende sono state tolte, compresa quella grossa sulla mano sinistra. Quella a cui manca un dito. Le infermiere non volevano dirglielo, ci giravano intorno e farfugliavano qualcosa, e alla fine hanno coinvolto un medico locale perché gli dicesse quelle semplici parole. Come se facesse differenza.

Ren sente l'improvvisa e inspiegabile mancanza del dottor MacFarlane. Delle sue sopracciglia arruffate, della voce roca. Lui gliel'avrebbe spiegato con chiarezza e senza perdersi in sentimentalismi. *Meglio perdere un dito che tutta la mano.* O la vita. Cosa deve ricordare a proposito del dottor MacFarlane? Un contatore invisibile nel cervello dice che mancano solo due giorni per mantenere la promessa, ma Ren è stanco, tanto stanco che riesce a malapena a tenere gli occhi aperti. Le infermiere gli misurano la febbre e parlano sopra di lui con voce sommessa. William è passato a trovarlo due volte al giorno.

«Hai subìto un trauma» dice cordiale, malgrado abbia lo sguardo cupo. «A volte il corpo ha bisogno di tempo.»

«L'hanno trovata?» Di nuovo quel senso di disagio attanagliante.

«Intendi Nandani? Non ti preoccupare, quella notte è tornata a casa.»

Ren scuote piano la testa. «No, sta ancora errando. Là fuori, da qualche parte.»

Sul viso di William si dipinge un'espressione tesa. All'improvviso prende da parte l'infermiera per discutere qualcosa, ammonendola con un cenno della testa prima di lasciare il reparto. Una leggera febbre scorre nelle vene di Ren. Ha urgenza di andare in un altro posto, benché non riesca mai a ricordare dove, finché non si addormenta. Sente di essere nel mezzo di un viaggio; tutto il resto è un'interruzione.

Svegliarsi, una sensazione dolorosa. L'infermiera gli misura la febbre con aria triste. Ren flette con uno sforzo il braccio sinistro, ancora avvolto nelle bende, e si chiede se potrà lavorare di nuovo: lucidare scarpe, stirare camicie e cucinare omelette. E se William non lo volesse più? Ci sono tanti altri ragazzi che hanno bisogno di lavorare: ragazzi più grandi e forti di lui, con dieci dita. Ren vorrebbe parlare con qualcuno, ma la corsia è vuota, gli altri letti sono bozzoli bianchi.

Una delle infermiere ha detto che Ah Long è arrivato ieri, mentre Ren dormiva, e ha lasciato il portavivande con la zuppa di fagioli rossi che gli piace tanto. Ah Long sarà riuscito a pulire da solo tutta la casa, dopo la festa? Gli occhi di Ren sono asciutti. Le ossa fanno male. *È ora di andare*, pensa. Ma dove?

Voci nel corridoio. È ancora William, per la seconda visita del giorno. Dietro di lui c'è qualcun altro. Quel brivido d'eccitazione indimenticabile. Ren si tira su. È lei! La ragazza della festa. La sente arrivare lungo il corridoio imbiancato. Il sesto senso fa un guizzo, il torpore si dissolve. Lei però rallenta, indietreggia. Perché?

William entra in corsia. Sorride, contento di vedere che Ren per una volta è seduto. «Ti ho portato un'ospite.»

La persona che sbircia dietro William non è però la ragazza in azzurro, bensì Lydia. «Ciao!» esclama la donna, con il tono eccessivamente entusiastico delle persone che non sono a proprio agio con i bambini. «Ti ho portato dei libri.»

Spinge dentro un carrello di libri e riviste, e Ren si sente subito in colpa per averla giudicata male. «Stamattina sono andata in pediatria, ma non avevo idea che fossi finito qui.»

William guarda la cartella di Ren ed esamina le medicazioni. Gli occhi del ragazzino si spostano sul carrello dei libri. Lydia prende un abbecedario con una coccinella disegnata.

«Che ne dici di questo?» chiede lei. Ren lo apre alla lettera *A come Ambulanza*. «Grazie» sussurra, e cerca di nascondere la delusione.

«Dagliene un altro, Lydia» dice William a voce bassa. «Sa leggere abbastanza bene.»

«Oh!» Lydia arrossisce. «Be', oggi non abbiamo molto.»

Ren è dispiaciuto per lei, vedendola rimproverata in quel modo. Eppure, la luce di speranza nei suoi occhi gli fa capire che non le importa. Gli propone un romanzo con il nome di una ragazza nel titolo, *Jane Ehy* o qualcosa del genere. Un altro volume, piccolo, scivola fuori. *Cuore di tenebra.* Ma Lydia lo afferra in un lampo. «No, caro. Quello no.»

Ren però avverte un fremito elettrico. Si sposta ancora, arriva alla porta. La ragazza della festa lo cerca, con lo sguardo serio. E quando lo vede, il suo viso si illumina.

Ren è felice. Felicissimo. Lei gli si siede accanto. Oggi non è vestita di azzurro, ma ha un abito di cotone bianco ben stirato. «Sono contenta che tu stia meglio» dice, versandogli un bicchiere d'acqua. William e Lydia sono dall'altra parte della corsia deserta. Lydia fa mostra di riordinare i libri nel carrello. Ren coglie brevi sprazzi della loro conversazione. Ma non gli interessa, perché Ji Lin è sulla sedia accanto al suo letto e gli sorride.

«Ti fa molto male?»

Ren vorrebbe rassicurarla e dirle che si sente meglio, ma viene colto da una debolezza paralizzante. Ansima senza emettere suono. Ji Lin gli osserva costernata il voto cinereo.

«Non hai un bell'aspetto. Devo chiamare un'infermiera?»

No, lui non vuole che se ne vada, però sente calare quel velo grigio che lo immobilizza e lo fa allontanare dalla realtà per tornare nell'altro posto, a portare a termine il suo compito. Spaventata, Ji Lin lancia un'occhiata a William e Lydia, immersi in una conversazione dall'altra parte della corsia. La tensione delle spalle di William le impedisce di interromperlo.

«Vado a cercare l'infermiera» dichiara Ji Lin, balzando su con quel suo modo di fare veloce e mascolino. All'altro angolo della corsia, la testa di William scatta, sorpreso dall'improvvisa uscita della ragazza.

Lydia inclina il viso avvicinandolo a quello di Acton. Stanno bene insieme, in piedi accanto alla finestra. La bocca di lei si muove. Cosa sta dicendo che rende severa l'espressione di William, con le labbra strette in una linea sottile?

«... so di Iris» dice lei.

È il nome della signora a cui lui scrive sempre le lettere. Quelle lettere color crema, di una carta spessa e morbida che si infossa se ci premi un'unghia. William non sembra contento.

«Non parliamone adesso» ribatte voltandosi dall'altra parte.

«E quando?» Lei lo segue, non le importa che qualcuno la senta, perché in corsia è rimasto soltanto Ren. «Io e te siamo uguali» dice. Gli occhi le brillano, anche se Ren non sa se è per le lacrime o qualcos'altro. «Voglio darti una mano. Per favore, lasciamelo fare.»

Lui le rivolge un sorriso forzato. «Devo andare.»

Lydia rimane a fissare William che si allontana. Un refolo dalle finestre aperte fa ondeggiare le tende bianche. Il silenzio è tanto che si può sentire il ticchettio dell'orologio nel corridoio. Impacciata, Lydia spinge il carrello tra i letti vuoti. Si ferma da Ren, quasi volesse fargli una domanda, ma in quel momento torna Ji Lin. Ha l'aria preoccupata e gli occhi bassi.

Lydia le rivolge una lunga occhiata obliqua. «Tu sei Louise, giusto?» le chiede.

Una breve pausa. «Sì.»

«Mi chiedevo come facessi a conoscere il signor Acton.»

«Non lo conosco. Passava anche lui dalla stazione e mi ha dato un passaggio.»

Lydia non pare soddisfatta della risposta e le rivolge altre domande. Dove lavora, cosa fa la sua famiglia, quanti anni ha. Ji Lin è educata ma diffidente.

«Posso chiedere perché vuole saperlo?»

Confuso, Ren fissa stancamente i due profili. Una ha i capelli chiari e ricci, l'altra corti con una frangia bruna.

«Ero solo curiosa del tuo... lavoro. Se per caso hai problemi o bisogno di aiuto.» Alla parola "problemi", gli occhi di Lydia si riempiono di preoccupazione. Ji Lin però è attenta, dice soltanto che lavora qualche ora in una sala da ballo, va tutto bene.

Lydia la studia per un momento. «Be', fammi sapere se hai bisogno di un'amica che ti ascolti. Mi piace aiutare le ragazze del posto a trovare un lavoro che permetta loro di migliorarsi. Al giorno d'oggi ci sono tanti mestieri che le donne potrebbero fare, se solo gli uomini glielo permettessero.»

«Grazie.» Quelle parole toccano un tasto dolente, e gli occhi scuri di Ji Lin si addolciscono in un'espressione sinceramente commossa. «È molto gentile da parte sua.»

«Noi donne dobbiamo essere unite... Tengo lezioni di educazione sanitaria alle ragazze nelle piantagioni di caucciù.»

«Che genere di lezioni?» Ji Lin sembra interessata.

«Be', soprattutto assistenza sanitaria di base ed esigenze femminili.» Le due si scambiano uno sguardo d'intesa. «Se hai bisogno di materiale, fammelo sapere. È uno dei modi in cui posso fare del bene, mentre sono bloccata qui. Comunque...» Lydia abbassa la voce. «Stai attenta al signor Acton.»

«Perché?»

«È che... intorno a lui succedono cose strane. Hai notato?»

Un'espressione curiosa si disegna sul volto di Ji Lin. «Che genere di cose?»

«Quelli che hanno a che fare con lui tendono a essere colpiti dalla sfortuna. Soprattutto le giovani donne.»

William inspira a fondo. Si sporge sul lavandino di porcellana bianca, in bagno, con le mani strette alla superficie scivolosa. Gli fa male lo stomaco. Lo sente bruciare, torcersi. Alza il viso pallido e sudato, fissa lo specchio.

Così, Lydia sa di Iris. Doveva aspettarselo. In effetti, era stato colpito dalla loro somiglianza. Poco importa che siano cugine di secondo o terzo grado, come gli ha detto prima. È stato colto troppo alla sprovvista per prestarci attenzione.

E ora, cosa deve fare? Cosa vuole Lydia? Sarà un problema. Lydia, con quel suo atteggiamento prepotente e volenteroso. Lei rappresenta proprio quello che lui odia. William si pulisce la bocca. Prima che si incontrino di nuovo, deve scoprire tutte le informazioni possibili su di lei: qualsiasi segreto nel suo passato che l'abbia esiliata in Malesia per più di un anno senza marito, senza lavoro o altro da fare eccetto che giocare a tennis al club o il volontariato. *Conosci il tuo nemico*, pensa.

E poi, in un impeto di furiosa angoscia, desidera che Lydia scompaia e basta.

35

BATU GAJAH, VENERDÌ 26 GIUGNO

In pochi giorni, Ren aveva perso molto peso. Guance scavate, vene blu che spiccavano attraverso la pelle finissima. Una voce debole e roca, come se ogni parola fosse una lotta. Ma sembrava felice di vedermi.

«Riguardo al dito che mi hai dato...» gli dissi in tono esitante quando Lydia se ne fu andata. Non volevo tirare fuori l'argomento, ma avevo paura che fosse in ansia. «Te l'ho tenuto da parte.»

Uno spasmo gli attraversò il viso. Uno sguardo preoccupato, o era fretta? «Mancano due giorni» sussurrò. «Rimettilo a posto. Nella sua tomba.»

Mi chinai, cercando di cogliere le sue parole. Aveva un'espressione grigia e apatica.

«Cosa intendi?» chiesi, ma non mi sentì. Ren aveva chiuso gli occhi. Sul letto non rimaneva altro che il suo fragile e debole corpo, l'involucro di una cavalletta. Per un istante, temetti che fosse morto. Gli toccai la mano. Era fredda, ma il piccolo torace si sollevava e abbassava a ritmo irregolare. L'infermiera aveva detto che Ren non stava bene, anche se non riuscivano a capirne la causa, e che era meglio non farlo stancare. Aveva ragione: era proprio in condizioni pessime.

«Sei una parente?» mi aveva chiesto.

«No, perché?» avevo risposto ansiosa.

Gli occhi dell'infermiera avevano fatto un guizzo imbarazzato. «Be', se conosci qualche suo parente, digli di venire a trovarlo. Presto.»

Lasciai il reparto con una brutta sensazione. Avevo ancora tantissime domande da fare a Ren, per esempio sapere come il dito era finito in giardino e capire perché voleva che lo mettessi in una tomba. Pensieri inquietanti, che ondeggiavano come figure sott'acqua. Avevo chiesto all'infermiera se Pei Ling si era ripresa dalla caduta, e lei aveva scosso la testa. Era ancora incosciente. La donna mi aveva lanciato una strana occhiata, quasi a domandarsi perché fossi legata a tutte quelle persone sventurate.

Il pomeriggio passava, e la gente cominciava ad andarsene. Non riuscivo a togliermi dalla testa l'accalorato avvertimento di Lydia. Cosa intendeva dicendomi di stare lontana da William Acton? Il modo in cui aveva abbassato la voce, come se avesse paura di essere sentita, mi aveva portato a chiedermi cosa la preoccupasse. Aveva anche menzionato la fortuna, il che mi rammentò il rappresentante. Quando le persone sostenevano di essere fortunate, forse volevano semplicemente sentirsi potenti, quasi potessero manipolare il destino. Come i giocatori d'azzardo, che erano ossessionati dai numeri fortunati o acquistavano i biglietti della lotteria in base al numero di squame colorate di un pesce. Mi sembrava tutta una pessima idea.

Girato l'angolo, riconobbi il punto fuori dalla mensa in cui avevo parlato con Pei Ling l'ultima volta. Se avessi seguito quel sentiero in discesa, sarei passata dal luogo in cui aveva avuto quella caduta rovinosa. Lì. Era capitombolata dalle scale atterrando abbastanza lontano dal fondo. Il robusto corrimano su ciascun lato della scala angusta mi fece ripensare all'osservazione di Shin. Fosse inciampata, era strano che non fosse riuscita a frenare la caduta. Forse era stata spinta.

Alzai lo sguardo, allertata da un movimento improvviso. Sopra le scale era spuntata una testa scura, ma avevo il sole del tardo pomeriggio negli occhi. Ci fu il lampo di un'uniforme bianca e, per un istante, pensai che poteva essere Shin che veniva a cercarmi con il suo lungo passo. Chiunque fosse, però, era sparito. Era tempo di andare. Mentre tagliavo sul lato dell'ospedale, i portici ombreggiati erano deserti. Passai davanti alla ben nota porta del magazzino di patologia, e mi fermai. E se il dito del rappresentante fosse stato ancora lì, e quello che mi aveva dato Ren non fosse stato altro che un doppione, uscito come un verme dalla terra nera in cui aveva scavato? L'idea mi inquietava fin troppo; dovevo vedere con i miei occhi. Provai a girare la maniglia. Inaspettatamente, si aprì.

All'interno, tutto era come io e Shin l'avevamo lasciato. Trascinai la scaletta fino al ripiano dei campioni. Allungai la mano, oltre un rene e il vaso del ratto a due teste. Sbirciai dietro. Niente. Lo spazio in cui si trovava la boccetta con il dito nero e rinsecchito era vuoto. Allora non si era moltiplicato, come in un incubo. Grazie al cielo. Stavo per scendere, quando la porta si spalancò.

Era Y.K. Wong. Avrei dovuto sapere che era lui. Era come un brutto sogno, appariva ovunque mi trovassi. Un tuffo al cuore. Trattenni il fiato mentre chiudeva la porta alle sue spalle, di proposito.

«Cerchi qualcosa?» chiese. «Magari un dito?»

«Su questo scaffale non ci sono dita» dissi con aria di sfida.

«Lo so. Ho controllato l'altro giorno.» Si avvicinò e io lo guardai nervosamente dal mio trespolo. «Shin lo sa che lavori al Fiore di Maggio?»

Allora quel giorno all'ospedale mi aveva riconosciuto, nonostante i miei tentativi di nascondere il viso. In piedi sulla scaletta mi sentivo incredibilmente vulnerabile, come una condannata all'impiccagione.

«Ricominciamo da capo» disse. Un sorriso forzato. Spuntò un canino affilato. «Mi hai mentito riguardo a quel dito. Eri una delle ragazze di Chan Yew Cheung?»

«No… l'ho trovato per caso.»

Mi rivolse un'occhiata scettica. Un altro passo, più vicino. «E che mi dici di Pei Ling? Ti ho sentita chiedere di lei. Ti ha forse dato qualcosa?»

Che cosa aveva detto Pei Ling? Che il rappresentante aveva un amico all'ospedale che a lei non piaceva, e aveva paura che mettesse le mani sul suo pacchetto. Pensai agli elenchi. Gli elenchi di dottori, pazienti e somme di denaro scritti da un'altra persona. Ero ancora in piedi su quella ridicola scaletta e mi venne in mente che, se mi avesse spinto, mi sarei spaccata la testa. Proprio come Pei Ling con la sua caduta dalle scale.

Mi girai appena e allungai le mani dietro. Annaspando cercai i vasi di vetro.

Lanciai quello con il ratto a due teste verso Y.K. Wong. Si ruppe sul suo braccio spruzzando un liquido rivoltante. Piegandosi in due, Y.K. lanciò un grido di disgusto. Poi saltai, il più grande salto della mia vita, cercando di superarlo, ma lui mi afferrò per un polso. Rimasta senza fiato per urlare, potei solo digrignare i denti e strattonare forte. Scivolando sul pavimento bagnato, lui mi passò davanti sbattendo contro la porta. Per un istante restò lì, con un'espressione tesa, come se riflettesse sul da farsi. Poi, girò la maniglia, uscì e mi chiuse dentro a chiave.

«Fammi uscire!» urlai, picchiando sulla porta.

Lui avvicinò la bocca dall'altro lato. «Pensa a quello che ti ho chiesto» disse. «Tornerò per avere una risposta.»

Diventai rauca a forza di gridare, anche se Y.K. Wong se n'era andato da tempo. Era venerdì sera, e nel fine settimana il personale sarebbe stato ridotto al minimo per assistere i ricoverati. Presa dal panico, mi concentrai sulle finestre. Erano molto alte e per la maggior parte bloccate dalla vernice. L'unica aperta era un sopraluce che si estendeva in orizzontale vicino al soffitto, del tipo che aveva bisogno di un lungo gancio per essere aperto.

Trascinai il tavolo verso la finestra e mi arrampicai. Ma ero ancora troppo bassa. Ci misi sopra la scaletta. I fumi della formaldeide rovesciata mi facevano lacrimare gli occhi, anche quando li distolsi dal ratto a due teste sul pavimento. Di sicuro me lo sarei sognato di notte. Salii e sentii sia la scaletta sia il tavolo traballare, con il timore di guardare in basso. Sporsi la testa fuori dal sopraluce. Alla fine qualcuno mi avrebbe trovato, anche se temevo che Y.K. Wong potesse essere il primo ad arrivare, se avessi urlato. Presi un bel respiro, feci cadere fuori dall'apertura il mio cesto e mi tirai su. Era stretto, anche provando a infilarmi di fianco. Troppo stretto. Ero bloccata a otto piedi da terra. *Ti prego*, pensai, *giuro che non mangerò più panini al vapore*. Quando la gonna si impigliò al gancio, la sentii strapparsi. La parte superiore della finestra mi graffiò la schiena e poi mi ritrovai dall'altro lato, aggrappata come una matta al davanzale, con le gambe penzoloni.

Persi la presa e scivolai giù con un tonfo. Atterrai con un dolore acuto alla caviglia e i palmi delle mani che bruciavano per aver sfregato sul muro. Passi veloci dietro l'angolo. Mi pietrificai, terrorizzata dal ritorno di Y.K. Wong, ma era soltanto Koh Beng. Fui contenta di vedere il suo viso grassoccio e amichevole.

«Ho sentito gridare» disse. «Tutto bene?»

«Mi si è storta la caviglia.»

Per fortuna Koh Beng pareva più interessato a guardare la mia gonna alzata, che tirai giù in un batter d'occhio, piuttosto che a fare domande su come fossi caduta proprio lì dietro.

«Hai visto Y.K. Wong mentre arrivavi?»

«No.» Koh Beng mi lanciò un'occhiata sagace. «Ti ha infastidito?»

Volevo soltanto sedermi in silenzio da qualche parte e aspettare che le mie mani smettessero di tremare. Dovevo denunciare Y.K. Wong? Lui avrebbe potuto dire che era stato uno scherzo, oppure che l'avevo attirato al magazzino per sedurlo. In effetti, far sapere che lavoravo in una sala da ballo sarebbe stato sufficiente a liquidare la mia testimonianza. Se Shin l'avesse scoperto, sarebbero stati guai. Nonostante la sua calma proverbiale, aveva un temperamento irascibile. Preoccupata, dissi: «Cercava un pacchetto».

«Quello di Pei Ling? Vi avevo viste parlare, prima dell'incidente.»

«Aveva bisogno d'aiuto.» Non che fosse servito a granché. «Che persona è Y.K. Wong?»

«È un tipo strano. Va d'accordo con il dottor Rawlings, l'anatomopatologo. Ha lavorato molto per lui.»

Rawlings era un altro nome su quella lista: forse era per questo che Y.K. Wong aveva la chiave del magazzino? Corrucciai il volto, riflettendo intensamente.

«Allora, cosa c'era in quel pacchetto?»

Quanto potevo fidarmi di Koh Beng? Pareva sapere molto di ciò che accadeva in quell'ospedale. «Elenchi di nomi e numeri. Ma ti prego, non raccontare a Shin di oggi. È una faccenda privata.»

«Non preoccuparti, conta su di me» disse Koh Beng comprensivo.

Sembrava contento di condividere con me un segreto e io, ricordando il suo discorso su spiriti e *harimau jadian*, gli chiesi: «Senti, conosci qualche superstizione sulle dita?».

«Be', secondo i malesi ogni dito ha una personalità: il pollice è il dito madre, o *ibu jari*. Poi c'è l'indice, *jari telunjuk*, che indica la strada. Il medio, *jari hantu*, è il dito fantasma, perché è più lungo degli altri. Il quarto, l'anulare, in alcuni dialetti viene definito il "senza nome". Il mignolo è il dito sveglio.»

Mi turbava l'idea che le dita avessero una personalità, come se fossero cinque piccole persone. Koh Beng mi rivolse un'occhiata obliqua. Ero sicura che sapesse che nascondevo qualcosa. Ma disse soltanto, in quel suo tipico modo amichevole e porcino: «Pei Ling era una mia buona amica. Vorrei dare una mano. Quegli elenchi... potresti mostrarmeli?».

Annuii. Se ci avesse capito qualcosa, magari avrei avuto il potere di negoziare con Y.K. Wong.

36

BATU GAJAH, VENERDÌ 26 GIUGNO

Nel pomeriggio torrido e soffocante, Ren continua a dormire. Si spinge oltre il velo di nebbia che lo avvolge e lo intontisce. Deve passare dall'altra parte. In quel luogo luminoso e febbrile in cui tutto è limpido quanto il vetro e affilato come la roccia. Ci vuole ogni briciolo di forza rimasta ma, all'improvviso, eccolo. I lunghi fili d'erba scoloriti, i cespugli bassi e aggrovigliati. Ricorda che lì, prima, c'era una tigre. Ora però non vede nulla. Si guarda in giro sul terreno fangoso. Cosa faceva di tanto importante? Sì. Nandani. Deve trovarla.

William ha detto che è tornata a casa sana e salva la notte dopo la festa, ma Ren non gli crede. Non è a Batu Gajah. Lei è qui. Ne è sicuro.

In quel paesaggio arso e onirico, Ren segue le impronte nella terra morbida. Continuano nell'erba alta fino alla stazione ferroviaria che intravede in lontananza. Il piede sinistro è strascicato. *Devono essere di Nandani*, pensa ansioso. Da quando quel giorno le ha salvato la gamba, si è sentito responsabile per lei, anche se è più grande di lui. Per qualche strana ragione, gli tornano in mente le parole del dottor MacFarlane, quel rimprovero affettuoso. *La gentilezza ti farà fare una brutta fine, Ren.* Ma non è così, vero?

Segue le orme, con ostinazione. Le tracce si affievoliscono, come se chi le ha lasciate fosse diventato più debole lungo la strada. Il sesto senso lo solletica, punta vibrante in un'unica direzione, per poi andare a sbattere contro un alto muro piatto vasto quanto il cielo. Oltre quel muro si trova Yi.

Ren prosegue, la luce sfavillante gli imprime a fuoco il paesaggio negli occhi che si socchiudono. La stazione ferroviaria continua ad avvicinarsi. È la stessa direzione del muro che lo separa da Yi. Chissà perché gli viene in mente una ragazza vestita d'azzurro. Qual era il suo nome... Ji Lin? I pensieri baluginano. William che balla con lei. Gli occhi della ragazza si spalancano quando vede Ren. La corsa intorno alla casa nell'oscurità, a controllare dalle finestre se vede Nandani, o qualche altra creatura esangue che sbircia dentro... Le donne vendicative dai capelli lunghi, ingannate dall'amore. E infine, un lampo fende la notte, ma non ricorda altro. Ora è questa la realtà, questa terra luminosa e soleggiata che freme di ignote aspettative.

Le impronte lo inducono a proseguire, intorno a un arbusto dalle foglie cerose verde scuro. Guarda i fiori spumosi e pensa sia oleandro, anche se non ricorda a chi non piacesse. A un vecchio cinese che si asciuga le mani su un grembiule e dice con aria di disapprovazione che il padrone dovrebbe tagliarlo. Ren batte le palpebre e il ricordo svanisce.

Mentre gira intorno al cespuglio, Ren quasi inciampa sulla donna. Sta seduta a terra e si tiene la caviglia sinistra. I lunghi capelli scuri sono aggrovigliati e appena solleva il viso verso di lui, a Ren prende un colpo. Non è Nandani. Non l'ha mai vista prima.

Si osservano in silenzio. È cinese, pallida, con una faccia da coniglio. Gli occhi sono rosati agli angoli, come se avesse pianto, e quando si alza goffamente, Ren nota che non è molto più alta di lui. «Tu chi sei?»

«Sono Ren.»

Lei lo guarda fisso. «Sei una persona vera?»

«Sì.»

Inaspettatamente, lo afferra per un gomito. Il tocco è gelido e Ren caccia un gridolino di sorpresa.

«Sei caldo» dice lei. Poi si china e si stringe la caviglia. «Faccio fatica a camminare. Dev'essersi slogata.» Fa una smorfia e si raddrizza. Adesso Ren vede che in lei c'è qualcosa che non va. Un braccio è piegato, la spalla inclinata in una strana angolazione, e cammina strascicando i piedi. È tutta storta, una marionetta con i fili tagliati.

«Fa male?» le chiede.

«Non molto. Sono un'infermiera» risponde la donna. «Penso di essermi rotta il braccio o slogata la spalla.»

«Non te lo ricordi?»

«Sono caduta.» Aggrotta la fronte. «Mi fa male la testa. Comunque, tutto andrà a posto una volta che saremo saliti sul treno. Anche per te.»

Ren guarda in basso e si rende conto di essere ferito. Ha il braccio e il fianco sinistro fasciati, e la sgradevole sensazione di dover sapere il perché, anche se non si ricorda. Girano intorno ai cespugli di oleandro e da lì si vede bene la stazione ferroviaria. La compagna di Ren pare prendere coraggio.

«Da dove vieni?» gli chiede.

«Non so.» Si guarda alle spalle, ma non c'è nulla a parte l'erba ondeggiante.

«Su» lo incoraggia la compagna. «Dobbiamo proseguire.»

37

FALIM/IPOH, VENERDÌ 26 GIUGNO

Ancora scossa, presi l'autobus per Falim. Se chiudevo gli occhi vedevo ancora la mascella contorta di Y.K. Wong, lo sguardo calcolatore qualche secondo prima che mi chiudesse nel magazzino. Mi domandai che faccia avesse fatto al ritorno, non trovandomi. Certo, presto avrei dovuto affrontarlo di nuovo. *Coraggio, ragazza*, pensai, stritolandomi le mani per frenare l'ansia che mi montava nel petto.

Trascorsi una serata tranquilla in casa ad aiutare mia madre. Il suo corpo gracile mi ricordò Ren. Avevo il terrificante sospetto che il ragazzino stesse morendo. Il grigiore del viso mi aveva messo addosso una grande paura, e gli occhi si erano chiusi come se l'anima fosse andata alla deriva. Cosa potevo fare per lui?

«Non ti preoccupare» irruppe la voce di mia madre. «Andrà tutto bene. Gli piaci.»

Il mio cuore sobbalzò. Parlava di Robert, ovviamente. Ascoltai distratta mentre cianciava di quanto lui fosse gentile.

«Sì» dissi annuendo, e pensai che molto presto avrei dovuto fare affidamento su quella gentilezza. Fui travolta dalla vergogna. Di sicuro Robert non mi avrebbe voltato le spalle se gli avessi chiesto un prestito... Ma era ben diverso dall'accettare della zuppa di pollo. Di recente erano andate storte tante di quelle cose che l'angoscia mi fece star male. E cosa intendeva Ren dicendo che mancavano soltanto due giorni?

Il mattino seguente uscii senza chiasso e tornai a Ipoh, spiegando a mia madre che dovevo aiutare la signora Tham a finire un vestito. «Un ordine urgente» dissi, anche se il vero motivo era che avevo promesso alla tenutaria di presentarmi al Fiore di Maggio per un ultimo turno.

Quando arrivai dalla signora Tham, era ormai passata l'ora di pranzo. «Oh, eccoti qui!» esclamò senza tanti preamboli. «Pensavo che saresti rimasta a Falim per tutto il fine settimana.»

«Devo aiutare un'amica» spiegai con aria colpevole.

Per fortuna la signora Tham non se ne interessò, dato che era occupata a sbrodolare notizie di suo. «È venuto a cercarti tuo fratello. Lui e anche quel giovane.»

«Quale giovane?»

«Quello che ti ha accompagnato a casa quella sera. Robert, avevi detto che si chiamava.»

Perché mai Robert e Shin mi cercavano? Erano un'accoppiata improbabile; non andavano nemmeno d'accordo.

«Prima è passato tuo fratello e poi è arrivato Robert, mentre lui se ne andava. Ho detto loro che eri tornata a casa.»

«Sa cosa volevano?»

«No, tuo fratello ha detto che doveva incontrare una persona.» La signora Tham si avvicinò un poco. «Fai coppia fissa con quel Robert?»

«Siamo soltanto amici.»

Mi rivolse uno sguardo incredulo. Non potevo biasimarla. Robert e la sua enorme automobile attiravano l'attenzione. La maggioranza delle ragazze nella mia posizione probabilmente sarebbe stata al settimo cielo.

«Se finisco presto, tornerei a Falim anche stasera» dissi.

«Va bene.» La signora Tham mi salutò allegra con la mano mentre uscivo. Era il vantaggio di avere due posti in cui stare:

potevi sempre dire di essere dall'altra parte. Per fare quello che avevo pianificato, mi serviva almeno un giorno.

Nel tetro corridoio del Fiore di Maggio, la tenutaria mi fermò e mi mise in mano una busta. Faceva un delizioso suono frusciante. «Hanno pagato per la festa. Kiong è andato a riscuotere dal dottore con i capelli rossi. Questa è la tua parte, oltre agli arretrati che ti dovevo. Hai già preso le tue cose?»

«Quasi tutte.»

Nel camerino tenevo un abito di riserva, che avevo in mente di indossare quel giorno. Tutte facevamo così, in caso l'altro si fosse strappato o macchiato. Pensosa, percorsi in fretta il corridoio con la vernice verde menta scrostata. Hui era nel camerino a picchiettarsi il belletto sulle guance. Di solito faceva il turno del sabato, dal pomeriggio fino a fine serata.

«Ci sei anche tu oggi?» Aveva l'aria sorpresa.

«La signora mi ha chiesto di dare una mano» risposi, alle prese con il vestito.

«Aspetta, ti aiuto.» Hui lo sganciò abilmente. Dovevo dirle che mi ero licenziata ma quello non sembrava il momento giusto, non mentre ci sbrigavamo a prepararci.

Non avevo mai lavorato il sabato pomeriggio; c'era folla e il complesso suonava balli locali, tipo il *joget*. La musica era allegra, e mi fece scordare per un po' le mie preoccupazioni. Mi divertii abbastanza, anche se non vidi i miei clienti abituali. Mi sarebbe mancato tutto: la pista da ballo lucidata a cera, i volti sudati dei musicisti, che a quel punto conoscevo abbastanza bene da salutarli con un cenno mentre passavo davanti a loro; l'odore di sigarette e sudore, il dolore ai polpacci, i commenti pungenti e spassosi di Hui. Infilandomi nello spazio riservato alle ballerine dopo un giro con un grassoccio impiegato statale, provai un pizzico di rimpianto. Dopotutto, forse non avrei dovuto smettere.

Dal momento che avevamo sempre fatto turni differenti, conoscevo solo alcune delle altre ragazze. Poi arrivò Anna. Non la incontravo dalla notte della festa.

«Ho appena visto qualcosa di interessante.» Anna aveva sempre un'aria tranquilla e seria che quel giorno rendeva la sua alta figura più voluttuosa, in un certo senso.

«Cosa?»

«Un tipo proprio bello. Era fuori che aspettava un amico. Gli ho fatto promettere di ballare con me quando entra.»

Le altre ragazze ridacchiavano. Io ascoltavo distrattamente.

«Che intendi con *proprio bello*? Lo dici sempre!»

«Ma davvero! Potrebbe essere un attore di Singapore o di Hong Kong.»

Molte alzarono gli occhi al cielo ma eravamo tutte piuttosto curiose, me compresa. Diverse star dell'opera cinese venivano bombardate di lettere d'amore, pietanze fatte in casa e soldi da ammiratrici indemoniate. L'unica persona che conoscevo con un aspetto da attore era Shin. Poi mi sovvenne un pensiero terribile: forse quel ragazzo era Shin!

«Era alto, con delle belle spalle, fianchi stretti» disse Anna, «e sembrava uno del Nord della Cina, con il naso e gli zigomi alti.»

Ero ormai in stato d'allarme: uno sciame di formiche rosse mi correva lungo la schiena.

«Guardate, eccolo!»

Lo stomaco mi si strinse in una morsa. Era davvero Shin, e con lui c'erano Robert e Y.K. Wong. I tre si fecero strada tra la folla. Y.K. Wong guidava la fila. La faccia stretta, con la mascella allungata, era in allerta mentre scandagliava i volti delle ragazze. I nostri occhi si incrociarono. Lì dov'ero seduta non avevo nulla per arginare il suo sguardo trionfante, neanche un ventaglio. Solo una grossa coccarda e un numero appuntato sul petto, come merce in vendita. In preda al panico, feci forza sulle gambe paralizzate per balzare in piedi. Un rombo sordo mi salì nelle orecchie a mano a mano che si avvicinavano. Anche se Y.K. Wong mi aveva individuato, non aveva importanza finché Robert e Shin non mi vedevano. *Scappa!*

Saltai su dalla sedia, ansimante, allontanandomi dalle altre ragazze tra le loro grida di sorpresa. Y.K. Wong mi afferrò il polso. «Ti stavo cercando.»

Fissai, oltre le sue spalle, il volto sbigottito di Robert. Non ce la facevo a guardare Shin. Robert aveva gli occhi sgranati, con le sclere in vista. La sua bocca si aprì. Poi si richiuse. Si aprì di nuovo. «Ji Lin... ma lavori qui?»

Abbassai miseramente il capo.

«Sul serio lavori qui? Come una prostituta?»

La sua voce era incredula. Troppo forte, come uno schiaffo in faccia. Il tempo rallentò come in un incubo. Vidi la mascella di Shin contrarsi, il movimento eloquente delle sue spalle. Le avvisaglie del pericolo le conoscevo dagli scatti del mio patrigno. Vidi il futuro dipanarsi in un cinegiornale tutto sgranato: Shin colpiva Robert in bocca, gli rompeva denti e naso e andava in prigione, a causa delle mie stupidissime scelte.

Mi parai di fronte a Robert. Una botta mi arrivò di striscio sulla tempia, abbastanza forte da farmi fischiare le orecchie, anche se Shin doveva essersi frenato all'ultimo secondo. Caddi in un groviglio di arti con Robert. Urla, una gran confusione. Note di tromba dissonanti mentre i musicisti tentennavano e poi ricominciavano valorosamente a suonare. Shin mi teneva il viso tra le mani. «Idiota» disse.

Hui gridava come un'arpia: «Che stai facendo?».

«Va tutto bene.» Mi sforzai di alzarmi, ansimante. «È mio fratello.»

Lo strattonai per il braccio. L'urgenza mi attutiva il dolore all'orecchio. I buttafuori si dirigevano decisi verso di noi. Nell'angolo, la tenutaria mi fulminava con lo sguardo.

«Ji Lin!» urlò Robert, ma io correvo infilandomi tra la folla che si apriva, le facce sorprese e le bocche spalancate in "oh" e "ah". Trascinai con me Shin, stringendogli la mano. Alle nostre spalle Kiong si fece largo tra le coppie che danzavano, urtandole e chiedendo scusa. Presi la porta laterale, imboccando il corridoio verde menta indicato come PRIVATO. La porta del camerino si spalancò. Afferrai la mia borsa... il dito!

L'urlo di Kiong echeggiò mentre irrompeva nel corridoio. Ma noi eravamo già usciti dalla porta sul retro, sbucando sulla strada sterrata dietro la sala da ballo, dove ci mettemmo a correre a perdifiato come se il diavolo stesso ci inseguisse.

38

IPOH/TAIPING, SABATO 27 GIUGNO

Pensai che fosse la fine di tutto. Non so cosa ci spingesse avanti, ma io e Shin correvamo come bambini. Come se avessimo dieci anni e fossimo stati sorpresi a rubare i manghi dall'albero del vicino. Corremmo strada dopo strada, fino a non sapere più dove fossimo e a fermarci piegati in due, ansimanti, contro un muro.

«Sai, non ci insegue nessuno» disse Shin.

Kiong si era limitato a sporgere la testa dalla porta sul retro, gridando: «Louise! Cos'è successo?». E probabilmente se mi fossi fermata a parlargli non sarebbe accaduto nulla. Kiong era una persona abbastanza ragionevole. Litigi tra clienti ce n'erano in continuazione, e l'unica a beccarsi uno schiaffo ero stata io.

«Fa male?» Shin mi controllò, in cerca di lividi. «Non volevo colpirti.»

«Sto bene» risposi, scansando la sua mano.

«Ne sono sicuro» ribatté seccato. «Chi riesce a correre così per mezzo miglio è probabilmente in buona salute. E comunque, perché sei scappata?»

La vergogna mi faceva ardere le guance. «Non potevo sopportarlo. Lo sguardo di Robert. E tutti voi che vi siete presentati insieme.» Le parole *come una prostituta* mi risuonavano ancora nelle orecchie.

Shin si lasciò cadere contro il muro dall'intonaco ruvido. Mia madre ci aveva inculcato che soltanto mendicanti, ubriaconi e oppiomani si sedevano per strada alla luce del giorno. In quel momento, però, in giro non c'era nessuno, perciò mi accomodai anch'io.

«Perché gli sei saltata davanti in quel modo?»

«Perché l'avresti colpito.»

«Se lo meritava. Bastardo.»

Feci una smorfia. «Anche tu sei arrabbiato con me?»

«Tu cosa pensi?» Mi rivolse una lunga occhiata.

Fissai intensamente una crepa sul manto stradale. Somigliava a una mappa del fiume Kinta. «Le alternative non erano molte. Almeno quelle con una buona paga. Ma non sono una prostituta.» Pensai che era una conversazione orrenda da affrontare con il mio fratellastro, di cui forse ero innamorata. Avrei dovuto tenere un diario dei momenti peggiori della mia vita. Dopo cinquant'anni avrebbe potuto essere divertente, ma ora no. Assolutamente no.

«Io infatti non lo pensavo. Posti come quello sono molto attenti al comportamento delle ragazze.»

«Come lo sai?» Lo osservavo da sotto le ciglia, imbronciata.

«Sono già stato in una sala da ballo. A Singapore ce ne sono diverse.»

All'improvviso ero così seccata con Shin che riuscivo a malapena a guardarlo negli occhi. «Forse allora non avrei dovuto farmi scrupoli a dirtelo.»

Mi alzò il viso. «Ti facevi scrupoli per me?»

Troppo vicino, pensai. Era troppo vicino e quel tocco disinvolto era disarmante. Mi allontanai di scatto. «Non solo per te» risposi. «Mia madre, la signora Tham... e Robert, ovviamente. Ai suoi occhi, sono rovinata.»

La voce di Shin era gelida. «È un somaro se non si accorge che chiaramente sei vergine.»

Ero così mortificata che non sapevo dove guardare. Le orecchie mi bollivano, la faccia bruciava. Immaginai di dover essere contenta che Shin non avesse mai dubitato della mia verginità, dato che era tanto apprezzata in una donna, ma si comportava in modo talmente dispotico che mi veniva voglia di schiaffeggiarlo. «Non sono affari tuoi» sbottai, saltando in piedi.

Shin mi afferrò per un braccio e mi tirò giù. «Certo che lo sono» disse a denti stretti. «Non mi piace per niente che tu faccia un lavoro del genere. È sciocco e pericoloso, e sei fortunata che non sia successo niente... finora.»

«Non avevo scelta!» Come osava sgridarmi, quando lui doveva solo studiare e divertirsi a Singapore? Nascosi la faccia tra le ginocchia.

Shin mi posò la mano sulla testa con un tocco leggero, quasi avesse paura che mi scansassi. «Perché non mi hai scritto dicendo che avevi bisogno di soldi?»

«E come potevo, quando non mi rispondevi più?»

«Quello è stato perché...» Si morse la lingua. Di qualunque cosa si trattasse – un'altra ragazza, un altro mondo che non conoscevo – non voleva dirmelo, e io non insistetti. «Comunque ho avuto la sensazione che facessi qualcosa del genere.»

«Cosa intendi?» La mia voce era strozzata.

Shin scosse la testa. «Un lavoro losco. Tua mamma mi ha raccontato dei suoi debiti di mahjong, dopo l'aborto. Ha detto che li ripagavi tu facendo la sarta, ma era impossibile che guadagnassi abbastanza denaro.»

«È per questo che sei venuto oggi?»

«No, non avevo idea di dove lavorassi. È stato Y.K. Wong a portarmi lì.»

Mi raddrizzai. «Perché?»

«Non lo so. Ma ha chiesto di te in modo indiretto. E anche se avevo notato la scomparsa di qualche campione del magazzino di patologia. Ho fatto finta di niente, ovvio. Gli ho detto che non avevo finito di contarli.»

Quindi Y.K. Wong non aveva detto a Shin di avermi chiuso dentro il magazzino. Portare Shin alla sala da ballo era una maniera per mettermi pressione? Una massaia uscì da un cancello vicino e ci guardò storto. Era sabato pomeriggio e i giovani sani non dovevano sedersi sul marciapiede così, perciò ricominciammo ad andare a zonzo. Fossimo finiti su una strada principale, probabilmente avremmo trovato la fermata di un autobus e poi immaginavo che Shin sarebbe tornato a Batu Gajah. Quel pensiero mi riempì di desolazione.

«Ha anche chiesto se avevo sentito parlare del dito di un *harimau jadian*.»

«Di un cosa?»

«Sembra che l'ospedale avesse nella collezione anatomica il dito di un uomo-tigre.»

La mia mente tornò alla notte della festa e alla particolare reazione di Ren, al modo in cui era sbucato fuori dall'oscurità quando aveva sentito parlare della tigre. Mi accigliai. «Anche Koh Beng lo diceva, il giorno in cui abbiamo sistemato il magazzino di patologia.»

«Be', Y.K. sostiene che tutti volevano comprarlo.»

Eravamo arrivati alla fermata dell'autobus. C'erano altre persone, quindi dovevamo smetterla di parlare di dita mozzate e mostri vari. Tuttavia mi chiesi se Y.K. Wong non vendesse di nascosto i campioni di patologia. Avevo sentito dire che la parte dura dell'occhio di tigre, i bezoari delle capre e dei varani raggiungevano somme inaudite sul mercato nero. Si narrava che potessero portare fortuna, stregare una persona o lanciare un incantesimo mortale a un nemico. Valeva anche per certe reliquie umane? Pensai al dito nero e rinsecchito che era misteriosamente tornato in mio possesso e che, in quel momento, sbatacchiava nella borsa.

«Shin» dissi, aprendola in modo che lo vedesse.

Sgranò gli occhi. «Dove l'hai preso?»

In quel momento arrivò l'autobus. Fummo abbastanza fortunati da trovare due posti liberi e mentre il mezzo sferragliava gli raccontai tutto quello che era successo. Tutto, compresi i sogni, Ren e il suo gemello perduto, Yi, sull'altra sponda del fiume. Dovetti chinarmi e parlare sottovoce nell'orecchio di Shin, per evitare che qualcun altro potesse sentire. A volte penso che non dimenticherò mai quel viaggio tra le strade della città: il caldo torrido del sole pomeridiano, la brezza polverosa che ci sfiorava, profumata delle foglie di combava schiacciate in grembo alla donna seduta davanti a noi. Il profilo spigoloso di Shin mentre guardava fuori dal finestrino e ascoltava con attenzione le mie parole. Pensai che non mi sarei mai stancata di guardarlo.

Fortuna volle che l'autobus attraversasse la città fino alla stazione di Ipoh, sempre più bianca e dorata e stravagante sotto il sole del pomeriggio.

«Ti accompagno» dissi, cercando di sembrare allegra.

«Tu dove vai?»

Strinsi più forte la borsetta. «Torno dalla signora Tham.»

«Bugiarda» ribatté senza rancore. «Dimmi dove stai andando davvero...»

Fingere non serviva a nulla. «Vado a Taiping. C'è un treno più tardi.» Non me la sentivo di tornare dalla signora Tham, per timore che Robert si presentasse tutto rosso e sdegnato. O, peggio, in vena di scuse. E poi, c'era una cosa che avevo promesso di fare.

Con mia grande sorpresa, Shin mi guardò e basta. «Quanti soldi hai?»

Un bel po', a dire la verità. La tenutaria mi aveva dato non soltanto i soldi della festa, ma anche gli arretrati.

«Ne ho anch'io. Andiamo.» Iniziò a camminare in fretta, divorando con le gambe lunghe il pavimento piastrellato della stazione. «È ora di saccheggiare una tomba.»

Di certo non avremmo riesumato cadaveri, dissi con aria indignata dopo che Shin ebbe comprato i biglietti. Dovevamo sistemare una cosa al suo posto, perciò si trattava più che altro di rimettere in ordine una tomba. Shin rispose che non faceva molta differenza.

Non sapevo come spiegarlo, ma avevo la forte convinzione che se avessi fatto ciò che Ren mi aveva chiesto, forse lui non sarebbe morto. «Yi ha detto che l'ordine delle cose era confuso e che dovevamo provare ad aggiustarlo.»

«Di che ordine parli?»

«Di come sono state fatte le cose. Come in un rito.» Aggrottai la fronte, cercando di ricordare ciò che sapevo sul confucianesimo.

«Ti è mai venuto in mente che potrebbe essere tutto frutto di allucinazioni?»

Questa volta salimmo sul treno diretto a nord. Un'altra carrozza di terza classe con sedili di legno durissimi, ma il mio umore migliorò. Adoravo i treni.

«Ma che altro posso fare? E come spieghi i sogni, e Yi?»

«Ti dice soltanto quello che già sai» rispose Shin, esasperato. «È come se parlassi con te stessa.»

«E Ren, allora? È uguale identico a Yi, solo più grande. Ed è stato lui a riconoscermi, quella notte.»

«Coincidenze. I ragazzini cinesi si somigliano tutti.»

«E il dottor MacFarlane, e il suo dito? Noi cinque e i nostri nomi, e come tutto si incastra alla perfezione... questo come lo spieghi?»

Alzò le spalle. «Non lo so.»

«Se Ren muore, almeno avrò fatto quello che mi aveva chiesto.» Mi venne un brivido. Le parole di Yi, *affari del suo padrone*, mi risuonavano nella testa. Buio. Il fruscio delle foglie. Pensai all'articolo di giornale riguardo al corpo di una donna ritrovato in una piantagione. Chi o cosa era il padrone di Ren?

«E il pollice nel pacchetto di Pei Ling?»

«Dovresti parlarne al dottor Rawlings. Di' che sospetti che qualcuno, forse Y.K. Wong, stia rubando dei campioni anatomici.»

«Ho intenzione di ammazzare Y.K. appena mi capita a tiro. Chiuderti dentro in quel modo...» disse Shin, in tono basso e agguerrito.

«Non farlo!» Lo guardai preoccupata. «Però dovresti denunciarlo. Se sta vendendo dita di uomo-tigre, e Dio solo sa cos'altro, a mo' di amuleti, allora questo spiega perché il rappresentante avesse quella boccetta in tasca. Lui e Y.K. erano amici; l'ha detto Pei Ling, che il suo innamorato aveva un amico in ospedale che non le piaceva.»

«E il resto del pacchetto di Pei Ling?»

Quello era più complicato. Forse si trattava di un ricatto, o avevano avuto un diverbio. Ero vagamente consapevole che i pezzi si muovevano, disponendosi in un nuovo ordine, un po' come l'immagine delle dita che avevo in mente. Cinque dita che suonavano una melodia sconosciuta. Fui colta dalla sgradevole sensazione che si trattasse di un lamento funebre.

La nota accanto al nome *J. MacFarlane*, sulla lista scritta a mano del pacchetto di Pei Ling, recitava *Taiping/Kamunting*. Ero sicura che doveva essere la persona cui Ren si riferiva quella notte. Ed ero altrettanto certa che fosse morto, dato che Ren aveva accennato a una tomba.

Taiping era una cittadina tranquilla, capitale dello stato del Perak, nonostante girassero voci che Ipoh l'avrebbe presto rimpiazzata. Non sapevo bene dove fosse Kamunting. Forse era uno dei villaggi nei dintorni di Taiping, come Falim per Ipoh. Ma se il dottor MacFarlane era morto in quella zona, c'era solo un posto in cui poteva essere: il cimitero anglicano.

Lo spiegai a Shin e lui annuì, il che mi rese sospettosa. Si comportava fin troppo docilmente riguardo a quel viaggio improvvisato.

«Domani devi lavorare?» chiesi. Taiping era a più di quaranta miglia di treno da Ipoh, ma il viaggio richiedeva tempo a causa dei binari tortuosi e di tutte le fermate a Chemor e Kuala Kangsar. Di quel passo, non saremmo arrivati prima delle cinque del pomeriggio. Alle otto di sera c'era l'ultimo treno di ritorno, più che sufficiente per andare al cimitero. Io, però, ero preoccupata per Shin.

«Comincio il turno domani pomeriggio» disse, chiudendo gli occhi. «Basta parlare. Ho bisogno di riflettere.»

Non sapevo se fosse soltanto una scusa per dormire, ma lo lasciai in pace. Il treno avanzava lentamente sussultando, gli alberi scorrevano in un costante turbinio verde. La brezza dal finestrino aperto mi rinfrescava le idee.

Ren, pensai. *Sei ancora vivo?* Yi aveva detto di aver scoperto che se si fosse fermato su quella sponda, avrebbe potuto attirare Ren nell'altro mondo. Il mondo dei morti. Forse il dito, quella falange secca e annerita che sballottava nella mia borsa, esercitava su di me la stessa forza opprimente. Ren sembrava dover adempiere la promessa, qualsiasi fosse, al punto da correre fuori nella notte con una tigre ad aspettarlo. O forse era stato indotto a uscire per beccarsi una fucilata e morire nel buio.

Il massimo che potevo fare era portare a termine il compito per lui e seppellire quel dito. Recidere almeno un legame persistente che lo attirava verso la morte. L'altro, tuttavia, temevo fosse troppo forte. Il treno avanzava sferragliando, la giungla scorreva come un sogno, e io chiusi gli occhi.

Ci fu un sibilo stridente. Trasalendo scoprii che il treno si era fermato con un sobbalzo.

«Dormito bene?» Shin pareva divertito. La risposta era sì, però mi ero resa conto con un certo imbarazzo di avere la testa appoggiata alla sua spalla. Alcune persone presero i bagagli dalle rastrelliere in alto. Noi eravamo gli unici senza effetti personali.

«Pure tu sei crollato» dissi, mentre scendevamo dal treno. «Oppure stavi solo "riflettendo"?»

Sembrava di ottimo umore. «No, ho smesso. A proposito, chi era quella ragazza nella sala da ballo? Quella che ha cercato di strapparmi i capelli?»

«La mia amica Hui.»

Per qualche ragione, mi sentii a disagio per quel suo interesse. *Ti prego, Shin*, pensavo, *Hui no.*

Fino ad allora, Shin non era mai uscito con nessuna delle mie amiche, per quanto gli facessero gli occhi dolci. Prima non m'importava, presa com'ero da Ming, ma ora sì.

La stazione ferroviaria di Taiping era un edificio basso e grazioso, costruito nello stesso stile coloniale di quella di Batu Gajah, con gronde e timpani profondi che riparavano dal sole. Taiping, situata in una lussureggiante conca ai piedi di colline calcaree, era famosa per essere una delle città più piovose della Malesia, nonché per la sua vicinanza a Maxwell Hill, una piccola località collinare frequentata da coppie in luna di miele. Non che la cosa mi riguardasse, dal momento che era assai improbabile che diventassi la signora Chiu nel prossimo futuro.

«Perché fai quelle smorfie?» mi chiese Shin.

«Per Robert» dissi. «Con lui è finita.»

«Ti dispiace?»

«Speravo mi prestasse dei soldi. Per pagare i debiti di mia madre.»

Shin si fermò. «Non chiederli a lui. Se hai bisogno di soldi, io ne ho un po'.» Infastidito, ricominciò a camminare.

«Perché oggi era con te?» gli domandai, correndo per raggiungerlo.

«È venuto a cercarti dalla signora Tham, e poi ha continuato a seguirmi. Non riuscivo a togliermelo di torno, neanche a provarci.»

«Penso che lo avrebbe scoperto comunque. Malgrado gli avessi spiegato anni fa che non eravamo fatti l'uno per l'altra.»

«Cosa intendi per "anni fa"?»

Mi ricordai troppo tardi che Ming mi aveva raccomandato di non parlare a Shin del bacio di Robert. «Prima che tu andassi all'università.»

«Perché non me l'hai detto?»

«L'ho detto a Ming» risposi sulla difensiva.

Per una qualche ragione, questo sembrò infastidire ancor di più Shin, ma non ribatté. D'altronde, perché doveva importargli, quando la settimana prima mi aveva detto che sposarmi sarebbe stata una buona cosa? Camminammo in silenzio. Ero dispiaciuta, perché litigavamo di nuovo.

Secondo il bigliettaio il cimitero anglicano si trovava a circa un miglio, vicino ai giardini botanici. Shin si fermò in un paio di negozi vicino alla stazione e ne uscì con dei sacchetti di carta marrone. Io non l'avevo accompagnato perché avevo ancora addosso l'abito di ricambio del Fiore di Maggio, un vestito leggero giallo canarino. Era più adatto a una festa che a viaggiare sulle ferrovie di stato malesi.

«Cos'hai comprato?»

Aprì i sacchetti. Dentro c'erano una piccola vanga nuova di zecca e altre cose: uno spazzolino da denti, dei cerotti e un pacchetto piatto. Gli chiesi perché avesse comprato tutta quella roba.

«Perché comprare soltanto una vanga è sospetto. Si chiederebbero cosa ho intenzione di scavare.»

«Ho sempre saputo che avevi una mente criminale» commentai.

Shin rise e la tensione tra noi si smorzò. Mangiammo un boccone in un locale poco distante. Io, però, non vedevo l'ora di arrivare al cimitero.

E se il dottor MacFarlane non fosse stato sepolto lì? Ma Shin mi aveva detto che non avrebbe proseguito senza mangiare, e nemmeno io.

«Meglio muoversi più tardi. Meno gente in giro» disse mentre si sbafava un piatto di *char kway teow*, noodles fritti conditi con germogli di soia, uova e noci di mare.

«E se piove?»

Shin alzò le spalle. «Non dimenticare che è stata una tua idea.»

I suoi occhi scuri fissarono i miei e, nonostante tutto il mio impegno, arrossii ugualmente. Essere guardata in quella maniera mi faceva girare la testa. Negli occhi di Shin brillava una luce, uno strano bagliore che mi faceva serrare lo stomaco, come se cadessi in una voragine. Il suo sguardo mi scese lungo il collo, fino all'incavo della gola. L'abito giallo canarino che indossavo era piuttosto aderente, essendo tagliato in sbieco. Un nuovo metodo per far risaltare le curve, come mi aveva spiegato la signora Tham. Senza volerlo, incrociai le braccia sul seno.

«Per lavoro ti vesti sempre in questa maniera?» chiese.

«No.» Gli dissi che era un abito di scorta che non indossavo spesso. Shin ascoltò mentre incespicavo sulle parole, e per tutto il tempo mi scrutò con uno sguardo indecifrabile, tanto diretto che sembrava più toccarmi che osservarmi. «Non ti piace?»

«Sì che mi piace. Penso che possa piacere a molti uomini.» Si girò e io non potei vedere l'espressione sul suo viso.

«Sono sicura che le ragazze si vestono meglio di così a Singapore» dissi, cercando di buttarla sullo scherzo.

«Nessuna di loro ti somiglia.»

Mi accorsi all'improvviso di quanto eravamo vicini e di come le nostre gambe si incrociassero sotto il tavolino rotondo con il ripiano di marmo. Se avessi voluto, avrei potuto allungare la mano sotto il tavolo e appoggiarla sulla sua coscia. Farla scivolare verso l'alto e sentire i muscoli contrarsi. Invece, misi entrambe le mani sul ripiano e le fissai.

«Shin...»

«Cosa c'è?»

«Mi spiace di averti fatto passare tanti guai. Vorrei essere una sorella migliore.» Fui travolta da un'incommensurabile tristezza.

«Davvero ti dispiace?» Aveva un'espressione intensa e fiera.

«Sì, davvero.»

«Non devi. Nemmeno io sono stato un buon fratello.»

Si alzò di scatto e pagò il conto.

39

BATU GAJAH, SABATO 27 GIUGNO

William si è dato molto da fare. Da fare in una maniera che detesta, tra discorsi inutili e informazioni da scovare. Ma lo fa pressato dal ricordo dell'avida e incalzante insistenza di Lydia, dei suoi occhi che brillavano dall'emozione. *Dobbiamo parlare*, gli aveva detto nella corsia d'ospedale. Cos'ha in mente? *Meglio preparare un agguato che finire in trappola*, riflette William.

La prima persona nella lista è Leslie. Se c'è uno che conosce i pettegolezzi, quello è lui.

«Lydia?» chiede Leslie, alzando lo sguardo dalla fetta di ananas. Sono in pausa alla mensa dell'ospedale. «Finalmente ti interessi a lei, eh? Ho sempre pensato che sareste una bella coppia.»

William nasconde una smorfia. Pare che Lydia non sia l'unica ad avere quell'impressione. «Cosa ci fa qui?»

«Non è in cerca di un marito?»

«Non credo che possa avere difficoltà su quel fronte.» Lydia è attraente e a Londra, in confronto a una cittadina della Malesia, c'è un esercito di uomini. Non è nemmeno a Delhi o Hong Kong, dove potrebbe incontrare gli astri nascenti della pubblica amministrazione.

Leslie si strofina il naso. «Be', girano delle voci riguardo al perché sia partita. Un fidanzamento rotto... Pare che lui sia morto.»

«Di cosa?»

«Annegato. Un incidente in barca.»

William pensa che dovrebbe essere più comprensivo con Lydia, ma il ricordo del grande fervore della ragazza, il modo in cui gli ha detto che si somigliavano, lo innervosisce ancora. Ci dev'essere di più. Lo sente.

La seconda persona è la moglie di uno dei capi delle piantagioni, un'amica della madre di Lydia. Il sabato mattina, quando va a fare la spesa con il suo cuoco cinese, incontrarla in città è abbastanza facile. William sospetta che l'uomo la imbrogli; il conto sembra troppo alto.

«La povera Lydia ha passato un momento difficile» spiega la donna mentre annota le cifre nel quaderno dei conti di casa. «Che peccato per il suo fidanzato.»

«Forse lo conoscevo» butta lì William, mentendo spudoratamente. «Andrews, era questo il nome?»

«No, era un certo signor Grafton. Un uomo colto e garbato... I genitori di lei gli volevano molto bene.»

«È annegato?»

«Oh, no. Un infarto, in treno, tra tutti i posti possibili. Pare fosse abbastanza malaticcio. Una gran delusione per la famiglia.» E non ha altro da aggiungere, malgrado William sopporti un'altra mezz'ora di ciance.

L'ultima persona con cui parla è Rawlings.

«Di recente Lydia è stata un po' nervosa. Dice che vuole parlarmi, anche se non ho idea del motivo.» Agita l'esca, ma Rawlings pare distratto. Forse è il caldo, che li avvolge come una coperta umida e soffocante.

«Be', ha sempre dimostrato interesse nei tuoi confronti. Quando è arrivata, ha chiesto subito se eri lo stesso Acton di cui aveva sentito parlare.»

Per via del legame con Iris, pensa William. Allora è già da un po' che sa chi è. Che stia indagando su di lui? L'ipotesi gli manda in fiamme la nuca. Come osa? Tenta di scacciare il pensiero e dice affabile: «Non ne avevo idea. Forse abbiamo amici in comune».

«Sii gentile con lei» gli suggerisce Rawlings. «Ha un po' il complesso della crocerossina, ma non ha cattive intenzioni. Ed è brava in quello che fa. Ho già detto che l'ospedale dovrebbe pagarla per tutto quel volontariato.»

Sì, Lydia si sta impegnando molto, a modo suo, per legare con lui. La domanda è: come sfruttarlo a proprio vantaggio?

«E comunque, come mai è in Malesia?»

«Ah, era fidanzata con un bruto e se n'è andata per evitarlo. Mia moglie conosce i suoi amici, dicono che non era una bella coppia.»

William ricorda a malapena che Rawlings ha una moglie, dato che è tornata in Inghilterra con i bambini. Tuttavia, le informazioni che ha raccolto su Lydia non quadrano. Di sicuro ha perso un fidanzato, ma i fatti si contraddicono.

Vorrebbe chiedere di più a Rawlings, che però è pensieroso.

«Ti fidi del personale locale?» domanda all'improvviso.

William ride. «Non mi fido di nessuno.» Eccetto che di Ah Long, per certi aspetti. E di Ren, ovviamente. Il ragazzo ancora non si riprende, ma William non deve pensarci adesso.

Riporta la conversazione su Lydia. «Hai detto che esce da una relazione complicata?»

«Pare che lui abbia cercato di aggredirla durante un litigio. Poverina. Forse è per questo che ha sempre i nervi a fior di pelle.»

Allora Lydia è stata una vittima. Interessante come quel termine cambi il suo modo di vederla. Perché è tanto interessata a William? Cosa sa di lui? Pensa in fretta: il padre di Lydia gestisce la piantagione dove lavorava Ambika. Sì, può immaginare che, con il suo atteggiamento buonista e impiccione, Lydia possa aver conosciuto Ambika, persino averle dato dei consigli riguardo al marito alcolizzato. Ma ha anche detto di conoscere Iris. E questo è addirittura peggio. Ambika e Nandani sono solo due donne del posto con cui ha avuto una relazione, ma le voci su Iris sono qualcosa che già lo ha perseguitato fino a cacciarlo dall'Inghilterra.

Fa un respiro. Lydia avrà sentito la storia di come ha tentato di salvare Iris? Se ne vergogna molto, ma è troppo tardi per ritrattare. E poi, molte persone sembrano crederci. Anche lui, il più delle volte. Tranne quando tornano quei sogni, i sogni di Iris sul fiume, con le sottane zuppe e grondanti di alghe. I capelli lisci appiccicati alla fronte bianca e ossuta.

Cosa ha detto quella ragazza, Louise, quando le ha dato un passaggio? Ha detto di aver sognato un fiume: come una storia che si svela. Ma William non vuole. Non vuole sapere cosa accadrà nei sogni in cui vede Iris.

40

TAIPING, SABATO 27 GIUGNO

Prendemmo un trisciò fino al cimitero anglicano della chiesa di Ognissanti. Fu una bella gita nella città bassa e gradevole, con i bianchi edifici coloniali e le botteghe, i grandi alberi di *angsana* in fiore e i petali dorati sparsi dal vento. Le fitte nuvole cinerine che avevano fagocitato il pomeriggio donavano all'erba sul *padang* di fronte alla caserma una sfumatura di verde stranamente accesa. Mi fermai d'impulso a comprare un mazzo di fiori, crisantemi bianchi e viola. Quel mese era la seconda volta che compravo fiori per i morti.

Giunti al cimitero, Shin pagò il trisciò e io entrai, cercando il luogo dove riposava il dottor MacFarlane. La chiesa era un grande edificio in legno con un tetto spiovente e archi gotici scolpiti. Alcune tombe erano opere elaborate, con angeli scolpiti e sarcofagi di pietra, mentre altre avevano delle semplici croci. Parevano sistemate a casaccio, e io cercai una sezione più recente.

Shin attraversò l'erba rasata. «Trovato?»

«Non ancora.»

In giro non c'era nessuno. Neanche un uccello si muoveva in quel gran silenzio, con il cielo grigio a coppa, quasi che il mondo intero attendesse l'arrivo della pioggia.

«In realtà, Robert aveva alcune informazioni… ha detto che gli avevi mostrato le liste» disse Shin dopo una pausa. «Ecco perché ti cercava.»

«Perché non me l'hai detto prima?»

«Pensavo avessi il cuore spezzato per lui, ma mi pare che tu stia bene, visto che sei riuscita a mangiare tutta quella roba.»

Alzai gli occhi al cielo. «Cos'ha scoperto?»

«Pare ci fosse davvero un dottor John MacFarlane nella zona di Taiping. Un vecchio esperto della Malesia che è vissuto qui per vent'anni, dopo essere stato in Birmania. Aveva un rapporto saltuario con l'ospedale distrettuale di Batu Gajah: faceva qualche sostituzione quando ce n'era bisogno. Un tipo un po' eccentrico, senza moglie né famiglia. E, come abbiamo visto dai registri di patologia, cinque anni fa ha donato un dito, dopo un viaggio insieme ad Acton.»

«E cosa ci faceva qui a Taiping?»

«Non a Taiping, ma da qualche parte, un po' fuori. Uno dei villaggi vicini.»

«Kamunting» dissi subito. «Era il nome sul foglio.»

«Da queste parti ha vissuto una vita molto ritirata, con un ambulatorio privato. Diceva che non sarebbe mai tornato in Scozia, da dove era fuggito quarant'anni prima, lasciando tre sorelle prepotenti. Ecco tutto.»

«Come? Dev'esserci dell'altro.»

Ren l'aveva chiamato "il mio padrone", anche se il modo in cui l'aveva pronunciato, con cieca devozione, mi aveva fatto scendere i brividi lungo la schiena. Ma allora chi era il suo vero padrone: William Acton o questo dottor MacFarlane, di cui eseguiva gli ordini senza metterli in dubbio?

«Queste sono le poche informazioni scoperte da Robert. Ha anche detto che giravano alcuni pettegolezzi, ma poteva trattarsi di maldicenze e così via. Molto coscienzioso, il nostro Robert.»

«È una brava persona.»

«Tanto brava che oggi ti ha piantato in asso senza appello» ribatté lui amaramente.

Non risposi, perché avevo trovato la tomba. Una fossa scavata da poco, con un sottile manto d'erba e poche parole incise nitide sulla lapide, quasi fossero state scolpite il giorno prima:

John Alexander MacFarlane
15 luglio 1862 – 10 maggio 1931
Liberaci, o Signore.

Mi irrigidii facendo un calcolo. Il giorno prima, Ren aveva sussurrato che mancavano soltanto due giorni. Sommandoli ai giorni già trascorsi dalla morte si otteneva il numero quarantanove. Mia madre aveva detto che l'anima dei defunti vagava proprio per quarantanove giorni, soppesando irrequieta i propri peccati.

«Di cosa è morto?» chiesi.

«Malaria, a quanto pare. L'aveva colpito diverse volte nel corso degli anni.»

Posai il mazzo di fiori sulla tomba, dato che non c'era un vaso o una fessura. Distesi sulla terra nuda sembravano spogli e miseri, con gli steli privi delle foglie. La tomba aveva qualcosa di strano: un bastone di legno era stato conficcato in un angolo. Era lungo circa sei pollici e pareva un pezzo di un manico di scopa. Non osai toccarlo – sembrava messo di proposito in quel modo – ma non avevo mai visto nulla del genere prima di allora.

«Passami la vanga» dissi. Shin scosse la testa in segno ammonitore. «Perché?»

Poi vidi l'anziana signora tamil con i capelli fini raccolti in una crocchia e un *sarong* marrone scuro. Si avvicinava a noi e urlava qualcosa. «Vuole che ce ne andiamo?»

Ci allontanammo dalla tomba, ma la donna continuò ad avanzare. Scoprimmo che ci salutava con favore. Al cimitero pareva non ci fosse molta gente, ed era contenta di vederci.

«*Tinggal, ya, tinggal!*» disse in malese. «Restate, restate. Volete acqua per i fiori?» Era la madre del custode. Al momento il figlio era assente. «Sta per piovere» disse, con gli occhi rivolti al cielo. «Come mai siete venuti tanto tardi? Amici? Pazienti?»

Io non sapevo cosa rispondere, Shin si limitò a sorridere. «Lo conosceva?»

Con mia grande sorpresa, annuì subito. «Sappiamo chi sono gli *orang puteh* dei dintorni, anche se viveva più lontano, verso Kamunting. Ha curato mio nipote dalla tigna. È un peccato che sia morto. Era più giovane di me.»

Andò lentamente a prendere un po' d'acqua per i fiori. Sembrava turbata dal fatto che fossero adagiati sulla tomba, quindi li raccolsi con cura. Tornò con un barattolo da marmellata e disse: «Allora, di dove siete voi due?».

«Ipoh» disse Shin. «Sono uno studente di medicina. Mi è spiaciuto sapere della morte del dottor MacFarlane.»

«Oh, uno dei suoi studenti. Be', stava male da un po'. Anzi, la gente sosteneva che aveva perso la testa. La governante se n'è andata e sono rimasti solo il vecchio e quel ragazzino cinese.»

Drizzai le orecchie. «Si chiamava Ren?»

«Non lo so. Un ragazzino di circa dieci o undici anni. Era bravo. Si è preso cura della casa quando la governante se n'è andata. Non dev'essere stato facile, con il dottore ridotto in quel modo. L'ho visto al funerale. Sconvolto, tratteneva le lacrime, poverino. Lo conosci?»

«Sì, è un parente» replicai piano. Shin mi lanciò un'occhiata.

«Come stava il dottore verso la fine?» chiese.

La madre del custode guardò fisso la tomba. Avevo notato che continuava a osservare il bastone. Poi schioccò la lingua e lo estrasse. Era più lungo di quanto pensassi, un pezzo di un manico di scopa con l'estremità affilata come un paletto.

Lo gettò da parte con disprezzo. «Be', era sempre strano, ma non più degli altri *orang puteh*. Si comprava tutti gli animali rari che gli portavano i cacciatori. Comunque, era un uomo gentile. Ha curato molte persone senza chiedere un soldo. Ma verso la fine, è diventato tanto strano che la gente non voleva più andarci.» La madre del custode si stava godendo la chiacchierata. «Anzi, prima di morire, ho sentito che è andato alla stazione di polizia locale e ha confessato ogni crimine possibile.»

«Che genere di crimine?»

«Vediamo, credo si parlasse di rubare o uccidere bestiame. Persino dei cani erano stati rapiti in zona. Che fossero incatenati vicino a casa o meno. Ha anche detto di aver ucciso quelle due donne scomparse. Entrambe lavoravano nella piantagione di caucciù lì vicino.»

Preoccupata, guardai Shin. Nessuno di noi si aspettava qualcosa del genere.

«Allora l'hanno arrestato?»

«L'hanno rimandato a casa. Nella sua testa c'era qualcosa che non andava. Ogni tanto aveva attacchi simili.» Aveva l'aria spazientita. «È stata una tigre a combinare tutti quei guai. Una tigre mangiauomini. È stata avvistata molte altre volte. Non hanno scritto nulla sui giornali?»

«Dev'essere stato terribile.» Shin mostrò il suo lato più compassionevole e la vecchia signora non poté fare a meno di sorridere.

«Hanno detto che era un vecchio esemplare maschio, incapace di cacciare. E comunque, ora non c'è più.»

«L'hanno presa?»

«No, anche se hanno piazzato delle trappole e persino chiamato un *pawang* per incantarla. Alla fine, è semplicemente scomparsa. Proprio nel periodo in cui è morto il dottore.»

La mia mente andò alla tigre nel giardino, a Batu Gajah, il sabato precedente. La mangiauomini che dicevano avesse ucciso una lavoratrice della piantagione alcune settimane prima. Ricordai anche la strana morte del rappresentante che si era rotto l'osso del collo, e mi domandai se non fosse stato inseguito da qualcosa fino a cadere in quel fosso. Ma era soltanto un'ipotesi fantasiosa. Fra Batu Gajah e Taiping c'erano sessanta miglia o più. Come poteva una tigre coprire una distanza del genere?

«A cosa serve quel bastone?» chiese Shin, indicando il manico di scopa che la donna aveva estratto dalla tomba. La madre del custode aveva l'aria imbarazzata. «Stupidaggini. Ogni tanto succede. Sai, è la gente del posto. Mio figlio lo tira sempre via. Secondo lui è irrispettoso nei confronti dei morti.»

«Ma perché lo mettono?»

«Due o tre giorni dopo la morte del vecchio dottore, qualcuno o qualcosa ha cercato di disseppellirlo. Mio figlio ha trovato un buco accanto alla tomba, come se un bambino o un animale ci avesse lavorato tutta la notte. Ma non è arrivato in fondo, visto che scaviamo molto in basso. Mio figlio si è seduto lì e ha vegliato per alcune notti, però non è più successo. Quando la gente del posto è venuta a saperlo, hanno detto che il vecchio voleva uscire dalla tomba. Stupidaggini, perché a vedere il buco, era chiaro che si trattava di qualcosa che cercava di entrare, non di uscire! Ma ogni tanto le persone gli ficcano dei bastoni nella tomba per assicurarsi che non esca. Io non sono preoccupata, sono anglicana» disse con orgoglio.

La luce si affievoliva, il cielo grigio incombeva greve. Non avevo idea di come avremmo potuto seppellire il dito nella tomba con la madre del custode che ci gironzolava intorno. Dovevamo forse tornare di notte? Quel pensiero mi mise in agitazione.

«C'è un bagno?» chiese Shin.

«La sagrestia è ancora aperta, anche se stavo per chiudere.»

«Vai pure» dissi in fretta. «Voglio leggere le epigrafi.»

Appena furono lontani, mi buttai in ginocchio e scavai con la vanga nella terra smossa. Meno male che Shin aveva pensato di comprarla! La terra sulla tomba era argilla rossa proveniente dai minerali di stagno che avevano reso famosa la regione. Scelsi il punto da cui la vecchia aveva tolto il paletto, dato che lì il terreno era già rivoltato. *Muoviti.* Il cuore scalpitava. Spalai in fretta il terreno di lato, tenendo sempre un occhio aperto per controllare che la vecchia non tornasse. Doveva essere abbastanza profondo da non essere trovato facilmente, soprattutto se le persone continuavano a infilare paletti nel tumulo.

Quando arrivai circa alla profondità di un braccio, tirai fuori la boccetta di vetro. Pareva più fredda e pesante di prima. Era il quarantottesimo giorno dalla morte del dottor MacFarlane. Avevo fatto in tempo, per qualunque cosa volesse Ren? Con la coda dell'occhio notai un'ombra muoversi. Era il ramo di un albero, agitato dalla brezza, ma mi spinse ad agire. Sollevai il dito che avevo preso dalla tasca del rappresentante e lo lasciai cadere nel profondo della fossa.

41

BATU GAJAH, SABATO 27 GIUGNO

Ren cammina, seguendo il fioco sentiero che serpeggia come la stria di una tigre tra l'erba alta. Ha un vago ricordo di un letto d'ospedale, che però si affievolisce. Ciò che è reale, invece, è questo mondo di luce e brezza, con la donnina pallida che ha trovato seduta sull'erba. È lei che lo spinge avanti ogni volta che si ferma a guardarsi intorno.

«Non dobbiamo perdere il treno» dice.

Ren aggrotta le sopracciglia. «Ce n'è un altro?»

Lei lo guarda di sbieco. «Non lo so. Avanti!»

Non gli piace il modo in cui lei si muove, il corpo malconcio che incede a piccoli passi, con una spalla curva e una gamba strascicata. Nessuno può camminare con danni del genere, ma non le chiede nulla. Ha paura che gli agguanti di nuovo il gomito in quella stretta gelida e ossuta, come ha fatto prima. Tuttavia prova pena per lei e non può lasciarla andare da sola. E poi, c'è una tigre in quel groviglio di erba e cespugli. Di tanto in tanto, ne intravede la sagoma snella e striata, benché non sappia dire se lo conduca in avanti o lo avverta di stare indietro. A Ren sovviene fulminea la memoria di un vecchio, di un forestiero, che errava tra gli alberi. Quella cupa solitudine lo riempie di terrore, compassione e amore. China la testa e continua a camminare.

Si dirigono verso la stazione ferroviaria in lontananza. Da quanto tempo camminano: mesi, giorni o minuti? Ma finalmente arrivano. L'edificio è molto simile alla stazione di Batu Gajah. Lungo e basso, con una tettoia profonda a riparare dalla pioggia e dal sole, panche di legno e un grande orologio rotondo. Un treno attende. La grossa locomotiva a vapore sibila dolcemente. Delle persone girano in tondo nella stazione. Quando Ren le fissa, tremolano e svaniscono. Soltanto con la coda dell'occhio riesce a scorgere le figure sfocate. L'ombra di un bambino corre sul binario, tenendo la mano della madre che la stringe mentre salgono su una carrozza. Per un istante, Ren prova invidia per quel gesto affettuoso.

«Muoviti» dice la sua compagna.

«Dove stiamo andando?»

Lei ha un'aria impaziente e distratta. «Sali e basta!»

«Non so neanche come ti chiami.» Un dubbio lo assale. Perché dovrebbe seguire questa sconosciuta su un treno? Dopotutto, non era in cerca di qualcun altro? Si sforza di ricordare. Sì, Nandani. «Non posso venire con te, devo trovare un'altra persona.»

«Non essere sciocco! Mi chiamo Pei Ling» dice. «Sono un'infermiera, faresti meglio a seguirmi.» Anche lei però si acciglia, come se non capisse il suo stesso ragionamento.

«No, grazie» risponde Ren in tono educato.

«Oh, cielo! Che sciocco che sei! Vieni... non voglio andare da sola.» Fa un'espressione triste, come se la bambina fosse lei e non lui. Ren tentenna.

«Va bene» dice, mettendo una mano sullo sportello del treno. Appena lo tocca avverte un forte tremito, una scossa che gli sconquassa la vista. In quell'istante riesce a vedere tutti distintamente: gli altri passeggeri seduti o in piedi, che salgono sul convoglio. Nessuno però scende o ha con sé bagagli.

Ren monta e scorge Nandani. Il viso a forma di cuore scruta pensoso fuori dal finestrino. Felice, Ren scivola sul sedile accanto a lei. «Ciao!»

Con sua grande sorpresa, però, la ragazza sembra spaventata. «Che ci fai qui?»

«Ti stavo cercando.»

«No, non devi! Non seguirmi.»

Ren fissa Nandani, i suoi ricci e la figura graziosa e paffutella. Per quale motivo non è contenta di vederlo?

«Vieni qui, ragazzino» dice l'infermiera, Pei Ling, dando dei colpetti sul sedile. «Siediti vicino a me.»

Lui scuote la testa. Preferirebbe rimanere accanto a Nandani anziché di fianco a quella donna pallida con la spalla curva e il passo strascicato. A dire la verità, più guarda Pei Ling, più è intimorito. Si avvicina a Nandani, ma lei scuote ansiosamente la testa. «Ti prego, scendi. Presto chiuderanno le porte.»

Ren sente un basso ronzio, come se l'intero binario fosse un cavo elettrico. Yi si trova da quella parte, in qualche punto alla fine del percorso. Ne è sicuro. Le due giovani donne ora litigano tra aspri sussurri. Nandani vuole che Ren se ne vada, ma la cocciuta Pei Ling dice che se vuole deve rimanere. Allunga il braccio per prendergli la mano, e Nandani emette un verso di sdegno.

«Non toccarlo!» sbotta.

«Perché no? L'ho già fatto.» Ed è vero: il gomito che Pei Ling ha afferrato prima adesso è freddo e intorpidito.

Mentre le due discutono, Ren si sente sempre peggio. «Voglio restare» dice a Nandani. L'espressione della ragazza si addolcisce.

«Va bene. Andremo insieme.»

Ren chiude gli occhi e si ripete che va tutto bene. Sta andando da Yi.

Uno scatto. Un formicolio elettrico. La quieta solitudine dal retrogusto di sangue e tristezza – la stessa che l'ha spinto ad andare avanti e che gli ricordava quel vecchio che vagava nell'oscurità – scompare all'istante. Il sesto senso divampa. I capelli si drizzano, la pelle si raggrinza. Non aveva mai percepito un segnale tanto forte, non dopo l'ospedale. Le immagini lo travolgono. Una ragazza che scava con una vanga. Una boccetta di vetro che cade in una fossa. E il buco si allarga, assumendo la forma di una tomba. Cosa... no, chi è? Il cuore di Ren scalpita, è la prima volta che lo sente da quando è arrivato in questa strana terra. All'improvviso, Ren si rende conto che non vuole più restare sul treno, non con Nandani e soprattutto non con la piccola e storpia Pei Ling dalle mani gelide.

Le porte però si stanno chiudendo. Le sente sbattere in fondo al treno, e il suono si avvicina. *Bang. Bang.* Il fioco ronzio, la speranza di trovare Yi alla fine del percorso gli pesano, lo affossano mentre lotta per sollevarsi; ogni nervo del corpo si contrae.

«Cosa c'è?» grida Nandani.

Bang. La porta della carrozza vicina si chiude di colpo, come se fosse un uomo invisibile a sbatterla. Ren vede tremare quella della sua carrozza, quasi fosse in procinto di chiudersi. Disperato, si lancia fuori. L'aria gli fende le orecchie, la forza della porta gli sfiora la pelle. E la luce splende, splende al punto che può soltanto fare una smorfia e strizzare gli occhi mentre le lacrime gli inondano il viso.

Qualcuno lava il pavimento. Si sente il fruscio dello straccio, il rumore di un secchio. Ren è steso su un letto, un letto d'ospedale, gli viene in mente. Il petto si solleva, il cuore martella all'impazzata. Ma non si è appena lanciato fuori dalla porta del treno? È qui, eppure è ancora lì. I frammenti dei due luoghi si sovrappongono. Se chiude gli occhi, riesce ancora a vedere l'espressione scioccata di Nandani, il debole sorriso sul volto sbiancato di Pei Ling. No, non vuole pensare a lei.

«Sei sveglio?» Un omino esile lo guarda dall'alto. In una mano tiene lo spazzolone. Ren batte le palpebre a fatica e si sforza di mettersi seduto. Ha la bocca secca e il custode gli versa una tazza d'acqua tiepida. «Devo chiamare l'infermiera?» chiede in cantonese.

Ren scuote la testa. «Che giorno è?»

«Sabato.»

Si sente un andirivieni, un po' di trambusto nel corridoio, e una delle infermiere infila la testa dentro. Seria, fa un cenno con il capo al custode. «Puoi darmi una mano?»

Lui la segue fuori. Ren sente voci provenire dal reparto accanto.

«... portarla all'obitorio?»

«Sì, hanno chiamato la famiglia.»

Dopo alcuni minuti, il custode torna a prendere lo spazzolone, con un'espressione turbata. Dalla porta aperta alle sue spalle, Ren intravede una barella che viene spinta fuori. Sopra c'è una persona coperta da un lenzuolo bianco. «Chi è?»

«Un altro paziente.»

Sporgono due piedi bianchissimi. Così magri da poter essere soltanto di una donna. Nella loro immobilità c'è qualcosa che a Ren fa rivoltare lo stomaco.

«Perché ha il viso coperto?» chiede Ren. «È morta?»

Il custode esita, borbotta qualcosa. «A volte per le persone viene il tempo di andare.»

Tempo di andare. Questo suscita in Ren emozioni contraddittorie. «La conoscevi?»

«Faceva l'infermiera qui.»

Una brutta sensazione nelle viscere di Ren. Quei piedi stretti, il sinistro che ciondola in una strana angolazione. Ren cerca di scendere dal letto: deve vederla in faccia! Ma è colpito da una fitta di dolore al fianco. Caccia un grido d'angoscia.

Spaventato, il custode lo afferra. «Che stai facendo?»

«Credo di conoscerla. Ti prego, fammela vedere!»

Attirata dalla confusione, l'infermiera guarda nella stanza. «Cosa succede?»

«Il ragazzo dice che la conosceva.»

Lei corruga le labbra e scuote la testa. «Impossibile!» e rivolge a Ren uno sguardo irritato di disapprovazione, come se avesse fatto qualcosa di terribile.

La barella viene portata via e Ren ha voglia di piangere. Affonda invece debolmente le dita nel cuscino. «Come si chiamava?»

«Pei Ling.»

Ora Ren singhiozza sul serio. Non per la povera infermiera Pei Ling, ma per Nandani, perché capisce finalmente dov'è andata.

42

TAIPING, SABATO 27 GIUGNO

Appena avevo lasciato cadere la boccetta con il dito nel buco scavato sulla tomba del dottor MacFarlane, mi giunse la voce di Shin, volutamente alta per avvertirmi del loro arrivo. Ricoprii in tutta fretta il buco e mi allontanai. Intanto che Shin e la madre del custode sbucavano da dietro l'angolo, io li salutai con un cenno e li raggiunsi, rimettendo la vanga nel sacchetto.

«Hai trovato quello che volevi?» chiese la vecchia signora.

Shin mi prese per mano. «Sì, dobbiamo scappare.» La ringraziammo per l'aiuto e uscimmo dal cimitero il più in fretta possibile.

«Cosa c'è?» gli chiesi a bassa voce, mentre accelerava il passo. «Perché mi tieni la mano?»

In risposta, la girò sottosopra. Era striata di argilla rossa.

«Pensi che l'abbia notato?»

«Spero di no. Ne hai anche sulle ginocchia.»

Abbassai lo sguardo. Nell'ultimo periodo tutte le mie gite erano finite tra terra e sudiciume. Da ragnatele e polvere nel deposito di patologia alle macchie del sangue di Ren, e infine questo. La terra di una tomba.

«L'hai seppellito?»

«Tutto fatto» dissi sottovoce.

Nuvole minacciose avevano nascosto il tramonto e donavano al cielo un aspetto brumoso e bluastro. Calò un crepuscolo tremulo. A ogni respiro mi pareva di sentire l'umidità in fondo alla gola.

«Che ore sono?» Assorta com'ero nei racconti della donna, mi ero dimenticata di controllare l'orologio della chiesa.

Shin lanciò un'occhiata all'orologio da polso. «Otto meno venti.»

L'ultimo treno per Ipoh partiva alle otto, ed eravamo ancora lontani dalla stazione. Mi guardai intorno con una certa ansia; la strada era deserta e non c'era l'ombra di un triciò. Shin alzò lo sguardo in alto. «Credo stia per...»

Il cielo si aprì e sulla strada polverosa caddero come girini appiattiti le prime, grosse gocce di pioggia. «Corri!»

Non sono mai riuscita a capire quei libri inglesi in cui le persone fanno lunghe camminate nella brughiera (qualunque cosa sia) sotto la pioggia, con un berretto alla Sherlock Holmes e una mantella impermeabile come unica protezione. La pioggia tropicale somiglia a una vasca rovesciata dal cielo. L'acqua cade tanto forte e veloce che in pochi minuti ti trovi inzuppato fino alle ossa. Tempo per riflettere non ce n'è, soltanto l'irrefrenabile bisogno di scappare al riparo. E noi scappammo.

Il rifugio più vicino era una fila di case-bottega un po' distante; corremmo ansimanti verso il loro stretto porticato. L'acqua si riversava in lamine sibilanti dalla grondaia e trasformava la strada sterrata in fango.

«Cosa facciamo?» chiesi, dopo aver aspettato cinque minuti buoni. C'erano scarse possibilità che l'acquazzone finisse e, nel frattempo, i minuti ticchettavano verso le otto. Come avremmo fatto a prendere il treno?

«Possiamo provarci» disse Shin.

E così iniziò la nostra folle corsa a zig-zag da un riparo all'altro, come scarafaggi che fuggono da sotto un vaso di fiori. C'erano alcuni isolati di negozi e grandi alberi della pioggia, ma era tutto inutile. Ne ero consapevole, pur cercando di reprimere la terribile sensazione di essere in ritardo. Quel treno sarebbe partito senza di noi. Le scarpe scivolavano, piene d'acqua, e per due volte quasi mi si storse la caviglia.

«Tutto bene?» chiese Shin.

Appoggiai la mano sul tronco di un albero per rimanere in equilibrio. «Sì» risposi, stringendo i denti. Non mi ero mai lamentata per cose del genere, e di certo non avrei iniziato adesso. Se stare al gioco era il modo migliore per andare d'accordo, allora avrei continuato.

Shin tenne gli occhi ben fissi sulla mia fronte. «Solo un altro po'» disse. «Fino a là.»

Eravamo ancora lontani dalla stazione, e quando diedi un'occhiata all'orologio di Shin, le lancette indicavano le otto meno cinque. Impossibile.

«Hai ancora l'anello che ti ho dato l'altro giorno?»

Lo fissai, domandandomi perché d'un tratto se ne preoccupasse. Avrei dovuto restituirglielo prima e, imbarazzata, spiegai il fazzoletto.

«Mettilo» disse.

«Perché?»

Aveva l'aria spazientita. «Mettilo e seguimi.»

Shin si fermò qualche porta più in là e alzò lo sguardo verso un'insegna. Poi entrò. Era un piccolo albergo. Non ero mai stata in un hotel. Quando io e mia madre avevamo visitato Taiping, molto tempo prima, eravamo ospiti di una delle sue zie, una donna dall'aria feroce che pareva aver ereditato tutto il carattere che mancava a mia madre. Mi chiesi se vivesse ancora in quella città e cosa avrebbe pensato se mi avesse visto entrare in un hotel con un uomo. Malgrado fosse il mio fratellastro.

Le altre ragazze al lavoro mi avevano insegnato a diffidare degli alberghi. *Mai incontrare lì un uomo.* Nemmeno nell'area della reception. Dicevano che era una specie di prova, per distinguere le ragazze che ci stavano da quelle che non ci stavano, e sbarazzarsi delle prime. E ora ecco che stavo per metterci piede. Un po' fatiscente, da quel che vedevo. Ma quel giorno le circostanze erano diverse. E poi, ero con Shin. Era tutto a posto, no?

Dentro, l'hotel era buio e umido. La reception, dove Shin stava firmando un registro, era illuminata da un'unica lampada elettrica. L'impiegata era una donna anziana, che mi lanciò un'occhiata penetrante. «Nessun bagaglio?»

«Abbiamo perso il treno del ritorno» disse Shin con disinvoltura. «Ci fermiamo una notte sola.»

Lei lo scrutò e poi tornò a posare lo sguardo su di me. Feci del mio meglio per sembrare impassibile, come se perdessi il treno tutti i giorni. A proposito, come mai Shin era tanto avvezzo a quel sistema? Quante donne aveva portato in albergo? Fissai la sua schiena e gli occhi della donna incrociarono i miei con l'aria di chi la sa lunga.

«Signor e signora Lee» disse, leggendo il registro. «Novelli sposi?»

«No» rispose, «siamo insieme da molto tempo.» Mi cinse con un braccio, avendo cura di far risaltare l'anello che avevo al dito.

«Volete mangiare?»

Shin mi guardò. «Soltanto un tè e un po' di pane tostato.»

«Ve li faccio portare in camera» disse la signora. Strizzò la sua mole per fare il giro del bancone e ci accompagnò su per una rampa di scale. «Stasera siete fortunati, è l'ultima stanza rimasta con il bagno privato.»

La camera era piccola e poco arredata, con imposte di vetro colorato alla finestra che dava sulla strada piovosa. Io, però, guardavo il letto, non la vista. Fatto accuratamente con lenzuola, due cuscini alti e rigidi e una fine coperta di cotone ben tirata sopra. Matrimoniale. D'altronde cosa mi aspettavo, due singoli?

«Shin» dissi, appena la donna se ne andò. «Perché non le hai detto che siamo fratelli e basta?»

«Non abbiamo abbastanza soldi per due camere. E poi, dire

che sei mia sorella avrebbe destato molti più sospetti, dato che non ci somigliamo.» Aveva ragione, ma distoglieva lo sguardo in un modo che mi faceva pensare fosse nervoso. Prima di allora non avevo mai visto Shin in quello stato, e mi sentii ancora più a disagio. Poi mi dissi che era meglio essere cordiale.

«Non sono mai stata in un albergo» annunciai in tono allegro.

Silenzio. Era inutile chiedergli se per lui fosse lo stesso, perché era chiaro che ci era già stato, anche se non sapevo in quali circostanze. Forse era solo la mia immaginazione, ma non potevo smettere di pensare a Shin che incontrava delle donne in albergo. Giovani donne impazienti, o più grandi e sofisticate. Cosa importava, visto che non erano affari miei?

«Vado a lavarmi» dissi.

Con mia grande sorpresa, Shin aprì un sacchetto marrone e, dopo aver frugato un po', tirò fuori una camicia da uomo nuova di zecca. Era di semplice cotone bianco, ben piegata, con il colletto ancora tenuto in posizione da un cartoncino.

«Ecco.» Tolse gli spilli e me la passò. «Prendi questa.»

«Non ti serve?»

Anche lui aveva i vestiti bagnati, ma scosse la testa. «Cambiati.»

Quando entrai nel bagno, un piccolo locale piastrellato delle dimensioni di una scatola, capii il motivo. Bastò uno sguardo allo specchio stretto e, mortificata, vidi che avevo l'abito bagnato appiccicato al corpo. C'era poco da stupirsi che Shin mi tenesse gli occhi incollati sulla fronte. Colta da brividi, mi spogliai e mi strofinai con gli asciugamani di cotone fino e rigido. Poi mi infilai la camicia da uomo. Per qualche ragione, nonostante mostrasse meno del vestito che indossavo prima, mi faceva sembrare molto più provocante. Rimasi a lungo in bagno, indecisa su cosa fare, cercando di raccogliere abbastanza coraggio per uscire. Quando aprii adagio la porta, però, Shin era sparito.

Sul letto c'era un vassoio da tè. Bevvi, mangiai gran parte

del pane tostato e mi lavai i denti con lo spazzolino che Shin aveva comprato in farmacia. Poi mi misi a letto e spensi le luci. Lacrime di delusione minacciavano irrazionalmente di traboccarmi dagli occhi. Cosa mi era passato per la testa, che Shin avrebbe finalmente fatto la prima mossa? Questo non sarebbe mai successo, era chiaro. Le cose che gli piacevano di me – l'essere schietta, trasparente, cameratesca – non rientravano nelle descrizioni delle eroine dei romanzi. Erano caratteristiche buone solo per una spalla, tipo il dottor Watson. Affondai la testa sotto i rigidi cuscini e singhiozzai in silenzio.

La porta si aprì e io mi irrigidii. La figura di Shin si stagliò contro la luce del corridoio. Poi chiuse la porta con uno scatto silenzioso, andò in bagno e cominciò a lavarsi. Meglio fingere di dormire. Strinsi i denti e giurai che non gli avrei mai fatto capire che avevo pianto. Appena me lo promisi, lui tornò e si infilò a letto accanto a me.

Lo scroscio della pioggia era calato, ma piovigginava ancora incessantemente. Sentii l'acqua scorrere dal tetto, lo scricchiolio del letto mentre Shin si sdraiava. Trattenni il respiro, ma il cuore batteva tanto forte che temevo potesse sentirlo.

«Dormi?» Il modo in cui lo disse, con dolcezza, mi spezzò il cuore. Era ingiusto che Shin usasse quel tono di voce con me. Buttai fuori l'aria, ma uscì sottoforma di singhiozzo strozzato.

«Cosa c'è? Stai piangendo?» Si alzò di scatto.

Nasconderlo era inutile, soprattutto quando Shin mi tolse il cuscino dalla faccia. La luce del lampione in strada filtrava attraverso le finestre punteggiate dalle gocce e Shin riuscì a vedere i miei capelli arruffati, le lacrime sul mio viso.

«È per Robert?»

Shin, maledetto idiota, pensai, sfregandomi la faccia. Robert era l'ultimo dei miei pensieri, e Shin era chino su di me. Era senza maglietta e fui di nuovo colta da quella sensazione. Quella sensazione turbolenta, da farmi rimanere senza fiato, che provavo ogni volta che si avvicinava troppo. Chiusi gli occhi.

«Ti piace davvero così tanto? Non se lo merita.»

«Non piango per Robert.»

«Allora cos'hai? Ti senti male?»

Quelle parole erano talmente ridicole che non sapevo se ridere o ricominciare a piangere. Nel frattempo, Shin era seduto mezzo nudo vicino a me. Potei soltanto dire: «Perché sei uscito un momento fa?».

«Stavo riflettendo.» Mi guardava con quegli occhi scuri e sibillini. Avevo lo stomaco sottosopra. Non riuscivo a stare sulla schiena con lui curvo su di me in quella maniera. Ero in posizione di svantaggio. Quand'era che i muscoli delle braccia e del petto gli erano diventati così tonici, meravigliosamente scolpiti dal bagliore che filtrava dalla finestra?

Annaspai per mettermi seduta. «Ancora? Su cosa?»

«Aspetto da anni, ma credo di non farcela più.» Mi appoggiò una mano sulla vita, sotto la camicia. Vedevo il battito pulsare nell'incavo della gola di Shin. Lo sguardo un po' ansioso e un po' perplesso nei suoi occhi. Non riuscivo a respirare.

«Robert ti ha baciato?»

Feci di sì con il capo, senza proferire una parola.

Un lampo di rabbia. «Be', io sono più bravo.»

Ero sicura che avrebbe aggiunto qualcos'altro di sgarbato, invece mi mise l'altra mano dietro il collo e mi baciò.

Avvertivo un senso di debolezza nelle gambe, che si diffondeva piano verso il centro del corpo. Una sensazione di calore struggente. Le sue labbra erano morbide e impetuose. Scorrevano sulla mia pelle, mi costrinsero ad aprire la bocca. Sentivo il battito del suo cuore, la stretta della sua mano mentre scivolava pericolosamente intorno alla mia vita. «Shin!» Inspirai bruscamente ma lui mi baciò con più foga, sulla bocca, sul collo, tirandomi con impazienza la camicia. Era tutto ciò che avevo sperato, ma molto più veloce e passionale, quasi al punto da spaventarmi. «Aspetta!» esclamai affannata mentre finivamo sdraiati sul letto.

«Perché?» Ora strattonava i bottoni.

«Perché non possiamo. Non dobbiamo.» Avevo un guazzabuglio di pensieri che si sgretolavano mentre lo cingevo con le braccia.

«Sì, dobbiamo. Altrimenti non sarai mia.» Shin affondò di nuovo il viso nel mio collo, con i palmi a conca sul mio seno. Fui attraversata da una scossa; rimasi senza fiato e gli allontanai le mani con uno schiaffo.

«Sono sempre stata tua. Quindi, ti prego, fermati.»

«No, non è vero.»

Si alzò a sedere, passandosi una mano tra i capelli scuri che gli ricaddero sul viso. «Solo nell'ultimo mese mi hai guardato in questa maniera, in modo nuovo... Prima avevi in testa soltanto Ming!»

Con le guance in fiamme, non sapevo cosa rispondere.

«Se si trattasse di Ming, sarei pronto a farmi indietro. Ma non per uno come Robert» disse amaro.

«Shin.» Gli toccai il viso. «Pensavo di non piacerti.»

«Certo che mi piaci. Mi sei sempre piaciuta.»

«Allora che mi dici di tutte le altre ragazze?» chiesi, indignata. «Cosa ci facevi con loro?»

«Provavo a scordarmi di te, stupida.»

La sua bocca tracciò una lenta, torrida scia tra i miei seni. Con mia grande vergogna, un gemito mi sfuggì dalle labbra e le morsi forte. Shin continuò a baciarmi senza fretta, prendendosi tempo. Mi toccò con mano esperta, inondandomi di un dolore bramoso e sfuggente. Avevo un ronzio nelle orecchie, la pelle bruciava. Provai di nuovo quella strana sensazione, un misto di curiosità, paura e incontenibile eccitazione. Questo Shin non lo conoscevo, questo sconosciuto dal corpo snello e forte di un uomo, non di un ragazzo. Non conoscevo neanche me stessa. Quella parte di me che voleva morderlo, succhiargli la punta delle dita, consumarlo. Gemette piano mentre gli affondavo i polpastrelli nella schiena, ebbra di gioia e piacere. Poi sentii le sue ginocchia allargarmi le gambe, quel calore pressante contro la mia coscia, e mi resi conto che faceva sul serio.

«No, aspetta!» Lo respinsi, a fatica.

«Te l'ho detto.» Aveva uno sguardo focoso e dolce. «Devi essere mia.»

«Macché "mia"!» Mi sedetti e abbottonai la camicia, fino al collo, anche se il cuore mi batteva forte. La mia mente pareva annebbiata. Shin si lasciò cadere sul letto e si mise un braccio sopra la testa.

«Robert non ti vorrà, se non sei vergine» disse con voce soffocata.

«È di questo che si tratta? Comunque, non mi vuole. Non sono molto richiesta!» replicai infuriata.

«Ma sei cieca? Non hai idea di quanti problemi ho avuto a sbarazzarmi dei tuoi ammiratori nel corso degli anni.»

«Che hai fatto?»

«Ah Hing, del negozio di stoffe. Seng Huat, della mia scuola. Ah, anche l'insegnante di matematica della porta accanto.» Li contò sulle dita.

Furiosa, lo colpii con un cuscino. «Vuoi dire che avevo una possibilità con l'insegnante di matematica?» Un'estate avevo avuto una cotta per lui, perché portava gli occhiali e si faceva la riga in mezzo come Ming. «Sei un animale, Shin! Un animale molto, molto egoista!»

Mi afferrò per il braccio e mi tirò giù, sopra di lui.

«Cosa avrei dovuto fare? Non mi hai mai guardato. E comunque, se non avevano il fegato di provarci, non ne valeva la pena.»

Eravamo vicinissimi, i visi a un palmo di distanza. Il cuore continuava a battermi all'impazzata, il respiro usciva in deboli sussulti. Malgrado tutti i miei sforzi di rivolgergli uno sguardo gelido, fui inondata da una vorticosa felicità.

«Mi odi?» Di nuovo quell'espressione quasi ansiosa. Non avevo mai visto Shin così – tra noi due lui era sempre stato quello forte – e diventai tutta rossa. Doveva averlo notato, dal momento che disse: «Se non mi odi, allora lasciami fare» e iniziò a baciarmi ancora.

Arrendersi sarebbe stato facile, lasciare che quel delizioso dolore mi consumasse. Feci scivolare le braccia intorno al suo corpo e sentii flettersi i muscoli della sua schiena mentre si girava, mettendosi sopra di me. Nella mia testa scattò un allarme: tutti gli avvertimenti di mia madre. Che stavo facendo?

«No!» Questa volta lo spinsi tanto forte da farlo cadere dal letto.

«Hai paura di rimanere incinta?» Shin, in ginocchio, mi guardò. Illuminato dal fioco chiarore punteggiato di pioggia che filtrava dalle persiane, era bellissimo. «Perché non devi. Ho comprato una cosa in farmacia.»

«Allora l'avevi pianificato fin dall'inizio?»

«Certo» disse. «Ti ho detto che avevo riflettuto.»

«È per questo che sei venuto con me oggi?»

«Sì.»

L'avrei picchiato. «E quella storia di aiutarmi a seppellire il dito, era una bugia?»

«Non m'importa del dito. Volevo solo stare con te.»

«Avresti potuto stare con me in qualsiasi momento. Non c'era bisogno di mentire.»

«No, l'ho promesso a mio padre.» Si fermò, quasi si fosse lasciato sfuggire troppo.

«Che cosa gli hai promesso?» Una bruttissima sensazione mi piombò addosso. Mi vennero in mente le ombre blu contorte, l'oscurità di un pollaio, il braccio rotto di Shin che penzolava in maniera grottesca. «Dimmelo, o non ti perdonerò mai! Cos'è successo quella sera?»

Sottovoce, improvvisamente stremato, Shin confessò: «Mi ha detto di aver notato come ti guardavo. Questo l'ha fatto andare su tutte le furie e abbiamo litigato. È stato allora che mi ha rotto il braccio. Io ho promesso che non ti avrei mai toccata. Non in quella casa. In cambio, lui ti avrebbe lasciata in pace». Sospirò. «È tutto.»

Gli passai una mano tra i capelli, come avevo sempre desiderato fare. «Cosa faremo ora?» sussurrai.

Shin affondò la faccia nel mio grembo, cingendomi la vita. «Puoi farmi dormire con te. Stasera.»

Ci pensai. «Va bene. Ma solo dormire. Nient'altro.»

Inarcò un sopracciglio, ma non ribatté. Si limitò a rimettersi a letto e ad abbracciarmi. Nel mio petto si agitava un dolce e gravoso tumulto, come un uccello che sbatte le ali. Mi tornavano in mente episodi della nostra infanzia, le nostre numerose discussioni e rivalità. Ero riuscita a guadagnare terreno con Shin oppure era stato lui, giocando con freddezza e pazienza, a mettermi in trappola?

Rimasi sdraiata su un fianco ad ascoltare la pioggia e il respiro di Shin, sentendomi assurdamente felice.

43

BATU GAJAH, DOMENICA 28 GIUGNO

La telefonata arriva domenica sera, interrompendo il fresco silenzio della veranda, dove William è seduto con indosso una camicia di cotone e un *sarong*. L'aria è pesante e appiccicosa, il preludio a un monsone. William è su una poltrona di rattan intrecciata, il ghiaccio nel bicchiere tintinna mentre lo inclina. Ricorda di aver camminato lungo un lago gelato e di aver sentito i pezzi di ghiaccio galleggiante colpire risonanti la riva. Iris, con la faccia arrossata dal freddo, aveva detto che somigliava al suono delle campane. È stato qualche attimo prima che lo accusasse di averla tradita, di aver baciato un'altra donna. Con tutte le cose che ha fatto, però, lui non era mai stato falso nei suoi confronti. Le aveva risposto che doveva essere un errore. «So quello che ho visto» aveva replicato lei con freddezza. «Alla festa dei Pierson.» Quella sera, l'unica persona che aveva baciato nel buio del corridoio, senza altri testimoni se non il ticchettio dell'orologio a pendolo, era proprio Iris. E, ironia della sorte, era successo perché era stato travolto da un'ondata di affetto improvviso per lei, dopo una giornata piacevole passata con gli amici. Nel ricordare quell'ingiustizia, William sente montare dentro di sé un impeto di risentimento. Tutto grazie alle nevrosi di Iris, alla sua straordinaria capacità di rovinare i bei momenti. Ma è un ricordo che appartiene a un'altra epoca, un'altra vita, e William si preme il bicchiere ghiacciato sulla fronte mentre il telefono continua a squillare nella villa deserta.

All'ottavo squillo, Ah Long tira su la cornetta. Non è veloce quanto Ren, che si precipitava ad agguantare il telefono. Poi va alla porta della veranda.

«*Tuan*, è la signora.»

Giusto in tempo, pensa William. Dopotutto, non è andato in chiesa quella mattina. Lydia aveva quindi perso l'occasione di parlargli. Inspira a fondo. «Pronto?»

La voce è debole e incerta, anche senza contare il fruscio della linea telefonica. «William? Sono Lydia. Ti trovo in ospedale domattina presto?»

«Quanto presto?» La cosa è fastidiosa e anche un po' allarmante. «Sicura di non poter aspettare?»

Altri disturbi della linea. «... parlare di Iris.»

Il vento soffia forte, gli sferza il cotone fine del *sarong* intorno alle caviglie. Odore di pioggia.

«Cos'hai detto?» grida.

«Vediamoci alle sette. Ala europea.»

Il lampo sghembo di un fulmine, e cade la linea. William fissa il ricevitore. *A domattina, allora.* Malgrado il segnale disturbato, nella voce di Lydia si udiva una nota di trionfo che gli ha fatto salire la bile in gola. Cos'altro ha combinato, investigando in quel suo modo dilettantesco? Strizzando gli occhi, prega che l'oscura fortuna che lo ha seguito lo favorisca ancora.

Alle sei di lunedì mattina, William è in piedi e vestito. La tempesta che ha imperversato tutta la notte è ormai finita, lasciando solo aree d'erba allagate e un incessante gocciolio dalle grondaie. Ah Long serve una colazione tiepida di pane tostato e fagioli in scatola alla salsa di pomodoro. Niente uova. William stamattina non riuscirebbe a digerirle, e poi gli mancano le delicate omelette di Ren. A tutta la casa manca Ren. In quel buio, è vuota e piena di ombre. «Quando tornerà il ragazzo?» chiede Ah Long con aria severa.

«Oggi vado a vedere come sta.»

Le condizioni di Ren sono così strane, il peggioramento così repentino che William ha il terrore di arrivare in ospedale e trovarlo morto. Ma non deve accennare pensieri del genere al superstizioso Ah Long.

Prima dell'alba la strada tortuosa è buia. I fanali della Austin disperdono ombre che svaniscono tra alberi e cespugli. Cosa vuole da lui Lydia? Ha una brutta sensazione, che aumenta una volta in ospedale. Un rossore lattiginoso filtra dall'orizzonte e, anche se gli edifici sono silenziosi, si percepisce l'indefinibile sensazione che le persone comincino a svegliarsi. Sono le 6.45. William è in anticipo.

L'ospedale, costruito in stile tropicale a graticcio, ha un fascino stravagante. William alza lo sguardo, si avvicina alla mole oscura degli uffici amministrativi nell'ala europea. È uno dei pochi edifici a due piani del basso ospedale, simile a un giardino, e di sicuro Lydia dev'essere qui intorno. L'istinto lo guida dietro l'angolo. Ed eccola, con quei capelli luminosi riconoscibili da lontano.

Lydia è in piedi sull'erba bagnata accanto all'edificio, con la testa rivolta verso un giovane cinese dalla mascella storta. A giudicare dall'uniforme bianca, è un inserviente che stacca dal turno di notte. Tuttavia la tensione con cui si confrontano mette in allerta William. Nella penombra, non si accorgono del suo avvicinarsi silenzioso.

«... la cosa non mi riguarda» afferma Lydia. «Puoi dire quello che ti pare al dottor Rawlings.»

L'uomo fa per parlare, ma William non sente quello che dice a causa di uno schianto. Un'ombra tremolante cade a piombo sulla testa del giovane. Lui crolla, accartocciandosi a peso morto. William corre, si inginocchia, ma è tutto inutile. Lo capisce subito. Il cranio è fracassato, ha le mani e la camicia macchiati di schizzi indicibili. L'odore ferroso di sangue e cervella. Qualcuno urla, un alto suono isterico. Qualunque cosa sia caduta, è andata in mille pezzi, ma William ne riconosce i frammenti. Una pesante tegola di terracotta, una di quelle del tetto dell'ospedale, dei passaggi coperti, dei reparti. Fissa in alto. Non si vede nulla, soltanto le finestre aperte al primo piano e, sopra, il bordo intatto del tetto.

Tutta la faccenda è orribile, scioccante persino per William, avvezzo a sangue e ferite aperte. Fatica a immaginare come possa essere per Lydia, che viene accompagnata tra lacrime e tremori lontano dalla scena. Arriva la polizia e raccoglie le deposizioni. Salgono sul tetto e notano che mancano un paio di tegole, benché non si possa dire se sia dovuto alla tempesta della notte scorsa oppure se manchino già da mesi.

«Pare che il tetto fosse in via di riparazione» dice il sergente, indicando alcune tegole accatastate in un angolo dell'edificio. «Poteva colpire lei, signore.»

«La signorina Thomson è stata fortunata.» Davvero, Lydia poteva facilmente rimanere uccisa. Meno di un passo la separava dallo sfortunato inserviente la cui testa si è spaccata come un'anguria.

«Lo conosceva?» chiede il sergente. «Wong Yun Kiong, conosciuto anche come Y.K. Wong. Ventitré anni.»

«Credo abbia lavorato molto per il dottor Rawlings.» Ricorda le parole di Lydia, *puoi dire quello che ti pare al dottor Rawlings*, e si interroga su quella frase.

«Oggi prende un giorno libero?»

William scuote la testa. «Devo vedere alcuni pazienti.»

Appena lo lasciano andare vede che le mani gli tremano, le ginocchia sono molli. È un tragico, bizzarro incidente, eppure non riesce a scrollarsi di dosso la sensazione che ci sia qualcosa che non va. Mentre l'ombra cadeva, l'istinto gli ha detto che si stava compiendo un destino. Perché dopo il trauma di aver visto il cadavere, la prima impressione di William è stata che fosse morta la persona sbagliata. *Doveva toccare a Lydia*, pensa, malgrado sia tormentato da un fastidioso senso di colpa. L'oscura fortuna che lo perseguita, aggiustando gli eventi per proteggerlo, ha preso una piega inaspettata. C'è qualcosa di strano nello schema degli eventi, riflette mentre cammina, stordito e nauseato, verso il suo studio. Oppure ha visto tutto al rovescio?

Si ferma. Qualcosa di sbagliato in effetti c'è, qualcosa che ha colpito impercettibilmente la sua vista, nonostante la penombra del primo mattino. William ritorna dall'ufficiale di polizia.

44

TAIPING/FALIM, DOMENICA 28 GIUGNO

Sdraiata in quel letto matrimoniale dai cuscini rigidi, tenevo la testa sul petto di Shin e desideravo che il tempo si fermasse, per sempre. Era mattina. La pioggia era cessata e nell'aria c'era un silenzio cristallino. Shin dormiva.

L'oscurità si era dileguata. Era come se i mesi e gli anni che avevamo vissuto nell'angusta casa-bottega del mercante di stagno si fossero mutati in qualcos'altro, anche se non sapevo dire cosa. Sapevo solo di essere più felice di quanto non fossi mai stata. Pericolosamente felice. Premetti le labbra sulla clavicola di Shin. Aveva la pelle calda e sapeva di sale.

Colta dalla preoccupazione, mi alzai a sedere, ma la camicia era ancora abbottonata e le mutandine al loro posto. Andai in bagno e mi osservai con attenzione nello specchio punteggiato di nero. L'amore non aveva avuto nessun effetto miracoloso, anche se le guance mi diventarono rosse quando ricordai come Shin mi aveva immobilizzata sul letto la notte precedente. Se avesse insistito, avrei potuto arrendermi, malgrado mi fossi fatta una bella ramanzina. Cosa avremmo fatto? Non vedevo un destino chiaro per noi.

Tornata nella stanza, vidi che Shin era ancora sdraiato sul letto. Mi chinai ad ammirare le sue lunghe ciglia, e lui mi afferrò per la vita. Passarono alcuni istanti di tensione. «Dobbiamo prendere il treno.» Facendo uno sforzo, mi divincolai.

«Perché mi respingi sempre?»

«Non credo sia giusto farlo adesso.»

«Te ne pentirai» disse. «Sai quanto è difficile appartarsi in questa maniera? Andare in un'altra città, trovare un albergo dove nessuno ci conosce?»

All'inizio credevo che scherzasse, ma aveva uno sguardo terribilmente serio. Mi sbottonò la camicia e cominciò a baciarmi il collo. Non potevo respirare, non potevo resistere alle sue mani che vagavano sulla mia pelle, un tocco sapiente che mi rammolliva le gambe e mi chiudeva lo stomaco.

«Fermati!» ansimai.

Il viso di Shin era arrossato. «Ji Lin, ti prego» mormorò, con una voce roca che mai avevo sentito prima. «Ti prego.»

Sapevo cosa mi chiedeva. Il mio cuore fu colto da un infido sussulto, però ero certa che se l'avessimo fatto, sarebbe stata una strada sbagliata, un ordine sbagliato. Triste, dissi: «Mi dispiace. Non possiamo. Aspetterai?».

Si alzò di scatto e andò in bagno. Sentii l'acqua scorrere; lui rimase dentro a lungo. Appoggiai la testa sul posto caldo di Shin, sentendomi oscuramente infelice. Forse pensava che non lo amassi sul serio. Dopotutto, Fong Lan era stata assai propensa a concedersi. Pensare alle altre donne di Shin mi fece provare una dolorosa stretta al petto. Come aveva imparato a baciare in quel modo, e cos'altro aveva fatto con loro? Ma non avevo intenzione di essere gelosa. Non avrei fatto quella che si aggrappava e piangeva, neanche se un giorno mi avesse lasciato.

Quando tornò, Shin era di nuovo normale. Aveva i capelli scuri lisciati dall'acqua e sul braccio il mio abito giallo, che avevo appeso ad asciugare la sera prima. «Baratto il tuo vestito con quella camicia» disse, scherzando.

«E la tua camicia di ieri? Non è asciutta?»

«Voglio quella che hai messo tu.»

Diventai rossa e, stranamente, anche Shin. Andai in bagno,

mi cambiai e gli diedi la camicia, ahimè tutta stropicciata, visto che ci avevo dormito. Dopodiché, non sapendo cosa dire, scendemmo a pagare il conto dell'albergo. Al bancone c'era la stessa donna, che mi lanciò un'occhiataccia.

«Ieri sera è arrivato un po' di rumore dalla vostra stanza.»

«Sì» rispose Shin. «Sono caduto dal letto.»

Lei storse la bocca e io dovetti sopprimere l'incontenibile impulso di ridacchiare. Strinsi invece la mano di Shin. Così, lasciammo Taiping, quella cittadina piovosa e romantica tra le colline calcaree. Pensai che un giorno avrei voluto tornarci con lui. E fare tutto per bene.

Ero diretta a Falim, per vedere come stava mia madre. Shin sarebbe andato a Batu Gajah per il turno in ospedale. «Fai attenzione quando torni a casa» si raccomandò. Sul treno ci eravamo tenuti per mano di nascosto, visto che era sconveniente mostrare affetto in pubblico, ma quando nessuno guardava, Shin mi aveva dato furtivamente un paio di baci. Ero tanto felice da avere probabilmente un sorriso idiota stampato in faccia, e lui non era messo molto meglio.

«Sono capace di tenere un segreto» dissi.

In risposta, Shin avvicinò le labbra al mio orecchio. «Vedi?» mormorò. «Ora sei agitatissima.»

Odiavo ammetterlo, ma aveva ragione. Ricordando come Shin mi aveva detto *devi essere mia*, mi chiesi se tutti gli uomini avessero un potere del genere sulle donne. Se toccandoci, con carezze e parole dolci, potevano piegarci alla loro volontà. L'idea non mi piaceva. Ma no, Robert mi aveva baciata per primo e il risultato era stato disastroso.

«Shin» dissi piano. «Hai un'altra ragazza?»

«No.»

«Allora di chi è questo anello?»

«È tuo. Non te l'ho dato io?»

Ero senza parole. Sì, me l'aveva dato davanti alla caposala, ma credevo stesse solo improvvisando.

Shin aveva l'aria imbarazzata. «Certo, avrei voluto farlo meglio, non in quella maniera.»

«Pensavo avessi una ragazza a Singapore. Almeno, Koh Beng ha detto così.»

«Questo perché quando vado a Singapore dico che ho una ragazza a Ipoh, e viceversa. Altrimenti è un incubo. La gente mi chiede sempre se sono libero o prova a combinarmi appuntamenti. Ma per me ci sei solo tu.»

Mi sentivo stordita. «L'hai comprato per me, l'anello?»

Lui mi baciò il palmo della mano. «Ho pensato di buttarmi. Soprattutto dopo che Ming si è fidanzato.»

«Ma mi è grande.»

«Da quanto mangi, credevo di trovarti più in carne.»

Shin intrecciò le dita alle mie e scoppiai a ridere. Pareva sbagliato essere tanto felici. Pensai allo sguardo di Ren, alla sua gioia, come se mi aspettasse da tutta la vita, e un'ombra calò su di me.

«Sono preoccupata per Ren. Andrai a vedere come stanno lui e Pei Ling? Scopri se si è ripresa dalla caduta.»

Arrivati alla stazione di Ipoh, indugiai; non volevo lasciarlo. «Faresti meglio ad andare. Altrimenti finirà che scapperò con te» disse Shin. Senza curarsi che ci vedessero altre persone, mi baciò a lungo sulla porta del treno. Poi tornò al suo posto. Appoggiai la mano sul finestrino e lui mise la sua dall'altra parte. Fissai l'anello di Shin che brillava sul mio dito medio. Il dito fantasma, o *jari hantu*, come l'aveva chiamato Koh Beng. Shin diede dei colpetti sul vetro. Sorpresa, incontrai il suo sguardo. *Vai!*, disse scuotendo il capo. E così, con un ultimo sguardo, andai via.

Quando giunsi a Falim, era quasi mezzogiorno e la luce accecante mi obbligava a strizzare gli occhi. Un po' stordita feci a piedi l'ultimo pezzo di strada fino a casa. Dentro, la bottega era buia e fresca, e impiegai alcuni secondi per capire che c'era Robert in piedi nell'ingresso. Insieme a mia madre e al mio patrigno.

Mi bloccai. Sarei voluta entrare alla chetichella, senza un comitato di accoglienza.

«Ji Lin, dove sei stata?» Gli occhi pieni d'ansia di mia madre scrutavano il mio abito giallo canarino, che purtroppo somigliava più che mai a un vestito da festa.

«Perché? Cosa c'è?» Mi sforzai di parlare con freddezza, anche se le pulsazioni mi martellavano nel collo. Quanto le aveva raccontato Robert?

«Robert ha detto che non è riuscito a trovarti dalla signora Tham.»

Dunque non molto, dopotutto. Gli lanciai un'occhiata. Aveva l'aria scarmigliata, agitata, come se fosse stato lui, e non io, a passare la notte fuori casa. Il mio patrigno non disse nulla, ma il suo sguardo lungo e silenzioso aumentò a dismisura la mia ansia.

«Ero uscita con la mia amica Hui. Ti ricordi di lei, vero?»

Mia madre non aveva mai incontrato Hui. Pregai con tutte le mie forze che cogliesse il mio silenzioso appello. Spostò lo sguardo di lato, sul mio patrigno, e incredibilmente disse: «Oh, ma certo. Dovevo immaginarmelo. Bene, vado a preparare il pranzo».

Grazie a questa e altre scuse riuscì ad allontanarsi, portandosi dietro il mio patrigno, ma non prima che lui mi fissasse con gli occhi ridotti a due fessure.

Appena se ne furono andati, Robert disse: «Voglio parlarti».

L'insistenza che aveva nello sguardo non mi piaceva, ma non c'era nient'altro che potessi fare se non una breve passeggiata con lui, lontano da casa. Camminammo in silenzio, con il sole di mezzogiorno a picco. Mi girava la testa, avevo sete e il petto stretto dalla paura.

«Da quanto tempo lavori lì?» chiese alla fine.

«Pochi mesi.»

«Ho chiesto in giro» rispose con imbarazzo. «È una sala da ballo abbastanza rispettabile, però non è un buon lavoro. Lo sai, vero?»

Certo che lo sapevo, anche se Robert si premurò di darmi una tediosa lezione. Desideravo con tutta me stessa che se ne andasse, che tornasse al suo mondo fatto di domestici, automobili e viaggi in Europa, ma non potevo permettermi di inimicarmelo.

«Ascolta» dissi. «Cosa credi che faccia al Fiore di Maggio?»

«Balli con gli uomini. Per soldi.» Non mi guardava negli occhi, e mi resi conto che era impegnato a pensare a un sacco di cose indicibili.

«Sì. Faccio... l'istruttrice di danza» dissi. «E ci sto due pomeriggi alla settimana. Ma non accetto le chiamate, anche se probabilmente in quel modo guadagnerei di più.»

Robert non batté ciglio a quel discorso, e mi accorsi con una flebile sorpresa che sapeva benissimo cosa fossero le chiamate. Magari per esperienza personale.

«Hai bisogno di soldi?»

Nella mia testa riecheggiò la voce di Shin – *non chiedergli nulla* – e allora risposi: «Sono affari miei. E poi, non ci lavoro più, era l'ultimo giorno».

Si morse il labbro. «Lascia che ti dia una mano. Alla fine, ieri hai impedito a Shin di colpirmi.»

«Non volevo che si mettesse nei guai» ribattei, ma Robert non voleva capire l'antifona.

«Sono rimasto scioccato da quella reazione violenta. Tu stai bene?»

Avevo sulla punta della lingua le parole per ricordare a Robert che mi aveva praticamente dato della sgualdrina davanti a Shin, invece strinsi forte i denti. «Sto bene. E ora, se mi vuoi scusare, devo cambiarmi.»

Appena quelle parole mi uscirono di bocca, vidi dipingersi sul volto di Robert la consapevolezza che avevo ancora addosso lo stesso vestito del giorno prima. Mi sarei presa a calci; gliel'avevo servita su un piatto d'argento.

«Eri con Shin la notte scorsa? Dove siete andati?»

Allarme. «Come ho già detto, ero con la mia amica.»

Tornai sui miei passi, ma adesso Robert aveva un'arma nei miei confronti. Se il mio patrigno avesse scoperto dove avevo lavorato, chissà cosa poteva succedere... «Penso sia meglio se non ci vediamo più» dissi quanto più cortesemente potevo. «Grazie per esserti preoccupato per me, ma so badare a me stessa.»

«Ma lo faccio volentieri» replicò, seguendomi a poca distanza. «Tu hai bisogno d'aiuto.»

Accelerai il passo, morendo dalla voglia di scappare. Disperata, mi resi conto che si considerava il mio salvatore. Qualcuno che mi avrebbe salvato dalle mie scelte sventurate, dal mio fratello violento. Non fosse stato terribile, sarebbe stato divertente. Robert mi afferrò il gomito. Mi bloccai. Eravamo per strada, passavano persone e biciclette. Di sicuro lì non avrebbe provato a fare nulla. Dovevo avere un'aria spaventata, dato che tolse la mano con un certo imbarazzo.

«Voglio solo il tuo bene» disse.

Alla fine, dopo avermi inflitto l'ennesima, titubante lezione sul pericolo di compiere scelte sbagliate e sulla necessità che una ragazza stesse più attenta, se ne andò. I problemi, però, non erano finiti.

Quando rientrai, udii voci alterate provenire dal salotto al piano superiore. Presa dall'ansia, corsi di sopra mentre il mio patrigno scendeva le scale. Non mi guardò, si limitò a passarmi vicino furioso. Mia madre era seduta su una poltrona di rattan, con gli occhi chiusi. Le mani premevano le tempie.

«Cos'è successo?» La osservai preoccupata in cerca di lividi, ma non vidi nulla di strano. «È per qualcosa che ho fatto io?»

«No, no.» Mi rivolse un debole sorriso. Poi, abbassò la voce e disse: «Sul serio, Ji Lin, dove sei andata ieri sera?».

Per un breve momento, valutai l'idea di raccontarle la verità su Shin e sui sentimenti che provavamo l'una per l'altro, ma qualcosa mi sconsigliò di farlo. «Te l'ho detto, sono uscita con la mia amica Hui e poi ho dormito da lei» risposi. «Non te la ricordi? È quella così alla moda.»

Avevo già parlato a mia madre di Hui, pensando che le interessassero il modo in cui si vestiva e il suo stile, però lei non abboccò. Si limitò ad annuire, con sguardo diffidente. Se solo Robert non li avesse avvertiti! Il fatto che fossi ritornata da un posto sconosciuto con quel frivolo vestito giallo aderente aveva reso tutto ancora più sospetto. Ma era il vestito con cui Shin mi aveva baciata. Aveva detto che gli piaceva. Soltanto per quel motivo sarebbe stato per sempre il mio preferito, anche se non potevo guardarlo senza provare dei sensi di colpa. E in colpa, con mia madre, mi ero sempre sentita. Erano la sua mitezza e i suoi blandi rimproveri a farmi cedere.

«Tutto bene con Robert?»

«Non ci vedremo più.» Prima smorzavo le aspettative, meglio era.

«Perché? È un ragazzo così caro.»

«Non siamo fatti l'uno per l'altra.» Guardai il suo volto sgomento e aggiunsi: «Per favore, non dire altro».

«È per via di Shin?»

Mi bloccai. «Cosa c'entra lui adesso?»

«È che, per non so quale motivo, a Shin non piace Robert.»

«A Shin non va a genio nessuno» dissi sdrammatizzando.

«No, Ming gli piace. E anche tu. Sono contenta che tu abbia un fratello, anche se litigate. La famiglia è davvero importante. Te ne renderai conto quando sarai più grande.»

Si ammutolì, e io mi chiesi se stesse pensando agli aborti, a quei bambini che non erano mai nati. E fui scossa da un brivido, pensando a Yi. Che fosse ancora seduto paziente in quella stazione ferroviaria nel regno dei morti, ad aspettare che il gemello morisse?

«Mamma» sussurrai, domandandomi se non fosse un madornale errore, «ho una cosa da dirti.»

45

BATU GAJAH, LUNEDÌ 29 GIUGNO

La sciagura soffia tra i reparti come un vento malefico, portando notizie di un altro strano incidente. La morte è ben conosciuta in questo ospedale, cammina tutti i giorni nei corridoi e si porta via vecchi e infermi. Ma dopo il trapasso di Pei Ling, ha lasciato una sgradevole scia di gelo tra i mormorii del personale.

Dicono ci sia uno spettro vendicativo nella struttura. Pei Ling è caduta dalle scale perché l'aveva visto. E quell'inserviente, Y.K. Wong, è stato ucciso da una tegola caduta perché aveva scorto il fantasma camminare sul tetto.

«Perché sul tetto?» chiede Ren. Oggi sarà dimesso. È incredibile la rapidità con cui si è ripreso, afferma il medico che lo visita. Assolutamente sbalorditivo, quel cambiamento da un giorno all'altro, ma è così che capita ai bambini.

«Non c'è nulla di cui ti debba preoccupare.» Il dottor Chin, lo stesso che ha comunicato a Ren abbastanza goffamente la perdita del dito, aggrotta le sopracciglia osservando una macchia bianca sulla pelle del gomito di Ren. È proprio dove la pallida infermiera, Pei Ling, gliel'ha afferrato in quel mondo onirico dalla luce accecante. Quando Ren mette le dita della mano destra su quel punto, avverte un formicolio. Il sesto senso diventa più forte, quasi avesse aperto una porta su un sentiero crepuscolare. E fuori ci sono molte gelide creature smorte. Ren pensa alle *pontianak* e ad altre leggende di donne furiose che vengono di notte, avvolte nelle loro nere chiome. Non bisogna lasciarle entrare, mai, anche se graffiano la porta con le loro unghie lunghe e chiamano con suadenti voci lamentose, promettendo segreti e conoscenza. E se tu andassi fuori, solo un attimo, a parlare con loro?

Il dottore tasta il gomito ma Ren non sente dolore, solo intorpidimento. Il segno somiglia stranamente alla stretta di una mano spettrale. «Potrei giurare che prima non c'era» mormora. Ren tace. Capisce che è il prezzo da pagare per aver abbandonato Pei Ling su quel treno.

«Comunque, verrai dimesso oggi.»

È probabile che William lo riporti a casa a fine giornata. Almeno, è quello che pensa Ren.

Il dottor Chin gli lancia uno sguardo curioso. «Meglio controllare che non sia andato via presto. Ho sentito che stamattina... era sulla scena.»

«No, sta lavorando» dice l'infermiera. Si scambiano un'occhiata.

«E la signorina Lydia?»

In quel momento, proprio Lydia appare all'ingresso del corridoio del reparto. Ha le labbra smorte e i capelli sono appiattiti da un lato come se si fosse sdraiata in un ufficio, cosa che in effetti ha fatto.

«Volevate me?» chiede, avendo udito il proprio nome. «Serve aiuto?»

«Oh! Ho sentito che ha assistito all'incidente» dice l'infermiera. «Dev'essere stato orribile.»

«Sì. Mio padre verrà a prendermi fra poco. Non ce la faccio a guidare» dice con una smorfia. Per la sua forza d'animo le rivolgono cenni compassionevoli con il capo, quasi d'ammirazione. Qualcuno le ha messo uno scialle di cotone leggero sulle spalle, che però non nasconde le piccole chiazze di un marrone rossastro sulla camicetta. Ren la fissa, il sesto senso formicola. La morte le ammanta la camicetta, le macchia la gonna, e lui si sente frastornato dall'orrore. Eppure, nonostante il viso pallido, Lydia trabocca di energia nervosa.

Va a sedersi accanto a Ren. «Santo cielo, hai l'aria di stare molto meglio!»

«Sì.» Lui abbassa lo sguardo. Nessun altro vede che è sporca di sangue? Ma sono solo poche piccole, piccolissime macchie. Le antenne invisibili di Ren, però, percepiscono intorno a lei un'appiccicosa ragnatela grigia. Non sa cosa significhi, soltanto che rifugge dalla sua imbarazzante cordialità. È il coraggio o qualcos'altro che le fa restringere le pupille: paura o emozione?

«Volevo darti questo» dice Lydia, tirando fuori qualcosa dalla borsa. «Vedrai ancora la tua amica Louise?»

Ren per un attimo è confuso: chi è Louise? Poi ricorda che è l'altro nome della ragazza vestita d'azzurro. Non sa che dire, e annuisce.

«Potresti farle avere questo?»

Ren trasalisce. È una boccettina di vetro. Uguale a quella in cui era conservato il dito rinsecchito. Questa, però, è piena di un liquido color tè. Certo, sono in un ospedale, e Lydia fa la volontaria lì. Poco da stupirsi che avesse lo stesso genere di contenitore.

«Cos'è?»

«La medicina che le ho promesso l'ultima volta» dice. Ren ricorda la conversazione tra Lydia e Ji Lin, parlavano di qualcosa che dà problemi alle donne una volta al mese e su quanto sia ingiusto. Obbediente, Ren infila la boccetta in tasca, poi ricorda le regole sui farmaci del dottor MacFarlane.

«Devo comunicarle un dosaggio?»

«Dille solo di prenderlo tutto se ha mal di pancia. È un leggero ricostituente. Lo uso anch'io. Ma non dirlo a nessuno, potrebbe metterla in imbarazzo.» Sorride e si alza per andare.

Ren la fissa, si chiede perché nessun altro veda il drappo funebre che avvolge Lydia. Ricorda un sudario invisibile o un bozzolo, sottili filamenti fatti di nulla. Pare che Lydia stamattina abbia ingannato la morte. Ma, a quanto sembra, non ne è uscita incolume.

46

FALIM, DOMENICA 28 GIUGNO

Il viso di mia madre, già smunto, divenne ancora più pallido mentre io raccontavo. Chiuse gli occhi per un lungo istante.

«Ma ballavo soltanto. Davvero. Non ho mai fatto altro.»

Avevo deciso di dirle tutto del lavoro alla sala da ballo, dato che Robert avrebbe potuto vuotare il sacco in qualsiasi momento. Non c'era niente che potessi fare per evitare la reazione del mio patrigno, ma era meglio se almeno lei era preparata.

«Così, se senti qualcosa da altre persone, non devi impressionarti. Anche se ci sono buone possibilità che non salti mai fuori.» Parlai con finta sicurezza. «E la signora Tham, ovviamente, non lo sa.»

Temevo che avrebbe iniziato a rimproverarmi per aver preso una decisione tanto stupida, ma aveva soltanto un'aria triste. «L'hai fatto per saldare il mio debito?»

Esitai, ma negarlo era inutile. «Ho già smesso, quindi non devi preoccuparti.»

Contorse il viso in una smorfia. «Ho sbagliato a coinvolgerti... Non devi più fare cose del genere. Dirò al tuo patrigno dei soldi.»

«Ma andrà su tutte le furie! E poi, Shin ha detto che mi avrebbe aiutato.»

«Non voglio che ti preoccupi. Non è una tua responsabilità.» Si morse il labbro. «È per questo che Robert non verrà più... perché l'ha scoperto?»

«No. Sono io che non voglio vederlo.»

«Ma perché? È un bravo giovanotto, Ji Lin, nonostante tutto...»

«Non è corretto, visto che non nutro alcun interesse nei suoi confronti.»

«Ma potresti convincerti!» Si fermò, rendendosi conto di aver alzato la voce. Poi, in tono basso e insistente: «Non lasciarti sfuggire questa occasione, Ji Lin. Cambierà tutto... Te ne pentirai per il resto della vita se te lo lasci scappare!».

Mai avevo sentito mia madre tanto risoluta e, a dire il vero, mi sconvolse. Scossi la testa. «Non la vedo come una possibilità.»

«Allora falla diventare tale. Non fare tanto l'altezzosa!»

Non era quello che mi tratteneva, ma non avrei mai potuto dirglielo.

«C'è un altro?» chiese lei brusca.

Una pausa. «Sì.»

«Chi è?»

«Ming.» La osservai di nascosto. Quanto desiderava avere Robert come genero?

«Oh, Ming.» Mia madre tirò un sospiro di sollievo. «Sai che non succederà mai. È fidanzato.» Eppure mi lanciò uno sguardo indagatore. Aveva qualche sospetto?

A cena, io e mia madre ci guardavamo con diffidenza. L'idea che confessasse i suoi debiti al mio patrigno mi terrorizzava, ma lei pareva assai più preoccupata che perdessi l'occasione di mettermi con Robert. Lessi il sospetto sul suo viso: non si era del tutto bevuta che avessi ancora una cotta per Ming, ma non fiatammo, dal momento che il mio patrigno era lì seduto, così silenzioso da essere opprimente, mentre piluccavamo il cibo. La tensione si tagliava con il coltello. Guardai il posto vuoto di Shin tante di quelle volte da attirare lo sguardo di mia madre, e abbassare il mio colpevolmente. Non andava affatto bene. Di quel passo, mi sarei tradita da sola. Perciò andai a letto, pregando che la mattina arrivasse presto.

Ma ciò che arrivò presto furono i sogni. Non era il luogo rischiarato dal sole in cui incontravo sempre Yi, ma altre strane visioni. Forse mi ero preoccupata troppo per quello che era successo negli ultimi giorni, dato che mi ritrovai in un nodo ferroviario con molti binari, corridoi e scale collegati sotto le rotaie. Era come un'immagine negativa della stazione di Ipoh. Quella era bianca e imponente, lì invece era tutto scuro, angusto e sudicio. Calava il crepuscolo, una livida quiete, e folle di figure silenti e spettrali sfrecciavano qua e là. Tutto ciò che sapevo era che dovevo scegliere al più presto un treno, o sarei stata costretta a rimanere lì.

Le persone stesse erano sfocate. Se le fissavo con attenzione le vedevo dissolversi come fumo, ma appena distoglievo lo sguardo si ripresentavano, affaccendate in qualcosa d'importante. Camminando fino alla fine della banchina, osservai i binari. Fuggivano in lontananza simili a scale contorte. Una coppia di cartelli indicava, in direzioni opposte, *Hulu* e *Hilir*, che in malese significano "a monte" e "a valle" di un fiume, malgrado ciò non avesse senso in una stazione ferroviaria. Il binario contrassegnato come *Hilir* mi fece pensare che molto lontano, al termine del percorso, avrei potuto trovare Yi. Un flebile pensiero che scacciai, benché avessi la sensazione che, se avessi chiamato Yi, sarebbe comparso in quel modo silenzioso e terrificante.

Un fumo caliginoso si diffuse sulla banchina mentre un treno faceva il suo rumoroso ingresso. La gente si affrettò a salire e io esitai, domandandomi se sarei rimasta bloccata lì, in caso non avessi preso subito una decisione. Un esile uomo anziano – uno straniero con gli occhi chiari e una grigia barba trascurata – si fece strada sul binario. Gli orli del vestito scuro che indossava parevano sfilacciarsi e confondersi, quasi si stessero disfacendo nel tramonto calante. La bocca dell'uomo si mosse mentre indicava il mio cesto da viaggio.

«Come dice?» chiesi io.

Ancora nessun suono, come una radio che si fosse ammutolita, anche se dal movimento preciso e accentuato delle labbra capivo che cercava di parlarmi.

Rimettilo a posto, mimava con le labbra, accennando con il capo al mio cesto. Allora capii, come capita astrusamente nei sogni, che si riferiva al dito rimasto: il pollice nel pacchetto di Pei Ling.

«Dove? All'ospedale?»

Ma lui si limitò a sorridere. *Grazie di tutto.* Poi mi passò davanti e salì sul treno.

«Aspetti!» gridai, correndogli dietro.

Lui si voltò e mi guardò in maniera affabile. Cortese. Fissai i suoi occhi, quegli occhi così chiari, e mi resi conto che avevano le pupille a fessura, verticali, come quelle di un felino. Inorridita, feci un passo indietro.

Il vecchio chinò la testa. *Ora vado.* Unì i palmi in gesto di scuse e gratitudine, e allora vidi che aveva le mani integre, con tutte e dieci le dita. Vapore e fumo fuligginoso si levarono a ondate. Ci fu solo il fischio del treno, il forte vibrare dei binari, e un grigiore che ammantò tutto.

Il fischio del treno diventò un gracchio, l'aspro verso di un corvo che camminava su e giù per il davanzale fuori dalla mia finestra. Mi premetti le mani contro gli occhi e ricordai che oltre a significare "a monte" e "a valle", le parole *hulu* e *hilir* in malese significavano "inizio" e "fine". Mi alzai a sedere nel silenzio del mattino. Era un sogno, niente di più. Oppure no? Che lo fosse o meno, non era mio desiderio parlare con i morti.

Rimettilo a posto, aveva detto. Colta da un brivido nella fresca brezza mattutina, mi avvicinai al cesto da viaggio. Avevo con me le liste dei nomi da mostrare a Koh Beng e il pollice mozzato, quello del misterioso pacchetto di Pei Ling. Quel giorno sarei andata a Batu Gajah e l'avrei messo fra gli altri campioni nel magazzino di patologia, sperando di porre fine a quella faccenda.

Tuttavia, non fu quello che dissi a mia madre. «Torno a Ipoh.»

Lei annuì senza commentare, nonostante lo sguardo dubbioso. Era ancora preoccupata per Robert. Io, però, non avevo intenzione di rivederlo: volevo vedere soltanto Shin. Dovevo raccontargli del mio sogno. Ricordando la mano sinistra del vecchio straniero, con le cinque dita al loro posto, fui certa che avevamo fatto la cosa giusta seppellendo il dito nella tomba del dottor MacFarlane.

Quando arrivai all'ospedale di Batu Gajah, erano le otto e mezzo del mattino. Un po' troppo presto per la folla radunata lì, che brulicava davanti all'ingresso principale.

«Cos'è successo?» chiesi a una donna di mezza età in *samfoo* giallo.

«Un incidente. La polizia non ci lascia entrare, anche se ho detto che avevo un appuntamento, e quel poveretto ormai è già morto.»

Fui attraversata da un fremito di angoscia. «Chi è morto?»

«Un giovane che lavorava qui. Un inserviente dell'ospedale, hanno detto.»

Shin! Terrorizzata, scattai in avanti. «Fatemi passare, vi prego!»

Di guardia c'era un agente malese, e io mi feci strada disperatamente in mezzo alla folla. L'irritazione delle persone si trasformò in un mormorio di interesse e compassione.

«Mio fratello è inserviente qui» gli spiegai affannata. «Sa chi è morto?»

«Non so il nome, ma se lei è una parente, la accompagno. Da questa parte, verso l'ala europea.»

Gli corsi dietro, con la bocca inaridita. Passammo in una parte dell'ospedale dove non ero mai stata. Svoltato l'angolo di un edificio a graticcio a due piani, ci avvicinammo a un capannello di persone. Guardavano il tetto, poi lo spazio verde accanto alla struttura.

«È successo lì.» L'agente fece un cenno con il capo, puntando gli occhi verso un alto ufficiale sikh che riponeva un taccuino. «Capitano Singh, questa ragazza vuole sapere se si tratta del fratello.»

«Come si chiama suo fratello?» Mi fissò con uno sguardo ambrato e penetrante.

«Lee Shin» dissi, trattenendo il respiro. «Fa l'inserviente.»

Diede un'occhiata al taccuino. «No. Era un certo Wong Yun Kiong.»

Mi cedettero le ginocchia. Grazie al cielo! Quel nome, però, mi era terribilmente familiare.

«Intende Y.K. Wong?»

«Lo conosceva?»

Cosa dovevo dire? Mentre indugiavo, qualcuno mi passò vicino sfiorandomi.

«Ispettore. Ho bisogno di parlarle.» Era William Acton, con l'aria emaciata e gli occhi arrossati, come se fosse sveglio da ore.

L'ispettore si girò; entrambi gli uomini mi ignorarono.

«Cosa c'è, signor Acton? Pensavo fosse tornato a casa.»

«Devo vedere dei pazienti. Ma mi sono appena ricordato una cosa.»

«Secondo la sua deposizione, una tegola caduta dal tetto ha fracassato il cranio al signor Wong.»

«Esatto. Ma non è caduta dal tetto.»

D'istinto, alzammo tutti gli occhi.

«Non me ne sono reso conto subito, perché è accaduto tutto troppo in fretta. Però l'altezza non era quella.»

«Cosa intende?»

«Be', è stata come un'ombra che cadeva. Ma sono quasi sicuro che la tegola venisse dal primo piano e non dal tetto.»

Ci fu una pausa. «È una grave accusa, signor Acton. Sta dicendo che qualcuno ha gettato una tegola dalla finestra?»

Osservando l'edificio, pensai che fosse plausibile. Le finestre erano alte e ampie, aperte per consentire all'aria di entrare. Acton esitò. «Forse.»

«Ne è sicuro? Era ancora buio.»

«Non sono sicuro» si strofinò la faccia, «ma è una mia sensazione.»

«Le sensazioni contano meno dei fatti.» Tra i due sfrigolava una certa animosità. Si erano già incrociati prima?

«Sto solo comunicando alla polizia tutte le informazioni che ho.»

«Certo, andremo su e daremo un'occhiata al primo piano» disse l'ispettore in tono calmo. «Ma pare che in quel momento fosse chiuso. Ci sono uffici amministrativi, giusto?»

«Sì, anche se alcuni dipendenti hanno le chiavi.»

«Grazie, signor Acton. Lo terrò a mente.»

William Acton tentennò, poi si allontanò. Mi sbrigai ad andargli dietro, per chiedergli cosa fosse successo, nella speranza che l'ispettore si fosse dimenticato di me. Perché Y.K. Wong era morto?

«Louise» disse Acton mentre lo raggiungevo. «Perché sbuchi sempre quando uno meno se l'aspetta?»

Cominciai una sciocca spiegazione riguardo a mio fratello, ma lui non mi ascoltava. «La prima volta che ti ho vista è stata al magazzino di patologia, poco dopo che quell'infermiera piccolina è caduta dalle scale. Lo sapevi che è morta questo fine settimana?»

Sconvolta, scossi la testa.

«La notte in cui Nandani è scomparsa, eri alla festa. E stamattina ti trovo qui. Louise, sei l'angelo della morte, per caso?»

«Certo che no!»

«Però tu sai del fiume che vedo in sogno. Dimmi, hai visto qualche persona morta di recente?»

Non poteva sapere che io e Shin eravamo andati alla tomba del dottor MacFarlane. Il mio cuore saltò qualche battito. Acton fece un sorriso poco divertito. «Scusami. Oggi sono di cattivo umore. Che ne dici di bere qualcosa insieme qualche volta: quanto prendi per le chiamate?»

Colta alla sprovvista, potei soltanto dipingermi d'istinto un sorriso sulla faccia. La stessa espressione vuota che usavo al lavoro. Per lui ero solo una femmina utile per distrarsi da certe cose. Ma a quel gioco potevamo giocare entrambi, e io avevo delle domande da porgli. «Ha davvero visto qualcosa cadere dal primo piano?»

«Non mi credi?»

«Sì» risposi sincera. «Penso che l'intuito sia importante.»

Lui sospirò. «Forse di sopra c'era qualcuno. Ma perché avrebbe dovuto buttare una tegola dalla finestra?»

Perché, appunto...? Ma nella mia testa risuonavano le parole di Shin: *Lo ammazzerò*. Certo, dopo aver saputo che Y.K. Wong mi aveva chiuso nel magazzino di patologia, si era arrabbiato. Ma non avrebbe mai fatto una cosa del genere, o forse sì? Pensai alla rabbia silente di Shin, al lato oscuro del mio patrigno che avevo sempre temuto.

«Louise, tutto bene?» disse Acton. Avevamo smesso di camminare e le persone che passavano cominciavano a lanciarci occhiate curiose.

«Conosceva Y.K. Wong, l'uomo che è stato ucciso?» chiesi. Dovevo informare l'ispettore dei miei scontri sospetti con lui, oppure sarei finita nei guai?

«Non proprio. L'avevo visto in giro.» Si massaggiò la mascella; aveva una pelle grigiastra e incartapecorita. «In un certo senso, sarebbe meglio se non fosse stato un bizzarro incidente, se ci fosse una ragione logica dietro la morte.»

«Cosa intende?»

Acton fece una smorfia nervosa. «Era solo un'idea. Una fantasia curiosa. Ti capita mai di avvertire che le cose si dispongono in una maniera un po' troppo conveniente?»

Provai una stretta allo stomaco. Era proprio quello che mi aveva detto Yi in quella stazione deserta; che il quinto di noi era il più deleterio nel deviare gli eventi.

«Come se il destino cambiasse in base al tuo volere?»

Avevo tirato a indovinare, ma Acton aveva l'aria sconvolta. Poi fece una cupa risata. «Che ragazza straordinaria sei, Louise. Tu sì che mi capisci. Forse ci siamo conosciuti in un'altra vita.»

Proprio in quel momento, Koh Beng si avvicinò alle mie spalle. Sorpresa, mi chiesi quanto avesse sentito della nostra conversazione, ma disse semplicemente: «Signore, la capoinfermiera vuole vederla».

«Va bene.» Acton si guardò intorno. «Non andartene» mi disse entrando nell'edificio accanto.

Non volevo obbedirgli, anche se aspettai qualche minuto che la via fosse libera. Koh Beng indugiò. «Che ci fai qui, a parlare con il signor Acton?»

«Ci siamo incontrati mentre discutevo con la polizia riguardo all'incidente.»

«La polizia? Hai detto loro delle dita scomparse?»

«No, dovevo?»

Koh Beng mi guardò storto. Quel giorno era diverso, nervoso e per nulla allegro, forse scosso dalla morte del collega. «Hai portato gli elenchi che erano nel pacchetto di Pei Ling? Ti ricordi, avevo detto che gli avrei dato un'occhiata...» Mentre frugavo nel cesto, aggiunse: «E cosa intendeva prima, quando parlava di qualcuno al primo piano?».

«Pensa di aver visto qualcuno lì.»

«Ha informato la polizia?»

«Non sono sicura che gli credano.» Tirai fuori le liste. Koh Beng le sbirciò avidamente.

«Be', questa è la prova che Y.K. Wong si vendeva le dita» dichiarò. «Sono tutti pazienti con cui ha avuto a che fare.»

«Come lo sai?»

Koh Beng alzò le spalle. «Mi sforzo di stare attento. Le persone in ospedale sono preoccupate e vulnerabili... tutti cercano un po' di rassicurazione. Vedi, questo tizio era di sicuro un giocatore d'azzardo.» Indicò un nome sulla lista che avevo in mano. «I giocatori comprano qualsiasi cosa... Ti ricordi la mania dei nidi di *burung ontong*?»

Il *burung ontong* era un piccolo uccello che faceva il nido poco visibile in posti alti e inaccessibili. Se un nido veniva messo in un cesto di riso, si diceva che portasse grande fortuna al proprietario. Non molto tempo prima era scoppiata una mania per questi oggetti, con prezzi che arrivavano a dieci o addirittura venticinque dollari dello Stretto a esemplare. Supposi che piazzare campioni di patologia fosse molto più semplice che trovare un minuscolo nido.

«Ma Y.K. Wong non sembrava capace di intortare le persone superstiziose e vendere amuleti.» Era troppo ingessato, troppo goffo, pensai concentrandomi. «Meglio che dia questi nomi al dottor Rawlings o al signor Acton.»

«Per quale motivo? Ora lui è morto.»

«Mancano ancora dei campioni e non voglio che sospettino di Shin, visto che è stato l'ultimo responsabile del magazzino.»

Il viso di Koh Beng fu attraversato da un guizzo. «Posso farlo io.» Tese la mano per prendere le carte. Lo fissai. Allora capii quanto ero stata stupida. Per tutto quel tempo avevo cercato un indizio, ma non l'avevo visto. Perché non avevo prestato più attenzione?

«Non ti preoccupare.» Mi allontanai. Il vialetto era deserto, con mio grande sgomento.

«Dove vai?» Mi sorrideva, un sorriso teso e rabbioso.

«Shin mi aspetta» mentii.

«Peccato.» Mi afferrò il braccio, bloccandomelo dietro la schiena. Sentii un dolore lancinante al fianco. «Se gridi, ti faccio ancora più male» mi bisbigliò all'orecchio. In preda al panico, non riuscivo a vedere ciò che teneva nella mano sinistra, sentivo soltanto che era molto affilato.

«Continua a camminare» sussurrò mentre procedevamo in un abbraccio grottesco, come due amanti, con il suo braccio destro che cingeva le mie spalle. Mi guardai intorno, freneticamente.

«Sono le liste che vuoi? Te le darò.»

In risposta mi diede un altro colpo di lama, trapassandomi il vestito. Poi arrivammo fuori, sull'erba umida. Non c'era ancora nessuno. Disperata, mi ritrovai costretta a camminare verso uno degli edifici secondari.

«È un peccato che tu l'abbia capito» disse semplicemente Koh Beng. «Speravo di non doverlo fare. Cosa ti ha fatto sospettare di me?»

Scossi la testa, ma lui tagliò ancora. Le lacrime mi rigavano il viso. «Dimmi la verità, adesso» mi ordinò.

«Hai detto che Pei Ling era una tua cara amica. Ma lei mi ha detto che non aveva amici maschi all'ostello. Nessuno cui potesse chiedere di recuperare il pacchetto.»

«Tutto qui?» Camminavamo ancora, non entrando nel fabbricato ma girando dietro. Strascicai i piedi, ma lui mi diede uno strattone in avanti.

«Mi ha detto che il rappresentante aveva un amico che a lei non piaceva. Pensavo fosse Y.K. Wong, invece sei sempre stato tu.» Ricordai come Pei Ling era sbiancata quando aveva incontrato Shin per la prima volta, e mi aveva detto che anche lui era amico di uno che non le piaceva.

«Sì, Y.K. era fastidioso, cercava prove per spifferare tutto al dottor Rawlings. Peccato che abbia sempre pestato i piedi alle persone sbagliate.»

«Ne è valsa la pena, vendere quei campioni?» Mi guardai di nuovo intorno, sconfortata. Adesso eravamo lontanissimi dall'edificio principale dell'ospedale.

«È stato bello finché è durato. Anche se quell'idiota di Chan Yew Cheung, tra tutti i posti che c'erano, doveva proprio perdere un dito alla sala da ballo. E in una boccetta che poteva essere fatta risalire all'ospedale. L'aveva tenuta perché il numero del campione era il fortunato 168.»

I numeri, pensai in preda allo sconforto. Era tutta una questione di numeri.

«Credevo che avrebbe portato altri affari, invece ha cercato di ricattarmi. E la sua ragazza non era tanto meglio.»

«Hai spinto tu Pei Ling giù dalle scale.»

«Veramente è colpa tua. Vi siete fermate fuori dalla mensa, a discutere stupidamente di un pacchetto nascosto da Yew Cheung. Ero sicuro che fossero le prove che aveva conservato contro di me.»

Povera, triste Pei Ling. A lei importava soltanto di riavere le sue lettere d'amore.

«Allora ho capito che doveva sparire.»

Nella confusione per la scoperta dell'orribile caduta di Pei Ling, mi ricordai che Koh Beng era stato l'unico a non smettere di mangiare. Era così impegnato a fingere di essere normale che si era scordato di mostrarsi sorpreso. Mi sentii male.

«Quanto ne sa Shin?» chiese Koh Beng.

«Non molto» risposi, cercando di ridurre i rischi. «Ma sospetta qualcosa.»

«Proprio quando pensavo che fosse tutto sistemato. Dammi gli elenchi. E quella boccetta di vetro... l'ho vista quando hai tirato fuori le carte.»

Non avevo altra scelta che consegnargli tutto, compreso il pollice. «Hai ucciso anche il rappresentante?»

«No. Fortuna ha voluto che sia caduto da solo in un fossato.» Riflettendo, aggrottò la fronte.

La testa mi pulsava forte, il panico mi stringeva il petto. Koh Beng pesava più di me, malgrado non fosse più alto. In una lotta, coglierlo di sorpresa sarebbe stato il mio unico vantaggio. Aprì una porta e mi costrinse a salire una rampa di scale abbandonata.

«Cos'è successo a Y.K. Wong stamattina? È stata anche questa una fortuita coincidenza?» domandai, cercando di fargli perdere tempo. Non immaginavo ci sarebbe cascato, ma in un modo spaventosamente tranquillo disse: «Per caso avevo sentito che doveva incontrare quella donna inglese, Lydia Thomson. C'entrava con le dita, anche se non so cosa Wong credeva sapesse. Y.K. Wong, sempre quello stupido idiota. Comunque, cominciava a diventare pericoloso. Così, mentre parlavano, sono salito al primo piano, ho preso una tegola dalla pila nell'angolo e gliel'ho tirata in testa».

«E se avessi colpito lei?»

«Poco importava. La semplicità è la cosa migliore.»

Ormai eravamo in cima alle scale e passammo da un'altra porta. Il sole ci investì accecante. Il passaggio portava a un tetto piano su cui si poteva camminare. «Qui ci asciugano le cose» mi spiegò Koh Beng in tono allegro. «Non ci sono molti edifici a due piani.»

In quell'istante capii esattamente cosa avrebbe fatto, e anche perché non si era fatto alcuno scrupolo a tagliarmi. Ferite del genere non avrebbero avuto importanza, se il mio corpo si fosse spiaccicato al suolo.

Doveva averlo letto nei miei occhi, perché disse: «Su una cosa non mentivo. Sei davvero il mio tipo. Se fossi stata un po' più stupida, però, sarebbe stato meglio».

47

BATU GAJAH, LUNEDÌ 29 GIUGNO

Gli occhi di Ren si aprono di scatto. Stava sonnecchiando, in attesa di essere dimesso, ma ecco una scossa. Qualcosa di terribile sta succedendo a Ji Lin. Si mette a sedere. Un dolore sordo al fianco. A dire il vero, l'unico posto che non gli fa male è il gomito, pallido e gelato. Le infermiere hanno notato quella strana chiazza biancastra sulla pelle. Ne parlano mentre credono stia dormendo. «Non somiglia a una mano?» ha detto una con un fremito. Ma ora niente di tutto ciò importa.

Agitato, Ren cerca un'infermiera. Incespica sulle parole, le dice che deve trovare una ragazza.

«Quale ragazza?» chiede la donna, seccata.

«Quella che è venuta a trovarmi venerdì.»

«Oh, una visitatrice, allora? Sono sicura che si farà vedere presto.»

No, prova a spiegare Ren. È da qualche parte in ospedale. Laggiù, al di là dell'altro edificio. L'infermiera sospira.

«Quando verrà, te lo diremo. E non alzarti dal letto!»

Gli occhi di Ren, colmi di disperazione, si strizzano, sempre più forte. Se afferra la macchia bianca sul gomito, mettendo le dita proprio nel punto in cui Pei Ling ha appoggiato la mano nel sogno, il sesto senso si rafforza. Quella nuova sensazione non gli piace, un ronzio sordo e pesante che gli fa battere i denti, le ossa del cranio gli fanno male. Le labbra si muovono intanto che si concentra. *Dove sei?*

Forse non funzionerà – lei non è Yi – ma secondo lui sì. Deve. Le dita affondano nell'impronta spettrale sul braccio. Stordito, trattiene il respiro, lanciando un richiamo.

E poi qualcosa arriva.

Il sangue scorre nelle orecchie, il cuore batte all'impazzata. Non è Ji Lin, è l'altro. Si avvicina sempre di più, a lunghe falcate. Con le spalle in tensione, osserva la porta aperta del reparto con lo sguardo di un animaletto. È un giovane in uniforme bianca. Ren non l'ha mai visto prima. Affatto, altrimenti se lo ricorderebbe. *Ah. Sei tu*, vuole dire Ren. Il sesto senso avvampa, un'esplosione di sollievo, però ha la gola tanto secca che non esce alcun suono.

«*Ah Kor*» dice. Fratello maggiore.

Le sopracciglia del giovane si inarcano. Poi fa un mesto sorriso.

«Sei sveglio, vero? Lei ne sarà felice.»

Chi è "lei"? Ren però lo sa già. Ha davanti l'altra metà della ragazza in azzurro. I due sono una coppia, come lui e Yi. E Ren ripensa a quella figura alta e snella, sulla soglia della sala di patologia, quella che lui pensava fosse il dottor Rawlings, ma in realtà non lo era.

«Tu devi essere *Xin*» dice, emozionato.

Sorpresa, oppure un briciolo di sconforto? «Sì, sono Shin. Te l'ha detto Ji Lin?»

Ren scuote frettolosamente la testa. «Gli altri li conosco. Ci siamo tu, io, lei, e poi c'è mio fratello, Yi. E il mio padrone, William Acton. Siamo in cinque.»

Shin sembra stia per dire qualcosa, ma arruffa soltanto i capelli a Ren. «Sono venuto ieri, ma dormivi. Ne parleremo quando ti sentirai meglio.»

«No, devi trovarla, è in pericolo!» esclama Ren, con insistenza.

«Chi?» Shin lo sa già, eppure il suo sguardo tagliente scruta il viso di Ren.

«È in ospedale. Qualcuno le sta facendo del male!»

«Dove?» Ora Shin è pronto all'azione.

«Al di là di quell'edificio. Sul tetto.» Dalla finestra Ren indica il punto che lo attira come un cavo sempre più teso. È l'immaginazione, o sente un flebile grido soffocato? «Muoviti! O sarà troppo tardi!»

48

BATU GAJAH, LUNEDÌ 29 GIUGNO

Koh Beng mi fece camminare sul tetto piatto, tenendo la punta di un bisturi ficcata nel punto molle sotto la mia mascella. Aprii la bocca per urlare, ma anche se l'avessi fatto, lassù nessuno ci avrebbe visto, di fronte agli alberi della giungla. Avrebbero a malapena sentito il mio grido interrompersi mentre cadevo dal tetto. Invece mi accasciai come se fossi svenuta.

Koh Beng si chinò d'istinto per afferrarmi e, mentre lo faceva, gli strattonai con forza le ginocchia, facendogli perdere l'equilibrio. Cadde, picchiando la spalla sul cemento. Mi finì addosso. Rotolò via. Il suo gomito mi arrivò in faccia mentre cercavo di alzarmi. «Puttana!» sussurrò, prendendomi per i capelli. Io graffiai e morsicai, poi ci avvinghiammo lottando. Mentre mi trascinava verso l'orlo, dietro di noi si aprì la porta del tetto. Colto di sorpresa, Koh Beng girò la testa, ma non fece in tempo a reagire prima che qualcuno gli si scagliasse contro. Il colpo mi fece mancare il respiro.

Shin, urlai, ma non emisi alcun suono. Mi crollò addosso mentre Koh Beng menava fendenti all'impazzata. Sentii Shin ansimare, scattare indietro mentre rotolavamo verso lo spaventoso vuoto sul bordo del tetto. Quando vidi il terreno molto sotto di noi, per un attimo mi presero le vertigini. Poi battei la testa sulla grondaia mentre cadevo giù.

Dovevo aver battuto la testa tanto forte da perdere i sensi, perché piombai nel mondo dell'inconscio con un tonfo formidabile. Sapevo esattamente dove mi trovavo; riconoscevo persino il legno lucido della biglietteria deserta. La sala d'aspetto dei morti. Nella luce del sole che scintillava sui binari del treno si percepiva un'attesa sommessa.

«Yi» dissi.

Si alzò in piedi. Era inginocchiato dietro il bancone, come un bambino che gioca a nascondino, ma non pareva felice di essere scoperto. Nel suo sguardo triste, scorsi la risposta alla mia domanda.

«Perché non sei scappata?» chiese.

Avrei dovuto, anche a rischio di essere pugnalata. Era stata la mia curiosità, quella stupida sete di conoscenza, a trattenermi, per voler ottenere delle risposte da Koh Beng. E ora era troppo tardi. «Sono morta?»

«Non ancora.» Yi sbirciò oltre le mie spalle, come se guardasse qualcosa in lontananza. «Ma da un momento all'altro... Stai penzolando giù dal tetto.»

«Koh Beng mi ucciderà?» Avrei fatto la stessa fine di Pei Ling, spinta giù dalle scale. Oppure di Y.K. Wong, con la testa spaccata da una tegola. *La semplicità è la cosa migliore*, aveva detto Koh Beng in quel modo paurosamente efficiente. «E Shin?»

«Ti ha afferrata, ma l'altro sta cercando di buttarlo giù a calci.»

«Per favore, Shin, no!» Mi inginocchiai, amareggiata, e premetti la fronte contro il gelido legno del bancone della biglietteria. *Te ne pentirai*, aveva detto Shin quella mattina, sdraiato sul letto dell'albergo. E infatti mi pentii. Un vasto, impetuoso oceano di rimpianto. Avrei dovuto concedermi a lui, finché potevo. Le lacrime mi rigavano il viso.

«Alzati!» esclamò Yi. «Non è ancora finita!»

«Che intendi?»

«Scegli!» disse. «Tu o Shin?»

«Vuoi dire, chi di noi morirà?»

«Sì. Te lo ripeto, da questa parte posso cambiare le cose. Solo un pochino.» Corrucciò il viso per lo sforzo. «Come gli incidenti che sono successi a Ren.»

«Ma è sbagliato!» Se Yi aveva ancora un'anima immortale, ero sicura che questo fosse assolutamente proibito.

«Non importa!» gridò. «Mi hanno già lasciato qui per tanto tempo. Stai per morire, adesso. Ma puoi scegliere.»

«Non farlo!» ribattei disperata. «Questo significa interferire... come il quinto di noi, che secondo te può deviare le cose.»

«*Li?*» chiese. «*Li* non ha nulla a che vedere con questo!»

«Allora chi è il quinto? Koh Beng?»

«Come fai a essere così cieca?» Yi aveva il viso arrossato, quasi fosse sul punto di piangere. «Ma no che non è lui, quell'altro è ancora pericoloso. Sbrigati, il tempo sta per scadere! Scegli, o lo farò da solo!»

La stazione tremò. Si udì un rombo profondo, un tremore che mi scosse fino al midollo, e d'improvviso ebbi la terribile sensazione che in quel luogo il tempo si stesse ancora muovendo. Un treno arrivava, o forse partiva? Qualunque cosa fosse, l'attimo aperto alle possibilità era in procinto di chiudersi.

«Starò io con te, Yi!» urlai. «Lascia vivere Shin!»

«Vuoi questo?» Yi sfoggiò uno strano sorrisetto. «Davvero rimarresti con me?»

«Sì!»

«Non dimenticarti di me.»

Luce. C'era troppa luce, e mi faceva male la testa. Voci. Gente che parlava. Mi agitai, menando colpi con le braccia. Perché ero ancora viva? Yi mi aveva ingannata.

Delle mani mi tennero ferma, esaminando il mio corpo. «È fortunata a essere sopravvissuta alla caduta. L'altro ragazzo non ce l'ha fatta.»

«Shin» dissi con la voce roca. La gola era tanto secca da farmi male, ma non era niente in confronto al panico che provavo. Mi sforzai di mettermi seduta.

«Non muoverti.» Mi visitarono braccia e gambe, mi chiesero se potevo muovere il collo, ma non era per me che ero preoccupata. Fui colta dal terrore.

«Dov'è Shin?»

«È qui.»

Era vero. Incurante delle grida spaventate, mi alzai barcollante dalla barella su cui ero sdraiata. Shin giaceva sull'altro letto della stanza. Aveva il viso pallido, lo sguardo sconvolto, e del sangue gli macchiava braccia e camicia. Quando mi avvicinai, aprì gli occhi.

«Perché non ascolti mai i consigli del dottore?» chiese mestamente.

Io risi, singhiozzai e lo abbracciai forte.

Scoprii che eravamo caduti tutti e tre dal tetto. Dissero che era un miracolo che non fossi ferita, eccetto che al collo e al fianco, dove Koh Beng mi aveva tagliato. Shin aveva un braccio fratturato e alcuni tagli sugli avambracci: ferite da difesa, come aveva fatto notare con grande interesse un dottore del posto. Koh Beng si era rotto l'osso del collo.

Gli astanti, attirati dalle urla, ci avevano visti lottare. A detta di tutti ero caduta per prima io, e poi Shin, dato che Koh Beng era chiaramente in una posizione migliore. All'improvviso, però, stranamente era caduto anche lui superandoci, in un groviglio di arti, attutendo così il nostro impatto. Non esisteva alcuna spiegazione, a parte un suo passo falso. O forse aveva già intenzione di suicidarsi, come alcuni avevano vociferato.

Fui attraversata da un brivido di stupore e inquietudine. Sull'altra sponda del fiume della morte, Yi aveva scambiato Koh Beng con me, come pedine di un gioco, riportandomi indietro dall'aldilà e rubando la vita a un altro? In quel caso, cosa era successo a Yi... ed era questo il suo dono oscuro per me? Iniziai a tremare come una foglia.

49

BATU GAJAH, GIOVEDÌ 2 LUGLIO

Nella villa ariosa, dove le foglie rischiarate dal sole screziano le stanze bianche di un verde chiaro e luminoso, Ren siede in cucina con Ah Long a pulire i fagiolini. Ah Long è contento che sia tornato e ha preparato un brodo di pollo apposta per lui, anche se finge burberamente di averlo cucinato per William. Sono passati tre giorni dall'improvviso recupero di Ren e dalla dimissione dall'ospedale. Tre giorni di quiete e riposo, e Ren si chiede cosa sia successo alla ragazza in azzurro.

È viva, questo lo sa. Sono girate molte voci, persino maldicenze, su quello che è accaduto lunedì in ospedale. Voci su maledizioni spettrali e campioni anatomici rubati. I domestici del vicinato sono eccitati dai pettegolezzi, e chiedono a Ren se ha sentito qualcosa mentre era in ospedale. Con sincerità dice loro che non ha visto nulla, anche se questo non gli impedisce di preoccuparsi. La persona che ne sa di più è William, ma non racconterà molto, oltre al fatto che Louise sta benissimo e non c'è motivo di preoccuparsi.

"Louise" è come William chiama Ji Lin, e quando pronuncia il suo nome, Ren prova un senso di colpa attanagliante. Riguarda qualcosa che il dottor Rawlings ha detto durante quel tumultuoso lunedì, giunto al reparto quando William è passato a controllare Ren, prendendolo frettolosamente in disparte. Ren aveva udito per caso brandelli di conversazione: «Campioni anatomici spariti... scandalo... non dire nulla finché il consiglio non risolve il problema». Da quelle parole intuisce che ci sia un segreto, come un verme bianco e proliferante, che minaccia di minare la vita ordinata e tranquilla dell'ospedale.

Di qualunque cosa si tratti, di sicuro infastidisce William. Trascorre il tempo libero seduto tristemente in veranda, quasi aspettasse che accada qualcosa. Quando Ren gli chiede se si sente bene, risponde che ha bisogno di un cocktail per rinvigorire lo stomaco.

«*Cheh!* Lo stomaco?» dice Ah Long con disprezzo. «Il ghiaccio fa male alla digestione. E non mettere tanto liquore» ordina a Ren che prepara un altro whisky *stengah*. Il Johnnie Walker sta finendo un'altra volta, nella bottiglia ne è rimasto solo un dito. «Oggi verrà la signorina Lydia.»

Sono le cinque del pomeriggio e William è tornato a casa presto dal lavoro. Invece di indossare un *sarong* di cotone, è rimasto con i pantaloni e la camicia dal colletto rigido. Ora Ren capisce il perché. Se arriva Lydia, allora il padrone non può gironzolare per casa con abiti del posto. Per l'ora del tè, Ah Long prepara palline di *onde-onde*, un dolce a base di farina di riso glutinoso e zucchero di palma tritato, avvolto in soffice cocco grattugiato.

Ren, sentendosi sempre più in colpa, si ricorda del flacone di liquido color tè che aveva promesso di dare a Ji Lin per conto di Lydia. Non ha potuto farlo ed è preoccupato che lei gli chieda qualcosa in proposito. Presa la boccetta dalla stanza, se la infila in tasca. In caso Lydia glielo domandi, gliela mostrerà per farle vedere che non è stato negligente e non l'ha persa.

Il campanello suona. Ren si alza piano. Le ferite guariscono in maniera incredibilmente veloce, ma non si è ancora abituato ad aver perso l'anulare. Il moncherino fa male e la presa della mano sinistra è meno sicura, anche se non gli impedisce di fare la maggior parte delle cose. Perdere il pollice sarebbe stato molto peggio, come gli ha fatto notare Ah Long in tono severo.

Voci nel corridoio. Lydia sembra giù di corda, eppure Ren coglie subito che sotto sotto c'è una vena di emozione. Ricorda i sottili filamenti appiccicosi che la avvolgevano in ospedale, e sbircia preoccupato. È ancora in pericolo? I raggi obliqui del sole pomeridiano disegnano motivi di chiaroscuro all'ingresso. Lydia si toglie il cappello e un gioco di ombre fa sembrare che abbia dei lunghi capelli scuri. Ren si blocca, sorpreso. La porta aperta, la donna in piedi sulla soglia. Per uno spaventoso istante ricorda la *pontianak*, lo spirito vendicativo che bussa alle porte e alle finestre. D'istinto si fa avanti, anche se è già troppo tardi. William l'ha fatta entrare. Non si dovrebbe. Ma sono soltanto pensieri sciocchi, che il padrone si offenderebbe a sentire. Perplesso, Ren batte le palpebre. L'oscurità nella testa si dirada. Il sesto senso si affievolisce, e forse anche questo è un sollievo.

Lydia dà a Ren il cappello e l'ombrellino, rivolgendogli un sorriso gentile. William la accompagna nel salotto con i mobili di rattan, tornati al loro posto dopo la festa. Di solito riceve gli ospiti maschi in veranda, ma con Lydia mostra una rigida cortesia.

«Cosa posso fare per te, Lydia?»

Ren ammira il modo in cui il padrone arriva dritto al punto, senza girare intorno alle questioni. Lydia chiacchiera del tempo e della terribile tragedia avvenuta all'ospedale.

«Ho sentito che hai rilasciato una deposizione all'ispettore» dice. «Hai visto sul serio qualcuno al primo piano?»

«Per adesso non posso rivelare nulla» afferma William. «Ma la polizia ha un sospettato.»

«E non vuoi dirmelo?»

«Mi spiace, ho le mani legate.»

Sembra scontenta. «Cosa hai detto di me alla polizia?»

«Che mi hai chiamato e mi hai chiesto di vederci. E quando sono arrivato, pareva avessi un precedente appuntamento con quell'inserviente, Y.K. Wong. Comunque, perché volevi vedermi quella mattina?» chiede lui. «Volevano sapere anche questo.»

«Temo di aver detto una piccola menzogna.» Lydia si sposta, a disagio. «Ho detto che eravamo soliti incontrarci perché eravamo segretamente fidanzati.»

«Cosa?»

«Scusa. In quel momento è stata l'unica cosa che mi è venuta in mente.»

William si alza e va verso l'altro capo del divano. Ren, ancora in piedi nel silenzio del corridoio, vede che è agitato, addirittura furioso.

«E perché mai hai fatto una cosa simile?»

«Perché la situazione mi mette in cattiva luce. Sai, incontrare uomini prima dell'alba in un posto deserto. E un cinese, per giunta.»

«Lydia...» William si tiene il fianco come se gli facesse male. «Faresti meglio a raccontarmi la verità.»

Ren non sente la risposta, perché in quel momento Ah Long lo chiama in cucina. Il vassoio del tè è pronto, fumante e profumato, con i dolci delicatamente disposti su piattini di porcellana a motivi geometrici.

«Ce la fai?» chiede Ah Long.

«Sì» risponde Ren con fierezza. Ah Long però lo aiuta a portare dentro il vassoio, appoggiandolo sulla credenza.

Ren lancia un'occhiata a William e Lydia. Le teste chine, l'una vicina all'altra. Non riesce a vedere il viso di Lydia, ma William pare sconvolto. *Cattiva digestione, troppo stress*, aveva detto Ah Long, e Ren si ricorda di quando il corpo di quella povera signorina è stato trovato mezzo mangiato da una tigre. Allora William riusciva a mangiare soltanto omelette, niente carne. William, però, non prende mai medicinali, soltanto Johnnie Walker.

Titubante, Ren tira fuori la boccetta che gli ha dato Lydia. Aveva spiegato che era una medicina per la pancia. *Molto leg-*

gera. La prendo anch'io. Ha quasi lo stesso colore del tè e Ren lo versa nella tazza di William. Ecco. Se la signorina Lydia gli domanda se la medicina ha funzionato, potrà darle una risposta concreta. William comunque le piace, e sarà contenta di sapere che l'ha curato.

Con fare attento e orgoglioso, Ren posa le tazze da tè sul tavolo.

«Allora?» La voce di William è calma, ma dentro di sé ribolle di rabbia. «Cos'è successo esattamente lunedì mattina, da non poterlo dire alla polizia?»

Vede con la coda dell'occhio Ren versare il tè nelle tazze sulla credenza, prima di portarlo al tavolino. È un procedimento sbagliato. Il tè dovrebbe essere portato sul tavolino, affinché il padrone o la padrona di casa lo possano versare, ma è un dettaglio che i domestici locali pare non vogliano capire. William scaccia dalla mente pensieri futili come quello. Lydia. È di lei che deve occuparsi.

Lei si tira indietro i capelli e lo guarda. Oggi è molto affascinante, però lo terrorizza: il bel colorito, gli occhi lucenti. È uguale a Iris.

«Quell'inserviente cinese – aveva detto di chiamarsi Wong – voleva parlarmi. Riguardava te.»

«Me?» È tanto sorpreso che si rimette a sedere.

«Uno dei tuoi pazienti, un rappresentante di commercio morto di recente.»

Il rappresentante! Quello che ha visto William e Ambika insieme alla piantagione di caucciù, tantissimo tempo fa, sembra ora. Quel tipo morto per una strana disgrazia. Il cuore di William batte all'impazzata, anche se si sforza di mantenere un'espressione neutrale.

Lydia si versa dello zucchero nel tè. «Il signor Wong sembrava pensare che quell'uomo fosse invischiato nella vendita di resti umani.»

«Stupidaggini!» ribatte William. È proprio quel genere di

dicerie che Rawlings gli ha detto di zittire. Se si sparge la voce, scoppierà uno scandalo tremendo per l'ospedale.

«Mi ha anche chiesto se avesse mai provato a ricattarti.»

«Cosa?» Lo stomaco di William si contorce al ricordo del terrore provato, appena dopo che il corpo straziato di Ambika era stato identificato, al pensiero che il rappresentante si facesse avanti e raccontasse a tutti della loro relazione. Però, non c'è nulla da temere, giusto? Malgrado i dubbi di Rawlings, non ci sono state indagini giudiziarie.

Solleva la tazza di tè. È ancora troppo caldo. «Perché voleva parlarne a te?»

«La gente crede che siamo intimi. E lo siamo, non è così?»

A quell'affermazione, William rabbrividisce. «Lydia, non siamo intimi. Non posso permetterti di andare in giro a raccontare che siamo fidanzati, quando non è vero.»

Il viso le diventa rosso, le labbra tremano. «Come fai a dire una cosa simile... dopo tutto quello che ho fatto per te?»

Un brivido gli corre dietro la nuca e gli suggerisce di scappare, di scappare subito. «Non ti ho mai chiesto di fare nulla per me.»

«Tutte le cose che potevano causarti problemi... io me ne sono sbarazzata.»

Lui si agita, a disagio. Arriva qualcosa, è alle soglie della mente di William. Qualcosa che ha dimenticato o trascurato. Non è abituato a essere braccato in questo modo. È sbagliato, tutto sbagliato. Offeso, esclama: «Io non ho alcun problema!».

Ma lei non lo ascolta. «Non hai mai sentito di poter cambiare le cose, controllarle, se lo desideri abbastanza?»

William sussulta.

«Sì, vero? Lo sapevo. Nessun altro può capire.» Gli stringe la mano. Ha le dita fredde. «Be', anch'io ho quel potere. Probabilmente lo sai, dato che ho sentito che ti sei informato sui miei fidanzati.»

Fidanzati. «Ce n'è stato più di uno» dice William, rendendosene conto all'improvviso.

«Sì, sono stata fidanzata due volte. Tre, se conti le intenzioni. Ma nessuno di loro andava bene. Non sapevo scegliere, capisci? Ho dovuto liberarmene.»

Sta dicendo che è uguale a lui, colma di quel potere oscuro e sinistro?

La mano di William è intorpidita. Ritraendola, prova a rispondere in tono sprezzante: «Stai dicendo che puoi augurare la morte alle persone?».

«Tu no?»

William non l'ha mai detto a nessuno ma in quel momento, mentre annega nel fremente sguardo blu di Lydia, sta quasi per farlo. «Lydia, a tutti è capitato di desiderare la morte di qualcuno. Questo non significa niente.»

«L'ho fatto per te. Quel rappresentante. E quelle donne non andavano proprio bene per te. Perché le frequentavi?»

Lo sgomento gli fa germogliare dentro viticci oscuri che si ritorcono nello stomaco.

«La prima è stata quella donna tamil, Ambika, che vedevi nella piantagione. Te l'ho detto che ti avevo visto passeggiare al mattino, anche se tu non mi vedevi. Naturalmente, lei non era per niente adatta a te, e la gente ha iniziato a sparlare, persino i nostri domestici. Allora l'ho tolta di mezzo.

«Poi è saltato fuori quel rappresentante. L'avevo conosciuto quando era ricoverato qui. Di tanto in tanto passava a trovare quell'infermiera piccolina. Abbiamo chiacchierato un po'... Per essere un uomo di qui, faceva abbastanza il cascamorto.» Sorride. «Chiedeva di te, insinuando che Ambika fosse la tua amante. Ho dovuto fermare pure lui.»

Immobile, William ascolta mentre la bocca di Lydia, a forma di bocciolo di rosa, continua a muoversi e a far uscire parole. Un gelido e fioco barlume di ragione gli suggerisce che è impossibile. Nessuno può orchestrare la morte per mano di una tigre o far spezzare il collo a un uomo. Ripete a se stesso che Lydia è solo molto disturbata, cercando di non lasciarsi prendere dal panico per tutto quello che sa della sua vita privata.

«Lydia» dice con fermezza. «Basta così. Ti stai immaginando tutto.»

«No, non è vero.» Lei lo fissa sopra il bordo della tazza. «Ho fatto tutto questo per te.»

«Io non ti devo nulla!» Ora William è furioso, lo stomaco in fiamme per l'acidità. Donna stupida, sciocca e impicciona! Se va in giro a parlare così, per lui finirà male. Inspira a fondo e inghiotte un sorso di tè. È amaro.

Sulle guance di Lydia appaiono due macchie rosse. «C'è una pianta, un arbusto alto, con dei fiori. Cresce proprio fuori da casa tua. Le persone pensano che sia bello, ma non hanno idea di quanto l'oleandro sia velenoso. Se prepari un tè forte con le foglie triturate, provoca vertigini, nausea, vomito. Poi svenimento, insufficienza cardiaca e morte.» Recita i sintomi come se li avesse imparati a memoria. «In passato mio padre gestiva una piantagione di tè a Ceylon, e là capita spesso che le ragazze si suicidino mangiando i semi. Io ne ho portati alcuni con me quando sono tornata in Inghilterra. Mi sono serviti molto.» Sorseggia un altro po' di tè. «Quando sono arrivata qui, è stato facile prescriverlo alle persone. Dopotutto, do una mano in ospedale. La gente del posto crede a ciò che dico. Ho dato ad Ambika un tonico per problemi femminili... deve aver vagato per un po', per poi morire in mezzo alla piantagione. Certo, non mi aspettavo che finisse mezza mangiata da una tigre.»

«Non l'ha mangiata» ribatte William, con la voce che si spezza dalla tensione.

Lei lo ignora. «Stessa cosa per il rappresentante, anche se gli ho detto che era una medicina per lo stomaco. Ha vomitato ed è caduto in un fosso.»

«E Nandani? L'hai dato anche a lei?»

«Era seduta proprio lì, nella tua cucina.» Lydia gli rivolge il suo sguardo delirante. «È stato meglio così. Aveva già dato spettacolo, presentandosi in quel modo alla cena.»

A William tremano le mani. Ha il sapore della bile in gola. «Chiamo la polizia.»

È disappunto o trionfo, quello che si vede nei suoi occhi? «Non lo farai.»

«Lydia, non posso tacere la verità per te.»

«Quanto a Iris» dice, con gli occhi che brillano, «so cos'hai fatto.»

La gola di William si serra, dita ossute la schiacciano, gli fanno uscire l'aria dai polmoni. «Di cosa stai parlando?»

«L'hai affogata, quel giorno al fiume.»

Quel giorno al fiume, con i raggi del sole che cadevano obliqui, verdi e oro. Iris che si arrabbia, un'ondata di umore nero si abbatte su di lei. Presa dalla sua incessante gelosia, lo accusa di nuovo, gli punta il dito sul petto, in quel modo che lo faceva andare fuori di testa a ogni loro litigio. Allora la spinge, forte. Oppure è inciampata ed è caduta da sola? Lui stesso non ricorda, o non vuole.

«È stato un incidente!»

«Non si sarebbe mai alzata in piedi su una barca. Mai e poi mai, qualunque cosa tu avessi detto.» Lydia ora non è per niente bella. Somiglia a una strega, lo sguardo è feroce e astuto. «Iris non aveva un gran senso dell'equilibrio. A scuola lo sapevamo tutti. Un problema all'orecchio.»

«Lydia...»

«E anche dopo che è caduta, non l'hai tirata fuori.»

Aveva pensato di dare una lezione a Iris, di lasciarla a dimenarsi per un po' prima di tirarla su. Ma era andata a fondo molto in fretta; le pesanti gonne di lana l'avevano trascinata giù. Così velocemente che William aveva creduto che scherzasse e trattenesse il fiato per fingere di essere in difficoltà. Chi lo sapeva che una persona potesse annegare tanto in fretta, in silenzio, senza sbracciarsi follemente come aveva immaginato lui? Quando si era tuffato per cercarla, ormai non era altro che un peso morto.

«*Lydia!*» Deve smettere di farle sputare fuori tutte quelle parole piene d'odio.

«Iris mi ha scritto delle lettere. Molte. Su di te e sul fatto che pensava tu la tradissi. Ne ho una, scritta appena prima che morisse, in cui dice di temere che l'avresti uccisa.»

Niente panico, riflette William, stringendo i denti. Dopotutto, se l'era cavata con Iris. *Lei si è sporta e poi è caduta. No, non avevamo litigato.* Eppure, era inseguito da voci e dicerie. Sempre la stessa subdola storia di tradimento e codardia, sufficiente a tagliarlo fuori dal club, sufficiente a spedirlo in un altro posto, in un altro paese. Si sforza di mantenere il controllo.

«Era isterica, una manipolatrice.»

Lydia si appoggia allo schienale. «Hai ragione.» Sul volto ha un debole sorriso. «Ma se torni a casa, ti potrebbero accusare, dati gli indizi.» Un altro sorso di tè. «Ho fatto la cosa giusta, no? Di me ti ho raccontato tutto. Anche se, a differenza tua, posso facilmente negare.»

«E la morte di tutte quelle persone? Il rappresentante, Ambika, Nandani?»

«Be', li hai uccisi tu. Erano ostacoli sulla tua strada. Dirò che ti sei sbarazzato delle donne perché volevi sposare me, ma ti ho rifiutato. La polizia già è sospettosa per la visita di Nandani a casa tua prima della morte, e se scoprono la faccenda di Iris, per te non si metterà bene.»

Silenzio. Sente il sangue martellare forte nella testa. Se balza in piedi, la può afferrare per il lungo collo bianco. Affondare i pollici finché non smette di respirare. Perché, perché accade di nuovo? La somiglianza con Iris, le stesse appiccicose e isteriche pretese. È come se Iris fosse tornata dal fiume, e non sarà contenta finché non lo trascinerà giù.

«Lydia, cosa vuoi?»

Lei sta per giocare la sua carta vincente, qualunque essa sia. Mal di stomaco, William sa di essere stato superato in astuzia.

«Ti amo» dice.

Lui si alza. Le gira intorno, la mente scorre veloce diverse possibilità. Spingerla in avanti, spaccarle la testa sul tavolino. L'ha contagiato con la sua pazzia.

«Allora vuoi che ci fidanziamo?» Magari un colpo accidentale di fucile. Nel mostrarle il Purdey. Ma ha già sparato a Ren, per sbaglio. Sarebbe troppo sospetto.

«Sì. Mi piacerebbe.» Lei sorride, come se le avesse fatto la proposta in ginocchio. «L'ho già detto alla polizia, ma sarebbe bello renderlo ufficiale. Potremmo organizzare una festa.»

«Ci penserò.»

«Un brindisi, allora?» chiede lei. Stordito, William prende la tazza e la fa tintinnare contro la sua. *Stai al gioco, prendi tempo*, pensa, scolandosi tutto il tè tiepido e amaro. Latte e zucchero non possono mascherare il sapore di vomito che gli sale in gola mentre si sforza di bere.

Un fruscio di gonne, quel leggero profumo di gerani che adesso odia. Lui la accompagna alla porta. Con le buone maniere, anche se si sente morire. Lydia si ferma, gli occhi brillano. «Dopo il matrimonio, non potrò più testimoniare contro di te. Né tu contro di me. È la cosa giusta da fare, no?»

William vorrebbe urlare, sbattere la testa contro il muro, ma a denti stretti dice: «Ma tu perché tieni a me?».

«Iris ci ha presentati in Inghilterra, anche se non ti ricordi più. A una festa dai Pierson. Ti sono piaciuta, e molto. Dopo, mi hai baciata in corridoio. Per giorni non ho smesso di pensarti.»

Un ricordo. Il ticchettio della pendola, quel rapido, frenetico brancolare nell'oscurità. Quel giorno era stato talmente felice insieme a Iris, con quel suo faccino impertinente più seducente che mai, che l'aveva messa all'angolo nel corridoio, o così credeva. Ma poi c'erano stati giorni di opprimente malumore. Iris si lamentava che lui avesse bevuto troppo quel fine settimana, accuse che William aveva liquidato, imputandole alle nevrosi di lei. Ma all'improvviso capisce tutto. «È stato uno sbaglio. Non ho mai capito che eri tu e non Iris.»

Ma a Lydia non importa. Lei è andata oltre. Un'espressione sognante le riempie lo sguardo. «E poi, quando Iris continuava a scrivere di quanto fossi infelice con lei, capii che sarebbe successo qualcosa che l'avrebbe tolta di mezzo. Perché tu e io siamo destinati a stare insieme. Abbiamo persino lo stesso nome.

La sera della festa, quando hai scritto il tuo nome cinese, ti ho detto che anch'io ne avevo uno. Sono nata a Hong Kong, sai.»

Di cosa parla? Non si sente minimamente minacciata da lui?

«Il mio nome cinese contiene lo stesso ideogramma, *Li*, come *Li di ya*. È una delle virtù confuciane» afferma.

Ren arriva per darle cappello e parasole. La fissa, gli occhi sono enormi sul suo faccino. William riflette senza sosta. Starà al gioco; è sempre stato in grado di gestire la situazione. Ci sarà tempo per occuparsi di lei.

«Una volta sposati, avremo bisogno di più domestici» dice Lydia, guardando con ammirazione la grande villa deserta.

Dovrai passare sul mio cadavere, pensa William. Ma sorride e la accompagna fuori.

50

BATU GAJAH, LUNEDÌ 29 GIUGNO

Shin aveva un braccio rotto. Il destro, come faceva notare con malinconico umorismo. Suo padre gli aveva rotto il sinistro, e ora era il mio turno: una simmetria stranamente terrificante. Gli dissi che mi dispiaceva e gli appoggiai per un attimo la testa sulla spalla, dopo che tutto il putiferio fu terminato e ci trovammo finalmente soli. Ci avevano sistemati temporaneamente in una stanza privata, anche se l'unico danno grave era il braccio di Shin, oltre a tagli e contusioni.

«Sei molto fortunata» aveva detto il medico del posto che mi aveva visitata. «L'altro ragazzo ha frenato la tua caduta.»

Sentendo nominare Koh Beng, rimasi in silenzio. La mia deposizione alla polizia sul suo tentativo di uccidermi, così come l'intera faccenda della vendita delle dita come amuleti portafortuna, metteva in cattiva luce sia l'ospedale sia la polizia locale: il primo per non essere riuscito a tenere traccia dei campioni, la seconda per non aver saputo scongiurare un tentato omicidio dopo che Y.K. Wong era stato ucciso quella stessa mattina. Era già opportunamente circolata la voce secondo cui Koh Beng era impazzito ed era caduto preda di una furia omicida. Nel frattempo, si erano comportati in modo molto gentile con me e Shin.

«Be', questo mette fine al mio lavoro» disse Shin, fissando il gesso sul braccio.

«Forse ti faranno fare qualcos'altro» dissi.

«Non essere stupida. Non riesco neanche a scrivere, quindi niente lavoro d'ufficio.»

Non importava. Ero contentissima di essere seduta lì con lui, ricordando come la morte avrebbe potuto dividerci per sempre. La gioia, però, era mitigata dal dolore. Che cosa era successo a Yi? Le sue ultime parole, *non dimenticarti di me*, mi sembravano l'eco struggente di un suo passato lamento: *Non voglio che Ren mi dimentichi*. Aspettava ancora in quella stazione deserta, oppure si era arreso e aveva continuato il viaggio da solo? Ovunque fosse, pregai che avesse trovato misericordia. Gli dovevo molto.

Quando entrò l'ennesima infermiera, lasciai andare con aria colpevole la mano di Shin. In tante erano passate a trovarlo, ridacchiando e appollaiandosi con fare civettuolo sul letto. Alla polizia avevo detto che Shin era mio fratello, quindi potevo soltanto stare lì seduta e sorridere. Pazienza, ci ero abituata.

«Perché non mi lasci chiarire le cose?» domandò Shin, seccato, dopo che l'ultima infermiera se ne fu andata.

«Non adesso.» Dovevamo riflettere bene. Scoprire prima come accattivarci i nostri genitori e non dare adito a pettegolezzi. Mia madre avrebbe avuto una crisi isterica, appena saputo che eravamo caduti giù da un edificio. Fui travolta da un'ondata di spossatezza. L'ospedale odorava di disinfettante e cipolle bollite.

«Vengo a trovarti domani» dissi, alzandomi.

Mi afferrò la mano. «Rimani. Stasera hanno proposto di tenerti in osservazione.»

«Ho solo qualche graffio. E devo dire a mia madre che stiamo bene.» La notizia probabilmente era trapelata in tutta Batu Gajah e forse ormai era arrivata fino a Ipoh. E poi, l'ospedale mi faceva sentire molto a disagio, anche se non volevo dirlo a Shin, per non farlo preoccupare. Quando guardai fuori dalla finestra, in lontananza vidi il tetto dove Koh Beng aveva tentato di uccidermi.

«Allora torno a casa con te» affermò Shin.

Naturalmente non l'avevano lasciato uscire, spiegandogli che il braccio aveva bisogno di altre radiografie l'indomani mattina. Cercarono di trattenere anche me, ma rifiutai. Pareva che si curassero più di tenere la situazione sotto controllo che della nostra salute. Il direttore sanitario era già passato, ci aveva assicurato che l'ospedale osservava le norme più rigorose e che era profondamente dispiaciuto per l'azione di un dipendente colto da un esaurimento nervoso (presumevo fosse Koh Beng); noi potemmo soltanto annuire e promettere di non farne parola con nessuno fino a che la polizia non avesse chiarito la faccenda.

Passò a salutarmi persino la capoinfermiera. Il viso spigoloso e abbronzato aveva un'aria pensierosa mentre attendevamo l'auto che l'ospedale aveva fornito per portarmi a casa. «Allora, voi due cosa siete... fratelli o fidanzati?»

Guardai per terra. «Fratellastri, e non ancora fidanzati ufficialmente.»

«Sembra una cosa complicata» disse lei, senza cattiveria. «Ma terrò il segreto, se vuoi. Buona fortuna.» Mi strinse la mano. Mi piaceva la sua stretta ferma, concreta. «Hai l'aria di essere una ragazza intelligente e di buonsenso. Se non vuoi dipendere da un uomo, qui potrebbe esserci un posto per te.»

La ringraziai, e mi chiesi perché non fossi entusiasta come avrei dovuto. Forse l'ospedale le aveva dato ordine di offrirmi un lavoro, per tenere le acque calme. Ero stanca. Tanto stanca che volevo soltanto chiudere gli occhi, ma temevo che, se l'avessi fatto, mi sarei ritrovata in quel fiume oscuro. E questa volta, non sarei più potuta tornare.

I giorni seguenti furono tranquilli. Mia madre e il mio patrigno, sorprendentemente, tennero i toni bassi sull'intera faccenda. L'ospedale li aveva già avvisati nella maniera più pacata possibile: uno sfortunato incidente causato da un individuo mentalmente disturbato. Avrebbero coperto tutte le spese mediche e pagato lo stipendio a Shin per il resto dell'estate, anche se era esonerato dal servizio. Nonostante mia madre avesse gridato alla vista dei miei tagli, era comunque sollevata che non fossero sul viso.

«Il volto di una ragazza è importantissimo» disse mentre mi aiutava a cambiare la medicazione sul fianco. «Immagina quanto sarebbe scombussolato Robert!»

«Cosa c'entra Robert?»

Non avrei dovuto dirlo. Si intristì e apparve quel suo sguardo timoroso. «Siete ancora amici, vero?»

«Non più di quanto lo siamo mai stati.» Il che non era molto, ma non avevo il coraggio di dirlo. Abbassai gli occhi, in preda all'ansia. «Sei riuscita a pagare, questo mese?»

Non le avevo dato abbastanza denaro per le rate del debito, ma con mia grande sorpresa rispose: «Non ti devi preoccupare. Ha pagato il tuo patrigno».

«Tutto?»

Lei esitò. «No. Un po' di soldi me li ha dati Shin.» Capii, senza che aggiungesse una parola, che doveva essere stato terribile confessare al mio patrigno anche quella cifra ridotta.

«Si è infuriato?» Le fissai le braccia, i polsi fini. Le maniche erano larghe. Non potevo dire se ci fosse qualcosa di strano.

«Ne aveva tutto il diritto.»

«E poi? Ti ha fatto qualcosa?» Dentro di me montavano rabbia e disperazione, chiudendomi la gola.

Mia madre abbassò lo sguardo a terra. Mi accorsi che per lei era assai umiliante. «L'ho implorato. Ho pianto tanto che alla fine sono svenuta.» Notando la mia espressione pietrificata, disse in fretta: «In realtà, è stato meglio così. Si è spaventato, dopo l'aborto. Credo si sia reso conto che non valeva la pena accanirsi. E io sto bene». Fece una smorfia. «Mi ha fatto giurare di non toccare più una tessera del mahjong.»

Vide il mio sguardo ansioso e mi lanciò un'occhiata ammonitrice. Questa volta non erano affari miei. Pensai che la paura derivata dall'aborto potesse aver ammansito il mio patrigno. Gli aveva fatto capire che poteva rimanere vedovo di nuovo. In ogni caso, era un grandissimo sollievo. Quel debito era stato come una spada di Damocle.

Mia madre fece un flebile sorriso. «Forse avrei dovuto dirglielo subito. Sono sicura che Robert si comporterebbe in modo meno aggressivo in casi simili.»

«Mamma, deve per forza essere Robert?»

Doveva aver sentito la nota di tristezza nella mia voce, perché smise di armeggiare con le mie bende e mi abbracciò. «No. Basta che ti renda felice.»

«Veramente?» Il mio morale si sollevò. Come avevo potuto dubitare di lei?

«E Shin approva?»

«Cosa?»

«Il ragazzo che ti piace?»

Non riuscivo a smettere di sorridere. «Sì, lo approva.»

51

BATU GAJAH, GIOVEDÌ 2 LUGLIO

Dopo che Lydia se n'è andata, Ren tiene d'occhio il padrone. Che lo stomaco gli dia meno fastidio dopo aver bevuto la medicina? William però esce in veranda, allargandosi il colletto come se non riuscisse a respirare. Si siede lì, immobile, con la testa tra le mani, mentre un uccello canta da qualche parte nella fitta chioma della giungla. È un *merbuk*, una tortora zebrata, il cui dolce e suadente richiamo echeggia nel vasto spazio verde.

«*Tuan*, sta male?»

William si gira, il viso pallido e madido di sudore. Non ha un bell'aspetto, ma gli rivolge un breve sorriso. «Sei un bravo ragazzo, Ren. Pensavo... ti andrebbe di andare a scuola?»

Sorpreso dalla buona nuova, Ren non riesce a fare altro che battere le ciglia e balbettare: «Sì, ma le faccende di casa...».

«Non preoccuparti di quelle. Arriveranno comunque altri domestici.»

Significa che Ren ha perso il lavoro? «Certo che no» dice William, leggendo lo sguardo preoccupato del ragazzo. «Ci saranno alcuni cambiamenti, non si può evitare. Ma farò in modo che tu vada a scuola. È il minimo che posso fare.» Storce la bocca.

Ren ne sa qualcosa di sensi di colpa e di smarrimento. Yi

non è più comparso nei suoi sogni, dopo l'ultima volta in riva al fiume. A dire la verità, non trova più alcuna traccia del suo gemello. Forse ora quel debole segnale radio ha smesso di trasmettere oppure è sintonizzato su una stazione diversa, che non riesce a sentire? Comunque sia, pensa a Yi con amore e tristezza. Un giorno, saranno di nuovo insieme.

Congedato, Ren fa per tornare in cucina. Poi si volta. Chiedere non è affar suo, ma raccoglie tutto il coraggio che ha. «*Tuan*, si sposa con la signorina Lydia?»

La testa si inclina. È difficile leggere l'espressione del padrone. «Non ti piace l'idea?»

«Ha detto che il suo nome cinese è *Li*. Come il suo.»

«E questo ci rende una bella coppia?» Nella voce di William c'è amarezza. Ren si chiede cosa si siano detti nel resto di quella lunga conversazione, che si è conclusa con Lydia soddisfatta e il padrone con la faccia smorta.

«Non lo so» afferma Ren. È confuso. Chi sarà di loro il misterioso *Li*? O forse si è sbagliato e non è nessuno dei due. Premere le dita sulla macchia bianca e insensibile sul gomito gli dà le vertigini, l'atmosfera diventa scura e pesante. Ricorda le sottili ragnatele avvolte intorno a Lydia che l'avevano fatto rifuggire. «Quella signora le rende le cose difficili.»

William fa un sorriso mesto e dice qualcosa sulla "voce della verità". Poi annuncia che è stanco e sta per andare a dormire. Niente cena stasera. Strascica i piedi sulle scale, come un uomo condannato a morte.

Il mattino seguente, William non scende. Ah Long guarda corrucciato la colazione intatta e fa un cenno con la testa a Ren. «Vai a vedere cos'è successo.»

Ren sale le scale, sotto i piedi nudi il legno liscio e fresco dei gradini. Fino in cima, come un mozzo che si arrampica sull'albero della nave. Giunto alla finestra più alta, ricorda quella volta in cui ha immaginato la villa bianca come una nave in tempesta e il verde intenso della giungla come un oceano reboante. E là dentro ogni specie di bestia, compreso il dottor MacFarlane, che si aggirava con le sembianze di una tigre.

Ren scuote la testa, l'immagine svanisce. Si sta già diradando, quell'indistinta paura per il vecchio maestro: l'oscura solitudine, le promesse su dita mozzate e tombe riaperte. Persino le preoccupazioni riguardo ai quarantanove giorni si sono placate, un disastro evitato, anche se Ren non saprebbe dire né come né perché. È certo di una cosa soltanto, fino al midollo: che il dito è tornato dal dottor MacFarlane. Ha una strana visione – impercettibile e luminosa, simile a un delirio – di Ji Lin in ginocchio, che scava in fretta con una vanga. Fa cadere qualcosa, poi lo sigilla sotto l'umida terra rossa. Qualunque cosa sia successa, Ren sapeva che lei non l'avrebbe deluso. Anche se, da quando si è svegliato in ospedale dopo la morte di Nandani, non ricorda più tanto bene queste cose, come se la lunga notte fosse finita e il giorno iniziato. Un giorno che lo attira con la promessa della scuola. Emozionato, Ren accelera il passo. Il dottor MacFarlane ne sarebbe contento, aveva sempre voluto mandarlo a studiare.

La porta della stanza di William è chiusa. Ren bussa, quindi prova a girare piano la maniglia. Chiusa a chiave. Perplesso e un po' spaventato, Ren lo dice ad Ah Long.

«Sta male?»

«Può essere.»

Ah Long si alza. Fruga nel cassetto della cucina, poi salgono insieme le scale. La casa è silenziosa a tal punto che Ren immagina che tutto – muri e soffitto, l'erba all'esterno e la candida coppa del cielo – trattenga il respiro. Nessun rumore, eccetto il quieto calpestio dei loro piedi e il battito del cuore di Ren. Davanti alla porta, Ah Long si ferma e avvicina l'orecchio al buco della serratura. Niente.

Sospira, mette una mano in tasca e tira fuori l'enorme mazzo di chiavi che tiene nel cassetto della cucina. Ne cerca una, contando sottovoce. La prende e la infila nella serratura. Mentre la porta si apre, dice brusco: «Tu non entrare!».

Spaventato, Ren aspetta fuori. Non serve che ascolti i movimenti frettolosi di Ah Long che cammina verso il letto, tira le tende. Quel silenzio gli è familiare: gli dice che la persona che occupa la stanza se n'è andata per sempre. E Ren, appoggiato con la schiena alla parete, sente le lacrime calde scorrergli piano sul viso.

52

FALIM/IPOH, MERCOLEDÌ 1º LUGLIO

E così tornammo al punto da cui eravamo partiti. In quella lunga e buia casa intrisa dell'odore di stagno e dell'umidità che filtrava dal piano inferiore. Dimesso dall'ospedale, con il braccio rotto in un gesso immacolato, Shin era di nuovo a casa.

Mia madre era felice che fossimo tornati entrambi, nonostante io dovessi andare dalla signora Tham dopo pochi giorni. Dovevo anche fare visita a Hui. Dirle che avevo lasciato il Fiore di Maggio, anche se forse l'aveva già capito da sola. C'erano tantissime cose di cui volevo parlare con Shin, ma non ne avemmo la possibilità. La silenziosa figura del mio patrigno riempiva il davanti della bottega, in cui conduceva gli affari, e mia madre cicalava cucinando i nostri piatti preferiti dai tempi dell'infanzia, malgrado l'avessi pregata di non affaticarsi.

«È bello che siate a casa» diceva, affaccendandosi intorno al braccio di Shin.

Era una cosa di cui ero contenta, il fatto che gli fosse tanto affezionata. Forse per noi sarebbe finito tutto bene. In fondo, Ren era stato dimesso dopo un impressionante recupero. E né Shin né tantomeno io eravamo ancora morti. Tenni per me i pensieri su Yi, stringendoli al petto come un triste segreto. Se i morti vivevano nei ricordi delle persone, io l'avrei tenuto per sempre al sicuro dentro di me.

Quella notte mi sedetti al tavolo della cucina sotto la calda luce della lampada, rileggendo *Le avventure di Sherlock Holmes*. Lo amavo tanto da averne comprato una copia personale alla libreria dei libri usati, malgrado Koh Beng e la sua serie di omicidi avessero smorzato il mio entusiasmo per le investigazioni. Comunque, era sempre meglio che rimanere da sola con i miei pensieri. Mia madre e il mio patrigno erano andati a dormire e Shin era fuori con Ming.

Quello che stavamo facendo io e Shin mi pesava. Che genere di futuro avevamo? Forse in questa vita potevamo soltanto essere fratelli, gemelli fasulli, destinati a stare insieme, ma allo stesso tempo separati. Era tutto così tranquillo che udivo il ticchettio dell'orologio nella parte anteriore della bottega. Un rintocco cupo. Le dieci. Il cigolio della porta d'ingresso. Ed ecco tornare Shin con il familiare rumore dei passi svelti che percorrevano il lungo corridoio buio, superando la pesante bilancia e il primo cortile con i mucchi di minerali messi ad asciugare.

«Shin» chiamai sottovoce, mentre mi alzavo.

Il corridoio era scuro, ma la luce gialla della lampada si spandeva dalla cucina. Quando lo vidi, tutti i pensieri e le buone intenzioni volarono via dalla mia testa. Senza parole, lo tirai verso il tavolo. Lanciò uno sguardo veloce al piano di sopra.

«Dormono» dissi.

Ci sedemmo vicini, con contegno. Mi sentivo stranamente timida, il cuore batteva all'impazzata. Quanto era strano stare seduti in quel modo nella casa del mio patrigno. Come se nulla tra noi fosse cambiato. Se chiudevo gli occhi, potevo rivederci bambini, all'età di dieci anni.

«Cosa facciamo, Shin?»

Strinse le dita intorno alle mie. L'inclinazione delle sopracciglia gli dava un aspetto stranamente vulnerabile. «Innanzitutto, ci serve una copia del tuo certificato di nascita. Io ho già il mio. Poi andremo a registrare il matrimonio.»

«Cosa?» Mi raddrizzai.

«L'ha detto mio padre, no? Una volta sposata, non sarai più sotto la sua responsabilità.»

«Ci ucciderà!»

«Non lo farà. Ha stabilito lui stesso le condizioni. Non gli importava chi fosse, purché avesse un lavoro rispettabile. Certo, pensava a Robert.» Shin si accigliò. «Comunque, io e te non siamo parenti, nemmeno sulla carta. Mio padre non ti ha mai adottata... ho controllato.»

Non sapevo se ridere o piangere di fronte alla sfacciataggine di Shin. «Tu sei sicuro che vuoi sposarmi? Non sei ancora uno studente borsista?»

«Lo sto pianificando da anni.» Era serissimo.

«E se io non volessi sposarti?»

«Lo farai.»

Le sue labbra sfiorarono le mie. Appena appena, ma le gambe mi cedettero e fui colta dalle vertigini. Era come un incantesimo, un trucco da prestigiatore che mi prosciugava l'aria dai polmoni. Shin mi guardò trionfante. Provai di nuovo quella sensazione: amore, desiderio, voglia di dargli un pugno, tutto insieme.

«La gente spettegolerà.»

«Lascia che facciano.»

Baci morbidi, insistenti. Il caldo umido della sua bocca, il delicato movimento penetrante della lingua. Ancora quello sfarfallio in petto, uguale al desiderio di volare di un uccello. Shin mi cinse la vita con il braccio buono. Mentre mi stringeva contro la sedia, fui scossa da un brivido. Il mio respiro divenne affannoso. Cominciò a sbottonarmi la fine camicetta di cotone, con i denti e la mano sinistra. Sapevo di doverlo fermare, invece le mie dita scivolarono tra i suoi capelli.

«Non ridere» disse Shin con finta indignazione. «È per colpa tua che mi sono rotto il braccio.»

Per tutta risposta, premetti la bocca contro la sua. Eravamo tanto presi l'uno dall'altra che non ci accorgemmo dello scricchiolio delle scale e poi del sussurro inorridito di mia madre.

«*Che state facendo?*»

La mano di Shin si bloccò sulla mia camicetta mezza sbottonata. Scattammo in piedi, io con un sordo scroscio nelle orecchie. La faccia di Shin era di un rosso acceso.

«Mamma» dissi.

Ma non mi guardava. «Come osi toccare mia figlia!» Persino in quel momento, notai che aveva abbassato il tono della voce, facendo uscire le parole in un sibilo.

«È colpa mia, non sua!»

Fu allora che mi diede uno schiaffo. Mia madre non mi aveva mai colpita in faccia. Mi aveva solo dato qualche leggera vergata quando ero più piccola, anche se era abbastanza facile convincerla a non punirmi. Ma mai in quel modo: con un colpo che mi tolse il fiato. La cosa strana e terribile era che tutto avvenne quasi in silenzio. Nessuno di noi osò alzare la voce all'interno di quella casa buia e quieta. Sapevamo cosa sarebbe successo se il mio patrigno si fosse svegliato.

Afferrai le fragili spalle di mia madre, poi la lasciai andare. Se avessi voluto, avrei potuto darle uno spintone senza tanta difficoltà. Sul tetto con Koh Beng, avevo combattuto alla disperata, graffiando e menando calci. Ma non potevo alzare le mani su mia madre. E neanche Shin. Noi due restammo in piedi a testa bassa con aria colpevole mentre lei d'un tratto si accasciò, quasi la vita fosse fluita fuori dal suo corpo. «Non ti ho cresciuta bene?» mormorò. «Perché mi fai questo?»

«Io lo amo» risposi.

«Lo ami?» disse lei. «Ma cosa ti è saltato in mente?»

Piangeva, in quella maniera atroce e silenziosa che mi dava sui nervi. Era così che tutti avevamo imparato a piangere in quella casa, senza emettere il minimo rumore. Affranta, mi ritrovai impotente a consolarla. Era sempre stato così. Qualunque cosa succedesse, avrei provato a salvarla. Lanciai un'occhiata a Shin, facendogli segno di lasciare la cucina.

Ma invece di darmi retta, si inginocchiò davanti a lei. Non l'avevo mai visto prostrarsi davanti a nessuno, era troppo orgoglioso; ma ora chinava il capo.

«Mamma» disse. «Faccio sul serio con Ji Lin. Ti prego, lascia che la sposi.»

A quelle parole, il corpo di mia madre si inarcò con una smorfia, come se avesse uno spasmo. Spaventata, la presi tra le braccia.

«Non potete sposarvi» sussurrò con un filo di voce. «Adesso siete parenti. Ve lo proibisco categoricamente.»

Una delle cose detestabili ma comode di essere parenti era la possibilità di scambiarsi accuse terribili di notte, e poi fingere che non fosse accaduto nulla la mattina successiva. Fu proprio quello che facemmo a colazione. Scendemmo tutti giù, con aria cupa e taciturna, e mia madre servì dei flosci grovigli di noodles fumanti. Erano insipidi, quasi si fosse dimenticata come prepararli. Aveva gli occhi gonfi, ma disse al mio patrigno che non aveva dormito per via del mal di testa.

Lui grugnì e io sperai che non si fosse accorto di nulla. Dopotutto, aveva il sonno pesante. Io e Shin ci sedemmo, insolitamente immobili, come due fratelli di cartone in una perfetta famiglia di cartone.

«Alla fine della settimana prossima torno a Singapore» annunciò Shin.

Mia madre annuì. Si chinò sui noodles insipidi, come il mio patrigno.

«Ji Lin verrà con me» disse Shin. «Lì può trovare un lavoro.»

Entrambi alzarono la testa. Gli occhi del mio patrigno si fecero stretti. «Perché?»

«La verità è che lunedì c'è stato un omicidio all'ospedale di Batu Gajah. Un altro inserviente è stato ucciso dallo stesso uomo che ha cercato di buttare Ji Lin giù dal tetto. La polizia ci ha chiesto di non parlarne, ma questo provocherà uno scandalo. Perché pensi che l'ospedale mi paghi anche se non lavoro? In cambio, ci hanno chiesto di allontanarci.»

«È vero?» domandò il mio patrigno.

Guardai Shin. Era un eccellente bugiardo, che mischiava fatti a mezze verità.

«Sì. Presto sarà sui giornali.»

Mia madre si lasciò scappare una esclamazione di orrore, nonostante i suoi occhi fossero carichi di sospetto. Sotto il tavolo, strinsi la mano a Shin.

«Puoi chiedere a Robert... Il padre è nel consiglio di amministrazione» intervenni.

Mi dava fastidio che qualsiasi cosa connessa a Robert e alla sua famiglia avesse importanza per mia madre. Vedevo chiaramente la confusione dipinta sulla sua faccia.

«Mi hanno trovato un posto all'ospedale di Singapore, come infermiera tirocinante. Starò in un pensionato» dissi. Pura invenzione, ma nessuno mi avrebbe fermato. «Può accompagnarmi Shin, Robert non ha tempo.»

Ancora Robert. Ma mia madre non ci era cascata. Scosse forte la testa. «No, tu non ci vai!»

«Cosa ne pensa Robert di questa tua intenzione di andare a Singapore?» chiese il mio patrigno.

«Vuole che studi e ottenga una qualifica ufficiale. E meno la sua famiglia è coinvolta nello scandalo, meglio è.» Incredibile quanto fosse facile mentire, quando desideravo sul serio qualcosa. Nella mia testa, mi scusai con il povero Robert.

«Se lui pensa che sia una buona idea, allora per me va bene» dichiarò il mio patrigno. E in quel momento ero felice, felicissima che avesse un carattere tanto duro e irremovibile, che gli faceva tenere conto soltanto delle opinioni degli uomini. Le proteste di mia madre furono respinte. Dopotutto, la sua unica obiezione era che Singapore era troppo lontana.

«La accompagnerà Shin» aggiunse il mio patrigno. «E fra poco non sarà più sotto la nostra responsabilità.»

«Ma la famiglia di Robert è a Ipoh» ribatté mia madre. Spostò angosciata lo sguardo da Shin a me, e io mi domandai se ci avrebbe tradito. In tal caso, ne avremmo sofferto tutti le conseguenze. Il mio battito accelerò in maniera anomala. Shin aveva uno sguardo inespressivo, ma un muscolo gli si contraeva sulla guancia.

«Hanno una casa anche a Singapore» disse, osservando i noodles come se non gli importasse nulla di portarmi con sé oppure no. «Sono sicuro che Robert ci va spesso.»

Il mio patrigno annuì. E così, la faccenda fu risolta.

Avrei dovuto essere felice. Shin lo era sicuramente. A stento riusciva a smettere di sorridere, a mano a mano che il giorno della partenza si avvicinava, anche se di comune accordo ci evitavamo il più possibile. Lui comprò i biglietti del treno per entrambi, io andai a trovare la signora Tham e liberai la mia stanza sopra la sartoria.

«Ti sposi?» chiese, mentre piegavo l'ultimo dei miei grami averi. Non era tipo da giri di parole.

«No, vado a studiare da infermiera.» Avevo ripetuto quella bugia tante di quelle volte che ormai mi pareva quasi vera, benché dovessi ricordare a me stessa che a Singapore non avevo né prospettive di lavoro né un posto in cui stare. Eppure, ero rincuorata da una fremente eccitazione.

«Infermiera?» disse pensierosa la signora Tham. «Non credo faccia per te.»

«Perché no?» Quel giudizio gratuito mi colpì. Pareva abbastanza soddisfatta delle mie doti sartoriali.

«Contraddirai sempre i dottori. Penso che faresti meglio a sposarti.»

Mi chinai per nascondere un sorriso.

«Cosa le fa credere che non contraddirò mio marito?»

«Oh, non devi!» Aveva l'aria sconvolta, benché entrambe sapessimo perfettamente chi comandava in casa Tham. «Ascolta» disse avvicinandosi, «il segreto per un matrimonio felice è far credere al marito che ogni cosa sia una sua idea. E, naturalmente, devi vestirti bene ed essere sempre più bella che puoi.»

Mentre mi osservava, tirò un sospiro d'insoddisfazione. Tutti i suoi insegnamenti di stile erano andati a monte, a giudicare dal vecchio paio di pantaloni di cotone e dalla camicia logora che avevo addosso mentre facevo la valigia. «Tienitelo stretto il tuo ragazzo... Le donne gli piomberanno addosso come mosche.»

La signora Tham mi lanciò uno sguardo d'intesa intanto che usciva, e io mi chiesi se parlasse di Robert o di qualcun altro. Poteva aver scoperto che io e Shin non eravamo parenti. Di certo non mi sarei stupita.

Vidi anche Hui. A causa della parola data alla polizia e al direttore dell'ospedale, non potei spiegarle tutto ciò che era successo, ma feci del mio meglio.

«Potevi dirmi che ti licenziavi. Ho dovuto scoprirlo da sola.»

Era offesa e anche un po' ferita. Non potei fare altro che annuire e chiederle scusa. Hui mi era davvero simpatica. Prima di allora non avevo mai avuto un'amica come lei, anche se avevo paura di averla terribilmente delusa per non aver condiviso tutti i miei segreti.

«Grazie per avermi dato una mano con Robert» dissi, ricordando come si era gettata nella mischia quando Y.K. Wong l'aveva portato alla sala da ballo. «Sii carina con lui, se ti capita di rivederlo.»

Hui alzò gli occhi al cielo. «I ragazzi ricchi con te sono sprecati.» Ma finalmente mi sorrise.

Tuttavia, la conversazione che più temevo era quella con mia madre. Non c'era scampo. Vedevo l'angoscia nei suoi occhi e nel tremore delle mani. Fra tutti, speravo che, una volta assorbito il colpo, lei se ne facesse una ragione per prima. In fondo voleva bene tanto a me quanto a Shin, benché non come coppia. D'altronde, c'era sempre un prezzo da pagare.

Così, una sera tardi, dopo che il mio patrigno si era addormentato, seduta sul letto e tormentata dai sensi di colpa, mi lasciai sgridare da mia madre. Shin, diplomaticamente, era andato da Ming. Il solo vederlo la faceva infuriare. Era passato da figlio prediletto a seduttore di sua figlia, e nulla di quello che potevo dire le avrebbe fatto cambiare idea.

«Non è giusto» continuava a ripetere. «La gente sparlerà, non è onorevole. Tra l'altro Shin non è mai rimasto molto tempo con una ragazza. E se cambiasse idea?»

«Allora andrò per la mia strada» risposi.

Lei sollevò le mani. «L'unica possibilità per una ragazza è accasarsi bene. Questa storia è uno sbaglio! Tu sei confusa perché sei affezionata a lui, da sorella. E poi, alla tua età, tutto sembra romantico.» D'un tratto, mi fissò con uno sguardo inorridito. «Non avrai mica... non sarai andata a letto con lui?»

Perché lo chiedevano tutti, di cosa si impicciavano? Ma sapevo il perché. Per quanto fosse umiliante, era una merce di scambio: una ragazza poteva ancora trovare marito se era in grado di dimostrare la propria verginità, anche se era vecchia, grassa e brutta. «Tu cosa pensi?» ribattei amareggiata.

Un'ombra di dubbio le velò gli occhi e io mi sentii tradita. Alla fine, annuì timidamente. «Certo che mi fido di te. Ma non farlo. Promettimelo! Così potrai cambiare idea. Non voglio che ti rovini, che butti via tutte le tue possibilità.»

«Mamma, sul serio detesti Shin così tanto?»

«No. È un bravo ragazzo. È solo che... vorrei che non fosse destinato a te. Temevo una cosa del genere, ma tu eri sempre presa da Ming. E ho pensato che sarebbe finita quando Shin sarebbe partito. Non credevo che lui fosse tanto cocciuto. Il matrimonio non è una passeggiata. Non sempre va come te l'aspetti.» Il suo sguardo scivolò di lato. «Sai che carattere ha il tuo patrigno.»

«Shin non ha mai alzato un dito su di me!»

«Ma è ancora giovane.» Lei si torse le mani. «Non sai come sarà quando invecchierà.»

E va bene, pensai sforzandomi di essere stoica, anche se volevo urlarle che si sbagliava e che Shin non era come suo padre. Soprattutto, però, avrei voluto che mia madre mi perdonasse, mi desse la sua benedizione e mi dicesse che sarebbe andato tutto bene, proprio come faceva quando ero piccola e al mondo c'eravamo soltanto noi due. Ma forse, faceva tutto parte del non essere più bambini.

Sabato ci trovammo su una banchina della stazione di Ipoh. Era una mattina bellissima, bianca e dorata. Avevo con me soltanto una valigia e una scatola, ben legata con lo spago. Guardai i minuziosi nodi fatti da mia madre e mi salì un groppo in gola. I miei vestiti più carini erano nel bagaglio e indossavo una delle migliori confezioni della signora Tham che, malgrado le mie proteste, aveva insistito per venirci a salutare.

Alla fine fu una fortuna che lei e il signor Tham fossero venuti, perché il loro cicalare rese l'addio sopportabile, nonostante le lacrime che minacciavano di sgorgare dagli occhi di mia madre. Avevano portato un'enorme borsa di mangostani e un portavivande di panini di maiale al vapore, come se potessimo morire di fame prima di raggiungere Singapore. In effetti il viaggio verso sud era lungo: quattro ore fino a Kuala Lumpur, quindi un tragitto notturno di otto ore per Singapore. In totale trecentoquarantacinque miglia: più lontano di quanto fossi mai andata in vita mia.

Mentre il treno usciva piano dalla stazione, tutti iniziarono a salutare freneticamente usando un loro sistema di gesti. Persino il mio patrigno, di solito molto riservato, sollevò una mano, anche se non capivo se fosse per me o per Shin. All'ultimo momento, mia madre si mise a correre di fianco al treno. Fui travolta da un'ondata di panico improvvisa. Ci avrebbe traditi? Ma premette soltanto il palmo contro il finestrino. Io appoggiai tutte e cinque le dita. Poi scomparve, cancellata dalla corsa sempre più veloce del treno.

Addio, pensai, mentre le loro sagome si rimpicciolivano, lasciate indietro dal costante sferragliare delle ruote, dal vibrare delle rotaie. Addio alla mia vecchia vita, e benvenuta a quella nuova, qualunque cosa mi portasse. L'agitazione e la malinconia mi fecero venire un groppo allo stomaco e ripensai a Yi, quel ragazzino rimasto sul binario della stazione. Se n'era andato sul serio? Nutrivo in me la strana sicurezza che il legame tra tutti noi fosse stato ridisposto in uno schema nuovo e differente.

Non ti dimenticherò mai, promisi. Le mie dita si strinsero intorno alla lettera che avevo in tasca. Non ero riuscita a imbucarla, ma lo avrei fatto appena giunta a Kuala Lumpur.

La periferia di Ipoh scivolò via: palme da cocco, *kampung* di legno su palafitte, una mucca Brahmin gialla e magrissima – finché la giungla ci avvolse da entrambi i lati.

«Devo trovare un alloggio a Singapore» dissi, ricordando che avevamo mentito riguardo al pensionato dell'ospedale.

«Facile» rispose Shin. «Ho dei soldi da parte.»

«Ma sono i tuoi risparmi. Non voglio che li spendi.»

«Allora perché pensi che abbia lavorato? Volevo portarti con me a Singapore.»

«Sul serio?» Il mio cuore sussultò. E pensare che in tutti quei lunghi e tristi mesi avevo aspettato invano la risposta di Shin alle mie lettere.

«Anche se non ero sicuro che saresti venuta. Per anni hai avuto una cotta per Ming. Avevo paura che, se avesse cambiato idea, saresti corsa da lui. Mi hai dato più problemi di tutte le altre ragazze messe insieme.» Le sue labbra ebbero un guizzo. «Dobbiamo trovarti qualcosa da fare. Forse potresti assistere alle lezioni.»

«Mi piacerebbe.»

Shin scosse tristemente la testa. «Perché sembri più felice

per questa cosa che per l'anello? Ti prego, non mi lasciare per un chirurgo.»

Rabbrividii. «Basta chirurghi.»

«Poi la sera mi presterai i tuoi appunti» disse in tono seduttivo.

Il mio stomaco fece un piccolo salto. Se Shin continuava a guardarmi in quel modo, mi sarei resa ridicola, e lui lo sapeva.

«Shin.» Inspirai a fondo. Dovevo dire una cosa complicata.

Lui mi fece scivolare un dito sul palmo della mano.

«Non possiamo sposarci.» Fissai lo sguardo fuori dal finestrino. Il dito si fermò. «Almeno, non ora.»

Rimase zitto per un lungo momento. «È per tua madre?»

«No, dobbiamo rifletterci bene... Sarà difficile per te studiare e lavorare allo stesso tempo. La gente sparla. E io voglio vivere da sola per un po'. Trovare un lavoro, pensare a me stessa. Non voglio che tu debba mantenermi mentre stai ancora studiando. E io non sono pronta per sposarmi subito.»

«Quando allora?»

«Non so di preciso.»

«Un anno» stabilì senza guardarmi. «Tra un anno e un giorno, se non decidi diversamente, sarai mia.»

«Ti ho già detto che nessuno appartiene a un'altra persona!»

Ma lui, esasperante, proseguì: «Dev'esserci un limite di tempo. Altrimenti andremo avanti così all'infinito. Mi rifiuto di fingere ancora che siamo fratelli».

Un anno e un giorno. Parole che suonavano come un sentiero oscuro pieno di rampicanti spinosi e bestie sconosciute. Che io e Shin fossimo già fuori dalla selva? Non sapevo cosa ci aspettasse, ma forse andava bene così. Mi colse un'improvvisa visione di stanze dal soffitto alto, di lunghi corridoi rischiarati dal sole e silenziose biblioteche. Il King Edward VII Medical College, di cui avevo tanto sentito parlare. Shin seduto a un tavolo che rideva insieme ai compagni di studio. Io che salivo su un autobus affollato tenendo in equilibrio una scatola piena di libri. Io che cucinavo il riso nell'angusta cucina di un appartamento tendendo l'orecchio a dei passi familiari sulle scale. Io e Shin che camminavamo lungo un fiume nella fresca aria vespertina, mangiando banane fritte e discutendo amichevolmente. Cosa strana, in tutte quelle scene ero vestita abbastanza alla moda da far contenta la signora Tham. La brezza dal finestrino aperto del treno mi scompigliò i capelli corti e la frangetta. Mi sentii piena di speranza.

«Va bene» dissi ridendo. «Amici?»

Shin levò gli occhi al cielo, ma allungò la mano nel nostro gesto convenzionale. «L'altra sera tua madre ha detto cose terribili su di me. Però aveva ragione lei. Ho sicuramente intenzione di sedurti.»

53

BATU GAJAH, DUE SETTIMANE DOPO

Quando è tutto finito – la polizia, il funerale, l'ondata di benevoli visitatori – Ren si siede sugli scalini sul retro della cucina. La casa è vuota. Sono rimasti soltanto lui e Ah Long, a impacchettare gli averi del padrone. Non che ci sia molto. William aveva pochissimi effetti personali, benché, con la sua tipica efficienza, avesse già fatto testamento. *Molto di recente*, ha detto l'avvocato. Ren conosce gli avvocati. Ricorda quello di Taiping che si era occupato degli affari del dottor MacFarlane e la smorfia che aveva fatto alla vista del mucchio di carte ficcate negli angoli della scrivania del dottore. Ma le cose di William sono tutte in ordine.

Arresto cardiaco, questo è stato il verdetto. Al funerale la signorina Lydia ha fatto una scenata, piangeva e diceva che era la sua fidanzata, cosa che è risultata una sorpresa per tante persone, compresi i suoi stessi genitori. Il dolore e la rabbia della donna sono stati sbalorditivi. Persino imbarazzanti. Voleva tutto ciò che era appartenuto a William, però l'avvocato le ha risposto che non era nel testamento e che una fidanzata non è una moglie. I domestici hanno sparso la voce attraverso i loro veloci canali, e ormai lo sanno tutti.

Ah Long sospira e scrolla le spalle. «Fortuna che non l'ha

sposata.» Le rughe sulla faccia sono più profonde e la sua figura nodosa si è rimpicciolita. Mentre si aggira per la casa vuota, impacchettando l'argenteria e la cristalleria per rispedirla alla famiglia Acton, ha un passo lento e meno sicuro. Pare che non gli importi del lascito di William, anche se è un dono principesco: *Al mio cuoco cinese, Ah Long, una somma di quaranta dollari malesi per ricompensarlo del suo onorato servizio.*

Lo stesso Ren non sente di potersi rallegrare, nonostante sia incluso anche lui nel testamento. William ha disposto un fondo di studio per Ren, con la clausola che i soldi vengano usati soltanto per l'istruzione.

«Non li voglio» dice lui con grande sorpresa dell'avvocato.

«Perché no?»

«Non voglio studiare. Non adesso.»

L'avvocato aggrotta la fronte. «Perché non aspetti un attimo? Prenditi del tempo per pensarci.»

Ah Long chiama Ren in sala da pranzo, dove la superficie lucida del tavolo è disseminata di ordinate pile di posta non aperta. Le lettere sono tutte indirizzate a William e verranno inoltrate alla famiglia.

«Che cos'è quella?» chiede Ren.

Ah Long ha in mano una busta bianca. Per un attimo, confuso, Ren si domanda se il padrone non abbia finalmente ricevuto una risposta dalla signora Iris, quella a cui aveva scritto tantissime lettere. Invece no, è per Ren. Il suo nome è scritto con un solo ideogramma cinese. Per fortuna è una cosa che Ah Long sa leggere.

«Per me?» Nella sua breve vita, Ren non ha mai ricevuto niente che somigliasse a una lettera, anche se sa scriverne una. Il dottor MacFarlane gliel'ha insegnato, quando facevano dettatura. Ren apre con prudenza la busta. Dentro c'è un unico foglio di carta.

«Di chi è?» chiede Ah Long, sospettoso.

Ren però sta leggendo lentamente la lettera. È breve, non più di poche frasi. La legge due volte e la rimette via.

«È di quella ragazza» dice.

«Quella con i capelli corti, alla festa?»

Ren annuisce, colpito dalla memoria di Ah Long.

«Cosa dice?»

Ren esita. Come fa a spiegare la riluttanza che ha nel condividere le parole di Ji Lin?

Semplici ma personali. «Dice che si ricorderà sempre di me.» *E di Yi.* «E che ci rivedremo. Qui c'è l'indirizzo, se voglio scriverle, presso Lee Shin, alla facoltà di medicina.»

Ah Long grugnisce. Per una qualche ragione, sembra soddisfatto.

Il giorno seguente, nel pomeriggio ancora torrido, compare un ospite inatteso. È il dottor Rawlings. Ignorando il tentativo di Ah Long di servirgli il tè, si siede al tavolo della cucina e osserva la piccola e triste figura di Ren. «Hai un posto dove andare?» gli chiede.

Lui scuote il capo. «Potrei andare a Kuala Lumpur, a trovare zietta Kwan... la governante del mio vecchio padrone.»

Ren conserva ancora l'indirizzo nascosto nella borsa da viaggio del dottor MacFarlane. Un po' dubbioso, si domanda se sarà un peso per lei.

«Ragazzo, stai con me» dice Ah Long, nel suo burbero inglese stentato. «Trovo altro lavoro.»

Ren lo fissa stupito. Ah Long non gli ha mai detto nulla in proposito, ma questo gli dà una sensazione di calore allo stomaco. È come avere in braccio il corpicino peloso e confortante di un gatto.

Il dottor Rawlings inclina pensieroso la testa. «Ho una proposta per entrambi. Mi dovrò spostare per lavoro, e il mio personale di servizio non vuole venire con me. Ho bisogno di un cuoco e di un domestico. Si tratterà sempre di servire uno scapolo, dal momento che mia moglie e la mia famiglia sono in Inghilterra.»

Ah Long guarda Ren e fa un cenno quasi impercettibile. «Grazie, *tuan*. Ci penso.»

Anche Rawlings annuisce, uno scatto che ricorda una cicogna. Poi guarda Ren. «Io non sono un chirurgo come il signor Acton. Sono anatomopatologo e coroner, un campo di studio interessante, anche se posso capire che lo trovi spaventoso, dopo quello che hai passato.»

«Andrà tutto bene?» chiede Ren serio.

«Sì. Prometto che avrai il tempo di andare a scuola. Ho sentito che hai detto di no all'avvocato, ma credo che tra un po' cambierai idea. Il signor Acton avrebbe voluto così. Aveva molta stima di te.»

Il viso di Ren si illumina. «Sul serio?»

«Sì. Mi ha raccontato come hai curato la gamba di Nandani e mi ha detto che eri un medico nato. Non dovresti sprecare un dono del genere; in futuro potresti salvare molte vite.»

Salvare vite. Ren avverte un flebile barlume di speranza. Sì, gli piacerebbe.

«Dove si trasferisce, *tuan*?»

«A Singapore» risponde Rawlings. «Al Singapore General Hospital. Credo che ti piacerà.»

NOTA DELL'AUTRICE

Leggende sulle metamorfosi della tigre

La tigre è un animale tradizionalmente venerato in tutta l'Asia. Il culto degli antenati sotto le sembianze di tigre – ovvero la convinzione che l'anima di un avo si reincarnasse in questo felino – era diffuso a Giava, Bali, Sumatra e in Malesia e, nonostante fosse considerata amichevole, la tigre era altresì temuta come punitrice.

Le tigri soprannaturali appaiono in diverse forme, tra cui guardiani di santuari e luoghi sacri, cadaveri che mutano e interi villaggi di uomini-bestia. Si pensava che le tigri, come gli esseri umani, avessero un'anima, e spesso ci si rivolgeva loro con titoli di rispetto quali "zio" e "nonno". In molti racconti, la loro vera natura è quella di bestie che indossano una pelle umana, l'esatto opposto del licantropo europeo. Probabilmente esiste qualche connessione con le credenze buddhiste e taoiste, secondo cui alcuni animali potrebbero, grazie alla pratica della meditazione e della magia, assumere forma umana. Eppure, per quanto diventino potenti, non saranno mai completamente uomini.

Soprattutto, le creature che mutano forma incarnano il

dissidio tra l'uomo e la sua natura bestiale. Nella maggior parte delle storie, la tigre fa cose che la gente normalmente non fa, esprimendo desideri nascosti o proibiti: il più elementare è quello di uccidere le persone nelle proprie case. Si raccontava che gli *harimau jadian* di Korinchi bramassero oro e argento, mentre in Cina Meridionale esiste una serie di storie su donne attraenti, in realtà tigri sotto mentite spoglie, che si rivelano soltanto quando scavano nelle tombe per divorare i cadaveri, con grande orrore dei loro mariti. Più divertente è il racconto di Pu Songling *Mr. Miao* (苗生), in cui uno sconosciuto che va a bere con un erudito si infastidisce tanto per la scarsa qualità della poesia recitata in quel consesso che si trasforma in una tigre e uccide tutti (forse la critica letteraria definitiva!).

Malesia britannica

Prima dell'indipendenza conseguita nel 1957, la Malesia fu colonia portoghese, poi olandese e infine britannica, produttrice redditizia di stagno, caffè, gomma e spezie, nonché sede degli importanti porti commerciali di Penang, Malacca e Singapore.

Perak (valle di Kinta)

Questo libro si svolge nello stato malese del Perak, in particolare nelle città di Batu Gajah e Ipoh, nella valle di Kinta. Questa valle, uno dei giacimenti di stagno più ricchi del mondo, ha subìto scavi di estrazione mineraria commerciale a partire dal 1880. Per più di un secolo, fino agli anni Ottanta del Novecento, la Malesia ha continuato a produrre più della metà dello stagno mondiale.

Kinta ha una lunga storia, essendo stata abitata fin dal

Neolitico. Già nel Cinquecento i portoghesi registrarono che il Perak pagava i tributi in stagno. Durante il Settecento divenne famoso per gli elefanti selvatici, che venivano catturati e venduti per gli eserciti di elefanti degli imperatori moghul. Il paesaggio è dominato da splendide colline calcaree, molte delle quali costellate di grotte naturali e fiumi sotterranei.

Ipoh, la più grande capitale del Perak, un tempo era conosciuta per essere la città più pulita e ordinata della Malesia. Questo fulcro del commercio, e della prosperità derivante dal successo dello stagno, è famoso per il buon cibo e i molti edifici storici. Dal momento che questo libro è ambientato in una Ipoh romanzata, mi sono presa qualche libertà riguardo a certi luoghi, come il Celestial Hotel, la cui costruzione iniziò nel 1931, ma che fu aperto tempo dopo. Allo stesso modo, malgrado a Ipoh ci fossero diverse sale da ballo, il Fiore di Maggio è frutto della mia immaginazione, ispirato dal racconto di una sala cinese a Singapore scritto da Bruce Lockhart nel suo libro di memorie, *Return to Malaya*.

Ospedale distrettuale di Batu Gajah

Fondato nel 1884 su cinquantacinque ettari di terra, l'ospedale è costruito in stile coloniale e strutturato in modo da ricordare un giardino. Da allora gli edifici sono stati modernizzati, ma si possono ancora vedere alcuni dei fabbricati originari. Mi sono concessa alcune libertà riguardo alla disposizione dell'ospedale, aggiungendo dei gradini che scendono dalla collina, un magazzino di patologia, una mensa e via dicendo. Ho immaginato il personale ospedaliero, totalmente fittizio, come poteva essere nel 1931, basandomi su vecchie fotografie di ospedali e reparti dei tempi coloniali.

Superstizioni legate ai numeri cinesi

I cinesi nutrono un amore viscerale per i giochi di parole e le omonimie. Questa passione, unita al feng shui, ha dato origine a molte superstizioni riguardo a numeri fortunati, direzioni fortunate e orientamento degli edifici. Nel nominare una cosa si ha la sensazione di infonderle poteri tanto positivi quanto negativi, e questo è particolarmente vero per i numeri.

Durante la festa degli spiriti famelici, grandi quantità di oggetti di carta vengono bruciati come offerte. Queste riproduzioni sono curate in ogni dettaglio, comprese le targhe e i numeri civici. Un modello di auto, per esempio, viene costruito con una struttura di bambù o canne e avrà una targa con molti quattro, a indicare che è destinata a una persona morta.

Per i vivi, i numeri che suonano come parole fortunate sono richiestissimi. Alcune persone sono disposte a tutto per assicurarsi numeri civici, targhe automobilistiche e anche numeri di telefono fortunati. E, all'opposto, talvolta in Asia vale la pena evitare un certo numero civico, per esempio ventiquattro o quarantadue (che sia in cinese sia in giapponese ricordano "muori"), per non incontrare difficoltà nel rivendere la proprietà!

È interessante notare che il numero cinque è sia fortunato sia sfortunato, in quanto omofono di "non/negativo". Così il fortunato otto, che suona come "fortuna", diventa meno appetibile se combinato con un cinque, come in cinquantotto, che sembra dire "nessuna fortuna". Allo stesso modo è possibile rovesciare un numero sfortunato: cinquantaquattro può voler dire "non morirai".

Traslitterazione dei nomi

In linea con il periodo coloniale, ho usato varianti più vecchie per i nomi dei luoghi, per esempio *Korinchi* e *Tientsin* invece degli odierni Kerinci e Tianjin. I nomi di persona cinesi al tempo venivano trascritti foneticamente, spesso a discrezione di chi era l'addetto alla registrazione, e variavano anche a seconda del dialetto. Il cantonese era ed è tuttora il dialetto cinese più diffuso nella zona di Ipoh, nonostante siano parlati anche l'hokkien, l'hakka, il teochew, l'hainanese e altri. Dal momento che quella malese è una società multiculturale, la maggior parte delle persone parla diverse lingue, tra cui il malese, l'inglese, il tamil o un dialetto cinese. Io mi sono attenuta al cinese dello Stretto per i nomi propri di persona, come Ji Lin e Shin, che oggi scritti in pinyin sarebbero Zhilian e Xin. I cognomi vengono tradizionalmente scritti per primi, per esempio Chan Yew Cheung e Lee Shin.

RINGRAZIAMENTI

Questo libro non sarebbe nato senza il sostegno e l'incoraggiamento di molte persone. Pertanto, mille grazie a:

Jenny Bent, la mia meravigliosa agente, che ha creduto in questo libro (nonostante si sia allungato sempre più durante la stesura!) e l'ha caldeggiato fino a trovargli una casa. Amy Einhorn e Caroline Bleeke, le mie fantastiche editor, le cui intuizioni e il cui appoggio hanno fatto germogliare la storia. Molte grazie anche a Conor Mintzer, Liz Catalano, Vincent Stanley, Devan Norman, Helen Chin, Keith Hayes, Amelia Possanza, Nancy Trypuc, Molly Fonseca e al resto del team Flatiron.

Ai cari amici Sue e Danny Yee e Li Lian Tan, che hanno seguito il libro e tutti i personaggi fin dall'inizio, costretti a leggere diverse versioni, e hanno trascorso moltissime ore a discutere con me di finali alternativi.

Ai lettori Carmen Cham, Suelika Chial, Chuinru Choo, Beti Cung, Angela Martin e Michelle Aileen Salazar, le cui ponderate intuizioni sono state di valore inestimabile. Al dottor Larry Kwan e a Kathy, per la vostra costante amicizia e il contributo in ambito medico sul trattamento delle ferite tropicali. A Dato' Goon Heng Wah, per i consigli sui fucili utilizzati nella Malesia britannica, nonché per la stima delle distanze ferroviarie storiche. Sono molto grata a tutti voi!

Alla mia adorata famiglia, che mi ha sostenuto durante l'intera attività di scrittura, soprattutto i miei genitori, i cui ricordi hanno contribuito a costruire il mondo della *Tigre della notte*, e i miei figli, da cui traggo quotidianamente ispirazione, perché mi aiutano a vedere il mondo attraverso gli occhi di un bambino.

E a James, primo lettore e miglior critico. Senza di te, mio amato, non scriverei.

Salmi 50, 10

Questo libro è fabbricato da Grafica Veneta S.p.A.
con un processo di stampa e rilegatura certificato 100% carbon neutral
in accordo con PAS 2060 BSI.

Questo volume è stato stampato nel luglio 2024
presso Grafica Veneta S.p.A. - Trebaseleghe (PD)